BASTEI LÜBBE

Lucius Shepard

Die Spur des goldenen Opfers

Vampir-Roman

Ins Deutsche übertragen
von Michael Kubiak

BASTEI LÜBBE

BASTEI-LÜBBE-TASCHENBUCH
Band 13 846

Erste Auflage: Februar 1997

Bastei-Verlag Gustav H. Lübbe GmbH & Co.,
Bergisch Gladbach
Originaltitel: The Golden
Lektorat: Birgit Sonnek/Stefan Bauer
Titelbild: Mark Harrison
Umschlaggestaltung: Quadro Grafik, Bensberg
Satz: KCS GmbH, Buchholz/Hamburg
Druck und Verarbeitung:
Brodard & Taupin, La Flèche, Frankreich
Printed in France
ISBN 3-404-13846-5

Der Preis dieses Bandes versteht sich einschließlich der
gesetzlichen Mehrwertsteuer

Für Michael und Mary Rita

Mein Dank gilt
Mark Ziesing & Ralph Vicinanza

Folgenden Leuten bin ich für ihre Hilfe bei der Fertigstellung dieses Buchs überaus dankbar:
Mark Ziesing & Ralph Vicinanza
Lou Aronica & Jennifer Hershey
Stuart Schiff & Chris Lotts
Alice Turner & Gardner Dozois
& Ellen Datlow
Bob Frazier & Arnie Fenner

KAPITEL 1

Das Treffen auf Burg Banat am Freitagabend, dem 16. Oktober 186-, war seit mehr als drei Jahrhunderten geplant worden, obgleich nur geringe Anstrengungen zur zeremoniellen Gestaltung des Anlasses, zu seinem Glanz und seiner Pracht unternommen worden waren. Nein, der größte Teil dieser Zeit und der Energie hatte der Pflege und Vermischung bestimmter sterblicher Blutlinien gegolten, um jene einzigartige Essenz zu schaffen, ein Getränk von unerreichtem Geschmack und Bukett: den Goldenen. Mitglieder der Familie waren aus allen Gegenden Europas zusammengekommen, um dem Dekantieren beizuwohnen. Sie waren nachts per Pferdekutsche oder Eisenbahn gereist und hatten die Tage in Landgasthäusern verbracht. Nun, in ihre feinsten Gewänder und Abendroben gehüllt, einige in Begleitung sterblicher Bediensteter, die – wenngleich ebenfalls schön und gediegen gekleidet – neben ihren Herren erschienen wie armselige Pferde, die benutzt werden, um Vollblüter zum Rennplatz zu geleiten, defilierten sie durch einen Ballsaal, ein höhlenartiges Verlies moosbewachsener Steinmauern, bewehrt mit kühnen Stützpfeilern, erleuchtet von Dutzenden silberner Kandelaber und beherrscht von einem offenen Kamin, der groß genug war, um darin einen ganzen Bären zu rösten. Unter den Versammelten befanden sich Vertreter des Czege- und des Valea-Zweigs, zwischen denen zur Zeit territoriale Zwistigkeiten herrschten. Doch für diese Nacht waren diese und andere Unstimmigkeiten ausgeklammert worden, und ein unsicherer Waffenstillstand hatte Geltung. Da war Lachen, da waren geistreiche Gespräche, da war Tanz, und für die Welt sah es aus, als wären sie alle Könige und Königinnen von Hunderten Nationen, die sich eingefunden hatten, um irgendein Adelsfest zu feiern, und keine Versammlung von Vampiren.

Trotz des Frohsinns der Versammlung war nicht jede Unterhaltung frei von Bitterkeit. An einer Ecke des Kamins stehend, die Gesichter vom Feuerschein gerötet, diskutierten zwei Männer und eine Frau über eine aktuelle Streitfrage: den Vorschlag, daß die Familie dem Druck ihrer Feinde nachgeben und in den Fernen Osten auswandern solle, wo ihre Aktivitäten dank primitiver Lebensbedingungen und der unwegsamen, häufig unerforschten Landschaft weitaus schwieriger zu beobachten seien. Befürworter dieses Vorschlags war der ältere der beiden Männer, Roland Agenor, der Gründer des Agenor-Zweigs, dessen Position als Chronist und Historiker der Familie seiner Meinung zusätzliches Gewicht verlieh. Mit seinem hohen Wuchs, seiner patrizierhaften Ausstrahlung und seiner üppigen weißen Haarmähne erinnerte seine Erscheinung an die eines pensionierten Offiziers oder eines erfolgreichen Athleten, der sich auch im hohen Alter blendender Gesundheit erfreute. Ihm widersprach in der Diskussion die Lady Dolores Cascarin y Ribera, eine dunkelhäutige Schönheit mit hüftlangem schwarzem Haar und einer raubtierhaft üppigen und geschmeidigen Figur. Sie galt als Sprecherin der rückschrittlicheren Teile der Familie, die darauf bestanden, daß in dem bestehenden Streit kein Fußbreit Boden preisgegeben werden dürfe, eine Haltung, die der traditionellen Abneigung der Familie gegen alle Sterblichen entsprach. Das dritte Mitglied der Gruppe, Michel Beheim, war ein schlanker junger Mann, größer noch als Agenor, mit lockigem braunem Haar und bemerkenswert großen Augen, die seinem Gesicht eine fast feminine Feinheit und Intensität verliehen und den Eindruck unterstützten, als sei er ständig dicht davor, seine Meinung mit aggressiver Hitzigkeit kundzutun ... allerdings war er im Augenblick völlig ratlos. Als Agenors Protegé war er eigentlich verpflichtet, den Historiker zu unterstützen, da er jedoch zu den jüngsten – und somit schwächsten – Eingeweihten der Familie gehörte und er sein Bluturteil erst vor knapp zwei Jahren empfangen hatte, war er hingerissen von Lady Dolores' Schönheit und Leidenschaft und von der leuchtenden und verführerischen Macht der Tradition, deren Geist sie zum Ausdruck brachte. Er ertappte sich dabei, wie er reflexartig zustimmend zu ihren Argumenten nickte und auf die dunkle Wölbung ihrer Brüste, auf den grausamen, reifen Schwung ihres Mundes starrte und sich in seiner Phantasie mit ihr in einer Vielfalt erotischer Positionen vorstellte. Er war derart abgelenkt von ihrer physischen Erscheinung, daß er, als Agenor ihn aufforderte, auf eine der Erklärungen der Lady zu antworten, gezwungen war zuzugeben, daß er ihrer Argumentation kurzfristig nicht gefolgt war.

Agenor betrachtete ihn unwirsch, und Lady Dolores lachte verächtlich. »Ich bezweifle, daß er etwas Wichtiges beizutragen hätte, Roland«, sagte sie.

»Entschuldigt …«, begann Beheim, aber Agenor schnitt ihm das Wort ab.

»Mein junger Freund mag in unserem Kreis noch neu sein«, sagte er, »aber laß mich dir versichern, er ist sehr schlau. Wußtest du, daß er vor seiner Weihe die Position des Chefs der Detektive von Paris innehatte? Er war, glaube ich, der jüngste, der bisher einen solchen hohen Posten bekleidete.«

Lady Dolores beschrieb eine wegwerfende Geste. »Nichts im Erfahrungsbereich eines Polizisten kann auch nur die geringste Bedeutung für das Thema unserer Debatte haben.«

Diesmal war es Beheim, der Agenor das Wort abschnitt, als er zu einer Erwiderung ansetzte.

»Mit allem Respekt, meine Lady, es bedarf weder eines reichen Erfahrungsschatzes noch kunstvoller Begründungen, um zu erkennen, daß Veränderungen bevorstehen. Für die Welt … und für die Familie. Sich für eine Doktrin einzusetzen, die verlangt, im Falle der Schande eher den Tod zu wählen, ist nur selten klug, vor allem wenn man bedenkt, daß man auf diese Weise alle Möglichkeiten zu einem ehrenvollen Kompromiß aufgibt.«

»Sie hören nicht auf die Stimme Ihres Blutes«, stellte Lady Dolores fest. »Das ist offensichtlich.«

»Oh, aber das tue ich!« entgegnete Beheim, obgleich er sich nicht sicher war, ob sie damit etwas Reales meinte oder etwas Metaphorisches. »Und Ihre Argumente beziehen auch meinen Stolz und meine Ehre mit ein. Aber auch Stolz und Ehre müssen sich den Realitäten stellen, sonst sind sie leere Ideen. Wie Ihr sehr wohl wißt, wurden spezielle Arzneien entwickelt, die uns gestatten, auf den Dunklen Schlaf und andere auffällige Behinderungen zu verzichten, die lange mit unserer ganz speziellen Verfassung einhergingen, und auf diese Weise können wir die hellen Stunden des Tages bei jeder Beschäftigung verbringen, die wir bevorzugen ... so lange wir uns von direktem Lichteinfall fernhalten. Und die Zeit rückt näher, in der unsere Gelehrten und Wissenschaftler, vielleicht sogar einer, der soeben im Dienst meines Lords steht« – er nickte Agenor zu – »ein Mittel entwickeln, das es uns ermöglicht, uns auch bei Tage frei zu bewegen. Das ist unvermeidlich. Und muß mit dieser Veränderung sich nicht auch alles andere ändern? Ich denke doch. Wir werden gezwungen sein, unsere Rolle im Lauf der Welt neu zu definieren. Ich rechne damit, daß wir eines Tages auch hinsichtlich unserer Haltung gegenüber Sterblichen umdenken müssen und uns mit ihnen zu großen Unternehmungen zusammentun werden. Vielleicht niemals aus vollster Überzeugung. Vielleicht auch niemals offen mit Rücksicht darauf, wer und was wir sind. Aber ganz sicher bis zu einem gewissen Grad.«

»Die Vorstellung, bei Tageslicht umherzuwandeln, reizt mich überhaupt nicht«, sagte Lady Dolores. »Was nun die Idee betrifft, sich mit den Sterblichen bei anderen Aktivitäten als dem Trinken näher einzulassen, so finde ich keine Worte, um meine Abscheu auszudrücken. Als nächstes werden Sie noch vorschlagen, daß wir beim Vieh auf der Weide Rat suchen. Das ist eine mindestens genauso ekelhafte Vorstellung.«

»Wir alle waren früher einmal sterblich, Lady.«

»So etwas kann nur ein Mann Agenors erklären.«

»Ich bin mein eigener Herr«, entgegnete Beheim scharf. »Solltet ihr dafür einen Beweis fordern, so würde ich mich freuen, ihn zu liefern.«

Zuerst huschte Zorn, dann Nachdenklichkeit über Lady Dolores' Gesicht. »Unverschämtheit kann eine unterhaltsame Eigenschaft sein«, sagte sie. »Aber Vorsicht. Sie wird nicht immer so freundlich aufgenommen.«

Ihre Augen, leicht geweitet und auf Beheim gerichtet, wurden eine Schattierung dunkler, einen Grad glänzender und schienen gleichermaßen zu drohen und sexuelle Verheißung zu signalisieren. Ein erregtes Zucken durchlief die Muskeln in Beheims Schultern, und es war, als sei er plötzlich winzig und schwach, verkleinert durch die Reaktion einer unendlichen mißbilligenden Macht. Dennoch erkannte er, daß dies lediglich eine Folge von Lady Dolores' Blick war. Er spürte darin das Gewicht und die Bedeutung ihrer Jahre – zweihundertneunzig, so hieß es – und die eisige Wucht ihrer konzentrierten Kraft. Er stand hilflos vor ihr, gelähmt wie ein Vogel vor einer Schlange. Vom drohenden Schicksal in Angst und Schrecken versetzt, aber gleichzeitig davon angelockt. Ihr Gesicht und ihre Gestalt erschienen entstellt, wie bei einer Spiegelung im Wasser, und der Ballsaal selbst wirkte ebenfalls verzerrt mit sich ausweitenden dunklen Zonen, plötzlich flackernden Kerzenflammen, die zu feurigen Dolchen wurden. Die gesamte Perspektive entsprach der eines Fieberwahns, in dem dunkle Wege zwischen Gruppen grotesk verlängerter, eleganter Phantome hindurchführten, die einem Alptraum El Grecos entsprungen zu sein schienen. Und dann, genauso schnell, wie er von diesem Gefühl überwältigt worden war, war er davon befreit, war er so total frei, daß er für einen Moment hilflos, alleingelassen war wie ein Kind, das mitten in der Nacht aufwacht und feststellt, daß es die Decken von sich geworfen hat, die viel zu heiß gewesen waren und schlimme Träume ausgelöst hatten.

»Was Ihr Szenario nicht mit einbezieht«, sagte Lady Dolores und fuhr fort, als sei nichts geschehen, »ist die lüsterne Prägung unserer Natur, unser ständiger Wunsch, zu besitzen und zu beherrschen.«

Beheim, immer noch desorientiert, hatte Schwierigkeiten, seine Gedanken zu ordnen, doch die Herausforderung in Lady Dolores' überheblichem Gesichtsausdruck sorgte dafür, daß er sich schnell wieder fing.

»Ich lasse nichts unberücksichtigt«, sagte er. »Und ich will auch nicht meine Natur leugnen. Ich gehöre jetzt zur Familie und habe nicht den Wunsch, daran etwas zu ändern. Ich habe jedoch versucht, unseren grundlegenden Zustand in einem anderen Licht zu sehen als Sie. Während Sie darauf bestehen, daß wir die Erlaubnis haben, unserem Willen in jeder Hinsicht zu frönen, die uns vorschwebt und die wir wünschen, eine Erlaubnis, die uns von einem anonymen bösen Tempel gewährt wurde, behaupte ich, daß wir mit einer Krankheit geschlagen sind, deren deutlichste Symptome eine Gier nach menschlichem Blut und eine extrem verlängerte Lebensspanne sind. Wir haben bereits einige Beweise dafür, daß dies der Fall ist. Ich spreche natürlich von der Substanz, die von den Valeas entdeckt wurde und die ab und zu in sterblichem Blut produziert wird und ein wesentlicher Faktor zu sein scheint, der einigen wenigen Glücklichen hilft, einen Todesbiß zu überstehen und auf diese Weise zur Familie zu stoßen.«

»Ausgedehnte Lebensspanne«, wiederholte sie. »Das ist wohl eine ziemlich armselige Bezeichnung für Unsterblichkeit.«

»Sie wissen viel besser über die Mysterien Bescheid als ich, Lady. Doch sogar Sie müssen zugeben, daß gewisse Zweifel hinsichtlich dieser sogenannten Unsterblichkeit bestehen. Und darin liegt die Notwendigkeit, die Bewertung unseres Zustandes zu modifizieren. Wenn wir in unserem Streben nach Unsterblichkeit erfolgreich sein und die grotesken Metamorphosen vermeiden wollen, die die Jahrhunderte mit sich bringen, müssen wir diese Krankheit mit dem Ziel behandeln, ihre Langzeiteffekte zu mindern. Wenn wir uns weiterhin als hehre, umherstreifende Meister der Nacht, als launische Lords und Ladies betrachten, die trotz all ihrer Macht und ihres dramatischen Fiebers tragische Gestalten und verflucht sind, dann werden wir genau das bleiben. Während diese Einstellung einen theatralischen Drang nach Selbstzerstörung zu befriedigen vermag, dient sie ansonsten keinem anderen Zweck. Meiner Meinung nach gehorchen wir in unseren Exzessen von Gewalt und Grausamkeit weniger dem Diktat unserer Natur als vielmehr den Emotionen, die einer abnormen Mentalität zugeschrieben werden. Wir sind nicht mehr sterblich – das ist wahr. Und ich habe auch nicht den Wunsch, meine Sterblichkeit wiederzuerlangen. Ebenso wie Sie, wie wir alle, liebe ich dieses Fieber. Dennoch bezweifle ich, daß eine kleine Modifikation unseres Verhaltens uns unserer Natur berauben würde.«

»Sie sind noch sehr unerfahren in diesen Dingen«, erwiderte Lady Dolores. »Obgleich Sie voller Leidenschaft sprechen, ist es völlig klar, daß Sie eine Marionette der Auffassungen Ihres Meisters sind. Sie mögen zwar etwas von dem spüren, was ich empfinde, aber Sie wissen nicht um die Schärfe dieser Empfindungen. Noch kennen Sie nicht die Namen der Schatten, die uns verfolgen.«

»Vielleicht nicht. Aber man könnte sagen, daß es daran liegt, daß die Symptome der Krankheit, die wahrnehmbaren Überspanntheiten und so weiter, bei mir noch nicht so stark entwickelt sind wie bei Ihnen.« Beheim hob eine Hand, um ihrer Erwiderung zuvorzukommen. »Wir können über diesen Punkt ewig diskutieren, Lady. Die Logik ist ein schwaches Werkzeug, und wir können sie beide dazu verwenden, ein Gebäude der Täuschung zu errichten. Aber das ist nicht mein Ziel. Hier geht es nur um eine Frage der Interpretation, und ich empfehle Ihnen nur, meinen Standpunkt zu verstehen, um für uns Verbesserungen zu schaffen. Sicherlich stimmen Sie mit mir überein, daß ein Festhalten an traditionellen Ansichten uns in jüngster Zeit nicht viele Schlachten hat gewinnen lassen. Welchen Schaden sollte es dann mit sich bringen, wenn wir darüber nachdenken, ob es nicht eine andere und vielversprechendere Verfahrensweise geben könnte?«

Lady Dolores lachte – wie Beheim annahm – aufrichtig gut gelaunt. »Mit welchem logischen Hilfsmittel wollen Sie mich vom Einsatz der oberflächlichen Logik abbringen?«

Beheim neigte den Kopf, um diesen Treffer anzuerkennen, und wollte weitere Argumente vorbringen, als Agenor zur Treppe am westlichen Ende des Ballsaales und auf die wuchtigen Türen aus geschwärzter Eiche blickte, zu denen sie hinaufführte, und mit vibrierender Stimme sagte: »Sie ist da.« Den Bruchteil einer Sekunde später schwangen die Türflügel auf und gaben den Blick auf die Gestalt eines jungen blonden Mädchens in einem hauchdünnen Nachthemd frei. Während sie die Treppe herabstieg und dabei den Saum ihres Gewandes von den Stufen hochhob, brachte sie mit sich den vertrauten Geruch nach sterblichem Blut ... vertraut, dennoch mit einem volleren, raffinierteren Bukett als alles, was Beheim bisher kennengelernt hatte. Er wandte sich zu ihr um – sie alle drehten zumindest die Köpfe –, wobei sein Hunger von der Wirkung dieses Dufts geweckt wurde. Er war so dicht, so spürbar, daß er ihn sich als eine Art Gefilde vorstellte, in dem er umherwandern könnte, einen Rosengarten, der von einem tiefroten Strom durchschnitten wird. Und die Luft war für ihn ein leuchtender goldener Dunst, der vom Rhythmus eines sehnsuchtsvollen Herzschlags in Wallung versetzt wurde.

Das Mädchen schritt durch die Versammlung, deren Mitglieder stocksteif dastanden, als seien sie mit einem Bann belegt. Für eine Sterbliche war sie sehr schön. Schlank und blaß, das kornblonde seidige Haar zu einem Gebilde frisiert, das so verschlungen war wie die Blüte einer Orchidee. Die cremeweißen Wölbungen ihre Brüste wurden von einem Netzwerk bläulicher Venen umspannt. Ihre Augen – Beheim konnte sie deutlich sehen, als sie sich ihm näherte und an einem hageren, raubvogelgesichtigen Mann mit Diener vorbeiging – hatten etwas Kristallhaftes an sich. Die Iris war beinahe türkisfarben und außerdem topasfarben und golden gefleckt. Ihre Oberlippe war voller ausgeprägt als die Unterlippe und verlieh damit ihrem Mund etwas sinnlich Trotziges. Das Gesicht eines ungestümen Kindes, das noch nicht vollständig auf seine Sexualität vertraut, das die Macht seines Körpers ahnt, aber noch nicht versteht. Beheim war bezaubert von der Wölbung ihres Bauchs, der Verletzbarkeit ihrer Brüste in ihren Chiffonnestern, und ganz besonders vom Reiz ihres Blutes. Ihm lief das Wasser im Mund zusammen. Seine Finger krümmten sich zu Klauen. Er zitterte und erkannte, daß er sich kaum zurückhalten konnte, und überwältigt von ihrer Nähe senkte er die Augen. Wenn das Bukett des Goldenen einen solchen bohrenden Hunger entfachen konnte, wie wäre es erst, wenn man ihn tatsächlich kostete?

Sobald sie an ihm vorbei war, schaute er ihr nach, wie sie weiterschlenderte. Dabei bewegte sie sich mit einer solchen trägen Grazie, wie sie sie wohl demonstrieren würde, wenn sie sich an einem Sommertag im Park in die Lüfte erheben würde. Die Lords und Ladies der Familie rückten zur Seite und schufen einen Kanal, der sie zur Treppe zurück und von dort in die Kammer geleitete, wo sie, unter dem Schutz des Patriarchen, die Nacht und den morgigen Tag verbringen sollte. Aber während sie im Begriff war, aus den Augen der Versammelten zu verschwinden, unterbrach sie ihren zwanglosen Rundgang und wandte sich um und sah Beheim an. Mit unsicheren Schritten kam sie ein Stück zu ihm zurück. Ihre gefalteten Hände schwebten in Höhe der Taille, und sie zeigte deutliche Anzeichen der Erregung: Ihre Lippen teilten sich, die Wangen nahmen eine kräftige rote Farbe an. Ihr Blick stachelte seinen Hunger zu neuen Höhen auf. Gegen jede Vernunft und bei nachgebender innerer Gegenwehr setzte er sich in Bewegung. Doch ehe er das Mädchen erreichen konnte, legte sich eine Hand auf seine Schulter und riß ihn zurück. Wütend darüber, daß er aufgehalten wurde, wirbelte er herum, bereit zuzuschlagen, aber der Anblick von Agenors steinernem Gesicht und die Macht dieser funkelnden schwarzen Augen erstickten seine Wut, und er begriff, was für eine drastische Ungehörigkeit er sich erlaubt hatte. Als wollten sie seine Empfindung bestätigen, stieg von denen, die in der Nähe standen, ein aufgeregtes Wispern und gedämpftes Gelächter auf. Er erkannte, daß sie ihn beobachtet hatten. Sie alle. Und indem er Lady Dolores unter den Zuschauern entdeckte und ihren triumphierenden Ausdruck gewahrte, kam ihm der Verdacht, daß sie die Erregung des Mädchens in Szene gesetzt hatte – vielleicht sogar seine eigene übertriebene Reaktion –, um ihn zu erniedrigen. Mit vor Scham glühenden Wangen wollte er zu ihr hinrennen, aber erneut riß Agenor ihn zurück, legte den Unterarm unter sein Kinn und hielt ihn mit unbezwingbarer Kraft fest. Das Gelächter, das sich kurz zu dröhnender Lautstärke gesteigert hatte, ließ nach. Die Stille, die danach eintrat, war voller Spannung.

»Lassen Sie mich los«, verlangte Beheim. »Es ist alles in Ordnung. Lassen Sie mich.«

Widerstrebend, wie es schien, gab Agenor ihn frei.

Beheim ordnete den Sitz seiner Abendkleidung, die durch den kurzen Kampf in Unordnung geraten war, und starrte mit unverhülltem Haß zu Lady Dolores hinüber. Für eine Sekunde schien sie seinem Blick nicht standhalten zu können, und ihr Gesicht verdunkelte sich unsicher, aber sie fand schnell ihre Fassung wieder.

»Ihr wollt mich doch bestimmt nicht herausfordern?« fragte sie mit Spott in der Stimme.

»Was ich möchte und was ich tun muß, um der Tradition gerecht zu werden, sind zwei verschiedene Dinge«, sagte Beheim. »Aber ich schwöre Ihnen eines, Lady, diese Nacht werden Sie noch bereuen.«

Mehrere Angehörige des Cascarin-Zweiges traten zu ihr, bereit, ihr zu helfen, und hinter Beheim nahmen andere Angehörige des Agenor-Zweiges eine ähnliche Haltung ein.

»Überlegt es euch gut, Cousine«, sagte Agenor zu Lady Dolores, »ob es weise wäre, einen Streit mit den Agenors anzufangen.«

Nach einem Moment gab Lady Dolores mit einer fast unmerklichen Geste ihren Helfern ein Zeichen, sich zurückzuziehen. Sie bedachte Agenor mit einem knappen Kopfnicken, und während ihr Rock aufgrund der Heftigkeit ihrer Kehrtwende laut raschelte, entfernte sie sich in eine andere Ecke des Ballsaales.

Beheim wollte seinem Mentor danken, doch ehe er ein Wort hervorbringen konnte, richtete Agenor seinen Blick auf einen Punkt über Beheims Kopf. Er sagte leise: »Geh zurück in deine Wohnung.«

»Lord, nur weil ...«

»Bist du nicht nur ein Narr, sondern auch noch taub?« Agenor holte tief Luft. »Ich habe dich zu meinem Protegé erkoren, weil ich in dir Qualitäten von Beherrschtheit und Klugheit zu sehen glaubte, von denen ich annahm, sie würden nach deiner Aufnahme in die Familie erhalten bleiben. Heute nacht hast du mir gezeigt, daß ich ein ebensolcher Narr bin wie du. Geh jetzt!«

Beheim blieb vor ihm stehen, verwirrt und beschämt.

»Wenn du nicht gehst«, sagte Agenor kühl, »könnte es passieren, daß ich mich nicht bremsen kann. Verstehst du?«

Beheim wich einen Schritt zurück, murmelte eine holprige

Entschuldigung, dann floh er aus dem Ballsaal und wagte es nicht, in die Augen zu blicken, die seinen überhasteten Abgang beobachteten.

Wäre seine Dienerin Giselle mit ihrem tröstlichen Einfluß nicht gewesen, läßt sich nicht sagen, was Beheim in dieser Nacht getan hätte, denn während er durch den nur schwach erleuchteten Korridor eilte, der vom Ballsaal wegführte, vorbei an Nischen, in denen alte, von Staub und Schatten bedeckte Porträts hingen, wurde er immer zorniger, und in seinem Geist entstanden Visionen von blutiger Rache. Als er seine Wohnung erreichte – drei kahle, hohe Räume im westlichen Turm des Schlosses –, war er eher in der Stimmung, Lady Dolores entgegenzutreten als sich unter dem Eindruck seiner Erniedrigung der Nachtruhe hinzugeben. Doch der Anblick Giselles in ihrem Nachtgewand – ihr hellbraunes Haar und die schlanke Figur, ihr feingeschnittenes Gesicht mit den hohen Wangenknochen und den sinnlichen Lippen eine einzige Erinnerung an den Goldenen – ließ seinen Hunger erneut aufleben, und obgleich er nur wenige Tage zuvor konsumiert hatte, stieß er sie ohne ein Wort der Begrüßung auf die schwarze Seidendecke des Baldachinbetts, strich das Haar über ihrer Halsschlagader beiseite und trank gierig, voll ohnmächtiger Wut, und befriedigte sein Bedürfnis nach Rache, indem er sich vorstellte, es wäre Lady Dolores' Blut, das er gierig schlürfte. Wäre er nur um einen winzigen Grad zorniger gewesen, hätte er sich in diesem Akt verloren und zuviel getrunken, aber schließlich war sein Hunger gestillt, und er rollte sich, immer noch erregt, von Giselle weg und lag da, schaute sich im Zimmer um, gefangen von der friedhofshaften Atmosphäre seiner Kerzen und mit schwarzem Samt bezogenen Stühle und Sessel und den vom Alter verblichenen Wandteppichen und der hohen Fenster mit ihren verschraubten Stahlläden. Neben ihm seufzte Giselle traurig, und als er sich ihrer plötzlich als lebendiges Wesen, als mehr denn nur eine Nahrungsquelle bewußt wurde, verspürte er eine tiefe Reue, daß er so grob mit ihr umgesprungen war. Er rühmte sich nicht nur seiner Toleranz Sterblichen gegenüber und der Tatsache, daß er in ihnen mehr sah als nur Tiere, sondern er empfand auch eine besondere Zuneigung zu Giselle, eine seltsame Mischung aus Vatergefühlen und sexueller Anziehungskraft und romantischer Liebe, und er erkannte, daß er ihr gegenüber die gleiche Verachtung und Rücksichtslosigkeit demonstriert hatte, die er in seinem Gespräch mit Lady Dolores verurteilt hatte.

Er drehte sich auf die Seite und sah, daß sie ihn ernst betrachtete. Ihre blaßgrauen Augen fixierten ihn, aber sie schwieg. Ein Blutfleck klebte auf der Wölbung ihrer rechten Brust. Sie erschauerte, als er ihn wegwischte.

»Ich dachte, du würdest mir das Urteil geben«, sagte sie. »Du hast so gierig getrunken.«

»Es tut mir leid, wenn ich dir angst gemacht habe.«

»Ich hatte keine Angst.« Sie strich mit den Fingern über die Stelle auf ihrer Brust, von der er das Blut abgewischt hatte, dann betrachtete sie die Fingerspitzen. »Weshalb hältst du dich mit dem Urteil zurück? Du weißt genau, wie sehr ich mich danach sehne.«

»Ich fürchte, dich zu verlieren.«

»Vielleicht wirst du das gar nicht, vielleicht hast du mich für immer.«

»Die Chancen stehen nicht sehr gut.«

Sie stützte sich auf einen Ellbogen. »Du weißt es bereits, nicht wahr? Du weißt, daß ich im Urteil scheitere?«

»Das kann niemand wissen. Es ist nur so, daß die Chancen niemals gut stehen. Das habe ich dir schon hundertmal erklärt.«

Sie sank zurück, lag da und starrte zum Baldachin hoch. »Es ist mir gleich. Ich will meine Chance. Wenn ich bei jemand anderem wäre – bei einem der Czeges, zum Beispiel – würden sie sie mir nicht versagen.«

»Wenn du bei den Czeges wärst, würden sie dich höchstwahrscheinlich abschlachten, ganz gleich, ob du die Bewertung überstehst oder nicht.«

Sie wollte widersprechen, doch Beheim, der allmählich ungehalten wurde, fuhr in scharfem Ton fort: »Du kannst auch nicht annähernd die Gefahren der Welt einschätzen, in die du hineingelangen möchtest. Aber wenn du darauf bestehst, wenn du es wirklich wünschst« – er setzte sich auf und beugte sich über sie, wobei er eine Hand neben ihrem Kopf auf das Kissen stützte und sie mit seinem Körper regelrecht zudeckte –, »werde ich noch in dieser Minute das Urteil über dich sprechen.«

Ihr Gesicht verriet Überraschung, dann glitt die verträumte Trägheit der Begierde darüber, und er nahm zuerst an, daß sie sein Angebot annehmen würde; doch nach einem Moment wandte sie die Augen ab und äußerte in einem beinahe unhörbaren Flüsterton: »Ich bin doch nicht so frei von Angst, wie ich angenommen hatte.«

»Höre«, sagte er erleichtert. »Es wird der Zeitpunkt kommen, wenn das Urteil gefällt werden muß, wenn uns kein anderer Weg bleibt. So ist es nun mal. Es wird eine Sache des Augenblicks sein, eines Augenblicks des Verzichts und der Verlockung und der totalen Hingabe, in dem wir sehr viel gemeinsam wagen, in dem du das Risiko eingehst zu sterben und ich das Risiko, in Zukunft ohne dich zu sein. Es kann passieren, daß der Tod jene heimsucht, die nicht warten können, bis sie vom Drang erfüllt sind zu urteilen und beurteilt zu werden, und daß bestimmte fördernde Substanzen durch einen solchen inneren Antrieb erzeugt werden. Wir wissen nur sehr wenig von all dem. Aber sei versichert, der Zeitpunkt wird kommen, und dann werde ich über dich urteilen ... nicht weil du mich dazu gedrängt hast, sondern aus Liebe.«

Sie wandte sich zu ihm um. »Du verstehst doch, weshalb ich so ungeduldig bin, nicht wahr? Ich möchte in allen Nächten bei dir sein. Für immer. Dieses Leben, nicht zu wissen, was geschehen wird ...«

»Vertrau mir. Und vertrau dir selbst.«

»Ich versuche es.« Sie schlang einen Arm um seine Taille, näherte ihren Mund dem seinen und wärmte sein Gesicht mit ihrem Atem. »Sag mir ...« Sie ließ die Bitte offen.

»Was ist?«

Sie schüttelte den Kopf. »Nichts.«

»Bestimmt nicht?«

»Ich wollte dich nach dem Tod fragen.«

»Ich verstehe nicht.«

»Als du dein Urteil erhalten hast, bist du doch durch den Tod gegangen, nicht wahr?«

»Durchgegangen«, sagte er geistesabwesend und erinnerte sich. »Ja, ich glaube, das war es, was geschah.«

»Beschreib es mir!«

Er blickte zum Baldachin hoch, der wie ein aufgedunsener schwarzer Bauch über ihnen hing. »In dem, was ich über den Tod weiß, liegt nichts Tröstendes für dich.«

»Wie kannst du das behaupten? Du weißt gar nicht …«

»Du hoffst, daß ich dir erklären kann, daß der Tod kein Ende ist, daß jenseits des Lebens irgend etwas anderes existiert, daß irgendeine letzte Erhabenheit erhalten bleibt, daß die Seele aufsteigt aus der Dunkelheit, um im Licht zu fliegen und zu jubilieren. Nun, ich kann dir verraten, daß es nach dem Leben noch etwas anderes gibt, aber damit solltest du dich nicht trösten. Es gibt weitaus schlimmere Schrecken als den totaler Auslöschung.«

»Und welche?«

»Ich mußte schwören, das niemals zu enthüllen.«

»Bitte! Ich …«

»Ich kann nicht! Eines Tages lernst du die Mysterien vielleicht selbst kennen, aber bis dahin mußt du alles glauben, was ich dir erzählt habe.«

Sie senkte den Kopf, so daß die Flut ihres Haars ihr Gesicht verhüllte und ihre Stirn auf seiner Brust ruhte. Dabei murmelte sie ein Kosewort. Beheim empfand tiefe Reue darüber, daß er sie benutzt, sie einem natürlichen Leben entrissen und in ihr die Sehnsucht nach Dingen geweckt hatte, die sie vielleicht niemals erlangte.

»Ich wünschte, du hättest darum gebeten, in meine Dienste zu kommen«, sagte er. »Ich wünschte, du hättest bewußt all die damit verbundenen Risiken und Beschwernisse auf dich genommen.«

»Ich akzeptiere sie jetzt.«

»Ja, aber zu Beginn wußtest du nicht, was geschah. Hättest du es gewußt, könnte ich meine Zuneigung zu dir mit den

Gefahren in Einklang bringen, denen ich dich ausgesetzt habe.«

»Lord …« setzte sie an.

»Ich bin kein Lord! Ganz und gar nicht!«

»Du bist mein Lord«, sagte sie. »Ich kann mich nicht mehr entsinnen, wer es war, der in jener Nacht vor dir durch die Straßen von Montparnasse floh, aber ich war es nicht. Diese Frau haßte dich, fürchtete sich vor dir. Aber sie ist tot, und ich, die jetzt lebt, kann dich nur anbeten.«

Diese Worte trafen Beheim viel schmerzhafter als all ihre Bitten, und er drückte sie an sich, liebkoste ihr Haar, ihre Taille, ihre Hüften. Es dauerte nicht lange, und sie reagierte, obgleich es nicht seine Absicht gewesen war, auf seine Aufmerksamkeiten mit eigenen Liebkosungen. Sie legte ihre Lippen an sein Ohr und flüsterte: »Ich brauche dich heute nacht, Michel.«

Es war weder ihre Bereitschaft noch die Üppigkeit ihres Körpers, die ihn inspirierten, sie zu lieben, sondern vielmehr sein Wunsch, etwas Menschliches zu tun, sein Bestreben, den letzten Rest Menschlichkeit zu erhalten, der noch in ihm vorhanden war. Und sobald sie nackt war, sobald seine Kleider auf den Fußboden flogen, wurden die alten Zwänge wirksam. Indem er sich über ihr abstützte und in ihr reizvolles, in seliger Erwartung entspanntes Gesicht und auf die perfekt geformten Brüste mit ihren Aureolen in der Farbe getrockneten Blutes schaute, erlebte er den verzweifelten Hunger des Mannes, und als er in ihr versank und spürte, wie ihre Hüften sich ihm in süßer Nachgiebigkeit entgegenschoben und hoben, erhielt er außerdem einen nachhaltigen Eindruck von der Macht und Erfüllung eines leidenschaftlichen Liebhabers. Ihre Lippen formten einen atemlosen Laut, als er tief eintauchte, und ihre Hände tanzten flügelgleich über seine Schultern. All dies vertraut und eine Erinnerung an menschliche Liebe und generationenalte Lust. Doch während sie sich auf dem schwarzen Seidentuch der Begierde wanden und aufbäumten, meldete sich in ihm eine andere Empfindung. Seine Augen, die bis zu diesem Moment vor Lust geschlossen waren, öffneten sich abrupt wie bei einem wiederbelebten Toten. Mit ihren schweißbedeckten Brüsten, ihrem fieberhaften Hin- und Herwerfen erschien sie nun von niederer und unfeiner Ordnung, ein zuckendes Ding, in dem er mit einem heißen Stock herumstocherte, ein hitziger mädchenförmiger Muskel in klugen, durchdachten Bewegungen, aber geistlos und dumpf in allem anderem. Er musterte sie, versuchte, sie mit diesem Blick genauso greifbar zu durchdringen, wie er es mit seinem Glied tat. Ihre Augenlider öffneten sich flatternd, ihre Augen weiteten sich, und ihre Lippen spannten sich, entblößten die Zähne, als wolle sie schreien, entsetzt von dem, was sie in seinem Gesicht gewahrte. Elektrisiert von ihrem Schrecken, bäumte sie sich auf, warf sich zur Seite und versuchte – wie es schien – ihn abzuwerfen, mit dem Erfolg, daß sie damit seine Erregung bis zum Höhepunkt steigerte. Mit der linken Hand packte er ihre Kehle, brachte sie zum Schweigen, und seine rechte grub er in ihr Gesäß und drückte sie noch fester an sich. Die Angst wich nicht aus ihrem Gesicht, sondern sie vermischte sich mit den tranceartigen Symptomen einer zarteren Empfindung, als wären Liebe und Angst alte Freunde, die sich in ihr oft begegneten. Ihr Atem ging in kürzeren Stößen, und ihre Bewegungen, wenngleich noch immer heftig, erschienen weniger verzweifelt, weniger auf Flucht gerichtet. Erfüllung und Entsetzen funkelten in ihren Augen. Ihre Beine schlangen sich um seine Taille, ihre Fingernägel furchten seinen Rücken, und Beheim, selbst getrieben von einer Vielfalt von Gefühlen, keins davon sanft und zärtlich, schrie auf vor unendlicher Wut und Freude darüber, erneut von diesem ausgesprochen sterblichen Gefühl überwältigt zu werden. Dann versteifte er sich, überschwemmt von einer glühenden Woge der Lust, und schwebte regungslos über ihr, seine Fangzähne nur wenige Zentimeter von der blaßblauen Vene an ihrem Hals entfernt, erfüllt von der Gier, sie in diesem Moment auszusaugen, während sie ihn aussaugte, hin und her gerissen zwischen zwei machtvollen Begierden.

Ihr Atem beruhigte sich, die Röte wich aus Giselles Gesicht. Beheim rollte sich zwischen ihren Beinen weg und blieb auf dem Rücken liegen, wobei er sich zugleich unbehaglich und doch herrlich fühlte.

»Michel?«

Er gab einen nichtssagenden Laut von sich.

»So wird es passieren, nicht wahr? Mein Urteil. Es wird geschehen, während wir uns lieben.«

»Vielleicht.«

»Es ist beinahe schon jetzt passiert, oder?« fragte sie nach einer Pause.

»Ich bin mir nicht sicher.«

Er wollte sich ihr nicht zuwenden, nicht so sehr aus Angst davor, was er sehen könnte, sondern *wie* er sie sehen könnte; unsicher, welche Hälfte seiner Seele in diesem Moment aus seinen Augen herausblickte.

Giselle preßte sich an ihn, wobei ihre Brüste sich auf seinem Arm flachdrückten und die klamme Feuchtigkeit ihrer Oberschenkel einen klebrigen Fleck auf seiner Hüfte hinterließ und in ihm ein Gefühl des Ekels weckte. »Wie wunderbar!« sagte sie in einem Ton, den er als lüsterne Begeisterung empfand. »Dich in mir zu spüren und gleichzeitig den Mysterien so nahe zu sein.«

Er war nicht sicher, wie er das aufnehmen sollte, war er doch einerseits erstaunt über ihren Mangel an Unschuld und andererseits erfreut über ihr Verständnis der verderbten Süße des Lebens, der fauligen Nuancen von Intellekt und Blut, von ihrer frisch erwachten genießerischen Begeisterung über die Welt der Sinne. In der einen Sekunde empfand er sich als mächtige menschenförmige Scheußlichkeit in einer schwarzen Kiste mit schmiedeeisernen Verschlüssen und in der nächsten als gütige Seele, die von einem unheiligen Kuß vergiftet wurde. Hin und her geworfen zwischen einander widerstreitenden Begierden und Meinungen, der Unschlüssigkeit, der Zweifel und Dämonen müde und nur von dem Wunsch nach Schlaf erfüllt, richtete er seinen Blick auf den Gobelin an der Wand am Ende des Zimmers. Dargestellt war darauf ein Wald aus knorrigen Stämmen, durchdrungen von üppigen Ranken, wo bleiche, undeutlich zu erkennende Monster lauerten, und wo ein Hirsch rannte, den Kopf nach hinten gewandt, um im Dunkel nach seinen Verfolgern Ausschau zu halten. Das rauhe Material schien für einen kurzen

Moment zu flattern, über die Wand zu fließen, als sei es nicht aus Garn gefertigt, sondern aus Tausenden von Insekten, auf raffinierte Art und Weise miteinander verknüpft und zuckend, so daß der Eindruck entstand, als sei der gesamte Raum in Bewegung, ein träge dahingleitendes Schiff auf unerbittlichem Kurs, und als stelle der Wandteppich einen Durchgang zu den turbulenten Prozessen einer düsteren und unversöhnlichen Welt dar.

KAPITEL 2

Am nächsten Abend erhielt Beheim Besuch von Roland Agenor. Es war ein Besuch, vor dem er sich gefürchtet hatte, und als der alte Mann sich in einem Sessel unter einem mit Eisenläden verschlossenen Fenster niederließ, schickte Beheim sich zu einer ausführlichen Entschuldigung und Erklärung für sein Verhalten in der voraufgegangenen Nacht an, die vorzubereiten er mehr als eine Stunde gebraucht hatte. Aber ehe er die Punkte äußern konnte, die er sorgfältig ausgearbeitet hatte, winkte Agenor ab und sagte: »Es gibt ein Problem.« Seine Augen waren blutunterlaufen, und sein normalerweise heiter gelassenes Gesicht war sorgenvoll, und die Furchen seiner Stirn waren noch tiefer als zuvor.

Er glättete seine weiße Haarmähne, lehnte sich zurück, schlug die Beine übereinander und bedachte Beheim mit einem besorgten Blick. »Ich habe etwas getan, mein junger Freund«, sagte er, dann senkte er den Blick und schwieg längere Zeit, als litte er unter einer schweren Last der Schuld. Schließlich fuhr er fort: »Etwas, das dir die Gelegenheit eröffnen könnte, großen Einfluß auszuüben, das dich jedoch gleichzeitig einer großen Gefahr aussetzt.«

Beheim war beunruhigt über die untypische Zerstreutheit seines Mentors. Er schaute ihn an, erinnerte sich an den Tag, an dem sie sich kennengelernt hatten, an seinen Schrecken bei der Offenbarung von Agenors wahrem Charakter, an die Unterwerfung unter den Biß, an die Jahre seines Dienens vor dem Urteil und daran, wie der Schrecken sich in Achtung und Liebe verwandelte. All das verlieh Giselles Dilemma eine freundlichere Perspektive und bewirkte, einstweilen, daß Beheim ihr gegenüber eine wohlwollendere Haltung einnahm ... aber auch sich selbst gegenüber. »Ich habe immer großes Vertrauen in Ihre Führung gehabt«, sagte er zu Agenor und versuchte ihn aufzumuntern, ihm Zuversicht zu vermitteln.

Agenor lächelte traurig. »Ich wünschte, du würdest an dieser Meinung festhalten.« Er zupfte seine Manschetten zurecht, holte tief Luft und atmete zischend aus. »Ich komme soeben von einem Gespräch mit dem Patriarchen. Wie ich schon andeutete, gibt es ein Problem, das zu lösen unsere Fähigkeiten überfordern könnte. Oder genauer, das zu lösen die Fähigkeiten der meisten von uns übersteigt. Du, hingegen, bist überaus qualifiziert, es zu lösen, und ich habe dies gegenüber dem Patriarchen deutlich gemacht. Er hat dich ausgewählt, die Ermittlungen zu leiten.«

»Welche Ermittlungen?« fragte Beheim gespannt.

»Es hat ein Mord stattgefunden.«

»Zum Teufel, was sagen Sie da? Ein Mitglied der Familie?«

»Die Goldene.«

Beheim sah ihn ungläubig an. »Wie konnte das geschehen?«

»Das, lieber junger Freund, ist die Frage, auf die du für uns alle eine Antwort finden mußt.« Agenor erhob sich und ging zum Fenster und musterte die eisernen Läden, als betrachte er ein Kunstwerk. »Vor ihrem Zimmer wurde keine Wache aufgestellt. Ein solches Verbrechen war einfach undenkbar. Sie hatte natürlich eine Begleitung. Eine alte Dienerin. Aber die ist spurlos verschwunden. Die Goldene wurde vor zwei Stunden von den Dienern des Patriarchen aufgefunden. Völlig ausgesaugt. Verstümmelt.« Er gab ein Schnauben von sich – der Abscheu, wie Beheim vermutete – und sagte: »Ich kann mir vorstellen, daß die Täter, wer immer sie sind, beim Trinken ein einzigartiges Vergnügen hatten.«

»Weshalb reden Sie von ›Tätern‹?«

»Es ist nur eine Annahme. Es stand mehr als genug Blut zur Verfügung. Vor allem im Falle eines derart berauschenden Getränks.«

»Ich verstehe nicht.«

»Das Dekantieren ist trotz des ganzen Pomps, der diese Zeremonie umgibt, nicht der heiligste aller heiligen Akte, als der er erscheint. Tatsächlich ist es kaum mehr als ein altmodisches Besäufnis … für die wenigen, die die Erlaubnis zum Trinken haben. Jedenfalls hat man es mir so erklärt. Es könnte ebensogut simpler Whiskey sein. Eine chemische Substanz dient als Rauscherzeuger. Wenn du denen zuhörst, die schon einmal an diesem Ritual teilgenommen haben, behaupten sie, daß nur ein einziger Schluck ihnen eine enorme Weitsicht ermöglicht, so als wäre es eine Erleuchtung.«

»Der Goldene … erzeugt er auch Hellsichtigkeit?«

»Nein, nein! Tod durch Erleuchtung ist unser einziger Weg in die Zukunft. Ihre Behauptungen in Bezug auf den Goldenen sind lediglich eine Rechtfertigung für Ausschweifung. Ich gebe zu, daß ich in dieser Hinsicht keine Erfahrungen habe, aber ich weiß, was dahintersteckt.«

»Haben Sie denn niemals dem Dekantieren beigewohnt?« fragte Beheim verblüfft.

»Ich habe Feinde, die sich bemüht haben, mir diese Ehre zu verweigern.« Agenor wandte sich am Fenster um. »Jetzt« – seine Stimme brach, und die Tatsache, daß er so offen Gefühl zeigte, erschreckte Beheim – »will ich nicht mehr daran teilnehmen. Es ist eine barbarische Praxis, obgleich kein richtiger Schaden angerichtet wird. Eine der Tugenden des Blutes ist, daß es niemals vorkommt, daß der Goldene das Urteil nicht erfolgreich besteht und Mitglied der Familie wird. In diesem Fall jedoch, leer, wie sie war, nun …« Er ließ den Satz unbeendet und fügte dann in niedergeschlagenem Ton hinzu: »Davon erholt man sich niemals.«

»Vielleicht steckt hinter dem Dekantieren weitaus mehr, als Sie jetzt erkennen«, sagte Beheim. »Ich möchte nicht respektlos erscheinen, aber da Sie damit keinerlei Erfahrung haben, vielleicht …«

»Ich habe sie gesehen, nachdem sie den Goldenen gekostet haben«, berichtete Agenor. »Glaub mir, an der ganzen Angelegenheit ist nichts Übersinnliches. Andererseits bin ich Zeuge vieler Erleuchtungen gewesen, und trotz der Tatsache, daß diejenigen, die sich diesem Ritual unterziehen, wegen Vergehen gegen die Familie bestraft wurden, liegt in dem Akt etwas irgendwie Edles. In der Aufgabe des Lebens, um Fragen die Zukunft betreffend zu beantworten. Ich glaube, daß die Verdammten dies verstehen, daß sie an ihrem Opfer eine unendliche Freude haben.«

Während er diese Worte sprach, huschte ein ferner, beinahe glückseliger Ausdruck über Agenors Gesicht, als dächte er über sein eigenes heiliges Opfer nach. Erneut war Beheim beunruhigt über das sprunghafte Verhalten des alten Mannes, aber er ignorierte es lieber und konzentrierte sich dafür auf das drohendere Problem. Er setzte sich auf die Bettkante, legte die Hände flach auf die Knie und studierte das Muster des Teppichs zwischen seinen Füßen.

»Was denkst du?« erkundigte Agenor sich.

»Ich habe mich gefragt, weshalb jemand ein solches Verbrechen wagen könnte.«

»Du vor allen anderen solltest den Reiz des Goldenen doch nachvollziehen können.«

Beheim ging auf diese Anspielung auf sein unbeherrschtes Verhalten nicht näher ein. »Ich weigere mich zu glauben, daß jemand dies nur wegen eines Schluckes Blut gemacht haben soll.«

»Wahrscheinlich überschätzt du einige von uns. Die de Czeges zum Beispiel.«

»Ich bezweifle sogar, daß die de Czeges fähig sind, ein Verbrechen mit einem derart unkomplizierten Motiv zu begehen. Vielleicht um irgendeiner Sache Nachdruck zu verleihen, vielleicht als rebellischen Akt. Aber nicht nur wegen Blut allein.«

»Nun, ich will nicht widersprechen. Schließlich ist es deine Aufgabe, die Angelegenheit aufzuklären.« Der alte Mann ging zum Bett hinüber und legte eine Hand auf Beheims Schulter. »Und du stürzt dich am besten sofort auf deine Aufgabe. Der Patriarch wird alle Anwesenden nicht länger als nur ein paar Tage hier festhalten können.«

Beheim nickte, empfand aber wenig Begeisterung für seine Arbeit, da seine Faszination von dem Verbrechen durch die Schwierigkeit der vor ihm liegenden Aufgabe stark gedämpft wurde.

»Vielleicht hätte ich dich nicht empfehlen sollen«, sagte Agenor.

»Nein, nein«, beeilte Beheim sich, ihm zu versichern. »Ich ...«

Agenor gebot ihm zu schweigen, indem er eine Hand hob. »Um unserer Freundschaft willen hätte ich dich nicht vorschlagen sollen. Es könnte sein, daß ich dich am Ende geopfert habe, denn du wirst in großer Gefahr schweben, und obgleich dir die Unterstützung des Patriarchen sicher ist, werden viele deine Ermittlungen als ungeheuerliche Demütigung empfinden. Und solltest du die Täter entlarven, werden sie sich zweifellos bis zum Tode wehren, als sich einer Erleuchtung zu unterziehen. Aber es steht noch viel mehr auf dem Spiel als Freundschaft.« Er ging ein paar Schritte bis zur Mitte des Raums, blieb von Beheim abgewandt stehen und verschränkte die Hände auf dem Rücken. »Solltest du Erfolg haben, wirst du enormen Einfluß auf den Patriarchen und jene erringen, die sein Ohr haben. Mehr Einfluß, als ich jemals hatte erreichen können. Es ist möglich, daß dies das Ereignis ist, das die Meinung in unsere Richtung umschlagen läßt, das uns die eine notwendige Stimme im Chor der Argumente verschafft, so daß wir die Familie führen können und damit garantieren, daß sie ihre Macht ausbaut und festigt. Daher« – er drehte sich um – »habe ich getan, was ich tat. Aber laß mich dir versichern, mein Freund, du stehst nicht alleine. Wenn du fällst, dann falle ich mit dir. Ich würde dein ewiges Leben niemals gefährden, ohne das Risiko zu teilen.«

Beheim war verlegen und fühlte sich schwach. Er erkannte nun das Katastrophenpotential, das in diesem Fall steckte. »Ich will versuchen, Ihr Vertrauen in mich zu rechtfertigen«, sagte er, aber die Worte klangen in seinen eigenen Ohren irgendwie hohl und leer. Dann fügte er mit unsicherer Stimme hinzu: »Ich weiß kaum, wo ich anfangen soll.« Er stand auf und stützte einen Finger gegen seine Wange. »Bei so vielen Verdächtigen dürfte es unmöglich sein, sie in ein paar Tagen zu befragen.«

»Was das betrifft«, sagte Agenor, »so ist es möglich, das Feld einzugrenzen. Zum einen habe ich heute abend ein Bündnis geschlossen, daß sich schon bald als fruchtbar erweisen könnte. Und außerdem war ich so frei, Diener zu allen Familienangehörigen zu schicken und sie zu bitten, dir Informationen über ihre Aktivitäten zukommen zu lassen. Einige weigern sich möglicherweise aus Überheblichkeit, und andere werden vermutlich eher lügen, als ein Rendezvous oder irgendeine andere intime Affäre zu offenbaren. Aber trotz all unserer Macht sind wir die am einfachsten durchschaubaren Wesen, und ich glaube, einige meiner Vettern und Cousinen werden mich mit ihrer Offenheit überraschen. Dadurch werden wir wahrscheinlich den größten Teil unserer Verdächtigen auf einen Streich ausklammern können.«

»Aber auch dann«, sagte Beheim, »selbst wenn wir alle bis auf zehn eliminieren, dürfte es eine geradezu monumentale Aufgabe sein, herauszufinden, wer von ihnen schuldig ist. Unsere größte Hoffnung ist die, daß die Leiche uns irgendeinen entlarvenden Hinweis liefert.«

»Dann laß mich dich sofort hinführen.«

»Mit allem gebührendem Respekt, Lord, obwohl ich Ihre Unterstützung sehr zu schätzen weiß und Sie sicherlich im Laufe der Ermittlungen bitten werde, mir behilflich zu sein, würde ich es doch vorziehen, zu operieren, ohne daß mir ständig jemand über die Schulter blickt. Ich werde dann nämlich etwas weniger abgelenkt.«

Agenor neigte den Kopf. »Sehr wohl. Aber ich bestehe darauf, von deinen Fortschritten in Kenntnis gesetzt zu werden ... und zwar zu deinem und meinem Schutz.«

»Ich werde mich bemühen ...«

»Nein, du wirst mich auf dem Laufenden halten, Michel. Das verlange ich.«

Obgleich die Anweisung des alten Mannes in ernstem, festem Ton gegeben worden war, hätte Beheim schwören können, in seinem Gesicht die Andeutung eines flehenden Ausdrucks wahrnehmen zu können, der ihn verblüffte – noch nie zuvor hatte er Agenor so unsicher erlebt, auch wenn er persönlich angegriffen worden war.

»Wenn noch mehr dahinter steckt, als Sie mir offenbart haben«, sagte Beheim, »habe ich wohl das Recht, es jetzt und hier zu erfahren.«

Agenors Patriziermiene verhärtete sich zornig, aber nur für einen winzigen Moment. Dann schien sein Fleisch nachzugeben und schlaff von seinen Schädelknochen herabzuhängen, als die langen Jahre seines unnatürlichen Lebens plötzlich sichtbar wurden. Er starrte Beheim mit hohlen Augen an, als sei er verwirrt über das, was soeben von ihm verlangt worden war. Schließlich sagte er noch einmal: »Ich habe etwas getan.«

Beheim wartete auf eine Enthüllung, aber er bekam nichts zu hören.

»Ja?« sagte er. »Sie haben etwas getan?«

Agenors Kopf zuckte, er blinzelte Beheim an, als bemerkte er erst jetzt dessen Anwesenheit. »Das Bündnis, von dem ich gesprochen habe ... ich mußte es eingehen, um dir einen gewissen Vorteil zu verschaffen, allerdings kann ich nicht abschätzen, ob es dir am Ende hilft oder dich behindert.« Er gab einen erschöpften Seufzer von sich. »Wir müssen abwarten, was geschieht.«

»Und was für ein Bündnis ist es?«

»Dazu möchte ich mich im Moment lieber nicht äußern.«

Beheim wußte, daß es sinnlos wäre, auf einer Auskunft zu bestehen. »Ich möchte darum bitten, daß mir eine Anzahl Diener zur persönlichen Verfügung überlassen werden«, meinte er nach einigen Sekunden. »Natürlich wird Giselle als meine Beauftragte fungieren, aber aufgrund des Umfangs der Ermittlungen brauche ich mehr Hilfe, als sie beisteuern kann.«

»Dein Wunsch wird dir erfüllt.«

Beheim stand auf. Er fühlte sich noch ein wenig schwach, spürte aber schon, wie sein alter Jagdeifer erwachte, wie er ihn in seiner Zeit in Paris kennengelernt hatte.

»Denke stets daran, was auf dem Spiel steht«, sagte Agenor. »Ganz gleich, was du herausfindest, und egal welche hochrangigen Verbindungen die Täter haben mögen, du darfst nicht zögern, dem Patriarchen die Wahrheit mitzuteilen.«

»Ich werde alles in meiner Macht Stehende tun, um Sie nicht zu enttäuschen.«

»Du kannst *mich* nicht enttäuschen«, sagte Agenor und ergriff mit beiden Händen Beheims Rechte und sah ihn mit beschwörendem Blick an. »Ich habe bereits versagt. Ich habe die Beachtung des Patriarchen verloren. Er betrachtet mich als alten Narren, einen Schriftgelehrten mit den Wahnvorstellungen einer Kassandra. Aber du kannst mein Versagen wiedergutmachen, Michel. Du hast es in der Hand, aus den Trümmern meiner Niederlage einen Sieg zu zimmern. Versage nicht. Das ist meine Forderung an dich.«

Die Leiche der Goldenen lag nackt und mitleiderregend auf dem Ostturm der Burg Banat. Die Augen des Mädchens waren zugefroren, und ein rissiger roter Glanz bedeckte die schwärzlichen Steine neben ihr. Verstümmelt, hatte Agenor gesagt, aber dieses Wort hatte Beheim nicht auf die Gräßlichkeit der Verletzungen vorbereiten können. Seitlich in ihrem Hals klaffte ein zerfranstes Loch, das groß genug war, um eine Faust hineinzustecken, und eine ähnliche Wunde befand sich in ihrem Bauch. Kleinere, jedoch keinesfalls weniger schlimme Verletzungen verunstalteten ihr Gesicht, die Brüste und Oberschenkel. Obgleich die Leiche gefroren war, konnte Beheim Anzeichen von Blässe und Totenstarre erkennen, die darauf hindeuteten, daß sie während der letzten Stunden der vergangenen Nacht getötet worden sein mußte, zu einer Zeit also, als es warm genug gewesen war, um das Einsetzen von Verwesungsprozessen zuzulassen. Dennoch war er überrascht, daß dieser Prozeß nicht weiter fortgeschritten war. Es mußte im Verlauf des Tages eine Kältephase gegeben haben, schloß er, die diesen Vorgang verzögert hatte. Doch selbst in diesem Fall war es keine ausreichende Erklärung für das weitgehende Fehlen von Verwesungsmerkmalen. Vielleicht hatte es kurz vor dem Morgengrauen nur eine kurze Wärmephase gegeben, nach der beim ersten Tageslicht sofort wieder Frost eingesetzt hatte. Es war wohl eine denkbare Theorie, jedoch war davon auszugehen, daß keiner der Diener bei Tageslicht hinausgegangen war, da alle ihre Herren sorgfältig bewacht und sie vor möglichem Verrat beschützt hatten.

Die wächsernen Hände des Mädchens waren in einer klauenähnlichen Geste erstarrt, ihr Mund klaffte in einem stummen Schrei auf. Keine Spur von ihrer Frische und Schönheit war mehr vorhanden, abgesehen von dem Glanz ihres blonden Haars und dem schwachen, qualvoll verlockenden Blutgeruch, der von den Flecken auf den Steinen des Turms aufstieg. Und trotz Agenors Mutmaßung, daß mehrere Personen an der Tat beteiligt gewesen waren, konnte es nach Beheims Auffassung das Werk nur eines einzigen Mörders gewesen sein. Die Art gewaltsamer Ausschweifung verlangte nach der intimen Situation des sexuellen Aktes, sie kündete von einer absolut geheimen persönlichen Lasterhaftigkeit. Er hatte niemals erlebt, daß Mörder gemeinsam am Werk gewesen wären – hätte es doch in diesem Fall einen Zeugen gegeben, auch wenn es der eigene Komplize wäre – und derart hemmungslos gewütet hätten.

Indem er die Augen schloß und seine mentalen Fähigkeiten ins Spiel brachte, die zum Teil für seinen kometenhaften Aufstieg bei der Pariser Polizei gesorgt hatten, verschmolz er mit der Vergangenheit, benutzte alle Hinweise, die winzigsten Spuren und atmosphärischen Konstanten, um sich in den Mörder hineinzuversetzen, um seinen Gemütszustand nachzuempfinden und sich zu vergegenwärtigen, wie er sich während des Tötens gefühlt hatte, um zurückzukehren zu jenem Moment des Verbrechens, zur Turmspitze, wie sie sich am vorhergehenden Morgen dargeboten hatte. Ein wie geschwollen wirkender gelber Mond hing im Osten über den gerundeten Bergen und Hügeln, die die Burg umgaben, und beleuchtete undurchdringliche Dickichte und kurze, stämmige Eichen mit zwergenhaften Ästen und schuf tiefe Schattenzonen in den Senken. Winddurchwehte Stille. Dann öffnete sich knarrend die Turmtür, und eine dunkle Gestalt, ein Mann – oder vielleicht war es gar kein Mann gewesen! Beheim glaubte für einen kurzen Moment, daß er den männlichen Charakter der Gier des Mörders, die Muskelkraft seiner Raserei spürte, aber dann ließ eine Andeutung von etwas anderem, eine zierliche Bewegung, ein Zögern, einen anderen Gedanken entstehen. Aber um seine Vermutung weiterzuspinnen, betrachtete er den Mörder weiterhin als Mann. Hochgewachsen. Ein großer Mann, der das Mädchen in die eisige Luft hinausführte. Ihr helles Haar flatterte im Wind. Ihr hauchdünnes Nachthemd schmiegte sich an die Brüste und den Bauch und an die Schenkel. Ihr Gesichtsausdruck war benommen, ihre Bewegungen wirkten nachtwandlerisch. Unter dem zwingenden Blick des Vampirs spürte sie nichts von der Kälte. Der Mörder drehte sie zu sich um, dann beugte er sich zu ihrem Hals hinab und trank. Ihr Kopf sank nach hinten. Weiße Halbmonde zeigten sich unter ihren halbgeschlossenen Lidern. Nach einem langen Moment hob der Vampir den Kopf, sein Mund rot verschmiert, und hielt das Mädchen in einem Arm fest. Der Blutgeschmack hatte ihn berauscht. Noch nie hatte er ein solch erregendes Aroma geschmeckt, noch nie eine derartige Ekstase empfunden. Er konnte nicht anders, als erneut zu trinken, und schnell wurde aus der Ekstase eine rohe, rote Gier, ein primitives Frohlocken. Es war, als hätte sich in seinem Geist ein Loch aufgetan, ein verschütteter Tunnel, aus dem sich eine Flut verderbter, tierhafter Begierden ergoß. Schon bald trank er nicht mehr nur, sondern er zerrte mit seinen Fangzähnen am zarten Gewebe, wollte zur Quelle der heißen Lust vordringen, die seinen Intellekt, seine Seele verschlang, wollte nur graben und wühlen und reißen, bis er die offene Arterie küssen und ihr ihren einzigartigen Inhalt aussaugen konnte. Das Mädchen sank hin, und er stürzte auf sie, ein schwarzer, formloser Schatten, der sich an ihrem zuckenden Körper zu schaffen machte. Er fetzte an ihrem Bauch, ihrem Gesicht, er biß und schnappte ohne Ziel oder Verständnis von Anatomie, entfernte die Fleischbarrieren, die den blutroten, betäubenden Saft eindämmten. Und …

Irgend etwas war nicht in Ordnung.

Ein greller Schrecken drängte sich in seine Gedanken. Er schaute nach oben. Der Mond brannte, loderte, eine wabernde Monstrosität, die in der einen Sekunde scharfkantig facettiert erschien und in der nächsten verschwamm, wie durch hitzeflimmernde Luft betrachtet. Der Himmel hatte eine giftige Farbe angenommen, und die ganze Welt leuchtete, als würde sie von einer unirdischen Macht angestrahlt. Das Blut beeinflußte seine Sehfähigkeit, entschied er. Es mußte das Blut sein, die Trunkenheit. Oder vielleicht doch etwas anderes? Mehr als das Blut, dachte er kurz, aber er konnte sich nicht erinnern. Dann sah er, was er dem Mädchen angetan hatte.

Abscheu stritt sich mit einem Gefühl des Stolzes auf seine Macht, sein barbarisches Wesen. Er fühlte sich benommen ... und es war nicht jene beseligende Benommenheit der vorhergehenden Momente, sondern ihm war übel, und er fühlte sich wie in einem Nebel und war schlicht und einfach betrunken. Alles war zu hell. Das Blut gleißte wie ein träger Lavastrom auf den Steinen, Licht drang aus den Spritzern, den Pfützen, aus Rissen und Fugen zwischen den Steinen. Eine Woge der Übelkeit überwältigte ihn, und er kam schwankend auf die Füße. Irgendwie war alles falsch, was er getan hatte, was er fühlte und sah, alles war falsch. Zuviel Licht, Licht, das in seinem Kopf explodierte, aus seinen Augen strömte, aus den Wunden des Mädchens, aus dem zerfetzten Fleisch ihrer Brüste, blutiges Licht, das nach oben stach, um ihn mit Schuld zu beflecken, um sein ganzes Leben zu zeichnen. Eine heiße Flüssigkeit brodelte in seinem Schlund nach oben, und er würgte. Sein Magen leerte sich vollständig. In seinem Kopf erklang ein gespenstisches Singen, ein Kreischen wie von Fingernägeln, die über Schiefer kratzen. Er versuchte, seine Ohren zuzuhalten, konnte aber das Geräusch nicht dämpfen, und, desorientiert, verängstigt – wovor, das wußte er nicht –, mit roter Galle, die von seinem Kinn tropfte, und mit hämmerndem Herzen flüchtete er sich in die Dunkelheit der Burg.

Beheim erwachte und stellte fest, daß er sich gegen die Turmmauer stützte, hinausblickte auf die Karpaten und – zu seiner beträchtlichen Überraschung – einen kleinen, silbrigen Mond sah, der sich gründlich von der aufgedunsenen gelben Monstrosität unterschied, die er sich vorgestellt hatte. Er hatte das Gefühl, als stünde jemand hinter ihm, aber als er herumwirbelte, sah er nur die Leiche der Goldenen ... obgleich die fremde Wesenheit nachhaltig die Luft erfüllte. Er nahm diese Präsenz in sich auf, hoffte, ihre Bestandteile isolieren zu können, davon überzeugt, daß es eine mentale Spur des Mörders war, ein Hinweis, der ebenso faßbar war wie ein Blutfleck oder ein Schuhabdruck. Aber sie verblaßte schnell, und er konnte nichts weiter erfahren. Er versuchte, die verschiedenen Eindrücke von dem Mörder zu einem Portrait zusammenzufügen, aber die Gestalt vor seinem geistigen Auge erschien so nichtssagend wie ein Scherenschnitt aus schwarzem Papier. Höchstwahrscheinlich ein Mann. Ein arroganter Zeitgenosse, dennoch mit halbwegs ausgeprägtem Gewissen. Bis zur Halluzination betrunken vom Blut der Goldenen. Zum Mord getrieben, doch dann so sehr beschämt, daß er sich übergab und floh. Das war alles.

Er kniete sich hin, um die Leiche zu untersuchen. Ein kurzer schwarzer Garnfaden, der sich unter einem abgebrochenen Fingernagel festgesetzt hatte, war der einzige Hinweis, den er zutage förderte. Er half kaum weiter. Welcher Mann im Kreis der Versammelten hatte keine schwarze Kleidung getragen? Indem er die Zähne zusammenbiß, verschob Beheim die Leiche. Das Fleisch war auf den Steinen festgefroren und gab ein entsetzliches Schmatzen von sich, als es hochgehoben wurde. Darunter verbarg sich nur wenig von Interesse. Mehr Blut und weitere Fetzen des zerrissenen Nachthemdes. Er betrachtete die Fetzen, aber da er kein Mikroskop zur Verfügung hatte, konnte er aus ihnen keinerlei Erkenntnisse gewinnen. Er fühlte sich völlig hilflos, frustriert. Er richtete sich auf und begann, langsam umherzugehen, wobei er die mondbeschienenen Steine betrachtete. Sobald er den beleuchteten Teil des Turms sorgfältig erforscht hatte, ging er auf Hände und Knie hinunter und suchte die Schattenbereiche entlang der Mauer ab, wobei er mit den Fingernägeln in die Mauerritzen eindrang. Er hatte fast den halben Bereich inspiziert, als er eine scharfkantige Glasscherbe entdeckte. Nicht weit davon entfernt lagen weitere Glasscherben und -splitter auf dem Erdboden herum. Mitten unter ihnen entdeckte er den Hals einer kleinen Flasche, auf dem ein silberner Verschluß saß. Es war, wie er bei eingehender Inspektion feststellte, eine außerordentlich alte Flasche, höchstwahrscheinlich sogar etwas Antikes. Der Größe nach zu urteilen hatte sich früher Parfüm darin befunden. Ein kunstvoller Großbuchstabe war auf dem Verschluß eingraviert, aber er war im Laufe der Zeit nahezu vollständig verblaßt, und nur noch ein winziger Rest war vorhanden, so daß Beheim nicht erkennen konnte, um welchen Buchstaben es sich ursprünglich gehandelt hatte. *U* oder *N* vielleicht. Möglicherweise auch ein *V*. Er drehte den Verschluß in der Hand hin und her, dann steckte er ihn in die Tasche und setzte seine Suche fort. Aber er machte keine weiteren Entdeckungen.

Drei Hinweise. Der Flaschenverschluß, das Blut – irgendwo im Schloß wäre blutbesudelte Abendkleidung versteckt – und die Tatsache, daß der Täter ein Mann gewesen war. Keine besonders breite Basis, um darauf eine Ermittlung zu beginnen. Beheim wußte, daß er Glück brauchte ... Glück und eine ganze Menge sorgfältige Arbeit, die vorwiegend von den Dienern der Familie geleistet werden mußte. Er würde sie sofort losschicken, um die blutigen Kleider zu suchen und um nach dem Eigentümer des Flaschenverschlusses zu forschen. Dann würde er die Ergebnisse von Agenors Nachfrage hinsichtlich der jeweiligen Aufenthaltsorte der Familienmitglieder während der frühen Morgenstunden studieren.

Aber was könnte er selbst unternehmen?

Irgend etwas an seiner Rekonstruktion des Verbrechens bereitete ihm Kopfzerbrechen ... etwas speziell im Zusammenhang mit den Halluzinationen. Das Aussehen des Mondes. Nun, da er darüber nachdachte, entsann er sich, daß der Mond am voraufgegangenen Morgen dem Mond an diesem Abend entsprochen hatte. Klein, silbrig und kurz nach der Vollmondphase. Doch zum Zeitpunkt des Mordes war er aufgedunsen und riesig erschienen. Vielleicht litt er unter einer Sehstörung. Oder er war bereits vor dem Genuß der Goldenen betrunken gewesen und daher Opfer gewisser Wahrnehmungsstörungen.

Beide Möglichkeiten, so entschied er, waren einer eingehenderen Betrachtung wert.

Erneut untersuchte er den silbernen Flaschenverschluß. Es war unwahrscheinlich, daß das Mädchen ihn bei sich gehabt hatte – ihr Nachtgewand hatte keinerlei Taschen. Aber was hätte ein Mörder mit einer Flasche Parfüm anfangen sollen? Beheim roch an dem Verschluß. Ein Geruch klebte daran, allerdings nicht von Parfüm. Es war ein scharfer, säuerlicher Geruch. Irgendeine Arznei? Eine Droge, mit der er die Begleitung der Goldenen ausgeschaltet hatte? Aber weshalb sollte er eine Droge benutzt haben, wenn er doch über die natürliche Fähigkeit verfügte, Sterblichen seinen Willen aufzuzwingen? Und wo war die Begleitung? Wahrscheinlich zerschmettert in irgendeiner Schlucht unterhalb der Burg, hinausgeschleudert aus einem der Burgfenster. Weitere Diener wären nötig, um die Berghänge abzusuchen. Bei all den Steilabstürzen und Schluchten in nächster Nähe war es möglich, daß der Körper erst in einiger Entfernung von den Burgmauern liegengeblieben war. Aber erst einmal zur Flasche. Was könnte sie enthalten haben? Beheim rieb mit dem Daumen über die Reste des eingravierten Buchstabens und gelangte mehr und mehr zu der Überzeugung, daß die Antwort auf diese Frage die Beantwortung aller anderen Fragen entscheidend beeinflussen würde. Natürlich war es durchaus möglich, daß die Flasche überhaupt nichts mit dem Mord zu tun hatte, daß sie schon einige Zeit dort gelegen hatte, ehe die Goldene und der Mörder dort erschienen waren … allerdings nicht lange, denn sonst hätte ihr kein Geruch mehr angehaftet. Doch er glaubte nicht, daß es sich so verhielt. Der silberne Verschluß schien eine Schwingung zu enthalten, ein letztes Zittern, das von der Gewalt kündete, die auf dem Turm getobt hatte.

Er blickte hinunter auf die Leiche. Bis zu diesem Moment hatte er kaum einen Gedanken für die persönliche Tragödie der Goldenen übrig gehabt und hatte den Fall ausschließlich als eine Verletzung von Ehre und Tradition betrachtet; doch nun gedachte er ihrer Schönheit, ihrer Anmut und fragte sich, was sie von all der Leidenschaft um sie herum gehalten hatte und was für eine Frau sie gewesen war. Hatte sie die Einzelheiten des Rituals gekannt? Hatte sie nach der Unsterblichkeit gestrebt? So nahe war sie ihr gewesen. Fast eine Königin und unsterblich. Seine Gedanken wanderten zu Giselle, ebenso schön und von den gleichen Wünschen beseelt. Er dachte an ihre Kindheit in Quercy, ihre gediegene Erziehung, ihr Debüt in Paris. Nichts davon konnte sie auf das Leben vorbereitet haben, das sie nun führte. Wie sehr mußte sie es sich gewünscht haben, zwischen diesen geckenhaften, mürrischen Lords und Ladies zu leben, zwischen diesen glanzäugigen Mördern mit dem Blut voller Träume und seltsamer Anwandlungen und Gedanken, die wie schwarze spinnenhafte Sterne in ihren Gehirnen verdorrten. Wie tief mußte ihre Angst sitzen! Angst, die sich blitzschnell in Liebe verwandeln konnte, ähnlich einem unterirdischen Fluß, der ans Tageslicht hervorbricht. Er dachte an ihr endgültiges Schicksal. Entweder fand sie durch seine Hand den Tod, oder sie wurde unsterblich. Wie würde er auf dieses erste und sehr wahrscheinliche Ergebnis reagieren? Er wäre sicherlich traurig. Verzweifelt. Er würde weinen. Jedoch wußte er, daß er es am Ende schaffen würde, ihren Tod in einen bestimmten Blickwinkel zu rücken, sich aber auch darüber zu freuen, und das verursachte ihm Übelkeit – diese Fähigkeit, jedes Grauen im Namen der düsteren Arkana und mystischen Leidenschaften zu rechtfertigen. Agenor hatte recht: die Familie mußte sich ändern … und nicht nur, weil es weise, sicher und pragmatisch wäre. Und wenn er es schaffte, den Mörder zur Strecke zu bringen, könnte er, Beheim, ein Betreiber dieser Veränderung sein, und das wäre schon ein entscheidender Schritt hin zu einer Wiedergutmachung für das, was er Giselle angetan hatte.

Er trat von der Leiche zurück, blickte über die kahlen Berge, behielt jedoch ein Bild von den ausgestreckten Gliedmaßen und klauenartig verkrümmten Händen der Goldenen im Gedächtnis, ein eher detailarmes Bild von einer goldenen Wurzel, die sich in seinen Geist zu senken schien und wie Butter mit der dunklen Masse seines Gehirns verschmolz und ihn mit neuer Entschlossenheit beflügelte. So unlösbar das Problem auch erschien, er war entschlossen, den Schuldigen zu finden. Dies war, trotz allem, nur ein Mord, ganz gleich, wie ungewöhnlich der Täter aussehen mochte. In Paris hatte er Gewaltverbrechen aufgeklärt, die zu Beginn noch weniger Aussicht auf eine Auflösung geboten hatten. Voller Tatendrang wandte er sich zur Turmtür um, doch während er zurückkehrte in die Dunkelheit der Burg, wurde sein Selbstvertrauen von der irrationalen Angst überschattet, daß hinter ihm der silberne Mond verschwunden war und daß an seiner Stelle, wie eine Krebsgeschwulst am Himmel, eine aufgedunsene, verformte, abstoßende gelbe Kugel hing, ein Wahrzeichen des Wahnsinns und des unheiligen Fieberwahns, eines neuen Feuers im Blut, ein Wahrzeichen bisher unbekannter Geheimnisse und Schrecken, deren schlimme Auswirkungen er sich noch nicht ausmalen konnte.

KAPITEL 3

Die innere Aufteilung der Burg Banat war nicht nach praktischen Erwägungen hinsichtlich Befestigung oder Bewohnbarkeit erfolgt, sondern entsprach einer ganzen Reihe von architektonischen Phantasien, die von einem italienischen Künstler geschaffen worden waren, welcher vor rund sechshundert Jahren einer der Geliebten des Patriarchen gewesen war. Ihre wahnsinnigen Ausmaße demonstrierten den Umfang und die Kompliziertheit des Problems, dem Beheim sich gegenübersah. Weite Kammern, so groß wie halbe Schlösser, waren durch Brücken miteinander verbunden – einige davon waren Zugbrücken –, die zu türlosen Mauern führten; dreißig Meter breite Treppen endeten mitten in der Luft, und es gab Räume, die in Schluchten abstürzten, in deren finsteren Tiefen noch seltsamere Bauwerke zu erkennen waren. Mit Fenstern versehene Türme standen an den unmöglichsten Orten und ragten auf zu hohen, geschwungenen Dächern, und hier und da waren riesige Räder zu sehen ähnlich denen, die Fallgitter hochzogen und herunterließen, nur hatten die meisten von ihnen überhaupt keine Funktion. An allen Stellen konnte man hochblicken und – im Licht der schmiedeeisernen Lampen, die überall hingen – unendliche Ausblicke auf Bögen und Treppen genießen, von denen schwere Ketten wie Schlingpflanzen in dicken Windungen herabhingen, sowie Rollen und Seile ohne erkennbare Aufgabe und hohe Steinveranden, die verziert waren mit Basreliefs von Nymphen und bärtigen Gesichtern, in deren Mündern massive Eisenringe befestigt waren. Auf einer Ebene erstreckte sich eine schwarze Wasserfläche vor einem Strand aus verschraubten Eisenplatten. Aus der Tiefe schwangen sich gräßliche Gestalten empor und zeigten ihre gefiederten Köpfe und krallenbewehrten Hände. Tauben, die niemals in Sonnenschein geflogen waren, nisteten in Rissen und auf Vorsprüngen und schossen zwischen den hohen Gebäuden dahin und beschmutzten alle Flächen unter ihnen mit ihrem Kot, und da waren andere Bestien neben den sorgfältig herausgearbeiteten Wasserspeiern und Drachen, die über die absolute Leere der Brücken wachten; Ratten, Tausendfüßler, Schlangen und, am auffälligsten, degenerierte Männer und Frauen, die früher einmal dem Patriarchen gedient hatten und die am Ende keine Lust hatten, das Risiko des Bluturteils einzugehen und nun wie Ungeziefer in den Tiefen des Schlosses lebten, wo sie beim Auftauchen von Schatten die Flucht ergriffen, Abfall stahlen und – so hieß es gerüchteweise – auf geheimen Wegen umherstreiften, die ihnen den Zugang zu den geheimsten Bereichen der Burg gestatteten, und gräßliche Zeremonien veranstalteten, die abstoßende Varianten jener Rituale waren, die von der Familie praktiziert wurden. Die Ausdehnung dieses Ortes war so enorm, daß er sogar sein eigenes Klima hatte. Wolken konnten in der Höhe entstehen, aus denen es von Zeit zu Zeit regnete. Jemand, der auf einer der Brücken stand, war für jemanden, der sich darunter aufhielt, nicht mehr als nur ein winziger Punkt. Dieser übertriebene Maßstab sowie die bizarre Gestaltung und Verzierung ließ an eine monumentale Idee und Narrheit denken. Tatsächlich waren bestimmte Strukturen von vornherein als Ruinen entworfen worden: zerfallende Steinwälle, in deren Spalten und Rissen Farne wucherten; geborstene Brunnen in der Form von Geierköpfen und übergroßen Kindern und verschiedenen anderen Wesen, aus denen sich Wasser in Teiche oder Rinnen oder simple Löcher im Fußboden ergoß; eine Wendeltreppe mit einem stellenweise zerbrochenen Geländer; gesichtslose Statuen und Eisenträger, die aus löchrigen Mauern herausragten. Überall war die kalte, düstere Gegenwart des Patriarchen zu spüren. Es war, als hätte er einen gigantischen Schädel aus grau-schwarzem Stein erbaut, der die trüben Merkmale seiner Persönlichkeit beherbergte, und während Beheim einerseits dieses Übermaß an barocken Ideen als geradezu bedrückend empfand, konnte er andererseits nichts anderes tun, als das Konzept zu bewundern, auf dem alles gründete.

Als jedoch die ersten undankbaren Ergebnisse der Untersuchung offenbar wurden, verwandelte seine Bewunderung sich in eine tiefe Frustration, und er wünschte, er könnte das riesige Bauwerk schleifen, es zerschlagen, denn, so dachte er, nur damit, nur indem er das Übermaß an formalen Nebensächlichkeiten und Sackgassen, aus denen es bestand, eliminierte, würde er die wichtigen Fakten zutage fördern können, die zu einer Auflösung notwendig waren. Nicht ein Angehöriger der Familie hatte es versäumt, Auskunft über seinen jeweiligen Aufenthaltsort zur Zeit des Mordes zu geben, und obgleich eine Reihe ihrer Alibis sicherlich erlogen war, wäre es in der wenigen verfügbaren Zeit wohl unmöglich, sie als falsch zu entlarven. Weder wurden blutige Kleidungsstücke gefunden, noch gab es einen Hinweis darauf, daß einer der Gäste ein Augenleiden hatte. Er hatte den größten Teil einer ganzen Nacht vergeudet und war nun am Ende der Fahnenstange angelangt. Er hatte keine Ahnung, wie er weiter vorgehen sollte, als Lady Alexandra Conforti, die wahrscheinlich mächtigste Frau des Valea-Zweigs, in sein Quartier stürmte, verfolgt von einer atemlosen und aufgeregten Giselle.

»Dieses Ding von Ihnen«, sagte Lady Alexandra eisig und deutete mit einer herrischen Kopfbewegung, die ihr braunes Haar fliegen ließ, auf Giselle, »hat die Frechheit besessen, in meine Gemächer einzudringen.«

Giselle errötete, und ihre Wangenknochen schienen schärfer hervorzutreten, aber sie verhielt sich still.

»Ich entschuldige mich für jedwede Unannehmlichkeit, die Sie erlitten haben, aber Sie müssen auch die außergewöhnlichen Umstände bedenken«, sagte Beheim und kam durchs Zimmer auf Lady Alexandra zu. »Und ich wäre Ihnen dankbar, wenn Sie meine Dienerin entweder mit ihrer Position oder mit ihrem Namen – Giselle – benennen würden.«

Lady Alexandra reagierte darauf mit tauben Ohren. Sie schaute von Beheim weg und gestattete ihm einen Blick auf ihren elegant geschwungenen Hals und ihr aufregendes Profil. Sie war derart eigenwillig proportioniert, daß es unmöglich war, sie als schön im ursprünglichen Sinne des Wortes zu bezeichnen. Obgleich ihre Verehrer sie als »gertenschlank« beschrieben, verlieh sie nach Beheims Auffassung diesem Begriff eine neue und exzentrische Bedeutung, da sie mit einem Meter neunzig unnormal groß war. Ihre Gliedmaßen, speziell ihre Beine, wirkten fremdartig lang. Ihr herzförmiges Gesicht mit seiner porzellanartigen Haut, den glänzenden, weit auseinanderstehenden grünen Augen, den geschwungenen Augenbrauen und dem üppigen tiefroten Mund entsprach beinahe einer erotischen Karikatur. Aber dank ihrer verhaltenen Eleganz und Grazie, die in jeder ihrer Bewegungen steckte und die auch aus der schlichtesten Geste einen ballettartigen Akt machte – wahrscheinlich eine bewußte Aktion aus Furcht vor allzu deutlicher Unbeholfenheit, die von ihrer ungewöhnlichen Körpergröße herrühren könnte – und auch wegen ihrer sexuellen Selbstsicherheit, die sie wie eine greifbare Aura umgab, vermittelte sie nichtsdestoweniger den Eindruck großer Schönheit. Giselle hatte die Lady offenbar bei ihrer Toilette überrascht, denn sie trug einen Morgenmantel aus blaßblauer mit Goldfäden durchwirkter Seide. Sein lässig weiter Schnitt gestattete Beheim einen Blick auf die mit Sommersprossen bedeckten Ansätze ihrer Brüste, die von einem Gespinst aus weißer Spitze gebändigt wurden. Aber nach dem, was er von den Valeas und speziell von Alexandra wußte, die schon bei früheren Gelegenheiten des öfteren mit ihm geflirtet hatte, war ihm klar, daß sie ihn, ganz gleich, wie ernsthaft ihr Zorn sein mochte, niemals in diesem Aufzug besucht hätte, wenn ihre Erscheinung nicht irgendeine Wirkung auf ihn hätte haben sollen. Diese Erkenntnis ließ ihn an der Ernsthaftigkeit ihrer zornigen Stimmung zweifeln und brachte ihn zu der Frage, mit welcher Absicht sie ihn zu manipulieren versuchte.

»Ich nehme es als Beleidigung, daß Sie ein Ding aussenden, um mich zu befragen«, sagte sie und wandte ihm den Rücken zu. »Es soll sofort das Zimmer verlassen.«

Beheim verständigte sich stumm durch Blicke mit Giselle, bat um Entschuldigung und bedeutete ihr gleichzeitig, der Aufforderung der Lady nachzukommen. Nachdem sie sich zurückgezogen hatte, trat er zu der Lady, schuf eine intime Nähe, der sie sich nicht entzog, und fragte sie, auf welche Weise er ihr helfen könne.

Mit einer lässigen Geste, und ihm immer noch den Rücken zuwendend, hielt sie die rechte Hand hoch und zeigte ihm den alten silbernen Flaschenverschluß, den er auf dem Türmchen entdeckt hatte.

»Ich glaube, *ich* bin es, die Ihnen helfen kann.«

»Ah!« sagte Beheim und berührte die Verschlußkappe mit dem Zeigefinger. »Dann können Sie mir mitteilen, wem das gehört?«

Ihre langen Finger schlossen sich um die Kappe und ließen ihn unwillkürlich an die Blütenblätter einer fleischfressenden Pflanze denken, die sich um ihre Beute falteten. Sie entfernte sich ein Stück und musterte ihn über die Schulter.

»Vielleicht.«

»Lady«, sagte er, »der Patriarch hat mich mit der Aufgabe betraut, den Mörder zu fangen, und ich fürchte, ich muß gelegentlich gegen die Etikette verstoßen, um mir Informationen zu beschaffen. Ich habe keine Zeit für übertriebene Höflichkeit. Wenn Sie etwas für mich haben, dann muß ich Sie auffordern, es mir sofort mitzuteilen. Anderenfalls werde ich …«

»Anderenfalls werden Sie nichts tun.« Sie entfernte sich ein Stück weiter von ihm, blickte auf den Teppich und setzte ihre Füße vorsichtig auf, als benutzte sie damit alte Abdrücke. »Sie haben zur Zeit keinen erfolgversprechenden Ermittlungsfaden. Alles, was Sie im Augenblick haben, ist die Hoffnung, daß ich Ihnen vielleicht helfen kann. Und ohne meine Hilfe werden Sie weiterhin hier sitzen und über ihr Versagen nachdenken. Und wissen Sie auch warum?«

»Sicherlich brennen Sie darauf, mich zu erleuchten.«

»Schlagen Sie nicht diesen Ton an«, sagte sie und drehte sich zu ihm um. »Sie haben keine Macht über mich, außer Fragen zu stellen, die ich beantworte oder auch nicht. Natürlich sind Sie hübsch, und das ist eine Eigenschaft, die einem eine gewisse Macht verleiht, das ist wahr. Aber meine Macht über Sie ist uneingeschränkt. Unleugbar.«

»Wie Sie meinen.«

»Ja, das meine ich.« Sie kam zu ihm zurückgeschlendert, streifte an seinem Ärmel entlang und schickte einen Stromstoß durch die Haut seines Arms.

Beheim unterdrückte den Impuls, ihre Hand aufzufangen, teils weil er nicht genau wußte, was er tun würde, sobald er sie festhielt, ob er sie attackieren oder versuchen würde, sie zu verführen. Wie alle Frauen in der Familie war sie überaus aufreizend in der Art und Weise, wie sie ihr Geschlecht einsetzte. Obgleich sie seinem Ideal weiblicher Schönheit nicht entsprach, konnte er nicht leugnen, daß er sich von ihr angezogen fühlte; aber die Art dieses Angezogenseins war pervers, eine Erwartung fiebriger Freuden, jene Art von Faszination, die man vielleicht in der Nähe einer mit Brüsten ausgestatteten Schlange empfindet. Er stellte sich vor, daß, sollten sie je zusammenliegen, ein Gewirr von Gliedmaßen, weitaus komplizierter als durch eine normale Paarung zu erreichen, die Folge wäre – ein Gordischer Knoten lebendiger weißer Stricke, deren Geschlinge und Gezucke dem Gewimmel in einem Nest voller Würmer ähneln würde.

»Der Patriarch hatte Sie nicht wegen Ihrer detektivischen Fähigkeiten mit der Untersuchung des Mordes betraut«, fuhr sie fort. »Er ist viel weiser. Bestimmt sehen sogar Sie ein, daß

Sie angesichts der wenigen Zeit, die Ihnen für die Auflösung zur Verfügung steht, und der Art des Falles, den Sie aufklären müssen, sich nur wenig Hoffnung auf Erfolg machen dürfen. Dem Patriarchen ist das ebenfalls klar. Er weiß aber auch, was für eine wunderschöne Schachfigur Sie abgeben, schwach und neu wie Sie sind. Und er ist sich bewußt, was für ein wundervolles Spiel Ihre Untersuchung darstellt. Er weiß, wie sehr wir Intrigen lieben, wie tief unsere Leidenschaften reichen. Und er weiß auch, daß einige unter uns der Versuchung nicht werden widerstehen können, das Spiel für unsere eigenen Zwecke auszunutzen. Ob zur Bereicherung, als Rache oder aus irgendeinem anderen finsteren Motiv; das ist für den Plan des Patriarchen unwesentlich. Er ist davon überzeugt, daß wir, indem wir an diesem Spiel teilnehmen, dieses Verbrechen aufklären werden oder Sie unabsichtlich auf einen Kurs drängen, der zu einer Auflösung führen wird.«

Obgleich ihre geraffte Darstellung der Situation mit Agenors überhaupt nicht übereinstimmte, erahnte Beheim in ihren Worten einen gewissen Grad an Wahrheit und nahm sie daher nur mit wenig Ablehnung auf. Es könnte sein, so dachte er, daß Lady Alexandras Eingreifen die Folge des geheimnisvollen Bündnisses war, von dem Agenor gesprochen hatte.

»Demnach«, sagte Beheim, »sind Sie gekommen, um den ersten Schritt zu machen.«

Sie reagierte mit einem anerkennenden Achselzucken und schlenderte durch das Zimmer zum Wandteppich und tat so, als betrachte sie ihn eingehend. Dann lehnte sie sich dagegen und betrachtete Beheim mit unverhohlener Belustigung. Ihr weißes Gesicht und rötliches Haar bildeten einen scharfen Kontrast zu dem schwarzen Gewirr des bösen Waldes und sahen aus, als wäre einer seiner geheimnisvollen Bewohner, die sich zwischen den Ästen verbargen, erst kürzlich retuschiert worden. Sie hielt den Flaschenverschluß zwischen Daumen und Zeigefinger hoch. »Dies gehört einem meiner Cousins.« Sie hielt inne – um die Dramatik des Moments zu steigern, vermutete Beheim. »Nämlich Felipe Aruzzi de Valea.«

Beheim griff diesen Namen begierig auf. Felipe Aruzzi de

Valea: der Patriarch der Valeas; ein Kollege und Verbündeter von Roland Agenor; ein Blutforscher von allerhöchstem Ansehen. Er galt als zum gemäßigten Flügel gehörig in der zur Zeit wogenden Diskussion. Und doch war er seit kurzem der Geliebte von Lady Dolores Cascarin y Ribera. Gerüchte besagten, daß Lady Alexandra Felipe nicht mehr unterstützte, daß sie sich mit Lady Dolores und anderen reaktionären Kräften gegen Agenor und seine Freunde verbündet hätte und daß sie die Absicht verfolge, Felipe als Chef der Valeas abzusetzen. Er war sich nicht ganz sicher, ob Alexandra ins Lager der Reaktionäre übergewechselt war; viel eher tat sie so, als gehörte sie dazu, um ihre Macht zu festigen und irgendein Ziel zu erreichen, sei es die Absetzung Felipes oder etwas anderes. Er bezweifelte nicht, daß sie die Wahrheit sagte, was die Besitzverhältnisse des Flaschenverschlusses betraf – eine Lüge wäre auch zu einfach entlarvt worden. Aber als er sich die Vielschichtigkeit der Situation vergegenwärtigte, die Vielfalt von Plänen und Intrigen, die vielleicht hier verfolgt werden könnten, Komplotte von hoher politischer Bedeutung sowohl für die Valeas wie auch für die Familie insgesamt, gelangte er zu einem ganz neuen, gründlicheren Verständnis hinsichtlich des Mordes. Er gelangte zu einem übergeordneten, abgehobenen Standpunkt, von dem aus er das Labyrinth möglicher Intrigen im Umfeld des Verbrechens deutlich und mit vielen Details erkennen konnte. Was wäre denn, wenn Alexandra Felipe zu ruinieren versuchte, indem sie falsche Beweise produzierte, die ihn zu belasten schienen? Und hatten vielleicht sie oder einer ihrer Liebhaber den Mord begangen? Oder war Felipe tatsächlich der Täter gewesen? Oder könnte auch dies eine Sackgasse sein, eine totale Zeitverschwendung? In ihren Aussagen hatten Felipe und Dolores einander als Alibi zur Zeit der Mordtat benutzt. Könnte das nicht bedeuten, daß sie beide auf dem Türmchen gewesen waren? Oder war ihre Affäre Teil eines weitaus größer angelegten Planes, eine Taktik von Lady Dolores, mit deren Hilfe sie einen mächtigen Gegner ausschalten wollte? Mehr und mehr begann Beheim Agenors behutsames Wirken in dieser sehr zweifelhaften Angelegenheit zu bemerken, und dies brachte ihn zu der Überzeugung, daß die Antworten auf seine Fragen nur von geringer Bedeutung wären. Die Identität des Eigentümers des Flaschenverschlusses zu kennen konnte das finstere Verbrechen ebensowenig erhellen wie Lady Alexandras Kopf den düsteren Vordergrund auf dem Wandteppich, an dem sie lehnte, mit Licht erfüllen konnte. Sicher, es war ein Anfang. Doch indem sie eine einzige Antwort geliefert hatte, hatte sie gleichzeitig die Anzahl der Fragen erhöht, die er würde stellen müssen. Daher stand er eigentlich jetzt viel schlechter da als zu Beginn.

Er schaute zu Lady Alexandra hoch, die ihn mit einem breiten Lächeln bedachte.

»Sehen Sie jetzt?« sagte sie und lachte – es war ein melodisches Perlen, so präzise wie eine Fingerübung fürs Klavier. »Sie haben keine andere Wahl, als zuzulassen, daß Sie von Feld zu Feld geschoben werden, und zu hoffen, daß unsere Fehler aus Leidenschaft Sie zu einem erfolgreichen Ende führen.« Sie ging langsam auf ihn zu, in ihrer Haltung genauso anmutig und elegant wie eine Biegung in einem Fluß, durch die klares Wasser strömt; die unheimliche Förmlichkeit ihres weißen Gesichts erschien sowohl künstlich als auch lebendig und war wie ein Gesicht, das auf eine zum Leben erwachte Blume gemalt worden war. »Eine Sache noch, Felipe und Dolores sind Gewohnheitstiere. Mehrere Stunden vor dem Morgengrauen schließen sie sich in Felipes Schlafkammer ein und bleiben dort den ganzen Tag über. Seine Diener befinden sich unter jenen, die zur Zeit an Ihrer Ermittlung mitwirken. Es dürfte nicht schwierig sein, dafür zu sorgen, daß sie ständig beschäftigt sind. Wenn Sie beabsichtigen, ihre Wohnungen zu durchsuchen, dann können Sie das in dieser Zeit tun. Es ist kein großes Risiko damit verbunden. Die Schlafkammer ist von den anderen Zimmern abgetrennt, und Felipe wird Sie nicht hören, so lange Dolores ihn beschäftigt.« Ein weiteres feines Lachen ertönte, ein frühlingshaftes Lachen wie seidiger Tau auf Spinnweben und fröhliche grüne Frische. Lady Alexandra, erkannte Beheim, amüsierte sich köstlich. »Das, und nicht meine Enthüllung, ist der erste Schritt«, fuhr sie fort. »Sobald Sie ihn ausgeführt haben, stecken Sie mitten in diesem Spiel drin, ohne es kontrollieren oder seine Richtung bestimmen zu können. Und Sie müssen den Zug machen oder diese Farce von einer Untersuchung gleich aufgeben.« Sie blieb neben ihm stehen und legte eine Hand auf seinen Unterarm. »Ich weiß, daß Sie mir nicht trauen können, und ich will auch nicht behaupten, etwas anderes als nur meine eigenen Interessen zu verfolgen. Aber in dieser Angelegenheit bin ich Ihr Verbündeter. Als erstes müssen Sie jedoch lernen, auf sich selbst zu vertrauen, und dazu müssen Sie ins Spiel einsteigen. Erst im Spiel werden Sie entdecken, wer es wirklich ist, dem Sie trauen können.«

»Wollen Sie damit behaupten, daß ich mich selbst nicht kenne?«

»Ist das nicht eine Ihrer Hauptsorgen? Es war eine von meinen, als ich noch neu in der Familie war.«

Sie ließ seinen Arm los, aber Beheim kam es so vor, als bliebe die Verbindung zwischen ihnen bestehen, als läge die warme Spannung ihres Blutes immer noch um sein Handgelenk.

»Sie können mir nichts vormachen«, sagte sie. »Ich habe die turbulente Zeit selbst miterlebt, die Zeit der Metamorphose, in die Sie soeben eintreten. Ich kenne Ihre inneren Konflikte, die Stürme, die Sie umtosen, die Entscheidungen, die Sie treffen müssen.«

»Nun, dann«, sagte Beheim, ein wenig irritiert von ihrer überlegenen Haltung, »vielleicht sind Sie so freundlich und erleuchten mich, wie diese Konflikte gelöst werden können.«

»Sie werden es sehr bald verstehen, und zwar auf Ihre ganz persönliche Art und Weise. Ich bin nicht dazu ausersehen, Sie zu beeinflussen.« Ein gequältes Lächeln. »Auf jeden Fall nicht in einer so intimen Frage.« Sie straffte sich plötzlich und ging zur Tür. »Ich muß jetzt gehen. Aber ich helfe Ihnen so gut ich kann. Und ... Ah! Beinahe hätte ich es vergessen!« Sie kam zu ihm zurück und drückte ihm etwas in die Hand. »Ein Schlüssel zu Felipes Wohnung.«

»Weshalb soll ich mir die Mühe machen, Felipes Räumlichkeiten zu durchsuchen? Sie wurden bereits durchsucht.«

»Von Dienern«, erwiderte sie. »Sicherlich betrachten Sie

sich selbst als ein wenig zuverlässiger als sie es sind. Welche andere Wahl haben Sie? Ich denke, Sie könnten sich dann von diesem Fall zurückziehen. Natürlich werden Sie nicht nur Agenors Mißfallen zu spüren bekommen, sondern auch das des Patriarchen. Es wäre also kaum eine beneidenswerte Position.«

Beheim drehte den Schlüssel in den Fingern hin und her. »Sie scheinen sich sehr sicher zu sein, wie ich reagieren werde.«

»Es ist so, wie ich sagte, Sie haben kaum eine andere Wahl. Und nicht nur weil es Ihre einzige Hoffnung ist, den Mord aufzuklären. Die Risiken des Spiels werden Sie reizen. Sie sind auf gewisse Art und Weise vorsichtig, wie wir alle, aber es liegt auch in Ihrer Natur, alles auf einen einzigen Wurf mit dem Würfel zu setzen.«

Beheims Ungehaltenheit steigerte sich zu Zorn. »Ich bin allmählich die Leute leid, die ständig behaupten, mich besser zu kennen als ich mich selbst.«

»Dann müssen Sie etwas für Ihr Verständnis tun.«

»Vielleicht erwarten Sie, daß ich meine Meinung hinsichtlich Lord Agenors Vorschlägen ändere?«

Sie vollführte eine wegwerfende Geste. »Sie werden sein, was Sie sein müssen, Cousin. Ich erwarte nichts von Ihnen … jedenfalls nichts, das Sie jetzt begreifen würden. Wahrlich, ich wäre eine Närrin, Erwartungen in Sie zu setzen, denn es ist mir nicht klar, ob Sie Ihre eigene Ermittlung überleben werden. Sie bewegen sich auf völlig unbekanntem Terrain. Und dennoch …« Ihre Stimme verlor an Lautstärke und wurde drängender, vertrauter. »Hören Sie, Michel. Vielleicht bin ich einfach zu kühn oder dreist, wenn ich das sage, aber ich habe in Ihnen die Verheißung von Substanz und Herz erkannt. Ich bete darum, daß Sie viele Schwierigkeiten vermeiden können, denen ich begegnete, als ich noch neu war. Sie mühen sich unter einer Vielzahl von Mißverständnissen ab, von denen manche geeignet sind, Sie in die Irre zu führen. Eins speziell ist so gefährlich, daß es Sie in Ihrer Entwicklung zurückwerfen kann, und das ist Ihre Liebe zu dem Ding, das Sie in meine Gemächer geschickt haben. Ich denke, ehe diese Untersuchung vorbei ist, und wenn alles gutgeht, werden Sie entdecken, wie sehr sich die Art Ihrer Beziehung von dem unterscheidet, was Sie nun für wahr halten. Und vielleicht werden Sie auch ungewöhnliche Werte dort erkennen, wo Sie im Augenblick nur Böses, Bedrohliches sehen.«

Mit einem schnellen Vorwärtsschritt zog sie ihn in eine Umarmung, wobei ihre Hände auf seinen Lendenwirbel drückten, und küßte ihn – ein kraftvoller Kuß auf die Lippen, der ihn kaum reizte, sondern eher ein Versuch sein sollte, ein Abkommen zu besiegeln, als zu erregen. Doch gerade, als er eine diesbezügliche Bemerkung machen wollte, wurde er von einem Schwindelgefühl ergriffen, und seine Sicht verdunkelte sich. Vor einem Hintergrund wabernden Grüns, als befände er sich unter Wasser – übrigens die gleiche Farbe wie die ihrer Augen – sah er die nackte Gestalt von Lady Alexandra mit der sanften Grazie von Seetang in einer Dünung hin und her schwingen. Dabei zeichneten ihre Arme und Hände hypnotische Figuren, kamen näher und näher wie ein Traum, der vor einem Ertrinkenden Gestalt annimmt. Er versuchte, das Schwindelgefühl abzuschütteln, doch sein Geist war eingehüllt in ein weiches, warmes Netz, seine Gedanken gerieten durcheinander und zappelten hilflos wie silbrige Fische in einer Falle aus haarfeinem Draht, und anstatt mit Angst zu reagieren, ergötzte er sich an der Exotik ihrer äußeren Erscheinung und fragte sich gleichzeitig, wie er sie jemals anders als absolut schön empfunden haben konnte. Mit ihren birnengroßen Brüsten und reizenden Beinen sowie den langen, feinnervigen Schenkeln, prächtige Säulen, die die Pracht ihres Leibes stützten, erschien sie seinen Augen wie ein Wunder, ein Zunder, der seine Sinne entflammte. Mit jeder Sekunde wurde ihre Sinnlichkeit ansteckender. Er konnte ihr Geschlecht riechen. Ihr Blut. Ihr Gesicht war ihm so nahe, daß er seine Form nicht mehr erkennen konnte. Ihr roter Mund öffnete sich, ihre rosige Zunge bewegte sich träge darin und tastete sich leckend vor wie ein Meereslebewesen. Und dann hörte es plötzlich auf. Jegliches Empfinden, alle Gefühle und Eindrücke der Intimität und des aufwallenden Blutes strömten von ihm weg. Benommen, unsicher stellte er fest, daß sie sich aus der Umarmung gelöst hatte und einige Schritte von ihm entfernt stand. Sie betrachtete ihn mit einem Ausdruck, der, wenngleich nicht frei von Berechnung, jedoch auch ein gewisses Maß an Zuneigung und Verwirrung zu enthalten schien.

»Was nun?« fragte sie mit zaghafter Stimme und schien weniger mit ihm als mit ihrem eigenen inneren Selbst zu reden. Dann strafften ihre Gesichtszüge sich, signalisierten Entschlossenheit, und sie erklärte mit festerer Stimme: »Ich denke, ich bleibe noch einige Zeit bei Ihnen. Um Ihnen zu helfen. Aber Sie müssen dieses …« Sie brach ab, schwieg sekundenlang. »Sie müssen Ihre Dienerin wegschicken. Diese Giselle. Geben Sie ihr eine andere Aufgabe. Ich dulde ihre Gegenwart nicht.«

Beheim, immer noch etwas wacklig auf den Beinen, murmelte etwas, das soviel heißen sollte, als daß er keine Hilfe brauche.

»Das kann schon sein«, sagte Alexandra. »Aber Sie müssen davon überzeugt werden, daß der Schlüssel, den ich Ihnen gab, Ihre beste Hoffnung in dieser Angelegenheit ist. Ich werde so lange in Ihrer Nähe verweilen, bis Sie zu dieser Überzeugung gelangt sind. Wenn schon nichts anderes, so wird meine Anwesenheit Ihnen zusätzlichen Schutz garantieren, während Sie Ihre Befragungen fortsetzen.«

Das konnte er nicht leugnen, war jedoch über diesen plötzlichen Wandel in ihren Absichten beunruhigt. »Weshalb wollen Sie mir helfen?«

»Wie ich Ihnen schon erklärte, es liegt in meinem Interesse.«

»Und sonst steckt nicht mehr dahinter?«

»Oh, Cousin!« sagte sie und betonte die Worte auf eine Weise, daß sie klangen, als würden sie von einem leisen, sehnsuchtsvollen Lachen getragen. »Es steckt immer etwas mehr dahinter.«

KAPITEL 4

Die lastende Stille von Burg Banat wurde bis zu einem gewissen Grade von einer Atmosphäre emotionaler Unruhe überlagert. Die meisten Angehörigen der Familie hielten sich in ihren Zimmern auf, aber eine ansehnliche Zahl streifte durch die oberen Etagen und erging sich in Diskussionen, gelegentlich sogar kurzen Handgreiflichkeiten. Ihre Rufe und ihr Lärmen hallte von den Mauern wider, leise und schwach wie Vogelrufe und das Umherhuschen von Eichhörnchen, aber nichtsdestoweniger überraschend, wenn man es in der begräbnishaften Stille hörte. Unter ihnen befanden sich mehrere Männer und Frauen, die Beheim persönlich befragen wollte. Er fragte sich unwillkürlich, ob ihre hektischen Aktionen nicht nur ein Bestreben, eine Befragung zu vermeiden, verschleiern sollten, denn wäre Alexandra nicht bei ihm gewesen, hätte er verdammt viel Zeit mit der Suche nach ihnen vergeudet, und als er es schließlich schaffte, sie ausfindig zu machen, erwies sich keiner von ihnen als kooperativ, sondern sie begegneten ihm entweder mit offener Ablehnung oder steinernen, ausdruckslosen Mienen. Elaine Vandelore, die sie bei Kerzenschein in der Küche der Dienerschaft lesend antrafen, schleuderte ihm ihr Buch entgegen und beantwortete seine Fragen mit knapper, eisiger Einsilbigkeit. Hermann Kuhl saß in einem Sessel im verlassenen Teil der Burg. Er antwortete Beheim mit einem Ausdruck überheblicher Gleichgültigkeit und unterbrach seine Antworten, um einer weiblichen Dienerin, die die ganze Zeit zwischen seinen Beinen kniete, erotische Anweisungen zu geben. Georg Mautner, der sich in einem Spielzimmer mit Lupita Cascariny Miron, der Halbschwester von Lady Dolores, die Zeit vertrieb, zerstreute sich, indem er eine Maus mit einem Wurfpfeil quälte und Beheim danach mit einem vielsagenden feindseligen Blick bedachte. Der einzige, dessen Verhalten man als halbwegs entgegenkommend bezeichnen konnte, war Ernst Kostolec, ein politischer Verbündeter Agenors, allerdings wohl kaum sein Freund, und abweisender Zeitgenosse, dessen magischer Ruf sogar die mächtigsten Angehörigen der Familie veranlaßte, in seiner Umgebung möglichst zurückhaltend aufzutreten. Sie fanden ihn in der Bibliothek des Patriarchen, weniger ein Raum als eine riesige Wendeltreppe, die mitten durch die Burg führte, mehr als eine Meile tief, deren Wände mit Büchern bedeckt waren. Einige waren schon so alt, daß sie sich beim Öffnen in hundert vergilbte Papierfetzen aufgelöst hätten und durch jenen düsteren Schacht hinabgeflattert wären wie die zerbrechlichen Geister eines Schmetterlingsschwarms. Es war eine der wenigen Räumlichkeiten in der Burg, zumindest von denen, die von der Allgemeinheit benutzt wurden, in denen das Licht von Laternen und nicht von Fackeln stammte – es schien, als sorgte der Patriarch sich mehr um seine Bücher als um die Sicherheit seiner Kinder.

Kostolec, ein Mann in Agenors augenscheinlichem Alter, aber äußerlich weitaus gebrechlicher, gebeugter, runzliger und listiger, mit buschigen Augenbrauen und wenigen Strähnen feinen weißen Haars, das über seinem fleckigen Schädel flatterte wie Federwolken über der Oberfläche eines toten Planeten, stand auf einem der Treppenabsätze, einem achteckigen Raum von etwa fünfundzwanzig Fuß Durchmesser. Er beugte sich über ein Lesepult und betrachtete durch ein Vergrößerungsglas ein großes, in Leder gebundenes Buch, das auf einer Seite mit markanter Schrift aufgeschlagen war. Strahlen orangefarbenen Lichts von einer Laterne mit fünf Scheiben über dem Lesepult durchdrangen die Mitte des Treppenhauses, aber sie erhellten nicht die gegenüberliegende Wand. Ein Ausdruck des Verdrusses huschte über sein Gesicht, als er sie auf dem Absatz direkt über sich sah, und er schlug sein Buch zu, so daß eine Staubwolke zwischen den Deckeln hervorwirbelte. Die goldene Inschrift auf der Vorderseite des Bandes war in Portugiesisch, und darunter befand sich die Zeichnung einer vergoldeten Palme, die von einem Halbmond überspannt wurde, und auf dem Buchrücken war das Symbol einer Krone und eines Eichenblattes zu sehen. Beheim bemerkte, daß die Brust von Kostolecs grauem Seidenhemd mit einer dicken Staubschicht bedeckt war, wahrscheinlich ein Beweis dafür, daß er nicht lange davor andere Bücher zugeschlagen hatte. Möglicherweise auch ein Anzeichen von Enttäuschung und Ungeduld. Doch während sie sich näherten, lächelte er freundlich. Zumindest erschien es freundlich im Gegensatz zu seinem allgemeinen Lächeln, das Beheim bereits bei ihm erlebt hatte. Und so reagierte Beheim, trotz seiner Nervosität bei der Vorstellung, eine derart erhabene Persönlichkeit befragen zu wollen, einigermaßen beruhigt.

»Ah, hervorragend! Unser kleiner Polizist«, sagte Kostolec und wischte sich die Hände an den Hosenbeinen ab, die ebenfalls grau waren. Die Leere und Weite ringsum bewirkte, daß seine Stimme ein wenig nachhallte, und seine Worte schienen in der Finsternis des Schachtes irgend etwas Kleines wachzurufen. »Wie spaßig! Ich komme mir vor, als sei ich mitten in einer herumreisenden Theatertruppe gelandet.« Er schickte Alexandra einen schelmischen Blick. »Und was für eine Rolle spielen Sie heute, meine Liebe? Doch nicht die aufgeregte Naive, nehme ich an.«

»Für die Dauer dieser Szene«, erwiderte sie trocken, »sollten Sie mich am besten als Speerträgerin betrachten.«

»Eine hübsche Drohung. Sehr schön.« Dann, zu Beheim gewandt, der die losen Zettel durchblätterte, auf denen er seine Notizen untergebracht hatte: »Nehmen Sie sich vor ihr in acht, Herr Polizist. Sie hat das Talent der Selbsttäuschung, das hervorragend dazu beiträgt, ihre wahren Absichten zu verschleiern.«

Beheim ignorierte diese Bemerkung. »Ihr Diener Jules«, begann er, »hat ausgesagt, er habe sich mit Ihnen zusammen zur Zeit des Mordes in der Bibliothek aufgehalten. Waren Sie beide die ganze Nacht dort?«

»Hat Jules das denn nicht erklärt?«

»Ja, aber ich ...«

»Dann würde ich nicht an seinen Worten zweifeln. Er ist ein Gentleman von außergewöhnlichem Charakter.« Kostolec lehnte sich gegen das Lesepult. Es war nicht die steife Aktion eines alten Mannes, sondern vermittelte den Eindruck verhaltener Kraft. »Er suchte Bücher für mich. Es erspart mir eine Menge Zeit, wenn er sich darum kümmert.«

»Und weshalb ist er jetzt nicht da und hilft Ihnen?«

Kostolec lachte. »Etwas Wichtigeres hat sich ergeben. Im Augenblick ist er in der Burg unterwegs, stellt alle möglichen Fragen und erledigt Botengänge. Im Auftrag irgendeines Polizisten, nehme ich an.«

»Dafür entschuldige ich mich«, sagte Beheim und blätterte erneut seine Notizen durch. »Jules hat außerdem angedeutet, daß Sie zur Zeit mit einer ausgedehnten Studie befaßt sind. Darf ich wissen, wie das Thema Ihrer Untersuchungen lautet?«

»Das ist für Ihre Ermittlungen irrelevant.«

»Das mag wohl sein«, sagte Beheim. »Aber ich fürchte, diese Entscheidung müssen Sie schon mir überlassen.«

»Ihre Anliegen sind nicht die meinen«, sagte Kostolec, und Zorn schwang in seiner Stimme mit.

»Sicher, ich kann Sie nicht zu einer Antwort zwingen. Ich kann nur feststellen, daß Sie sich weigern. Es ist jedoch möglich, daß Ihre Untersuchungen eine Bedeutung haben, über die Sie sich nicht im klaren sind. Und selbst wenn sie irrelevant sind, weshalb sollen wir das nicht an Ort und Stelle klären?«

Kostolec schwieg lange; nichts an seiner Haltung oder in seinem Gesichtsausdruck lieferte einen Hinweis auf seine Stimmung. Beheim blickte über das Geländer auf die korkenzieherförmige Treppe unter ihm. Lichtstrahlen drangen von einigen Absätzen weiter unten in die Mitte des Schachtes nach oben und zeichneten sich durch den Staub in der Luft deutlich ab; Buchrücken schimmerten in der Dunkelheit wie Erzadern. Tief unten tanzte ein orangefarbener Punkt wie ein Glühwürmchen in der körnigen Dunkelheit. Wahrscheinlich ein anderer Gelehrter, der mit einer Laterne abwärts stieg. Ein schwaches knarrendes Geräusch drang von einem der Absätze über ihnen herab, aber Beheim konnte dort niemanden sehen. Wahrscheinlich setzte sich die Treppenkonstruktion, dachte er.

Schließlich sagte Kostolec: »Sicherlich sind Sie sich der Beleidigung bewußt, die in Ihrer Frage steckt.«

»Natürlich bedaure ich die Notwendigkeit ...« begann Beheim, aber Kostolec schnitt ihm das Wort ab.

»Andererseits«, fuhr er fort, »muß ich Ihrer Unerfahrenheit und der unmöglichen Position Rechnung tragen, auf die man Sie gesetzt hat. Deshalb werde ich Ihre Frage beantworten.«

Ein überhebliches Lächeln zeichnete die Linien und Falten noch tiefer in sein verwittertes Gesicht, und Beheim, der von dieser Demonstration der Vernunft geradezu geschockt war, bedankte sich murmelnd.

»Ich studiere die Zukunft«, sagte Kostolec.

Beheim wartete auf eine weitere Erklärung, aber die kam nicht. Er schaute zu Alexandra; sie hob fast unmerklich eine Schulter. Kostolec lächelte.

»Möchten Sie das nicht etwas genauer beschreiben?« fragte Beheim.

»Nein, möchte ich nicht.«

»Na schön.« Beheim ging zum Rand des Treppenabsatzes und blickte erneut hinunter in den Schacht. Ein weiteres leises Knarren drang an seine Ohren. »Es scheint, als ob die Zukunft, zumindest die, mit der Sie sich beschäftigen, in Beziehung zu den Aufzeichnungen der Königlich Portugiesischen Botanischen Gesellschaft steht. Das Buch, daß Sie gerade zu Rate ziehen, scheint einige ihrer Berichte aus den Kolonien zu enthalten. Die Palme auf dem Buchdeckel scheint mir darauf hinzuweisen, daß es sich um ein tropisches Land handelt. Der Halbmond« – er spreizte die Hände – »deutet vielleicht auf den Islam hin. Eine portugiesische Kolonie in den Tropen mit einer islamischen Bevölkerung? Ich bin mit der Geschichte der portugiesischen Unternehmungen in Übersee nicht vertraut. Mir kommen jedoch bestimmte Regionen von Afrika in den Sinn. Oder vielleicht eine Kolonie weiter östlich. Was meinen Sie? Da der Orient das Thema einer Diskussion ist, die erst kürzlich unsere Aufmerksamkeit gefesselt hat, wage ich die tollkühne Vermutung, daß Sie vielleicht nach einem Ort im Fernen Osten suchen, der sich als neue Bleibe für uns eignen könnte.«

»Ich hatte mal einen Hund, der sich auf die Hinterbeine stellen und bellen konnte«, sagte Kostolec. »Ein ganz schön schlauer kleiner Kerl. Überaus amüsant.«

»Es freut mich, bei Ihnen nostalgische Gefühle geweckt zu haben«, sagte Beheim.

»Aber reine Klugheit kann nichts erreichen, und das ist es, was Sie geschafft haben, indem Sie das Thema meiner Studien erfahren haben. Welche Beziehung kann schon zwischen meinem Bücherstudium und dem Mord an der Goldenen bestehen?«

»Keine, die mir ins Auge fällt«, sagte Beheim. »Und dennoch sind diese Überlegungen zu unserem Umzug eine Farbe, die der gesamten Ermittlung eine besondere Tönung verleiht. Zumindest habe ich so eine Ahnung, daß genau das der Fall ist. Nur wenige unserer Beziehungen untereinander sind simpel. Wie immer die Folge von Ereignissen aussieht und wie immer die oberflächliche Rechtfertigung für diese Ereignisse ausfallen mag, die Aktionen, die wir ausführen, scheinen sich auf vielen Ebenen bemerkbar zu machen und eine Vielzahl von Anliegen zu befriedigen, die sich zum Mechanismus einer einzigen Leidenschaft zusammenfügen. Ich glaube, es wäre dumm, das Verbrechen unter simplen Gesichtspunkten zu betrachten, zu versuchen, es von dem zu trennen, was meiner Meinung nach ein gewichtiger Hintergrund ist. Daher interessiert mich auch Ihre politische Haltung. Soweit ich es feststellen kann, haben Sie sich bis vor kurzem aus dieser Thematik herausgehalten. Sicherlich herrschen zwischen Ihnen und Agenor sehr wenige Sympathien, und trotzdem sind Sie sein Verbündeter. Ist es eine politische Allianz, die auf der Basis gegenseitiger Interessen geschaffen wurde? Vielleicht. Ich wäre jedoch ein Narr, wenn ich nicht der Möglichkeit nachgehen würde, daß noch mehr als das dahintersteckt.«

»Ich kann mir nicht denken, wie dies dazu führen sollte, daß am Ende ich des Mordes verdächtigt werde.«

»›Verdächtigt‹ ist ein zu starkes Wort. Ich habe keine echten Verdächtigen. Aufgrund der Beschränkungen, die mir durch Zeit und Umstände auferlegt sind, muß ich mich auf das konzentrieren, was mir als untypisches Verhalten erscheint. Wie zum Beispiel Ihres. Es mag so aussehen, als griffe ich nach Strohhalmen, und das tue ich in der Tat. Aber derartige Ermittlungen orientieren sich nur selten an gewissen logischen Regeln. Ein unbedachtes Wort fällt, ein Geheimnis wird ausgeplaudert, und ein zufälliges Ereignis findet statt. Und plötzlich werden alle Hintergründe offenbar. Was meine Rolle dabei betrifft, so werfe ich meine Netze im trüben Wasser aus und hoffe, daß der Haifisch meine Beine sieht und es wagt zuzubeißen, weil er annimmt, ich sei nicht allzu clever.«

Alexandra gab ein leises, zufriedenes Lachen von sich, und Kostolecs Augen zuckten in ihre Richtung. Für einen kurzen Moment verzerrte seine Miene sich zu einer wütenden Grimasse. Dann lachte auch er. Er nickte Beheim zu. Freundlich. »Wollen Sie mich entschuldigen«, sagte er, und mit geschickten Sprüngen eilte er die Treppe zum Absatz direkt über ihnen hinauf. Beheim hörte einen Schrei, dann die Laute eines kurzen, heftigen Kampfs. Sekunden später erschien Kostolec wieder und zog einen entsetzten, ganz in Schwarz gekleideten jungen Mann mit zerzaustem braunem Haar und einem schmalen, länglichen Gesicht hinter sich her. Seine Stirn war mit frischen Pickeln bedeckt.

»Wer ist das?« wollte Alexandra wissen, und Kostolec antwortete: »Eine Kreatur der Vandelores. Nicht wahr?« Er hob den jungen Mann am Kragen hoch und hielt seinen Kopf dicht an die Laterne. Dabei schwenkte er ihn so heftig hin und her, daß seine Knie gegen das Geländer schlugen. »Dieser armselige Tropf ist schon der dritte Spion, den sie seit meiner Ankunft hier auf mich angesetzt haben.«

»Mein Lord, habt Erbarmen!« flehte der junge Mann und umklammerte Kostolecs Handgelenke, um zu verhindern, daß er herumgeschleudert wurde. »Ich wollte Ihnen nichts Schlimmes antun.«

»Gott sei Dank!« rief Kostolec spöttisch aus. »Ich hatte schon Todesangst!« Sein Blick war unbarmherzig und so finster wie der eines alten Reptils. »Wer hat dich geschickt?«

Der Mann befeuchtete seine Lippen. Seine Blicke irrten zu Alexandra, dann zu Beheim. »Marko«, sagte er. »Es war Marko. Lord, ich habe bestimmt nicht ...«

»Sei still!« befahl Kostolec; er schaute zu Beheim. »Verstehen Sie jetzt, weshalb ich so feindselig auf Ihre Fragen reagiert habe? Tag und Nacht werde ich von den Vandelores belästigt. Wie soll ich diese ständige Einmischung in meine Angelegenheiten tolerieren?«

»Was könnten die Vandelores denn von Ihnen wollen?« fragte Beheim und beobachtete, wie der junge Mann, der von seinem eigenen Kragen beinahe erwürgt wurde, zu schlucken versuchte.

»Sie wollen«, sagte Kostolec und intonierte jedes Wort mit äußerster Sorgfalt, als wären sie Geschosse, die er auf Beheim abfeuerte, »meine Geheimnisse erfahren.«

Er riß das Gesicht des Mannes zu sich herum und küßte ihn auf den Mund. Der Anblick der beiden Gesichter so dicht beieinander, wobei die glatte Haut des einen in einem Fächer rötlichen Lichts inmitten einer abgrundtiefen Finsternis von einer bleichen, runzligen Bestie liebkost und beleckt wurde, erzeugte in Beheim eine seltsame Distanziertheit, so als blickte er in eine Dimension, in der jede Konstante neu geordnet worden war, wo Tiere in Menschengestalt umhergingen und echte Menschen wie Schafe behandelt wurden, wo die physische Welt eine Höhle voll goldener Symbole und Staub war und wo das Leben als ein unheilvoller Wert galt und der Tod ein erstrebtes Ziel war.

Kostolec unterbrach den Kuß, studierte den Mann, der schlaff in seinem Griff baumelte. »Bestell Marko von mir, daß ich ihm einen Besuch abstatten werde, wenn so etwas noch einmal passiert.« Er schien über irgend etwas nachzudenken; seine eulenhaften Augen waren halboffen, seine Lippen klafften auseinander. »Wenn ich es mir recht überlege«, murmelte er, »dann sage ich es ihm lieber selbst.« Und während er Beheim direkt in die Augen sah, warf er den jungen Mann mit einer lässigen Handbewegung über das Geländer.

Er schien sich für die Dauer eines kurzen Augenblicks mitten im Schacht zu drehen, den Mund weit aufgerissen, die Augen weiß vor Angst, als würde er von den Strahlen des Laternenlichts gehalten, das ihn rot umfloß, dann – während Beheim vergebens zum Geländer stürzte – trudelte er Hals über Kopf abwärts in die Dunkelheit und zog einen verhallenden, grellen Schrei hinter sich her. Beheim verfolgte seinen

Sturz, sah, wie er verschwand, und der Anblick erzeugte eisige Übelkeit in seiner Magengrube. Er wirbelte herum, hatte heftige Vorwürfe auf der Zunge, doch sein Zorn wurde von dem Anblick Alexandras und Kostolecs gedämpft, die einander gegenüberstanden, angespannt und zornig, die hochgewachsene schöne Frau in ihrem Nachtgewand und der raubtierhafte alte Mann – wie Raubvögel aus einer anderen Welt. Er erwartete geradezu, daß sie sich aufeinander stürzten, daß sie aufeinander einhackten, sich schlugen, bissen. Aber statt dessen entspannte sich ihre aggressive Haltung, und Alexandra sagte mit ruhiger Stimme: »Das war nicht sehr schön.«

»Nicht sehr schön!« Beheim schlug mit der Faust auf das Geländer und zerbrach es. »Sie können es ebensogut einen *faux pas* nennen! Was kommt als nächstes? Bezeichnen Sie den Völkermord als Unhöflichkeit? Kindesmord als eine Dummheit?«

Sie sah ihn nicht an, weil sie mit Kostolec noch nicht fertig war.« Wenn Sie eine Lektion erteilen wollen«, sagte sie, »gibt es sicherlich wirkungsvollere Methoden.«

»Was soll das gewesen sein?« fragte Beheim. »Eine Lektion? Und was sollte ich daraus lernen? Respekt vor den Alten?«

»Ich dachte eher an Vorsicht«, sagte Kostolec. »Denn ohne sie werden Sie sich nicht lange bei uns halten können.«

Als Beheim zu einer Erwiderung ansetzte, rief Kostolec: »Schluß! Ich will nichts mehr hören!«

Er wandte sich ab, schaute in den Schacht, wobei das Laternenlicht sein dünnes weißes Haar mit Feuer übergoß und den Rücken seines Seidenhemdes aufleuchten ließ. »Ich habe keinen Mord begangen«, erklärte er mit stahlharter Stimme. »Die harmlosen Freuden des Blutes üben auf mich keinen Reiz aus. Ich stehe in jeder Hinsicht auf der Seite des Patriarchen und würde niemals gegen seine Traditionen verstoßen. Aber glauben Sie, was Sie wollen.«

Plötzlich war eine seltsame Schwingung in der Luft zu spüren. Es war eine Art von Unruhe, wie sie von irgendeinem weit entfernten Prozeß einer kraftvollen Maschine ausgehen mochte, und Beheim konnte sich nicht des Eindrucks erwehren, so irrational er auch erscheinen mochte, daß Kostolec die Quelle dieser Vibration war. Er dachte, wenn Kostolec sich jetzt umwandte, wäre er völlig verändert. Seine Augen würden lodern, und sein faltiges Gesicht wäre in eine schreckliche Maske aus Bronze verwandelt, in der seine Zunge wie eine schwarze Natter hin und herzuckte. Doch als er weiterredete, geschah dies in nachdenklichem Ton und nicht drohend.

»Dies sind schwere Zeiten«, sagte er. »Jeder von uns muß seine Rolle so gut wie möglich ausfüllen. Sie täten jedoch gut daran zu bedenken, daß meine Rolle in all dem nichts mit der Welt zu tun hat, wie Sie sie kennen. Ich will Ihnen nichts Böses, aber ich dulde weiterhin keine Störungen mehr.« Er seufzte tief. »Also belästigen Sie mich nie wieder.«

Alexandra legte eine Hand auf Beheims Schulter. Sie deutete mit einem Kopfnicken zum Eingang, einige Treppenabsätze über ihnen, und Beheim, dessen Zorn von einer plötzlichen Unsicherheit gedämpft wurde, ließ sich wegziehen. Doch während sie zur nächsten Etage hochstiegen, beseelt von dem Gefühl, eine falsche Fährte verfolgt zu haben, hielt er inne und blickte durch das Geländer zurück.

Die Strahlen des Laternenlichts zeichneten sich plötzlich scharfkantig ab. Sie waren wie leuchtende Klingen, die über die Reihen von Büchern und Folianten an der gegenüberliegenden Wand strichen, und während sie immer heller wurden, verdunkelte Kostolec sich, verloren sein Fleisch und seine Kleidung an Detailliertheit und Farbe, als sei er in einen tiefen Schatten eingetaucht, bis das Licht wieder seine normale Helligkeit erreichte und das, was am Geländer stand, nicht mehr als ein Schatten war, eine Gestalt von absoluter, ungebrochener Schwärze. Dieses unmenschliche Gebilde stand einige Zeit völlig reglos da, doch dann zerstob die Figur innerhalb weniger Sekunden in papierähnliche Fetzen schwarzen Lebens, wie Fledermäuse und Ascheflocken, und diese Überreste flatterten davon in die Dunkelheit. Schließlich, wie eine in der Luft schwebende Schicht aus glänzendem Anthrazit, entstand eine funkelnde Fläche in der Mitte des Schachtes und schien sich sowohl nach oben wie nach unten auszudehnen und reflektierend den Durchgang eines beweglichen Lichtscheins zu messen. Beheim erschauerte bis in die tiefsten Schichten seines Körpers, als sei soeben ein physisch nicht faßbares Etwas durch ihn hindurchgegangen. Und damit verblaßte das Glänzen, und alles war wie vorher, nur daß Kostolec verschwunden war und an seiner Stelle lediglich ein paar Staubpartikel im orangenen Schein der Laterne dahintrieben und gelegentlich glitzerten wie die geisterhaften Überreste von Sternen und galaktischen Nebeln.

Während sie durch den Korridor schritten, der von der Bibliothek des Patriarchen wegführte, begann Beheim Alexandra in einem ganz neuen Licht zu sehen. Es erschien überhaupt nicht logisch, daß sie ihn gegen jemanden mit Kostolecs Macht verteidigte, um ein politisches Ziel zu erreichen. Dennoch schien sie genau das getan zu haben. Er erinnerte sich an ihre kurze verwirrte Reaktion nach ihrer Umarmung. War es möglich, fragte er sich, daß sie so etwas wie Zuneigung zu ihm entwickelte? Er hielt es nicht für wahrscheinlich, aber er hätte ebensowenig erwartet, daß sein Interesse für sie sich derart intensiv und allumfassend entwickelt hätte. Er ertappte sich dabei, wie er sie insgeheim beobachtete, bestimmte Verhaltensweisen an ihr wahrnahm. Zum Beispiel ihre Gewohnheit, am Nagel ihres Zeigefingers zu knabbern, wenn sie verblüfft war. Oder wenn plötzlich dunkle Schatten über ihre grünen Augen zu ziehen schienen, wenn sie unzufrieden war. Ihr Gang, so gemessen, fast schlafwandlerisch in seiner verhaltenen Energie, kontrolliert bis zum Grad der Unterdrückung, außer wenn sie erregt war, und dann warf sie ihm sogar gelegentlich einen Blick zu, während sie ging, und schob halbe Hüpfer zwischen ihre Schritte, so daß sie fast dahintrabte wie ein junges Schulmädchen. Der Ernst, den sie an den Tag legte, wenn sie ihm zuhörte, den Kopf gesenkt, die Augen halb geschlossen, alle Gesichtszüge ruhig und entspannt, wie eine Nonne beim Gebet. Sie lachte leicht und schnell, aber wenn sie es tat, war es so, als lachte sie nicht mit ihrer gesamten Erscheinung, ihrer gesamten Persönlichkeit, so als sei der Ort in ihrem Innern, wo lebhafte Reaktionen ausgelöst wurden, leer und grau und trübe. Dies verlieh ihr eine auf unheimliche Weise sprunghafte Lebendigkeit, wie man sie bei jemandem beobachten konnte, der unter einem Bann stand oder verzaubert war. Er fragte sich, wie er ihre extreme Körpergröße nur jemals hatte als grotesk empfinden können, denn nun erschien ihm ihr Körper als auf elegante Art schlank, wunderschön geformt, ein wahres Wunder ästhetischer Proportionen, und wenn er sich sie beide miteinander vorstellte, dann nicht, wie zuvor, in irgendeiner gordischen Verschlingung, sondern zu einer fließenden und perfekt aufeinander abgestimmten Einheit verbunden. Solche Gedanken zu haben und weiterzuverfolgen war lächerlich, sagte er sich. Sie waren Verbündete bei einer bisher noch nicht genau festgelegten politischen Aktion, sonst nichts. Weder konnte er verhindern, daß er diese Gedanken hatte, noch konnte er sich davon abhalten, ihre Seitenblicke als etwas anderes zu interpretieren als die Anzeichen einer frisch erblühten Zuneigung. Er glaubte, daß sie ihm kurze Blicke auf ihr wahres Ich gestattete, indem sie ab und zu die überheblich aggressive Fassade fallen ließ, die sie errichtet hatte, als sie in sein Quartier kam, und ihm die Persönlichkeit hinter dieser Fassade zeigte, eine Persönlichkeit, die fähig war zu Zorn und Freude, zu Trotz und Traurigkeit, eben zu all den üblichen Verhaltensweisen, allerdings gemäßigt durch eine grundlegende Ernsthaftigkeit und intensiviert durch eine Art leidenschaftliche Gelassenheit. Er stand ihr noch immer mißtrauisch gegenüber, er zweifelte noch immer an der Aufrichtigkeit ihrer Absichten, aber er spürte, daß er nicht vollkommen fehlging in der Annahme, daß sie ihre Haltung ihm gegenüber geändert hatte und daß sie, ganz gleich, was sie zu Beginn von ihm gewollt hatte, nun sehr viel mehr wollte.

Sie bogen in einen Nebenflur ein. Er wurde ebenfalls von Laternen erleuchtet. Die Decke bestand aus gekalkten Steinen, unterbrochen von Rundbögen, die zu anderen Tunnels, Gangerweiterungen, anderen Korridoren gehörten. In einem

Moment, in dem sie sich dabei ertappten, wie sie einander anstarrten, schaute Alexandra schnell weg und fragte, was er gerade dächte.

»Diese Frage läßt sich nicht so leicht beantworten«, sagte Beheim.

»Da widerspreche ich«, sagte sie. »Es ist die Frage, die sich am leichtesten beantworten läßt, es sei denn, man hat etwas zu verbergen.«

»Ich möchte nicht töricht erscheinen«, sagte er, nachdem er ein paar Schritte schweigend weitergegangen war.

»Ich denke, wir sind diesen Weg weit genug zusammen gegangen, um uns ein vorsichtiges Urteil erlauben zu können.«

»Na schön. Ich habe über Sie nachgedacht.«

Sie gingen gerade an einer Laterne vorbei, die in einer Nische befestigt war, und ihr Schatten, der hinter ihr über den Erdboden geglitten war, sprang plötzlich zur Wand hoch und stolzierte neben ihr her, ein schlankeres, schärfer gezeichnetes Ich, als sei die Jägerin in ihr unvermittelt aufgeschreckt worden.

»Oh?« sagte sie und lachte nervös. »Und wie bin ich?«

»Faszinierend. Beunruhigend.« Er versuchte, ihr in die Augen zu schauen. »Und wunderschön.«

»Und inwiefern genau bin ich beunruhigend?« Ein erneutes Lachen. »Wie Sie sehen, beziehe ich widerspruchslos die unbedenklichen Tugenden sofort auf mich.«

»Vielleicht sind nicht Sie es, was mich beunruhigt«, sagte er. »Vielleicht ist es der Mangel an Vertrauen in meine eigene Urteilskraft.«

»Das ist nur eine besonders freundliche Art auszudrücken, daß Sie sich meiner nicht sicher sind.«

»Schon möglich.«

Sie kamen zu einem Torbogen, der in einen großen unmöblierten Raum überging, in dem drei Männer und eine Frau – ihrer eleganten Kleidung nach Mitglieder der Familie – dreißig oder mehr Meter weit entfernt auf einer länglichen Lichtinsel standen, die von zwei Laternen erzeugt wurde. Die Frau war halbnackt, das Oberteil ihres Kleides war bis zur Hüfte heruntergestreift, und die Männer waren ebenfalls teilweise entkleidet. Etwas seltsam Statisches lag über diesem Tableau, dachte Beheim, als sei es eigens für sie aufgebaut worden und kein sexuelles Intermezzo, das sie unterbrochen hatten. Es verursachte ihm tiefes Unbehagen. Die Frau winkte ihnen zu, aber er verspürte nicht den mindesten Drang, ihre Einladung anzunehmen.

»Erkennen Sie jemanden?« wollte er von Alexandra wissen.

Sie studierte die Gruppe einige Sekunden länger. »Nicht auf diese Entfernung. Den Mann im roten Gewand vielleicht. Das könnte ...« Sie verstummte, betrachtete die Personen angestrengt blinzelnd. »Ich kann es nicht sagen.«

Erneut winkte die Frau ihnen.

»Kommen Sie. Lassen wir sie in Ruhe«, sagte Beheim.

»Wollen Sie sie denn nicht befragen?« wunderte Alexandra sich.

»In einer so großen Gruppe würde der eine nur die Lügen des anderen bestätigen.«

Sein Gefühl des Unbehagens wurde stärker. Er ergriff Alexandras Hand und marschierte entschlossen weiter durch den Korridor. Dabei zerrte er sie beinahe hinter sich her und schaute ab und zu über die Schulter.

Alexandra machte ein erschrockenes Gesicht, versuchte aber nicht, sich aus dem Griff zu befreien. Sie protestierte auch nicht, als Beheim zu rennen begann und sie auf einem verschlungenen Kurs durch ein Labyrinth von Korridoren hetzte. Aber sobald sie stehenblieben, fragte sie ihn, was denn nicht in Ordnung sei.

»Ich hatte eine Vorahnung«, erklärte er ihr. »Ein Gefühl, daß sie vielleicht ... ich weiß es nicht. Daß sie irgendeine Falle aufgebaut haben.«

Sie waren von einem Korridor in eine Höhle gelangt, eher eine Nische, die aus dem Marmor herausgehauen worden war und eine Höhle darstellen sollte, deren beide Enden in einem kleinen See versanken, an dessen Ufer roh zubehauene Marmorblöcke herumlagen. Ein bleiches, bläulich-weißes Licht wurden von den Höhlenwänden abgestrahlt, oder genauer ausgedrückt, von dem leuchtenden Moos, das beinahe jede freie Steinfläche bedeckte und von dem größere Stücke wie winzige leuchtende Inseln auf dem schwarzen Wasser trieben. Eine der Mauern wurde von einem beträchtlichen runden Loch durchbohrt, das groß genug war, so daß ein Mann aufrecht hindurchgehen konnte, ohne sich bücken zu müssen. Es gestattete den Blick auf komplizierte Maschinen aus Eisen, riesige Räder und Antriebsstangen und andere fremdartige Teile. Durch Lücken in der Maschinerie waren Teile der Marmorfläche zu erkennen, die steil nach oben aufragten und damit den Eindruck von einem vertrackten Puzzle auf einer weißen Fläche lieferten, von dem mehrere Stücke fehlten. Insgesamt vermittelte der Ort einen Eindruck von übermütiger Zauberei, und als Alexandra sich auf einen Marmorblock setzte, die Knie anzog und das Kinn darauf legte, schien sie plötzlich eine Aura der Unwirklichkeit zu erzeugen und ein Geschöpf dieses Ortes zu werden, eine Nymphe oder eine Loreley.

»Eine Vorahnung«, sagte sie nachdenklich. »Mit anderen Worten, ein Gefühl, in das Sie Ihr Vertrauen setzen.«

»Ich wäre ein Narr gewesen, wenn ich nicht darauf vertraut hätte.«

»Aber ganz offensichtlich trauen Sie bestimmten anderen Gefühlen nicht. Oder haben Sie auch eine Vorahnung gehabt, die mich betrifft?«

»Wohl kaum. Es ist nur so, daß ich nicht weiß, wo ich bei Ihnen stehe.« Er setzte sich neben sie; tiefer in der Höhle, wo sich die Decke absenkte und die Wände zusammenschoben, schwamm etwas dicht unter der Wasseroberfläche, erzeugte einen Buckel im glänzenden schwarzen Wasser, zeigte sich selbst aber nicht. »Auf jeden Fall ist es nicht so wichtig.«

»Was ist nicht so wichtig?«

Sie versuchte ein schelmisches Lächeln zu verbergen, indem sie den Kopf senkte.

»Sie spielen mit mir«, sagte er.

Sie zuckte die Achseln. »Ich versuche nur, Sie dazu zu bringen, mir zu verraten, was Sie denken, aber ich habe damit nicht viel Erfolg.«

»Ich bin sicher, daß Sie wissen, was ich denke«, sagte er ungeduldig. »Ich habe über Sie und mich nachgedacht. Ich habe mich gefragt, wie es mit uns weitergehen könnte.«

»Das ist ziemlich ehrlich«, gab sie zu.

»Natürlich«, fuhr Beheim fort und war von ihrem neutralen Tonfall ein wenig enttäuscht, »wie ich vorhin schon meinte, es ist wirklich nicht so wichtig, so oder so.«

»Und weshalb?«

»Aus verschiedenen Gründen. Zum einen werden wir schon in wenigen Tagen Banat verlassen. Ich kehre nach Paris zurück und Sie nach Hause.«

»Ich verstehe nicht.«

»Welchen Sinn hätte es, eine Beziehung anzufangen, wenn uns nur so wenig Zeit bleibt, sie zu vertiefen?«

Sie warf ihm einen fragenden Blick zu, dann schaute sie auf das Loch in der Wand und wickelte dabei eine Strähne ihres braunen Haars um einen Finger. »Eine Beziehung«, sagte sie. »Wie seltsam, sich so etwas zu wünschen. Ich will, was ich will, stets ohne Bedingungen. Ich zerbreche mir nicht den Kopf darüber, was anschließend geschieht, nachdem ich bekommen habe, was ich wollte.« Sie sah ihn wieder von der Seite an. »Meistens, zumindest.«

Er fühlte sich in seiner Würde verletzt. »Wahrscheinlich«, druckste er herum, »ist es nur ein Symptom meiner, äh ... Wie haben Sie es genannt? Meiner ›Zeit der Metamorphose‹.«

»Nein, das glaube ich nicht«, sagte sie und konzentrierte sich erneut auf die Wandöffnung und auf das mechanische Puzzle dahinter. »Agenor meinte, Sie seien vielleicht eine bemerkenswerte Persönlichkeit. Möglich, daß er recht hatte.«

Sie schien von ihm oder von einer Empfindung, die sich irgendwie auf ihn bezog, aufrichtig verwirrt zu sein. Er ahnte, daß er sie in diesem Moment durchaus beeinflussen könnte, so lange er seine Bemühungen nicht übertrieb. »Ich kann nicht glauben, daß es bemerkenswert sein sollte, am Ende auch mal etwas Gutes zu wünschen«, sagte er.

»Das ist es wohl auch nicht. Aber ich habe schon lange nicht mehr in dieser Richtung nachgedacht.«

Stille trat ein, in der er das Plätschern von Wasser hörte.

Außerdem sah er etwas, das auf der Marmorfläche jenseits des Lochs in der Wand hin und her huschte und das nur ab und zu durch die Lücken in der Maschinerie sichtbar war. Er schloß die Augen und spürte sie neben sich, spürte die Wärme, den Rhythmus ihres Atems und Herzschlags. Der Geruch nach Orangenwasser, ihr natürlicher Geruch, und süßes heißes Blut mischten sich zu einem betäubenden Duft.

»Ich würde Ihnen gerne eine Frage stellen«, sagte er. »Vielleicht reagieren Sie darauf verärgert.«

»Ich werde mir alle Mühe geben, es nicht zu tun.«

»Ich denke an den Mann, den Kostolec getötet hat. Wie können Sie so etwas, eine solche Form von Härte und Grausamkeit, mit der Empfindsamkeit – vielleicht sollte ich lieber Menschlichkeit sagen – die Sie jetzt an den Tag legen, in Einklang bringen?«

Er konnte ihr Gesicht nicht sehen. Sie hatte den Kopf ein wenig gedreht, und das Haar fiel ihr über die Wange und verdeckte ihr Profil. Aber er konnte erkennen, daß die Frage sie traf – die Sehnen ihres Halses traten hervor, und eine allgemeine Anspannung befiel ihre ganze Gestalt. Aber als sie antwortete, klang ihre Stimme nicht zornig, sondern eher zögernd.

»Natürlich find' ich es schwierig«, sagte sie. »Sie haben getötet, um sich zu ernähren. Sie erkennen die Heuchelei, die darin steckt, wenn man diejenigen, die wir zur Versorgung mit Nahrung brauchen, in ein emotionales Gerüst einfügt. Und doch tun viele von uns genau das. Ich habe es selbst getan. Das Schuldgefühl, das aus diesen oberflächlichen Verbindungen erwächst, bringt uns vermutlich dazu, alle Sterblichen als Tiere zu betrachten, sie im Grunde abzulehnen, damit sie uns nicht nahestehen.« Sie strich sich das Haar aus dem Gesicht und sah Beheim mit ernster Miene an. »Als ich Sie vorhin aufsuchte, entsprang die Art und Weise, wie ich Ihre Dienerin behandelte, einem Gefühl, mich verteidigen zu müssen. Und außerdem« – dabei schickte sie ihm einen schnellen Blick – »glaube ich, daß ich auf sie ein wenig eifersüchtig war. Ich interessiere mich schon seit einiger Zeit für Sie. Aber gleichzeitig hat sie mich abgestoßen. Vielleicht habe ich mit dieser Abscheu irgend etwas kompensieren wollen. Vielleicht lehnen wir sie nur deshalb ab, weil wir es müssen. Oder es könnte passieren, daß wir uns zu grundlegend verändern, um sie in irgendeiner Form zu respektieren. Trotzdem denke ich manchmal, daß wir gar nicht soviel anders sind als Sterbliche. Der einzige wahre Unterschied zwischen uns ist der, daß wir stärker sind und daß unsere Grausamkeiten nichts anderes als Übersteigerungen ihrer eigenen Grausamkeiten sind. Sogar der schlimmste unter uns findet bei den Menschen jemanden, der ihm ebenbürtig ist. Daher« – sie faltete die Hände, preßte sie gegen ihre Brust – »wenn Sie mich nach Kostolec fragen, muß ich erwidern, wir tun, was wir tun müssen, um zu leben. Was er tat, mag böse oder überflüssig erscheinen, ganz gleich, wie Sie es nennen wollen. Aber er ist alt und gehört einer anderen Generation an. Er hat vergessen, was er einst war, und er lebt nur zum Teil in der Welt, die Sie und ich bewohnen.« Sie hob bedauernd die Schultern. »Das ist alles, was ich dazu sagen kann. Das ...« Sie schüttelte traurig den Kopf. »Das ist alles.«

Er hatte erwartet, ihr zu widersprechen, zu versuchen, ihr das Gegenteil zu beweisen, aber ihre Antwort war derart prägnant und klar, so umwerfend ehrlich, so frei von allem Bombast, mit dem seine meisten Fragen quittiert worden waren, daß er total überzeugt war und nicht wußte, was er sonst noch dazu bemerken sollte. Was sie gesagt hatte, erzeugte in ihm ein Gefühl der Traurigkeit, und er neigte dazu, Wahrheit und Traurigkeit miteinander gleichzusetzen. Wie die meisten anständigen Franzosen glaubte er nicht an Glück, oder er glaubte zumindest, daß nichts Glückliches tiefgründig sein konnte.

»Was ist das?« fragte sie und deutete auf eine Öffnung in der Wand und auf das schwarze, sich schnell bewegende Ding, das gelegentlich auf der Marmorfläche erschien.

»Ich habe keine Ahnung.«

»Ich möchte es mir genauer ansehen.«

Sie hüpfte von dem Marmorblock herab und ging um den See herum zum Loch in der Wand. Er folgte ihr widerstrebend. Ihm wurde bewußt, daß er sie hatte eigentlich küssen wollen und daß diese Möglichkeit nun verstrichen war.

Die Gerätschaften, die außerhalb der Höhle herumlagen, waren funktionslos. Es waren lose Hebel und Gestelle, Schrauben und Stangen, die durcheinandergeworfen waren wie ausrangiertes Kinderspielzeug. Einige der Teile waren jedoch mit Nieten zusammengefügt, deren Köpfe so groß wie Servierplatten waren und die daher simple mechanische Skulpturen bildeten. Über ihnen reflektierte ein riesiger gewölbter Spiegel Licht aus irgendeiner unsichtbaren Quelle auf sie herab. Wie Mondschein, dachte Beheim, und er fragte sich, ob es vielleicht ein ganzes System von Spiegeln gab, die das Mondlicht von den Wehrgängen der Burg herunterleiteten. Jenseits der Maschinenteile erstreckte sich die Fläche weißen Marmors einige hundert Meter weit bis zu einer Mauer, die von einem Dutzend gewölbter Türöffnungen durchlöchert wurde. Daran vorbei trabte, den Kopf gesenkt und hinter irgendeinem unsichtbaren Spielkameraden herjagend und schließlich anhaltend, ein schwarzer Hengst. Wahrscheinlich ein Zweijähriger. Bereits zu voller Reife herangewachsen, aber immer noch fohlenhaft in seinem Verhalten.

»Er ist wunderbar!« rief Alexandra aus, während der Hengst davontrottete und sie mit rollenden Augen beobachtete. Seine Haut glänzte wie geölt. Ein Glänzen und Schimmern begleitete das Spiel der Muskeln. Das Tier war makellos in seinem Ungestüm und seiner männlichen Kraft, eine lebendige Maschine aus Blut und seidigem Fell und Knochen. Von Ferne betrachtet und vor der weißen Fläche hinter ihm absolut still stehend, hätte es sich um ein Wappen im weißen Marmor handeln können.

»Was könnte der Hengst hier zu suchen haben?« fragte Alexandra.

Beheim hob die Schultern. »Vielleicht ist es gar kein richtiges Pferd.«

»Was könnte es sonst sein?«

»Der alte Kostolec zum Beispiel. Oder irgendein Feind, den er verzaubert hat. Hier, an diesem Ort, könnte es alles mögliche sein.«

Aber das Pferd war genau das, als was es erschien, denn – wie ein echtes Pferd – ließ es sie nicht an sich herankommen und streicheln. Es witterte ihre Fremdartigkeit, reagierte mit panischer Angst, als sie es mehrmals versuchten, wieherte und floh vor ihnen. Beheim zog die Möglichkeit in Erwägung, daß es, genauso wie der Tod des jungen Mannes durch die Hand Kostolecs, eine Art Lektion war, die sie an ihr unnatürliches Leben, an ihre raubtierhafte Natur erinnern und sie der Illusion berauben sollte, daß sie so etwas wie Normalität erfahren könnten. Zumindest das schien Alexandra nun bewußt zu werden. Sie reagierte bedrückt, wurde still, und als Beheim sie zu küssen versuchte, als er seine Hände auf ihre Hüften legte und seinen Mund auf ihren hinabsenkte, reagierte sie für den Bruchteil einer Sekunde auf diese Berührung, kam ihm entgegen, doch dann entwand sie sich seinem Griff und erklärte ihm, sie wisse plötzlich nicht mehr, was sie wirklich wolle.

KAPITEL 5

Andere Räume der oberen Etagen, wie die Höhle und die Marmorebene, gab es mit Bewohnern, deren Anwesenheit eine Funktion der jeweiligen Konstruktion zu sein schien oder die zumindest wie ausgestellt anmuteten. In einem dieser Räume trafen sie auf einen bemitleidenswerten alten Mann, der an eine Mauer angekettet war. Er war umgeben von sehnigen Fleischbrocken und Kothaufen und stimmte ein fröhliches Nonsenslied an, sobald sie sich ihm bis auf drei Meter näherten, und verstummte, wenn der Abstand größer wurde, als ob eine Art innerer Alarm in genau dieser Entfernung ausgelöst wurde. In einem anderen Raum fanden sie einen schwarzen Kettenhund mit einem Medaillon aus rotem Gold um den Hals, der sie hechelnd anstarrte. In einem dritten Raum schlief ein Löwe unter einen Rosenbaum, dessen Blumenblätter aus grünem Glas bestanden und dessen Blüten aus Karneol geschnitzt waren. In einem Raum mit einem langen rechteckigen Becken voll funkelnden Wassers und mit Wandgemälden, die blaßviolette Himmel und ferne schneebedeckte Berggipfel und erhabene Bauwerke mit dorischen Säulen und Säulengängen darstellten, waren drei wunderschöne Frauen derart leidenschaftlich in ein sapphisches Rendezvous vertieft, daß noch nicht einmal Beheims laute Rufe ihre Aufmerksamkeit erregen konnten. In einer kleinen Kapelle, deren Decke mit Fresken im Stile – wenn nicht gar von der Hand – Michelangelos verziert war, redete ein an ein Kreuz gefesselter bärtiger Mann in belehrendem Ton in einer Sprache, die Alexandra als archaisches Hebräisch identifizierte. Ab und zu brach er in schallendes Gelächter aus. In einem Raum, der früher als Aviarium gedient hatte und voll war mit zerbrochenen Drahtgittern und verrosteten Vogelkäfigen und Vogelmist, delektierten sich Tausende von Aaskäfern am Kadaver eines großen und nicht identifizierbaren Tiers. In einem Raum, dessen Wände und Decke mit schwarzer Seide bespannt waren, lag eine fette Frau nackt auf einem schwarzen Baldachinbett und spielte ein Spiel, dessen Figuren aus kleinen Knochen mit eingelegten Silberverzierungen bestanden. Ihr Gegner war ein dunkelhäutiger hagerer Mann, nicht größer als einen halben Meter, der auf der Bettkante saß und voller Entsetzen auf ein Rudel kleiner hechelnder weißer Hunde starrte, die sich auf die Hinterbeine aufgerichtet hatten und an der Bettdecke kratzten und an ihn heranzukommen versuchten.

Es gab, wie Alexandra berichtete, Dutzende solcher Räume, vielleicht sogar Hunderte. Beheim hätte sie gerne alle besichtigt, denn er nahm an, daß sie vielleicht Hinweise enthielten, die bislang noch unbekannte Charakterzüge des Patriarchen offenbarten und sein bisheriges Verständnis der Familie noch vertieften. Die Zeit war jedoch knapp, und sie wanderten an diesen Räumen vorbei bis zu einem Raum, in dem sie nach Alexandras Auffassung Mikolas de Czege finden würden, den jüngeren Bruder von Buka de Czege, der als Patriarch diesem Zweig vorstand. Da die Valeas und die de Czeges miteinander in Fehde lagen, hatte sie gewisse Vorbehalte, Mikolas gegenüberzutreten, nicht weil sie sich vor ihm fürchtete – sie behauptete, es nicht zu tun –, sondern weil sie die Fehde nicht verschlimmern sollte. »Lassen Sie sich von ihm nicht in Rage bringen«, riet sie ihm. »Denn dann würden Sie nichts in Erfahrung bringen können.« Angesichts des Rufs der de Czeges war Beheim selbst nicht allzu erpicht auf ein Gespräch mit Mikolas. Aber wenn er das erst einmal überstanden hätte, dachte er, dann läge das Schlimmste wohl hinter ihm, deshalb verfolgte er seinen eingeschlagenen Kurs wenn schon nicht mit Zuversicht, so doch wenigstens mit einer gewissen Hoffnung.

Eine Wand des langen schmalen Raums, in dem sie Mikolas fanden, war grau. Tapeten hingen in Streifen herab, und sie war mit hohen schmalen Fenstern versehen, hinter deren Glasscheiben helle Laternen standen, die weißen, falschen Sonnenschein in breiten Balken auf den rauhen Holzfußboden fallen ließen. Ähnlich wie winterliches Licht steigerten sie den Eindruck des allgemeinen Verfalls und ließen den ganzen Raum noch leerer, noch verlassener erscheinen. Drei Kinder, zwei Jungen und ein Mädchen, alle mit Lumpen bekleidet und mit schmutzig blondem Haar, teilnahmslos und bleich und etwa elf oder zwölf Jahre alt, saßen unter dem von der Tür am weitesten entfernten Fenster und starrten ins Nichts. Neben ihnen stand ein einzelner Sessel mit hoher, gerader Lehne, auf dem Kleider und ein Handtuch lagen. Die anderen Wände, ebenfalls mit sich ablösenden Tapeten und grau, waren fensterlos. An mehreren Haken hingen verschiedene Waffen: Schwerter, Peitschen, Keulen, Speere, Dolche. In der Mitte des Raums befand sich ein schwarzer Pfahl mit zwei Knöpfen darauf, der in einem Kasten aus weißem Metall an der Decke verschwand, und eine menschengroße Puppe aus hellem, stark gemasertem Holz mit einem in der Hand festgeschraubten Säbel. Ihr Kopf war ein längliches, gesichtsloses Oval, das an jedem Ende spitz zulief und etwas Insektenhaftes ausstrahlte. Das Oval saß auf einem dünnen Hals. Der Körper war mit Kerben und Dellen übersät, auf der Brust war ein rotes Herz aufgemalt, und Drähte spannten sich von den Gliedmaßen zu einem komplexen Gewirr von Kabeln und Stangen, die in dem Kasten an der Decke zusammenliefen und der Puppe erlaubten, sich bis in die fernste Ecke durch den Raum zu bewegen. Immer wenn Mikolas angriff, parierte die Puppe und führte dann einen wackelig aussehenden, aber wirkungsvollen Gegenangriff. Nachdem er eine Zeitlang von der Tür aus zugeschaut und den Kasten und die Drähte betrachtet hatte, konnte Beheim nicht entscheiden, wie der Mechanismus funktionierte. Er kam zu dem Schluß, daß in dem Metallkasten ein Gerät untergebracht war, das Mikolas' Stöße und Paraden in entsprechende Reaktionen der Puppe umwandelte, aber ein solches Gerät wäre ungemein raffiniert, und er konnte sich nicht einmal andeutungsweise seine Funktionsweise vorstellen.

Mikolas war ein kleiner, stämmiger Mann Mitte zwanzig. Er hatte die kräftigen Arme eines Schmieds und ein brutal aussehendes Gesicht mit ausgeprägtem Kinn. Dicke Bartstoppeln bildeten tiefe Schatten auf seinen Wangen. Sein schwarzes Haar, das nach Mönchsart geschnitten war, wurde im Augenblick unter einer mit Nieten versehenen Metallhaube versteckt. Dazu trug er ein ausgepolstertes langes Hemd und Leggings. Jedesmal, wenn er sein Schwert schwang, stieß er ein schweinsmäßiges Grunzen aus. Schweiß rann über sein gerötetes Gesicht. Während er die Puppe umkreiste, schien es so, als müßte er Beheim und Alexandra in der Türöffnung bemerkt haben. Aber seine Konzentration war derart intensiv, daß er außer seinem geistlosen Gegner nichts anderes wahrnahm, bis Alexandra, als sie allmählich ungeduldig wurde, seinen Namen rief. Er blickte zu ihnen herüber, dann tauchte er unter einem Schlag der Puppe weg und erhielt einen halben Treffer von der Seite gegen seine metallene Kopfbedeckung, die ihn taumeln ließ. Er sprang zu dem Pfahl, drückte auf den obersten Knopf, und die Puppe kam verrenkt zum Stehen und hing schlaff an ihren Kabeln.

»Versuchst du vielleicht, mich umzubringen?« Mikolas lachte und kam ein paar lässige Schritte auf sie zu. Er nahm seinen Helm, schleuderte ihn quer durch den Raum zu den drei Kindern hinüber, von denen keines sich rührte oder auf irgendeine andere Weise auf den Lärm reagierte. »Da mußt du schon etwas anderes versuchen.«

Sie gab darauf keine Antwort.

»Wen hast du da mitgebracht?« fragte Mikolas und betrachtete Beheim. Er begann, sein gepolstertes Hemd aufzuknöpfen.

»Mein Name ist Beheim. Ich wurde hergeschickt ...«

»Von mir aus! Ich habe keine Zeit für diesen Scheiß!« Mikolas schlängelte sich aus dem Hemd und entblößte eine massige Brust, die genauso dicht behaart war wie die eines Bären. Er befreite sich danach von seinen Leggings. »Ich hab's nicht getan, in Ordnung? Nicht daß ich nicht gerne ein oder zwei Drinks von dieser blonden Lady genossen hätte. Aber ich hatte dazu nicht die Gelegenheit. Vielleicht beim nächsten Mal.« Er legte die Leggings ab und stand nackt vor ihnen, wobei er Alexandra angrinste. »Was meinst du, Cousine? Bin ich nicht ein toller Mann? Begleite mich nach Hause, und ich verpaß dir eine Nummer, die du nie vergessen wirst.«

Alexandra betrachtete ihn mit unverhohlener Bosheit. »Du solltest dein Spielzeug lieber einpacken«, sagte sie. »Es sieht so aus, als sei es bei deinem Training arg eingeschrumpft.«

»Oh-ho!« Mikolas schüttelte den Kopf, als könne er sich vor Vergnügen kaum halten. »Verdammt noch mal, ich wünschte mir, es sähe zwischen Felipe und Buka ein wenig anders aus! Ich würde schnellstens zu Felipe eilen und versuchen, eine Hochzeit zu arrangieren.« Er zwinkerte Beheim zu. »Sie hat ein Paar hübsche Titten, nicht wahr?«

»Ich fürchte, ich muß Ihnen einige Fragen stellen«, sagte Beheim.

Mikolas musterte sie finster und äffte spöttisch seinen Besucher nach. »›Ich fürchte, ich muß Ihnen einige Fragen stellen.‹« Er schnaubte amüsiert. »Ich wette, Sie haben Angst. Wenn Sie vielleicht aufhören würden, sich zwischen den Röcken der Giraffe zu verstecken, würden Sie vielleicht lernen, sich wie ein Mann zu benehmen.«

Beheim hielt sich zurück und warf einen Blick auf seine Notizen. »Sie erklären, Sie seien zum Zeitpunkt des Mordes mit Ihrem Bruder auf der Jagd gewesen. Wo genau haben Sie gejagt?«

Mikolas' Miene verfinsterte sich noch mehr, aber nach

einem kurzen Moment gab er einen trotzigen Laut von sich und sagte: »Zur Hölle, ich beantworte Ihre Fragen. Ich habe nichts zu verbergen. Kommen Sie.« Er ging zum Sessel und den sitzenden Kindern voraus, wobei sein behaartes Gesäß heftig zitterte. »Wir haben im Innern der Burg gejagt. Dort habe ich diese drei dort aufgestöbert.« Er deutete mit seinem Schwert auf die Kinder. »Eine hübsche Gruppe, nicht wahr?« Er lehnte das Schwert gegen die Wand und begann sich abzutrocknen. »Ich hab' sie richtig gern. Ich habe ihnen Namen gegeben. Der da« – er deutete auf den kleineren der beiden Jungen, der zu schlafen schien – »heißt Frühstück. Dieser dort« – er tippte dem zweiten Jungen auf den Kopf, wodurch dieser zur Seite kippte – »heißt Mittagsmahl. Und die »– er hob das Kinn des Mädchens an; sie starrte ihn mit stumpfen Augen an – »ist mein Liebling.« Er schmatzte genußvoll mit den Lippen. »Abendbrot.«

Es waren trotz ihrer schlaffen, ausdruckslosen Gesichter hübsche Kinder. Ihre Hälse wiesen eingetrocknete Blutflecken auf. Beheim verspürte eine überwältigende Übelkeit, aber er zwang sich, nicht auf die Kinder zu achten, und behielt Mikolas im Auge. Sein Gesicht trug die Spuren übermäßiger Ausschweifung. Seine Haut war fleckig. Eine rote Linie vom Druck des Metallhelms prangte auf der Stirn. Wie irr glänzende schwarze Augen saßen tief in ihren fleischigen Höhlen. Darunter wölbten sich ausgeprägte, grausame Lippen eines Sensualisten. Ein Netz geplatzter Äderchen umspannte seine breite, flache Boxernase, und das linke Ohrläppchen war zerklüftet und verfärbt. Es sah aus, als sei es abgebissen worden.

»Gibt es jemanden, der Ihre Behauptung bestätigen kann?« fragte Beheim.

»Natürlich.« Erneut deutete Mikolas auf die Kinder. »Fragen Sie sie, wenn Sie wollen.«

»Ich kann mir kaum vorstellen, daß sie glaubwürdige Zeugen abgeben.«

»Nun, Sie können alle fragen, ob diese drei vor jener Nacht bei mir gesehen worden sind. Und dann können Sie auch die Kinder fragen. Was passiert ist und wie lange wir unterwegs waren. Wir hatten eine wunderbare Zeit miteinander.« Mikolas zog seine Hose an, beugte sich zu Beheim vor und hüllte ihn in eine Wolke säuerlich riechenden Schweißes ein. »Haben Sie schon mal jungfräuliches Blut gekostet? Eine Köstlichkeit. Ich würde Ihnen jetzt gerne etwas anbieten, aber leider muß ich gestehen, daß sie nun nicht mehr jungfräulich ist. Ein wildes kleines Ding. Sie zappelte herum wie ein Fisch auf dem Trockenen.«

»Du bist ein entsetzliches Schwein!« sagte Alexandra.

»Nun sieh doch mal, was ich getan habe! Ich habe die Giraffe eifersüchtig gemacht!« Mikolas streifte sich ein rotes Wollhemd über und strahlte sie an.

»Wissen Sie«, sagte Beheim zu Alexandra, als seine Selbstkontrolle allmählich nachließ, »ich hatte gerade eine blendende Idee. Es hat keinen Sinn, die Untersuchung fortzusetzen. Wahrscheinlich werden wir den wahren Täter niemals entlarven, aber das brauchen wir auch nicht. Der perfekte Kandidat steht vor uns.«

Mikolas starrte ihn an. »Was zum Teufel meinen Sie damit?«

»Sie können keinen Beweis für Ihre Aktivitäten vorbringen«, stellte Beheim fest. »Es gibt keine Seele, die nicht glauben würde, daß Sie zu einem derart widerlichen Akt fähig sind. Ich brauche nur ein oder zwei ihrer Feinde zu nennen, die sofort bereit wären, gegen Sie auszusagen. Und ein paar Beweisstücke zu präparieren. Ich glaube, der Patriarch würde sich am Ende freuen, daß alles glatt gelöst wäre.«

Mikolas' Gesichtsausdruck war ein einziges Rätsel. Er knöpfte sein Hemd zu. »Warten Sie einen Moment«, sagte er. Dann hob er mit einer Hand den größeren der beiden Jungen hoch, drückte seinen Kopf zur Seite und trank aus der Vene in seinem Hals. Die Augen des Jungen waren als weiße Halbmonde hinter seinen herabgesunkenen Lidern zu erkennen. Seine linke Hand zitterte. Der Atem pfiff in seiner Kehle. Während Mikolas das Blut schluckte, starrte er Beheim und Alexandra über die Haare des Jungen hinweg an.

Beheim spürte Alexandras Hand auf seinem Arm, aber er brauchte nicht zurückgehalten zu werden. Die Kinder waren bereits tot, und was immer er an Mitleid für sie empfunden hatte, wurde überdeckt von seiner Abscheu gegen die de Czege. Und vielleicht, so dachte er, hatte er niemals irgendwelches Mitleid empfunden. Vielleicht hatte er nur ein gewisses Bedauern darüber verspürt, daß er nichts empfand.

»Na also«, sagte Mikolas und setzte den Jungen wieder unsanft auf den Boden. »Schon viel besser.« Er wischte sich einen Blutrest vom Mund ab und seufzte zufrieden. »Ich glaube, ich sollte euch eine Geschichte erzählen. Die Geschichte der de Czeges.«

»Verschone uns«, sagte Alexandra.

»Nein, wirklich, ihr müßt es euch anhören.« Er zog seine Hose hoch und drehte den Kopf hin und her, um die Steifheit zu vertreiben. »Da war einmal ein Mann, ein Mann, der mir sehr ähnlich war. Ein grober Kerl, der sich immer nahm, was er wollte, und der sich einen Teufel darum scherte, was seine Umgebung davon hielt. Er war kein sonderlich liebenswerter Bursche« – Alexandra mußte darüber schallend lachen, aber Mikolas ging nicht darauf ein –, »doch er hatte sich auch niemals darum bemüht, liebenswert zu sein, daher machte es ihm überhaupt nichts aus. Das einzige, was er sich immer gewünscht hatte, war, so tapfer zu sein wie sein Bruder. Und das war ungewöhnlich tapfer, denn sein Bruder zählte zu den tapfersten Männern im Land. Nun« – er griff nach seinem Schwert und legte die Klinge flach auf seine Handfläche –, »eines Tages erzählte sein Bruder ihm, daß er von einem Vampir gebissen worden sei. Er hätte es geschafft, zu fliehen, aber er sei krank und habe Angst, daß der Vampir ihn kontrollierte. Das geschah vor langer Zeit, in jenen Tagen noch, als Vampire als etwas Selbstverständliches betrachtet wurden, daher hatte der Mann keinerlei Bedenken, seinem Bruder zu glauben.«

Mikolas ging ein halbes Dutzend Schritte in die Mitte des Raums. »Wißt ihr, was der Held meiner Geschichte tat? Er beschloß, den Vampir zu töten.« Er schaute über die Schulter zu ihnen zurück. »Meint ihr nicht, daß das von ihm tapfer war?« fragte er sanft. »Zu wissen, daß er ein Vampir war, und trotzdem den Mut zu haben, ihn anzugreifen. Seht ihr, er begriff, daß er niemals herausbekommen könnte, wo der

Vampir schlief, jedenfalls nicht, bevor er eine erneute Gefahr für seinen Bruder darstellte. Er würde das Versteck des Vampirs noch in dieser Nacht aufsuchen und ihn töten müssen, während er wach war. Er fürchtete sich. Oh, er hatte entsetzliche Angst! Aber die Angst war für ihn ein Ansporn, daher begab er sich ohne Verzögerung zum Haus des Vampirs und versteckte sich dort im Wandschrank, und als der Vampir erschien, in Begleitung zweier bleicher Ladies, trat er aus seinem Versteck. Er hatte ein Schwert in der Hand. Wie dieses. Einen Säbel. Der Vampir lachte und lachte. Er wußte, daß ein Schwert ihm keinen bleibenden Schaden zufügen konnte. Aber anstatt anzugreifen, zog der Mann die Schneide des Schwertes über seine Handfläche und fügte sich einen tiefen Schnitt zu. Etwa so.«

So wie er es beschrieben hatte, schnitt Mikolas sich die Handfläche auf. Blut rann an seinem Handgelenk herab.

»Der Vampir war außerordentlich dumm«, fuhr er fort. »Außerordentlich überheblich. Er glaubte, daß sein überwältigender Charme für diese mutige Handlung des Mannes verantwortlich war. Und so schwächte er den Mann nicht mit den Augen, ehe er das Blut trank. Er leckte an der Hand des Mannes, fast spielerisch, und dann schlug er seine Zähne in den Hals des Mannes. Der Mann war benommen vor Verzückung, aber er bewahrte einen letzten Rest von Selbstkontrolle. Er zog einen Eichenpflock hervor, den er sich vorher in den Gürtel gesteckt hatte, und durchbohrte damit das Herz des Vampirs, während er trank. Die Frauen attackierten ihn, aber sie waren schwach, verwirrt durch den Tod ihres Meisters, und er konnte vor ihnen fliehen.« Er wischte sich die blutige Hand an der Hose ab und betrachtete sie. »Ein glückliches Ende, könnte man denken. Aber die Geschichte hat eine ironische Komponente. Der Mann ritt nach Hause, um seinem Bruder alles zu erzählen, doch sein Bruder war soeben gestorben, und während er starb, hatte er das ewige Leben erlangt. Ehe er ihm die Neuigkeit erzählen konnte, urteilte sein Bruder über ihn. Und so entstand der Zweig der de Czeges.«

Mikolas starrte Beheim mit verkniffenem Gesicht an. »Glauben Sie wirklich, ich hätte Angst vor Ihnen?« sagte er, und seine Stimme war heiser vor Wut. »Daß ich überhaupt vor irgend etwas Angst haben könnte?« Er schwang das Schwert in einem weiten Bogen. »Wenn Sie mir drohen wollen, dann kann ich mit gleicher Münze zurückzahlen. Ich werde Sie gleich in Stücke hauen und mir dann ansehen, wie lange es dauert, bis Sie wieder vollständig herangewachsen sind.«

Er drang mit einigen schnellen Schritten auf sie ein und zielte mit dem Säbel auf Beheims Kopf. Beheim wich aus und stieß Alexandra vor sich her. Er entging einem weiteren Angriff von Mikolas, machte einen Satz nach rechts, dann spurtete er an den Fenstern vorbei hinüber zur Seitenwand, wo mehrere Dutzend Waffen an Haken hingen. Während er sich umdrehte, sah er, wie Alexandra von einem Faustschlag von Mikolas zu Boden gestreckt wurde. Sie blieb reglos liegen. Beheim riß ein Schwert mit einem verzierten Handschutz an sich und zog es aus der Scheide.

Mikolas lachte begeistert. »Aha! Ein Zweikampf!« sagte er. »Ich habe mich schon gefragt, ob Sie ein Mann sind, und nun scheint es so, als seien Sie einer. Wahrscheinlich kein besonderer. Aber doch Manns genug für das, was jetzt zu erledigen ist, hm?« Er verbeugte sich, grüßte mit seinem Säbel. »Ich nehme Ihre Herausforderung an.«

Er machte einen Schritt vorwärts, nun wachsam, doch ehe er noch weiter vorrücken konnte, führte Beheim einen verzweifelten Angriff und trieb ihn zurück in die Mitte des Raums bis dicht an den schwarzen Pfahl und die Fechtpuppe heran. Mehr als eine Minute kämpften sie verbissen, schlugen wild aufeinander ein. Das Klirren von Stahl bildete eine schrille Untermalung zu ihren Ächzlauten und Ausrufen. Beheim wurde selbstsicherer. Die Zielsicherheit seiner Attacke glich Mikolas überlegene Kraft aus. Aber sein Selbstvertrauen begann wieder zu sinken, als Mikolas defensiv zu fechten begann und Beheim zwang, seine Energie zu verbrauchen. Er wollte ihn müde machen. Schweiß rann ihm in die Augenwinkel. Sein Atem ging kurz und hechelnd. Hinter ihren hin und her zuckenden Schwertklingen konnte er Mikolas grinsen sehen. Das Licht der falschen Sonne beeinträchtigte seine Sicht. Es blitzte auf den Klingen und verwirrte ihn.

»Ich werde dir gleich den Kopf abschneiden«, sagte Mikolas und parierte. »Ich werde« – eine weitere Parade, ein versuchter Angriff – »ihn in eine Hutschachtel stecken. Und den Ratten zum Fraß vorwerfen.« Er machte einen Satz vorwärts, stieß zu, ließ die Klinge durch die Luft pfeifen und zog sich zurück. »Ich frage mich, was passieren wird. Wird sich ein neuer Körper bilden? Wird dieser neue Körper einen neuen Kopf bekommen? Was meinst du?« Seine Schulter streifte die Fechtpuppe, und er schob das Ding beiseite und versetzte es in wacklige Tanzbewegungen. Beheim hatte plötzlich eine Idee. Er war nicht ganz sicher, ob sie funktionierte, aber er war sich absolut sicher, was passieren würde, wenn irgendein neues Element dieser Gleichung hinzugefügt wurde.

Die nächste Minute verbrachte er damit, Mikolas davon zu überzeugen, daß er erschöpfter war, als es den Tatsachen entsprach, bis er sich am Ende eindeutig auf dem Rückzug befand. Mikolas jagte ihn durch den Raum und kam dabei dem Pfahl in der Mitte immer näher. Einmal war er in seiner Darstellung von Schwäche beinahe zu überzeugend, und Mikolas' Säbel zeichnete ihm einen schmerzhaften Streifen auf den Oberschenkel. Aber er konnte spüren, wie die Wunde augenblicklich heilte, und sie verursachte ihm noch nicht einmal vorübergehende Schwierigkeiten. Mikolas fintierte, drohte, und an Hand dessen konnte Beheim ermessen, wie sehr seine Arroganz zunahm. Schließlich, als Beheims Erschöpfung sich zunehmend nachteilig bemerkbar machte, warf er sich dem Pfahl entgegen und hoffte dabei, daß er den richtigen Winkel gewählt hatte. Mikolas folgte ihm, mußte sich erneut an der Puppe vorbeidrängen, und Beheim drückte auf den oberen Knopf an dem Pfahl.

Mit unheimlichen Bewegungen schien die Puppe sich selbst zusammenzusetzen, nahm eine menschliche Haltung an und marschierte schwerfällig los. Indem sie auf den Stoß reagierte, den Mikolas ihr versetzt hatte, verpaßte sie ihm einen Säbelhieb über den Rücken, dann zielte sie mit einem zweiten Schlag auf seinen Hals, den Mikolas, indem er herumfuhr, gerade noch parieren konnte. Beheim nutzte die

Gelegenheit, um Mikolas sein Schwert, dicht unterhalb der Rippen, in die Seite zu bohren. Er riß die Klinge zur Seite, während Mikolas heulte und sich aufbäumte und seinen Säbel fallenließ. Schon im nächsten Moment stach die Puppe ihm in den Bauch und spießte ihn so äußerst wirkungsvoll aus zwei Richtungen auf. Mikolas schwankte, seine Augen verdrehten sich, und er erbrach Blut. Dann rissen die Puppe und Beheim ihre Waffen heraus, und er brach auf dem Boden zusammen. Blut tränkte seine Hose und durchnäßte sein rotes Hemd. Beheim ging zu Alexandra hinüber, die aufrecht dasaß und eine Hand gegen die Schläfe preßte. Die Puppe kam hinter ihm her, den Säbel kampfbereit in der Faust. Die Drähte sangen in ihren Leitungen, die klugen Füße klapperten auf den Bodenbrettern.

Er hatte angenommen, daß die Puppe nur auf einen Angriff reagieren würde, aber nun, nachdem er nicht angegriffen hatte, und während er den seltsam feindseligen Holzkopf, den ramponierten Körper mit seinem verblichenen Valentinsherz fixierte, wußte er, daß er sich geirrt hatte, daß irgendein unvorstellbares wissenschaftliches Wunder es mit tödlicher Unabhängigkeit erfüllt hatte. Die Puppe zielte auf ihn. Ihre seltsam konstruierten Gelenke verliehen ihren Bewegungen etwas heuschreckenhaft Steifes. Aber sie bewegte sich weitaus schneller als irgend etwas, das sich nur kriechend fortbewegen konnte. Das ständige Klicken und Klappern der Gliedmaßen verlieh ihren gewalttätigen Absichten eine zusätzliche unschöne Aura. Beheim konnte nichts anderes tun, als ihre Angriffe abzuwehren, geschweige denn einen eigenen in Szene zu setzen. Und während er durch den Raum gescheucht wurde, dachte er, daß er bestenfalls darauf hoffen könnte, daß wenn er ernsthaft verletzt worden war, den Regeln, denen die Puppe gehorchte, Genüge getan worden war, und diese sich zurückzog. Der Säbel der Puppe traf seine Schulter und schnitt quer über seine Brust. Verzweifelt unterlief er den Schwerthieb und packte die Klinge. Dabei preßte er sein Gesicht gegen das kalte, glatte Oval des Kopfs. Aber sie begann zu zittern und zu beben und unkontrolliert zu zucken, und er wurde zu Boden geschleudert. Er rollte sich von dem Schwerthieb weg, kam auf die Füße und rannte zum Pfahl in der Mitte des Raums. Er wollte an die Knöpfe herankommen und die Puppe ausschalten. Aber sie vollführte einen phantastischen, unmöglichen Sprung, schaffte eine unglaubliche Höhe und flog so schnell durch den Raum, daß sie ihm den Weg versperren konnte. Sie wandte sich zu ihm um, wobei ihre Gliedmaßen in einem grauenvollen mechanischen Rhythmus zusammenwirkten, der ihn an eine Krabbe erinnerte, die sich auf dem Meeresboden einem hilflosen quallenartigen Opfer entgegenschiebt.

Während sie ihm gegenübertrat, den Kopf leicht auf die Seite gelegt, den Säbel auf seine Brust gerichtet, schien die Maserung des hellbraunen Holzes ein gespenstisches, augenloses Gesicht zu formen. Er hätte schwören können, eine schwache Strahlung wie die Anwesenheit einer Person von dem Ding zu spüren. Er hatte das Gefühl, als taxierte sie ihn auf irgendeine Art und Weise ab, als versuchte sie, seine Fähigkeiten zu ergründen und eine Reihe taktischer Gegenmaßnahmen zu entwickeln. »Ich gebe auf«, sagte er und hoffte gegen jede Vernunft, daß die Puppe ihn hörte. Er schaute hinüber zu Mikolas. Er lag noch immer auf dem Boden, und Alexandra hatte sich nicht bewegt. »Stop«, sagte er zu der Puppe und fragte sich dabei, ob sie nicht einem einfachen Befehl, einem magischen Wort gehorchte.

Die Puppe machte noch einen Schritt vorwärts und hielt den Säbel ungewöhnlich hoch an der Wange, so daß die Spitze zur Decke zeigte. Für einen Moment blieb sie still stehen, dann führte sie einen wirbelnden Angriff, schlug in Beheims Richtung, während er ihr den Rücken zuwandte, und bewegte sich mit unglaublichem Tempo. Beheim warf sich auf den Boden und versuchte die Drähte zu durchtrennen, die an ihren Beinen befestigt waren, aber er konnte die Verteidigung nicht durchdringen. Er kämpfte sich auf die Füße und wich zurück, unfähig, etwas anderes zu tun, als sich selbst zu schützen. Er wurde erschreckend müde. Jeder parierte Schlag schickte eine Schockwelle bis in seinen Ellbogen. Das Schwert wurde immer schwerer, der Griff glitschig vom Schweiß. Er drang ein zweites Mal auf die Puppe ein, zerrte an ihrem Kopf, an den Armen, und hoffte, sie abzureißen. Er wurde jedoch erneut weggeschleudert, ehe er irgendwelchen Schaden anrichten konnte.

Und dann, ohne Vorwarnung, erschlaffte die Puppe und hing mit dem Kopf nach unten an den Drähten, so hilflos wie eine Marionette, wobei das Schwert über den Boden schleifte. Beheim, der soeben im Begriff gewesen war, sich auf die Füße zu kämpfen, sackte zurück. Er entdeckte Alexandra, die am Pfahl stand und mit einer Keule auf die Kontrollknöpfe einschlug. Die Kinder saßen noch in teilnahmsloser Haltung unter dem Fenster. Ihr blondes Haar glänzte in einem Strahl winterlichen Lichts so deutlich und klar, daß es ebensogut eine umgestürzte Säule aus Kristall hätte sein können. Ihre Augen waren wie Flecken in ihren weißen Gesichtern. Mikolas kroch mit matten Bewegungen in Richtung Tür und ließ eine deutliche Blutspur zurück. Nach einem Stück hörte er auf zu kriechen und saß da, die Beine unter sein Gesäß geschlagen und die Hände auf seinem verwundeten Leib. Mit großer Mühe kam Beheim auf die Knie. Sobald er wieder bei Atem war, stand er auf, ging ein paar Schritte und trat Mikolas gegen die Brust, so daß er umkippte. Mikolas stieß einen Seufzer aus und schloß die Augen. Als er sie wieder aufschlug, stach Beheim ihm in die Kehle und drehte die Klinge, um die Wunde zu vergrößern, und dann in den Unterleib. Er spürte, wie eine unendliche Freude in ihm aufstieg. Blut sickerte über Mikolas' Lippen, er wollte etwas sagen, aber die Halswunde verhinderte es. Er starrte Beheim mit schwarzer Intensität an, und Beheim wandte schnell den Blick ab.

»Das reicht!« sagte Alexandra. »Das jetzt hat keinen Sinn mehr, jedenfalls nicht, wenn Sie nicht vorhaben, ihn zu töten.«

»Nun, das ist doch schon eine gute Idee.«

»Nein.« Sie schlang die langen Finger um sein Handgelenk. Für einen kurzen Moment schien in ihren Augen ein Strudel aus Licht und Dunkelheit zu tanzen. »Es hat nicht geholfen, die Spannungen zwischen den Valeas und den de Czeges abzubauen. Ich will nicht, daß es so weitergeht.«

»Dann wie Sie wünschen«, sagte er. »Aber ich möchte

nicht, daß er während der restlichen Untersuchung hinter mir herschleicht. Geben Sie mir die Keule.«

»Was haben Sie vor?«

»Ich breche ihm die Beine. Bis das verheilt ist, dürften zwei oder drei Tage verstreichen.«

Mikolas rollte sich weg und versuchte, an sein Schwert heranzukommen. Beheim riß ihn am Gürtel zurück und hielt ihn fest, während er sich loszumachen versuchte. Eine violette nasse Blase stieg aus seiner Kehle hoch – die Wunde verheilte schnell.

»Was ist mit seinem Bruder?« fragte Alexandra. »Und was ist mit den restlichen de Czeges? Deren Beine sind heil.«

»Wenigstens einer von ihnen ist keine Bedrohung mehr.« Beheim streckte ihr eine Hand entgegen. »Geben Sie sie her.«

»Ich traue Ihnen nicht«, sagte sie nach einer Pause. »Ich tue es.«

»Machen Sie sich nicht lächerlich! Kümmern Sie sich lieber um die Kinder.«

»Welchen Sinn hat das? Wenn wir sie ihm wegnehmen, kehren sie wieder zurück. Das wissen Sie.«

Er streckte weiterhin verlangend die Hand aus, und sie reichte ihm zögernd die Keule und ging zum Fenster, wo die Kinder saßen.

»Wissen Sie«, sagte Beheim zu Mikolas, ohne ihm in die Augen zu blicken. »Ich verstehe Sie. Ich habe Männer wie Sie verhaftet. Manchmal mußte ich sie töten. Ich verstehe Sie sehr gut.«

Er klopfte mit der Keule sacht gegen Mikolas' Knie und beobachtete, wie das Bein sich in Erwartung des Schlags versteifte. Dann holte er mit der Keule aus und hämmerte sie mit aller Kraft auf die Kniescheibe, zerschmetterte Knochensubstanz und stampfte den Hosenstoff in einen Brei aus Blut und Knorpelmasse. Ein dünnes, hohes Wimmern löste sich von Mikolas' Lippen, und er verlor das Bewußtsein. Beheim zertrümmerte die andere Kniescheibe mit einem zweiten Schlag und wartete anschließend geduldig, bis er aufwachte. Er sah Alexandra neben den Kindern knien und einem in irgendeiner Art und Weise helfen. Schließlich rührte Mikolas sich wieder. Seine Augen öffneten sich flatternd. Sie richteten sich auf Beheim.

»Jetzt werde ich Ihnen mal eine Geschichte erzählen«, sagte Beheim und drückte Mikolas' Gesicht mit dem dicken Ende der Keule zur Seite, so daß er nicht mehr die Kraft seiner Augen einsetzen konnte. »Vor nicht allzu langer Zeit gab es in Paris einen Verrückten, der vier Frauen mit bloßer Hand tötete. Er war zufälligerweise Ihnen sehr ähnlich. Ein physisch einzigartiges Exemplar, ausgestattet mit einer unmenschlichen Kraft. Wir erkannten das an den brutalen Spuren, die davon kündeten, was er mit den Toten angestellt hatte. Er schickte uns Botschaften, lachte uns aus, forderte uns heraus und meinte, wir würden ihn niemals finden. Er prahlte damit, daß er jeden töten würde, der es wage, sich ihm zu nähern. Er schrieb Gedichte über unsere Dummheit und schickte sie den Zeitungen. Am Ende brachten wir in Erfahrung, wer er war, aber da er auf den Straßen, in der Kanalisation und an jedem anderen düsteren Ort lebte, den er mit seiner Kraft unter Kontrolle halten konnte, war es nicht ganz einfach, ihn zur Strecke zu bringen. Doch irgendwann gelang es uns eines Nachts, ihn in Montparnasse in die Enge zu treiben, und wir jagten ihn hinauf auf die Hausdächer.«

Alexandra kam herüber und wollte etwas sagen, aber er hob eine Hand und bat sie zu schweigen. »Nur einen kurzen Moment«, sagte er. »Ich bin hier fast fertig.«

Mikolas versuchte den Kopf zu drehen und Alexandra anzusehen, aber Beheim versetzte ihm einen weiteren heftigen Stoß mit der Keule.

»Die Häuser stehen in diesem speziellen Teil von Montparnasse sehr dicht beieinander«, fuhr er fort. »Viele Straßen sind nicht mehr als schmale Gassen, die kaum breit genug sind für einen ausgewachsenen Mann. Die Dächer sind wie eine eigene Welt, eine Ansammlung von Giebeln und Türmchen und steilen Flächen, mit Dachpfannen belegt und sogar bei trockenem Wetter glatt und rutschig. Ein gefährlicher Ort für die Jagd auf so einen schrecklichen Zeitgenossen wie unseren Verrückten. Wir wußten, daß er uns nicht entkommen konnte. Wir hatten einen Bereich von mehreren Blocks abgeriegelt.

Früher oder später würden wir ihn fangen, entweder unten auf der Straße oder irgendwo auf den Dächern. Aber wir hatten zwei wichtige Punkte zu berücksichtigen. Zuerst einmal wollten wir so wenige Opfer wie möglich zu beklagen haben. Wenn wir die Dächer mit einer ganzen Heerschar von Männern stürmten, würde er sicherlich mehrere von ihnen töten. Er würde ihnen in irgendeinem dunklen Winkel auflauern, sich auf sie stürzen und sie zerfetzen oder vom Dach werfen. Wir müßten sehr vorsichtig vorgehen. Gleichzeitig mußten wir uns beeilen, denn wenn wir ihn nicht schnellstmöglich schnappten, würde er sicherlich in irgendeine Wohnung einbrechen und den Leuten, die dort wohnten, etwas antun. Natürlich versuchten wir, die Gebäude zu evakuieren, aber um diese nächtliche Stunde ging das nur schleppend und mühsam voran. Die Chancen, daß wir das schaffen würden, ehe der Verrückte auf die Idee käme, sich irgendwo Eingang zu verschaffen, waren wirklich verschwindend gering.

Ein schwieriges Problem, meinen Sie nicht? Anscheinend eines ohne eine glückliche Lösung.« Beheim stieß Mikolas mit der Keule an. »Ich frage mich, wie Sie es gelöst hätten. Ich denke, Sie hätten wahrscheinlich das gesamte Viertel in Brand gesteckt. Sehen Sie, Männer wie Sie sind nicht daran gewöhnt, unter gewissen Einschränkungen zu operieren. Sie glauben, daß derartige Beschränkungen einen schwächenden Einfluß haben, daß Männer wie ich, die ihnen unterworfen sind, dumm und eine leichte Beute sind. Aber Sie irren sich. Diese Einschränkungen erzeugen einen ganz bestimmten Typ von Cleverneß, die häufig zum Untergang von Männern wie Ihnen führt, von Männern also, die ausschließlich auf Eigensinn und brutale Gewalt vertrauen.«

Er bemerkte, daß Alexandra ihn anstarrte und fragte ungehalten: »Was ist los? Wo sind die Kinder?«

»Beide Jungen sind tot«, antwortete sie tonlos. »Das Mädchen … vielleicht bleibt es am Leben. Ich habe sie mit einem Auftrag weggeschickt. Sie ist in guten Händen.«

Er schaute zu den beiden blonden, reglosen Gestalten, die unter dem Fenster saßen. Ihr Tod erschien beinahe irrelevant im Vergleich mit dem Haß und der Abscheu, die er für Mikolas empfand, und sie färbten seine Gefühle nur schwach, und er dachte daran, daß es nur daran lag, daß er sie insgeheim längst aufgegeben hatte. Und doch – zu wissen, daß sie tot waren, veränderte ihn in einer Hinsicht. Er verlor das Interesse daran, sich Mikolas anzuvertrauen, und wollte dafür endlich vorankommen.

»Ich werde Ihnen den Rest meiner Geschichte nicht erzählen«, sagte er zu Mikolas. »Obgleich ich Ihnen vielleicht erklären sollte, wie sie endete. Wir verloren nicht einen einzigen Mann, und zehn Minuten, nachdem ich allein aufs Dach gestiegen war, nahm der Verrückte sich das Leben.« Er bückte sich zu Mikolas hinab und hielt seinen Kopf mit der Keule still. »Ich habe keine Angst vor Ihnen«, flüsterte er. »Ich will, daß Sie mich jagen. Das heißt, wenn Sie Manns genug sind. Wenn Sie glauben, Sie könnten mir entgegentreten, ohne Ihren Bruder um Hilfe zu bitten. Sicherlich würden Sie am liebsten eine im Grunde persönliche Angelegenheit in eine Fehde mit den Agenors verwandeln, aber bedenken Sie auch, was das über Sie selbst verrät. Offen gesagt glaube ich nicht, daß soviel in Ihnen steckt, daß Sie sich auf einen Konflikt einlassen, den zu gewinnen Sie sich nicht absolut sicher sein können. Sie sind ein Feigling, ein Maulheld. Und noch nicht mal ein besonders bemerkenswerter dazu. Sie konnten mir hier, auf Ihrem eigenen Terrain, nichts anhaben, und woanders wird es für mich noch einfacher sein. Ich erwarte Sie.«

Er richtete sich auf und schleuderte die Keule mit einem Fußtritt in eine Ecke des Raums. Und mit Alexandra im Schlepptau ließ er Mikolas in seinem Haß und seinem Schmerz zurück.

Während sie durch einen Korridor schritten, der von dem grauen Raum wegführte, schaute Alexandra ihn immer wieder erwartungsvoll an, und schließlich gab sie sich einen Ruck. »Wollen Sie es mir nicht verraten?«

»Was verraten?«

»Was auf den Dächern von Montparnasse geschehen ist. Zwischen Ihnen und dem Verrückten. Ich würde gerne erfahren, wie Sie es geschafft haben.«

In einem der Räume in der Nähe schlug eine Uhr Mitternacht. Aus der Ferne drangen entsetzte Rufe zu ihnen, gemischt mit wildem Gelächter, dann erklang ein blechernes Klingeln, und die Gesamtheit dieser Klänge, ihr hohler Widerhall und düsterer Charakter machten Beheim verstärkt die immensen Ausmaße seiner augenblicklichen Umgebung bewußt. Alexandras Gesicht erschien ihm trotz seiner Schönheit, seiner Offenheit, als verlogener Apparat, so bedrohlich und lähmend wie das leere Holzgesicht der Fechtpuppe. Geheimnisse tanzten in dem grünen Strudel ihrer Iris. Verrate nichts, dachte er. Zeige der Welt ein Gesicht, in dem nichts anderes zu lesen ist als das, was sie von dir wissen und denken sollen. Er war plötzlich furchtbar müde, erschöpft vom Gift der Ermattung und des Adrenalins. Er wollte sich ausruhen, wollte seine Gedanken davon abhalten, ständig in seinem Kopf zu kreisen.

»Nein«, sagte er. »Zumindest nicht jetzt.«

KAPITEL 6

Mehrere Etagen unter dem Raum, in dem sie gegen Mikolas gekämpft hatten, fanden sie eine geräumige, unbewohnte Kammer mit weiß gekalkten Wänden und Gipsengeln, die in den Ecken des Raums aus dem Verputz an der Decke herauswuchsen. Ihre ernsten, nachdenklichen Gesichter erschienen wie eine Sicherung der Erhabenheit des Ortes, den sie überschauten. Er war mit zwei Polstersesseln, einer Schubladenkommode und der Ruine eines Bettes aus Ebenholz möbliert. Eines seiner Beine war abgebrochen, und sein Baldachin war eingesunken. Dabei war es so groß und von derart düsterer Bauweise – auf dem Fries des Kopfbrettes war eine Reihe gequälter Gesichter dargestellt –, daß es durchaus als Totenschiff hätte fungieren können. Zwei Laternen hingen von der Decke herab. Wenn sie angezündet waren, verströmten ihre ruhigen Flammen ein bleiches Licht. Sie verkeilten die Schubladenkommode unter dem Bett und schufen so für die Matratze eine mehr oder weniger ebene Unterlage. Danach streifte Beheim sein blutbesudeltes Hemd ab, streckte sich auf dem Bett aus und schloß die Augen. Alexandra hingegen lief im Raum auf und ab, und nachdem fünf Minuten verstrichen waren und sie immer noch umherwanderte, richtete Beheim sich auf einem Ellbogen auf und fragte sie, was ihr solche Sorgen mache.

»Ich mache mir keine Sorgen«, erwiderte sie. »Ich bin nur ein wenig nervös. Ich bin immer ein wenig nervös.«

»Meinen Sie, daß die de Czeges es heute nacht auf uns abgesehen haben?«

»Nein.« Sie verschränkte die Hände auf dem Rücken und lehnte sich an die Wand. »Sie werden nachdenken und versuchen, uns irgendeine raffinierte Falle zu stellen, aber am Ende, falls sie überhaupt etwas tun, was gar nicht sicher ist, werden sie wohl ausflippen und direkt angreifen. Das ist ihre Art. Sie sind zu raffinierten Manövern absolut unfähig.«

»Womit sie als Verdächtige geradezu ideal sind.«

»Sie meinen in dieser Sache mit der Goldenen?« Sie schüttelte den Kopf. »Das glaube ich nicht. Nicht daß sie zu einer solchen Gewalttat nicht fähig wären. Aber speziell dieser Mord ist keine Tat, die sie begehen würden. Dafür war ein gewisses Minimum an Planung notwendig. Und wie ich schon sagte, im allgemeinen handeln sie absolut spontan.«

Beheim betrachtete das Laken, auf dem er lag. Es wies ein feines, erhabenes Muster, weiß auf weiß, aus Dornenranken und Rosen auf.

»Ich habe nachgedacht«, sagte er. »Auf diese Art und Weise komme ich nicht weiter. Ich werde tun, was Sie vorgeschlagen haben. Der Flaschenverschluß ist das einzige handfeste Beweisstück, das ich habe. Sie hatten recht. Ich habe wirklich keine andere Wahl.«

»Ich hatte damit gerechnet, daß Sie das irgendwann erkennen.« Ihre Stimme klang gedämpft.

»Begleiten Sie mich zu Felipes Apartment?«

»Das kann ich nicht«, entgegnete sie. »Das kann ich nicht

riskieren. Wenn Felipe mich dort erwischt, wenn er entdecken würde, daß ich etwas gegen ihn im Schilde führe, würde das alles verderben. Aber Sie brauchen jemanden, der Wache hält. Ihre Dienerin, Giselle. Nehmen Sie sie mit.«

Da haben wir es, dachte er, das ist es, was du genauer betrachten mußt. Dies ist das Gespräch, von dem all deine weiteren Entscheidungen sie betreffend abhängen. »Was genau würde es verderben?«

Ein trotziger Ausdruck huschte kurz über ihr Gesicht. »Alles, was ich will.«

»Macht.«

Sie zögerte. »Ja, Macht.«

»Aber da ist noch mehr.«

Sie nickte.

»Sie wollen es mir nicht sagen, oder?«

»Es ist nichts Wichtiges. Nur ein paar Dinge, die ich wünsche.«

»Woher wollen Sie wissen, daß Sie sie bekommen? Sind Sie sicher, daß ich Beweise finde, die Felipe festnageln?«

»Wie sollte ich mir dessen sicher sein können?« Zorn verlieh ihrer Stimme einen schrillen Klang. Ihre Schultern versteiften sich, während sie durch den Raum stürmte und vor der gegenüberliegenden Wand stehenblieb. Als sie der weißen Wand den Rücken zuwandte, wurde der rote Schimmer ihres Haars und das Blau ihres Seidenmantels und die lebhafte Farbe ihrer Augen intensiviert. Sie sah aus wie eine Göttin, die von einem konturlosen weißen Himmel herabgestiegen war.

»Sie hoffen demnach nur, daß Felipe in die Sache verwickelt ist?« fragte Beheim.

Ein weiteres zustimmendes Nicken.

Beheim richtete sich abrupt auf und lehnte sich gegen das Gesichterfries. »Diese Dinge, die Sie haben wollen, könnte eines davon die Lady Dolores sein?«

Rote hektische Punkte erschienen auf ihren Wangen. »Nein!«

»Es heißt, Sie beide hätten sich angefreundet.«

»Angefreundet!« Sie lachte freudlos. »Das ist wohl kaum der Ausdruck, den ich dafür benutzen würde.«

»Und welchen würden Sie benutzen?«

Die roten Flecken auf ihren Wangen wurden noch dunkler, und er rechnete schon damit, daß sie ihn anschreien würde. Sie sagte jedoch nichts.

»Meine Fragen scheinen Sie aufzuregen.«

»Es regt mich auf, daß Sie mich behandeln wie eine Verdächtige.«

»Wie sollte ich Sie sonst behandeln? Sie überlassen mir nichts freiwillig.«

Sie schien dieser Frage mehr Beachtung zu schenken als den anderen. Nach einer längeren Pause kam sie herüber zum Bett, setzte sich auf die Kante und strich mit den Fingern über das Laken.

»Felipe bat mich, ihm dabei zu helfen, in Erfahrung zu bringen, was Dolores von ihm wollte«, sagte sie. »Er stand ihr voller Mißtrauen gegenüber. Das tat er, seit sie ein Liebespaar waren.«

»Weshalb hat er Sie um Hilfe gebeten? Sie beide sind doch schon seit einiger Zeit quitt gewesen, oder etwa nicht?«

Sie schleuderte mit einer Kopfbewegung eine Haarlocke zurück, die auf ihre Wange herabhing, und blickte zu einem der Gipsengel empor, als erhalte sie von ihm irgendwelche Anweisungen. Beheims Blick richtete sich auf ihren eleganten Hals, auf die blaue Ader, die unter der weißen Haut nur schwach zu erkennen war und in der Halsbeuge verschwand.

»Ich weiß nicht, ob ich jemals genau erklären kann, was sich zwischen uns abspielt«, sagte sie. »Es gab Zeiten, da hat er mich regelrecht ausgenutzt, und es gab Zeiten, da habe ich ihn benutzt. Zwischen Felipe und mir herrscht ein ständiger Kampf. Immer. Er ist ein grausames, perverses Schwein. Ich wäre nicht traurig, wenn ich miterleben könnte, wie er eine Erleuchtung durchmacht, trotzdem empfinde ich so etwas wie Liebe für ihn. Es gibt etwas, das uns aneinanderbindet. Was immer wir füreinander empfinden, ist sehr stark.«

»Ich habe den Eindruck, daß Sie daran denken, seine Macht an sich zu reißen. Daß Sie die Führerschaft über die Valeas übernehmen wollen.«

»Das ist kein Geheimnis. Felipe und ich sind uns in vielen

Punkten einig, aber er ist nicht aggressiv genug. Er denkt zu sehr an sein Vergnügen, um unsere Interessen mit Nachdruck zu vertreten.«

»In welcher Hinsicht«, fragte Beheim, »ist er denn Ihrer Meinung zu wenig aggressiv?«

»In jeder Hinsicht. Er hat zum Beispiel unsere Differenzen mit den de Czeges überhand nehmen lassen. Es gab keine Notwendigkeit für eine Fehde. Er hat sich ganz einfach nicht darum bemüht, Streitigkeiten beizulegen. Und dann in jüngster Zeit diese Aktion, die ganze Familie aus Europa wegziehen zu lassen. Offenbar macht er mit Agenor gemeinsame Sache. Aber das will er nicht zugeben. Er sagt es nicht offen. Er verschleiert seine Entscheidungen, nicht weil er gewisse Zweifel hat, sondern weil er sich in Wahrheit mit der Angelegenheit gar nicht auseinandergesetzt hat.«

»Und wie stehen Sie zu dieser Frage?«

»Zu diesem Zeitpunkt kann ich einen Umzug nicht befürworten«, sagte sie. »Aber ich glaube, daß eine Gruppe sich sofort über die Möglichkeiten informieren sollte. Und wenn die Lage wirklich so offen und ungefährlich ist, wie Agenor behauptet, dann wären wir dumm, wenn wir keine Kolonien gründen würden. Wenigstens eine Kolonie.«

Sie hatte ihre Meinung mit Nachdruck und Zuversicht kundgetan. Beheim konnte nichts Zweifelndes oder Unaufrichtiges aus ihrer Stimme heraushören.

»Überrascht Sie das?« fragte sie.

»Angesichts Ihrer angeblichen Freundschaft mit Dolores, ja, es überrascht mich. Aber Sie haben mir dazu noch nichts gesagt.«

Ihre Schultern versteiften sich wieder. »Dolores hat das Gerücht verbreitet, daß wir Freundinnen sind, aber das trifft nicht zu.« Sie atmete seufzend aus und lehnte sich an den Pfosten am Bettende. »Nachdem Felipe mich um Hilfe gebeten hatte, tat ich so, als würde ich mich mit ihr anfreunden. Vielleicht hat sie mich durchschaut. Oder vielleicht hat Freundschaft für sie einen anderen Wert als für mich. Eines Abends, als ich sie besuchte, hat sie mich verführt. Ich war schon früher mit Frauen zusammen gewesen, aber stets aus freiem Willen. Dolores hat ihre Macht eingesetzt, um meine Gefügigkeit zu erzwingen. Sie war zu stark für mich. Sie nötigte mich und ließ mich Dinge gegen meinen Willen tun. Es war gleichermaßen ein Bruch von Regeln wie eine überaus brutale Vergewaltigung. Dafür haßte ich sie. Ich hasse sie noch immer. Ich kann Ihnen gar nicht beschreiben wie sehr. Um Felipes willen habe ich weiterhin so getan, als sei ich ihre Freundin in der Hoffnung, etwas zu erfahren, das ihn gegen sie einnimmt und ihn vielleicht sogar dazu bringt, sie zu töten.«

»Und haben Sie etwas erfahren?«

Sie zupfte an einer Falte ihres blauen Seidenmantels herum und schob sie zwischen den Fingern hin und her. »Ich weiß es nicht. Sie sind beide so verdammt ausweichend. Ich habe irgendwelche Hinweise erhalten, kann damit aber nicht viel anfangen. Seit kurzem glaube ich, daß Felipe, obgleich er von mir wollte, daß ich Dolores überwache, noch etwas anderes im Sinn hat. Ich denke, er trieb ein Doppelspiel, indem er mich gegen Dolores hetzte und Dolores gegen mich. Er informierte sie, daß er mich als Spionin auf sie angesetzt hatte, als träfe das nicht zu, und tat so, als geschähe das nur, damit sie mich zu ihrer Geliebten machte, was sie sich schon immer gewünscht hatte. Aber ich kann mir dessen nicht sicher sein. Ich weiß nicht, wie ich unterscheiden kann, was er in Wahrheit beabsichtigt und was ich nur für seine Absicht halte. Und was die Motive von Dolores angeht …« Sie lachte krampfhaft. »Überall finde ich Hinweise auf irgendwelches Intrigenspiel. Ich habe angefangen, um mein Leben zu fürchten. Wenn Dolores darauf aus ist, Felipe zu kontrollieren, müßte sie mich dann nicht als Hindernis betrachten? Oder ist das Ganze nichts als Theatralik und am Ende nur ein furchtbarer Scherz? Ich bin mir noch nicht einmal sicher, ob sie es überhaupt wissen.« Sie legte eine Hand auf Beheims Knie. »Deshalb habe ich Sie mit hineingezogen. Ich hatte Angst. Ich erkannte eine Gelegenheit, Sie gegen sie einzusetzen.« Ihre Stimme schwankte. »Jetzt wünsche ich, ich …«

»Sie wünschen sich, daß jemand anderer, nicht ich, mit dieser Aufgabe betraut worden wäre. In den paar Stunden, die wir zusammen gewesen sind, ist Ihnen klar geworden, daß zwischen uns eine starke natürliche Affinität besteht, eine Verbindung, die Sie als wertvoll empfinden und die Sie nicht gefährden wollen. Aber ich habe nun mal diese Aufgabe übertragen bekommen, und Sie müssen zulassen, daß ich sie erfülle. Dabei hoffen Sie, daß die Hilfe, die Sie mir leisten, sich nicht nur für Sie auszahlt, sondern mir auch gestattet, die Angelegenheit zu einem schnellen und erfolgreichen Ende zu führen, damit wir danach unsere gegenseitige Zuneigung in vollem Umfang ausleben und genießen können.«

Er sagte das in einem leidenschaftslosen, fast beiläufigen Tonfall, der auch noch mit Sarkasmus gefärbt war, als seien seine Worte nichts anderes als eine Zusammenfassung einer offensichtlichen und ziemlich zweifelhaften Situation. Sein Gesicht blieb dabei ausdruckslos, und er achtete genau auf ihre Reaktion. Zorn, so hatte er angenommen, wäre als Reaktion äußerst schwierig zu interpretieren, aber während sich eine Spur von Zorn – vielleicht war es auch Trotz – in ihren Zügen zeigte, wurde sie sofort von Verwirrung und Erschrecken weggewischt. Und als er verstummte, wandte sie sich ab, starrte zu Boden und sagte leise: »Weshalb strafen Sie die Gefühle mit Geringschätzung, die ich vor nicht einer Stunde vor Ihnen offen eingestehen sollte?«

Er konnte nicht glauben, daß die Verletztheit in ihrer Stimme unecht war, doch er vermied es, darauf zu antworten, da er mehr Beweise sammeln wollte, ehe er auch nur andeutungsweise zu einer Lösung gelangte.

Alexandra schaute ihn über die Schulter hinweg an. Ihr Gesichtsausdruck war genauso ernst und voll liebevoller Sorge wie die Gesichter der Engel, die die Ecken des Raums bewachten. »Ich kann Ihre Zweifel nicht zerstreuen. Nicht ganz. Zweifel und Argwohn erfüllen diesen Ort, vor allem jetzt, vor allem angesichts der Aufgabe, die vor Ihnen liegt.« Sie senkte den Blick. »Aber ich will tun, was ich kann.«

Sie stand auf, ging zu einer der von der Decke herabhängenden Lampen und drehte die Flamme zu einem winzigen leuchtenden Punkt herunter.

»Was tun Sie da?« fragte Beheim.

»Wie ich Ihnen schon sagte«, antwortete sie. »Ich tue, was ich kann.«

Sie drehte auch die Flamme der zweiten Laterne herunter und schuf einen heimeligen Halbdämmer im Raum. Dann streifte sie einen der Träger ihres Seidenmantels von der Schulter. Das entblößte Fleisch schimmerte im matten Lichtschein.

»Das ist wohl kaum Ihre Art«, sagte er und verspürte eine Mischung aus Begierde und Unruhe. »Ich bin kein Narr. Erwarten Sie, daß das irgend etwas beweist?«

»Es ist kein Beweis, was ich dir geben will.« Sie näherte sich dem Bett, blieb stehen und legte ihre Hand auf den anderen Nachthemdträger. »Nun, Michel, sag mir, was ich tun soll.«

Seine Zunge war wie gelähmt und sein Mund völlig ausgetrocknet.

»Kannst du leugnen, daß du mich willst?«

»Nein«, sagte er. »Das kann ich nicht.«

»Vergiß den Mord für eine Weile, Michel. Vergiß, wer du bist. Und wo du bist. Vielleicht haben wir nichts davon. Oft kommt es vor, daß das, was man zu empfinden glaubt, im Augenblick des Vollzugs zerschlagen wird. Aber wenn wir verlieren, dann sollten wir die Niederlage als Mann und Frau hinnehmen und nicht deshalb, weil wir auf unsere Zweifel und Vorbehalte gehört haben.« Sie ließ sich neben ihm auf dem Bett nieder. »Ich möchte lieben, Michel. Keinen Sex. Sex ist immer verfügbar. Das ist mir nicht wichtig. Es ist auch niemals so gut. Aber zu lieben, das ist etwas anderes. Es ist Jahre her, seit ich das letzte Mal geliebt habe. Viele Jahre. Ich kann mich nicht mehr erinnern, wie das ist. Mit dir ...« Sie ergriff seine Hand und strich mit dem Daumen über seine Fingerknöchel. »Mit dir, so fühle ich, wird es wieder so sein. Was meinst du? Ist es für uns möglich?«

Er wollte etwas erwidern, etwas murmeln, eher eine Ermutigung als eine Antwort auf ihre Frage, doch sie legte einen Finger auf seine Lippen, damit er schwieg.

»Ich weiß«, sagte sie, und ihre Stimme sank zu einem Flüstern herab. »Ich weiß.«

Im Dämmerschein der beiden Laternen erschien Alexandras Körper wie von einer Lichtwolke umgeben. Der blasse, mondfarbene Glanz bestand aus unglaublich langen Beinen, aus geschwungenen Linien, daß Beheim wie verzaubert war von den extremen, übertriebenen Blickwinkeln. Aus seiner Position hatte der Bauch weltkugelhafte Ausmaße und ging in die flachen Hügel der Brüste mit ihren dunklen Aureolen und wehrhaft aufragenden Brustwarzen über. Unterhalb des Bauchs gewahrte er den gekräuselten Busch widerspenstigen Schamhaars zwischen ihren Oberschenkeln. Dies alles erinnerte ihn in seiner Weichheit an die Sandskulptur einer schlafenden Riesin, die er vor Jahren an einem Strand in Spanien gesehen hatte. Als er sie küßte, diese Verschmelzung minutenlang auskostete, seine Erektion gefangen zwischen ihren Körpern, zitterte sie, erbebte sie in ihrem Tiefinnersten, in einer geheimen, unerforschten Tiefe. Diese flüchtigen Vibrationen, ihre erregende Feinheit, vermittelten ihm das Gefühl, riesig und übermächtig zu sein. Er wollte sie in einem mächtigen Aufbäumen miteinander verflechten, das einen Kometenschauer auf ihrem mentalen Himmel erzeugte und ihr Fleisch in wilde Zuckungen versetzte. Er legte eine Spur von Küssen auf ihren Körper, bewegte sich über ihre Rippen abwärts und hinterließ mit seiner Zunge eine von Feuchtigkeit glänzende Bahn. »Nein«, seufzte sie matt, tastete nach seinem Kopf, versuchte ihn zurückzuziehen. Aber er hatte ein Ziel und war nicht aufzuhalten. Er lag zwischen ihren Beinen, wobei seine eigenen Beine aus dem Bett ragten, und drang mit zwei Fingern so tief wie möglich in sie ein. Während er leckte und streichelte, während seine Hände erregend über ihre Brüste tanzten, schien es ihm, als gewahrte er in ihrem Geschmack so etwas wie Unwillen, wie Angst, und er erkannte, daß er zurückkriechen sollte, ihren Mund küssen und sie beruhigen sollte, denn sie fühlte sich alleine und verlassen, war sich unsicher, wie sie reagieren sollte, welche Reaktionen er sich von ihr wünschte. Dann fand sie zu einem Rhythmus, ein Rhythmus nicht nur in ihren Bewegungen, sondern ein innerer Rhythmus, ein verhaltenes, befreiendes Pulsieren, das den Takt seiner Lippen und seiner Zunge bestimmte. Ihre Hüften hoben sich, erschauerten. Sie liebkoste sein Haar, eine behutsame Ermunterung. Ihre Beine spreizten sich weiter. Er glaubte, sich durch ein Gewimmel zurückgehaltener Emotionen zu wühlen und jenem grauen Ort entgegenzustreben, den er in ihr erahnte und den er aus seinem Todesschlaf zu erwecken drohte. Er schob seine Hände unter ihr Gesäß, hob sie leicht an, wobei sein Mund sich auf ihr festsaugte wie bei einem Verdurstenden, der aus einer Quelle trinkt. Ein heftiges Ächzen schüttelte sie durch, ein Stöhnen wie bei einer Geburt, als wäre etwas in ihr zerrissen. Ihre glitschigen Oberschenkel umklammerten seinen Kopf. Blut rauschte in seinen Ohren. Er konnte sie stammeln hören. Unverständliche Worte, pfeifenden Atem, erregende Laute, ein Wimmern, das durch abgehackte Keuchlaute unterbrochen wurde. Er spürte die Vielfalt ihrer Reaktionen, bruchstückhaft nur bis zu diesem Moment, ein Strudel unterschiedlicher Elemente, die zu sprudeln und sich zu vermischen begannen, genährt von der Hitze, die er entfacht hatte. Er liebte die Heftigkeit der Entladung, die sich in ihr ankündigte, er liebte es, sie zu steuern, sie auszulösen. Wie ein Höhlenmensch, der sich über seine von ihm selbst geschaffene Flamme freut. Aber dann griff sie nach ihm. »Michel! Michel, bitte!« Sie zog ihn zu sich hoch, so daß er neben ihr kauerte, das Gesicht klebrig und verwirrt. Seine Erektion gab nach, schwankte im kalten Lufthauch, der seinen Leib plötzlich umfächelte.

»Was ist los? Was ist nicht in Ordnung?« fragte er, und sie antwortete undeutlich, stockend: »Nicht beim ersten Mal. Nicht so. Ist das möglich? Es tut mir leid. Ich will dich bei mir. In mir.«

Verlegen, weil er den Eindruck hatte, etwas getan zu haben, das ihr nicht gefiel, sagte er: »Entschuldige, ich dachte, du …«

»Nein«, sagte sie, zog ihn an sich und bettete seinen Kopf auf ihre Brüste, »nein, es liegt nicht an dir, ich möchte nur dein Gesicht sehen, deine Augen.« Und als er wieder etwas sagen wollte, küßte sie ihn, um seinen Redefluß zu stoppen.

Nach einem Moment erfüllte totale Ruhe den Raum. Sie

strömte ein wie nach einer Explosion, drang bis in die letzten Winkel, rundete die scharfen Ecken und Kanten des Raums und verwandelte ihn in einen intimen und rundum begrenzten Ort. Sie küßten sich wieder, und dieser Kuß vertrieb die letzten Spuren ihrer Verlegenheit. Sie hob ihr rechtes Knie an, legte es auf seine Hüfte, ließ sein Glied zwischen ihre Oberschenkel gleiten. Wenn er sich nur einen winzigen Deut bewegt hätte, wäre er in sie eingedrungen, aber er wartete, war sich seiner nicht ganz sicher und wollte, daß sie ihn führte. Ihr Atem beschleunigte sich. Ihre Küsse streiften seine Lippen, seine Wangen. Ihre Zunge tastete sich vor. Die Küsse eines Lamms, einer Schlange. Schließlich griff sie hinter sich, ihre Finger legten sich um sein Glied, kühl wie lebendiger Marmor, und er drang in einer einzigen langen, süßen Bewegung tief in sie ein. Dabei spürte er, wie all die leeren Jahre Platz machten, sich dann um ihn schlossen. Ihre ölige Hitze umklammerte, drückte ihn, begleitet von einem singenden Seufzer, und dann, als er noch ein Stück weiter vordrang, erklang das Zischen eines heftigen Atemzugs. Ihre Hüften rammten ihn, hämmerten einen hektischen Rhythmus, als sei sie plötzlich gewichtslos und würde von flatternden Schwingen getragen.

»Du bist so wunderbar, Michel!« flüsterte sie.

Selbst in seiner sexuellen Bedeutung, seiner Intimität, klang dieser kindliche Ausdruck, dieser aus dem Märchenreich stammende Begriff, in seinen Ohren unpassend. Daß sie ihn in irgendeiner Weise als wunderbar empfinden konnte, brachte ihn auf Distanz zu ihr, ließ ihn erneut an ihr zweifeln. Doch immer noch mit ihr verbunden, konnte er nicht völlig zweifeln, und er fühlte sich angestachelt, sich ihrer Energie anzugleichen, ihr standzuhalten wie in einem verrückten Wettkampf, und bruchstückhafte Liebesworte in den Mund zu hauchen. Aber sie konnte das Tempo nicht aufrechterhalten, und als sie nachließ, ihr Rhythmus ungleichmäßig, sprunghaft wurde, nahm er sie mit in ein lässiges, lüsternes Schwingen, in eine ruhige Zone inmitten ihres wilden Sturms, in einen Bereich, in dem Sprechen möglich, Zärtlichkeit ausdrückbar wurde. Er sagte ihr, wie schön sie sei, und während sie zum ihm aufblickte, sein Kinn berührte, seine Wange, sagte sie: »Michel«, ernst, nachdenklich, als sei er ein Schatz, den sie auf dem Grund einer alten Truhe entdeckt hatte und dem sie nun einen Namen gab, um ihn in Zukunft nur noch so zu benennen. Er saugte ihre Zunge in seinen Mund und berührte gleichzeitig die Stelle, wo sie miteinander verbunden waren, jene klebrige Mischung aus Schweiß und Säften, die diese Verbindung versiegelte und die ihre Schöße benetzte. Sie fing seine Hand ein, preßte sie gegen ihre Wange, dann leckte sie den Geschmack ihrer Verschmelzung von seinen Fingern ab. Er begann sich heftig in ihr zu bewegen, aber sie bremste ihn, hielt ihn fest. Ihre Augen leuchteten, waren halb geschlossen, als sie sagte: »Warte! Ich möchte dich so fühlen ... eine Minute lang!« Ihr Kopf sank herab, ihre Stirn lehnte sich an seine. Etwas drückte auf ihn, irgendeine düstere Last. Er stellte sich vor, daß die Luft ringsum sich verhärtete und immer wärmer wurde, während sie sich um ihre Körper schmiegte. Worte und Gefühle stauten sich in ihm auf, aber es war ihm unmöglich zu reden. Seine Hände wanderten ziellos über ihre Brüste, ihre Taille, ihre Hüften. Er war wie ein blinder Bildhauer, der sich mit einem neuen Material vertraut machte. In jedem Teil ihres Körpers war ein Pulsschlag zu spüren, schnell und hektisch wie bei einem Vogel. Er wußte, daß sie begierig war, ihn ganz für sich zu fangen, aber minutenlang lag sie ruhig da, das Gesicht von Konzentration gefurcht. Schließlich hakte sie einen Fußknöchel hinter sein Knie, eine Bewegung, die von fordernder Leichtigkeit kündete. Und von Kraft. Verdammt, war sie stark! Unendliche Kraftreserven steckten in ihr, allesamt konzentriert auf den Ort, wo sie ihn festhielt, tief in sich, in einem Netz von samtigen Sehnen, die sich über einen Knochensattel spannten. Diese wiederum waren mit Muskelgebirgen und Bändern über Strömen von Blut verbunden, verspannte, vernetzte Konstruktionen, in denen ein erregender Strom neuraler Impulse kreiste, eine ganze Symphonie tobender Angst und kreischender Freude, die ein regelrechtes Erdbeben konvulsivischer Kraft auslöste, eine rein weibliche Welt unbegreiflicher Ausdauer und Elastizität. Seine eigene Kraft erschien daneben völlig unbedeutend, wie ein Witz, wie eine mickrige animalische Tugend, während ihre als zeitloses Wunder und tragische Tradition erschien, derart selbständig und sicher, daß sie keinerlei stupide symbolhafte Akte männlicher Autorität brauchte, um sich selbst zu bestätigen, sich ihres Umfangs zu versichern. Sie existierte, sie blühte im geheimen, sie nährte sich selbst. Indem er dies spürte, fühlte er sich seltsam unschuldig und unverbildet, und dieser einfache Vorgang, das Einhaken eines Knöchels hinter sein Knie, vermittelte ihm die Erkenntnis, daß er, wenn er sich in ihr bewegte, irgendeinen Zweck der ihr innewohnenden Kraft befriedigte. Aber als sie ihn auf sich zog, ihn mit ihren langen Oberschenkeln festhielt, verflüchtigte sich dieses Gefühl der Unterlegenheit, und er fühlte sich eins mit ihr, gleichrangig in ihrem gemeinsamen Streben nach Lust. Ihr Schreien und Flüstern schien Teil eines Kokons zu sein, den sie aus Wärme und Nähe sponnen, indem sie Glückseligkeit verströmten wie Seidenfäden. Sie wechselten von einem stetigen, forschenden Takt über zu wilden Rhythmusschwankungen, lediglich gestört durch kurze Unterschiede in Tempo und Anpassung: heftige, schweißtreibende Passagen; sanfte, beinahe balletthafte Positionswechsel; träge dahintreibende Phasen, in denen sie Kraft sammelten, sich gegenseitig auf taktile Besonderheiten aufmerksam machten, ehe sie sich wieder zu einer nur unzureichend erklärbaren Intensität aufschaukelten. Er hatte angenommen, daß er vor ihr fertig würde, eine genitale Vermutung, die auf der zunehmenden Hitze in seinen Lenden basierte, doch er spürte, wie ihr Körper sich unter ihm verwandelte, schlaff wurde, sich dann versteifte, dann innerlich erschauerte, als durchlebe sie gewisse Veränderungen der Gravitation. Das gleichmäßige Anspannen ihrer Hüften und ihres Gesäßes wurde spasmisch. Sie drängte sich gegen ihn, kam seinen Stößen viel zu früh entgegen, so daß ihr Fleisch in der Luft klatschend gegeneinanderschlug. Ein häßliches Ächzen drang aus ihrem Bauch, der Schrei von jemandem, der soeben das Bewußtsein wiedererlangt hatte, der herumrollte und den Schmerz des Schlages erwartete, der es ausgeschaltet hatte. Und dann ein weiteres Ächzen, diesmal ein fieberhaftes, rasselndes Keuchen. Ihre Fersen bohrten sich in seine Kniekehlen. Aber eine Sekunde später wichen ihre Beine auseinander, und die Anspannung, die die Muskeln ihrer Beine und Oberschenkel zusammengekrampft hatte, strömte in ihren Bauch. Ihre Hände huschten über sein Gesicht. Dann streckte sie sich, um die Kanten der Matratze zu packen, und indem sie sich aufbäumte, richtete sie Kopf und Schultern auf, blickte mit wirrem Blick auf ihre sich hin und her werfenden Hüften, als hätte sie wissen wollen, was da unten geschah, und als wäre sie von dem Anblick völlig verblüfft.

Er hatte schon bald das Gefühl, daß er teilnahm an einer Transformation, oder eher einer Wiederinbesitznahme, der Befreiung eines Engels der Begierde und seines Kampfs gegen den repressiven Dämon, der den Körper so lange besetzt hatte. Ihr Kopf rollte hin und her, und sie krampfte die Hände ins Laken und versuchte es von der Matratze zu reißen. Ihr Gesicht war verzerrt. Ihre Hüften tanzten. Ein Bein versteifte sich, schlug gegen die Seite des Bettes wie ein loses Brett in einem Sturm. Dann erschlaffte sie, und er spürte deutlich durch ihre fleischliche Verbindung ein Gleiten in ihr, ein Nachlassen der Reaktion, Erleichterung in Gestalt einer Empfindung, die besser, angenehmer zu ertragen war, wie Regen nach einem Blitzgewitter. Sie sah wieder schön aus, glänzte vor Schweiß, hatte die Krise überstanden, und er kam sich wieder klein und unschuldig vor ihr vor. Er erlebte sie als im Grunde völlig anders, Alien oder Engel, eine dieser Figuren in Fantasygeschichten, die aus irgendeiner verzauberten Sphäre auf die Erde kommen und genauso sind wie wir und doch wieder nicht, die den Herzschlag der Insekten hören können und lächeln, um Wut zu signalisieren, und die mit der Menschheit nur die Liebe gemeinsam haben, und die, gefangen in dieser gemeinen und bemitleidenswert primitiven Gesellschaft, nachdem ihr eigener unschuldiger Glanz durch Verrat verblich, unter irgendeiner komplizierten Todesekstase leiden … oder in ätherische Wesen verwandelt werden, über die wir noch weniger wissen.

Alexandras Körper begann zum zweitenmal zu zittern, zu beben, bis in den letzten Nerv zu vibrieren. Schweiß perlte auf

Brüsten und Hals, glänzte im Gesicht. Die Fingernägel gruben sich in seinen Rücken. Die Hände schlugen auf seine Hüften, und er hielt über ihr inne, während sie sich hin und her warf, weil er annahm, sie wolle, daß er stillhielt. Ihre Schreie klangen verwirrt, erschreckt. Die Fangzähne bohrten sich in ihre Unterlippe, und ein Blutstropfen quoll hervor. Es war, als würde sie geschändet, mit Elektroschocks gepeinigt von einer göttlichen, aber unbeherrschbaren und entarteten Macht, die in ihr freigesetzt worden war, und er legte eine Hand auf ihre Brust, sagte ihren Namen und versuchte sie zu besänftigen, während ihr Zustand sich plötzlich normalisierte, sie herabschwebte wie eine Feder, hin und her schaukelte und die letzten Gefühlsaufwallungen durchlebte.

Die schattendunkle Luft umwehte sie träge, warm, durchdrungen von einer Vielzahl nadeldünner Blitze, ähnlich wie ein Dschinn als trübe Wolke aus Geist und Magie in seiner Flasche kreist. Beheim wollte nicht aufhören, er wollte in ihr bleiben, wollte den Frieden und die Unbeschwertheit erhalten, die sie einhüllte. Die Dinge, die er ihr vorher nicht hatte sagen können, erschienen jetzt aussprechbar, aber er befürchtete, daß sogar etwas so Unbedeutendes wie der Klang seiner Stimme die Atmosphäre vergiften könnte. Er strich mit der Hand über ihre Hüfte, und nur diese Berührung, sie und ihre Reaktion darauf, eine winzige Gewichtsverlagerung unter ihm, brachte ihn zum Höhepunkt. Er verspürte ein lustvolles Prickeln, ein Sichlösen, als würde ein dünner, glühender Goldfaden abgerollt. Er stieß heftig in sie hinein, versuchte, das Gefühl noch zu intensivieren. Stieß erneut zu. Und als sie begriff, was geschah, rollte sie mit den Hüften, zog ihn in sich hinein und schwang sich selbst auf den letzten kleinen Gipfel der Intensität. Dabei stieß sie schluchzend zusammenhanglose Worte aus. »Ich werde dich niemals … niemals … ah, Michel … ich werde dich niemals … niemals betrügen …« Und dann, als er ausgepumpt, leer zusammensank, verschränkte sie die Hände hinter seinem Rücken, preßte den Mund gegen seinen Hals und – als sei das Wort an sein Blut gerichtet, als wollte sie was immer sich dort befand von ihrer unendlichen Hingabe, ihrer Loyalität überzeugen – flüsterte sie beschwörend: »Niemals!«

KAPITEL
7

Felipe Aruzzi de Valeas Gemächer befanden sich, wie auch die aller Lords der Familie, hinter einer türlosen Wand, in der sich, unregelmäßig angeordnet – wie wahllos in dunklem Erz verstreute Kristalle – achteckige Fenster befanden, die auf eine riesige Zugbrücke hinabschauten. Diese erstreckte sich zwischen zwei Türmen, auf denen seltsame Aufbauten mit kastenförmigen Erkerfenstern standen, die eher an wehrhaft befestigte Landhäuser erinnerten. Eine eiserne Laterne, etwa halb so groß wie ein Landhaus, hing über der Szenerie und sorgte dafür, daß die Statuen, die die Brücke säumten, scharf umrissene Schatten warfen. Das Mauerwerk war mit einer Kruste aus jahrtausendealtem Taubenmist bedeckt, und zu beiden Seiten der Brücke bot sich einem ein Blick, der den Atem verschlug: Die Augen tauchten hinab in ein unergründliches Labyrinth aus Treppen und Durchgängen und Strebebögen und reich verzierten Stützpfeilern, die einander derart ähnlich waren, daß es schien, als sei das Panorama aus den Spiegelbildern einer Handvoll Originale zusammengefügt worden. Um auf die Verbindungsgänge zu gelangen, die an der Innenseite der Mauer verliefen, war man gezwungen, die Brücke zu überqueren und einen breiten Spalt zu überwinden, der das Ergebnis eines Erdbebens oder irgendein Fehler in der Konstruktion zu sein schien, der in Wirklichkeit jedoch durchaus mit Absicht geschaffen worden war und eine Wendeltreppe verbarg. Während Beheim und Giselle über die Brücke eilten, von der Furcht getrieben, daß man sie von oben bemerken könnte, dachte Beheim – der sich bis zu einem gewissen Grad mit der vor ihm liegenden Aufgabe beschäftigte – über alles nach, was er mit Alexandra erlebt hatte, über das, was er bei ihr empfunden hatte, über das, was sie gesagt hatte, und über den gefährlichen Weg, auf den sie ihn geschickt hatte.

Obgleich es andere Dinge gab, die in einer viel engeren Beziehung zu dem standen, was sofort erledigt werden mußte oder das am Ende weitaus bedeutsamer war, begann Alexandras Bemerkung, daß er im Grunde ein unvollendetes Kunstwerk war, seine Gedanken zu beherrschen. Nicht daß er ihr darin widersprochen hätte. Er wußte, daß er noch sehr viel lernen, daß er noch eine Menge Erfahrungen machen mußte. Aber er hatte angenommen, daß sein Heranwachsen eine Vertiefung, eine Bereicherung seiner Qualitäten und Charaktereigenschaften mit sich brachte, die bereits in seiner Persönlichkeit verankert waren, wohingegen sie durch die Verwendung von Begriffen wie *Metamorphose* und *Turbulenz* und *Stürme* angedeutet hatte, daß die Veränderungen, die er durchmachen könnte, weitaus heftiger wären. Trotz einer gewissen Ambivalenz seiner Empfindungen hinsichtlich zahlreicher Punkte – vielleicht waren dies die Konflikte, von denen Alexandra gesprochen hatte? – war er mit sich recht zufrieden, und ihre Bemerkung, daß er keine Ahnung von seiner eigenen Natur hatte, erschien einfach lächerlich. Im großen und ganzen, so dachte er, war er noch immer der, der er immer gewesen war: ruhig und zurückhaltend; voller Leidenschaft, was sein Innenleben betraf, aber schüchtern und sehr vorsichtig in seinen Beziehungen zu Männern wie Frauen; gelehrt, in Ansätzen ein echter Bücherwurm; methodisch in allen Dingen, maßvoll, was seine Nahrungsaufnahme anging, und sparsam im Konsum von Alkohol. Sicher, seit seinem Urteil waren diesem trüben Bild ein paar leuchtendere Farben hinzugefügt worden, und viele der Handlungen, die er in seinem neuen Leben vorgenommen hatte, stießen ihn ab, auch wenn er die Macht genoß, die die Erlaubnis zu eben solchen Handlungen ihm verlieh. Und gelegentlich mußte er zugeben, daß seine Persönlichkeit aus zwei unverträglichen Hälften bestand, einer Hälfte, die fähig war zu Zärtlichkeit und Mitgefühl, und der anderen, die berechnend und durchaus gewalttätig war. Aber entsprach diese Widersprüchlichkeit nicht dem, was für den Menschen typisch war? Und würden diese beiden Hälften nicht schon bald den Kampf gegeneinander aufgeben und zusammenwachsen? Indem er sich selbst überprüfte, nach einer Spur von Selbstbetrug suchte, erschien seine Interpretation ihm makellos. Sicher, er hatte sich verändert. Welcher Mann hätte das nicht, nachdem er Blut gekostet und für sich die Möglichkeit des ewigen Lebens entdeckt hatte? Trotzdem wurde er noch immer von seinen alten Reflexen und Vorlieben beeinflußt. Er mußte lernen, so sagte er sich, den Worten seiner neuen Brüder und Schwestern nicht soviel Gewicht beizumessen … oder zumindest müßte er lernen, das, was sie sagten, gegen das abzuwägen, was sie wollten. Vielleicht hatte Alexandra nur versucht, ihn aus dem Konzept zu bringen, indem sie ihn von irgendeinem wichtigen Punkt ablenkte und ihn zuerst mit Worten und dann mit Küssen betäubte. Und vielleicht hatte sie damit mehr Erfolg gehabt, als sie beabsichtigt hatte, denn er konnte die Begierde nicht vergessen, die sie in ihm geweckt hatte. Dieses eine Zusammensein ließ alles andere, was er bisher mit Frauen erlebt hatte, verblassen, und zwar nicht so sehr in Bezug auf den rein klinischen Aspekt des Aktes, sondern hinsichtlich des emotionalen Reichtums und der Zärtlichkeit, zu der Alexandra ihn inspiriert hatte. Und aus irgendeinem Grund erfüllten ihn die sich aus seiner kurzen Selbstbetrachtung ergebenden Schlußfolgerungen mit Unbehagen.

Die Stützen der Brücke endeten in schwarzen Steinquadern, auf denen zerbröckelnde Granitstatuen von fünf bis sieben Metern Höhe standen. Die Statuen wirkten grotesk, dennoch erschreckend lebensecht, wie sie alle in einem Zustand totaler Erschöpfung posierten. Da war ein dickbäuchiger Troll mit Fangzähnen und rollenden Augen, der zusammengesunkene Körper von üppigen Steinfalten bedeckt und ein schartiges Schwert in einer Klauenhand; ein Wasserspeier mit einer tiefen Wunde in der Seite, mit hängendem Kopf, geschlossenen Augen und mit der linken Hand einen abgeschlagenen menschlichen Schädel festhaltend; ein Kobold mit spitzen Ohren, Augen mit schlitzförmigen Pupillen, einem länglichen Wieselgesicht, die gesamte Körperhaltung ein Ausdruck totaler Niederlage und furchtbarer Angst. Fast vierzig dieser gräßlichen Eminenzen waren auf der Brücke verteilt, und während sie unter ihnen hergingen, wurde Beheim allmählich unruhig. Die Statuen besaßen eine unnatürliche Festigkeit, als wären sie in einer Aura enormer Schwerkraft gefangen, und man konnte sich leicht vorstellen, wie sie – Überlebende einer geschlagenen satanischen Armee – irgendeinen jahrhundertalten Zauber abschüttelten, wie ein bösartiger Glanz in ihre blinden Augen zurückkehrte, wie ihre granitharten Brustkörbe sich hoben und senkten, ihre steinigen Schenkel sich spannten, Steinbrocken und Staub aus den uralten Gelenken rieselten, während sie von ihren Podesten herabstiegen, um ein unterbrochenes Gemetzel zu vollenden.

Auch Giselle wagte einen Blick auf diese bösartigen Erscheinungen. Ebenso wie Beheim mit einer weiten Tuchhose und einer Bauernjacke bekleidet, das Haar hochgesteckt, sah sie aus wie ein besonders hübsches Kind, und ihre Zerbrechlichkeit inmitten dieser niederdrückenden und abnormen Geometrie war niemals sinnfälliger gewesen. Obgleich er sie nicht in diese Suche hatte mit hineinziehen wollen, konnte er niemand anderem trauen, und diese leichtfertige Gleichgültigkeit gegenüber ihrem Wohlergehen brachte ihn zu der Überlegung, daß Alexandra vielleicht recht gehabt hatte, daß seine Sorge für Giselle neben anderen Notwendigkeiten zurücktreten würde. Während sie durch den Spalt in der Wand schlüpften und eine von Fackeln beleuchtete Treppe hinaufstiegen, erwog er, sie zurückzuschicken, damit sie auf ihn wartete, aber er konnte es nicht riskieren, in Felipes Wohnung einzudringen, ohne daß jemand Wache hielt, daher führte er sie durch den Korridor am Ende der Treppe, vorbei an den messingbeschlagenen Türen, hinter denen die bleiche Hierarchie der Untoten es sich gemütlich machte.

Es war kalt und feucht in dem Korridor. Zungen aus Fackelschein leckten an den pechschwarzen Schatten. Während er durch die engen Gänge wanderte und die abgenutzte Abschüssigkeit unter seinen Füßen ertastete, hatte Beheim das Gefühl, als hätte er die zivilisierte Gegenwart verlassen und wäre dafür in eine barbarische Vergangenheit eingedrungen. Weshalb, so fragte er sich, gingen die Lords der Familie das Risiko offenen Feuers als Lichtquelle ein, wenn Laternen sie vor möglichen tödlichen Unfällen bewahrten? Irgendeine ehrwürdige Nostalgie vielleicht oder eine Demonstration ihrer Mißachtung von Gefahr, ihrer Zuversicht, daß sie jede

Bedrohung überwinden konnten, sogar die von ihnen selbst ausgehende? Beheim selbst hielt sich von den Fackeln möglichst fern. Das Knistern der Flammen erschien wie eine eigene bedrohliche Sprache.

Sobald er Felipes Tür geöffnet hatte, blieb er für einen Moment stehen und lauschte. Hinter dem Alkoven befand sich ein Flur, der nach rechts abzweigte. Hinter der Tür an seinem Ende erklangen das Keuchen und die halblauten Schreie heftigen Liebesspiels. Er wies Giselle an, sie solle eine der Fackeln aus der Eisenhalterung in der Wand nehmen und sich am Anfang des Korridors aufstellen.

»Wenn jemand sich nähert«, flüsterte er, »flüchte zu Lord Agenor. Er wird dich beschützen. Wehre dich mit der Fackel gegen jeden, der dir etwas antun will. Hast du verstanden?«

Ihr Kinn bebte, aber sie nickte.

»Zögere nicht, wenn du bedroht wirst«, sagte er und stellte fest, daß sie sich nicht auf das konzentrierte, was unmittelbar vor ihnen lag, sondern durch ihre Gefühle und Sorge für ihn abgelenkt wurde. »Wenn jemand versuchen sollte, sich an dir zu vergreifen, verbrenne ihn. Dann mach dich auf die Suche nach Agenor. Bei ihm bist du in Sicherheit.«

»Aber du«, sagte sie, »was wirst du …«

»Sei still«, zischte er, zornig über ihre Schwachheit und über sich selbst, weil er sich dieser Schwachheit bediente, und darüber, daß er sie auf diese Art und Weise benutzte, nachdem er sie kurz vorher mit einer anderen Frau betrogen hatte … obgleich er sich weigerte, es als ein echtes Betrügen anzusehen. Wenn überhaupt, dachte er, könnte er es jetzt als Verrat betrachten, Giselle zu lieben. Damit demonstrierte er seine Mißachtung gegenüber etwas anderem, neuem, das von größerer Bedeutung für ihn war und reizvollere Möglichkeiten bot.

Sie wich vor seinem offen gezeigten Zorn zurück, biß sich auf die Unterlippe. Es war eine Reaktion, bei der sie an ein sexuell frühreifes Kind erinnerte.

Ebenso wie Beheims Räume enthielt Felipes Wohnzimmer schwere, dunkle Möbel und Laternen und alte, kaum zu erkennende Wandbehänge. Die von der gedämpften Beleuchtung erzeugten Schatten waren nicht mehr als unregelmäßige dunkle Flecken auf einem verblichenen Perserteppich mit einem Muster in indigo, rosé und braun. Obgleich er nicht wußte, wonach er suchen sollte, und obgleich er sich alle Mühe gab, keinen Lärm zu verursachen, da er wußte, daß Felipe über scharfe Ohren verfügte, führte er hastig seine Durchsuchung durch, eher belustigt als in Furcht, wie ein Junge, der sich bereitwillig einer Mutprobe unterzog. Er durchsuchte den Inhalt eines Schreibsekretärs, eines Mahagonischranks und einer kleinen Eichenkiste, aber er konnte keine Hinweise darauf finden, daß der Anführer der Valeas in den Mord verwickelt war. Eine Durchsuchung des Dienerinnenzimmers erbrachte nichts, wie auch die flüchtige Überprüfung eines dritten und letzten Zimmers – einer Bibliothek –, das schon seit längerer Zeit nicht mehr benutzt zu werden schien, da die Möbel und der große Globus und die Bücherregale mit grauem Staub bedeckt waren. Dichte Spinnwebschichten hafteten auf den hutschachtelgroßen Steinblöcken, aus denen die Mauern bestanden.

Enttäuscht stand Beheim in der Türöffnung zu diesem dritten Zimmer und strengte die Ohren an. Er hörte atemloses Keuchen und matte singende Ausrufe, unterbrochen von Ächzlauten und dem Quietschen von Bettfedern. Felipe und Lady Dolores waren noch immer miteinander beschäftigt, aber er wollte sein Glück nicht zu sehr strapazieren. Trotzdem widerstrebte es ihm, seine einzige Spur so einfach aufzugeben, und er glaubte nicht, daß Alexandra ihm diese Richtung gewiesen hätte, wenn es dort nicht handfeste Beweise zu finden gab … es sei denn, natürlich, sie hoffte, indem sie ihn zu einer törichten Handlung trieb und dafür sorgte, daß er erwischt wurde, Agenors Ehre einen Schlag zu versetzen. Aber wenn das der Fall wäre, hätte sie dann nicht schon längst Alarm geschlagen? Nein, sagte er sich, ihre Motive wären sicher nicht so leicht durchschaubar. Es mußte hier irgend etwas geben.

Er ließ seinen Blick ein letztes Mal durch die verstaubte Bibliothek schweifen. Die Bücher waren offensichtlich schon seit Jahren nicht berührt worden, und es war seltsam, dachte er, daß Felipe, der durchaus einen Hang zur Gelehrtheit hatte, nicht aus Neugier wenigstens ein oder zwei Bücher einer eingehenderen Prüfung unterzogen hatte.

Mehr als seltsam.

Und dann fiel ihm etwas noch Seltsameres auf.

Bis auf einen Streifen entlang der Zimmerwände gab es keinen Staub auf dem Fußboden, was offenbarte, daß vor kurzem ein Teppich entfernt worden war.

Es war möglich, dachte Beheim, daß dies aus rein kosmetischen Gründen schon vor Felipes Ankunft erledigt worden war. Aber wenn der Teppich entfernt worden war, weil er schmutzig oder zerschlissen war, weshalb war er dann nicht gesäubert und wieder auf seinen alten Platz gelegt worden?

Er ging auf Hände und Knie hinunter und begann, wie er es auch schon auf dem Turm getan hatte, die Steine sorgfältig zu untersuchen. In der Mitte des Raums entdeckte er eine Gruppe von fünf Steinen, deren Kanten von ständiger Benutzung abgerundet waren. Er zerrte an ihnen und nahm eine leichte Bewegung wahr. Es mußte irgendwo einen Hebel geben, dachte er, eine Art Mechanismus, mit dessen Hilfe die Steine sich bewegen ließen. Er sprang auf, ging zu den Bücherregalen und begann in fieberhafter Eile, einzeln die Bücher aus den Regalen zu ziehen, erkannte aber schon bald, daß er sicherlich einiges an Zeit einsparen würde, wenn er ruhig über die Lösung des Problems nachdachte … obgleich, den Geräuschen aus dem Schlafgemach nach zu urteilen, kein Grund zur Eile bestand.

Er verbrachte die nächsten Minuten damit, daß er ganze Buchfolgen, die er nach Titeln, Farbe oder ihrer Thematik festlegte, aus dem Regal zog. Es gab keine Vertiefung und keinen Spalt, in dem sich ein Schalter verbarg, und er dachte, daß, falls es tatsächlich eine Falltür oder einen geheimen Raum gab, die Bücher entweder einen Mechanismus kaschierten oder selbst der Mechanismus zum Öffnen der besagten Einrichtung waren. Aber keine der Kombinationen, die er ausprobierte, bewirkte irgend etwas, und am Ende, wütend auf sich selbst und auf Alexandra, traktierte er den Globus mit einem Schlag und versetzte ihn in schnelle Drehung.

Lautlos schwangen die fünf Steine nach unten und gaben den Blick auf eine Treppe frei.

Beheim erstarrte in einer erwartungsvollen und ängstlichen Haltung, überzeugt, daß Felipe den Schlag auf den Globus gehört haben mußte. Die Geräusche aus dem Schlafzimmer waren verstummt. Sekunden später jedoch begann das Liebespaar wieder mit den Laken zu rascheln, kam es zu einem Austausch leiser Liebesworte, wohliger Seufzer als Zeichen, wie er annahm, eines Wechsels der Position, einer Pianissimo-Passage in ihrer lustvollen Symphonie. Seine Brust begann zu schmerzen, und er stellte fest, daß er vor Angespanntheit das Atmen vergessen hatte.

Mit unendlicher Behutsamkeit stieg er die Stufen hinunter – es waren nicht mehr als ein Dutzend – und gelangte in einen dunklen Korridor, in dem es nach Feuchtigkeit und Moder roch und der so eng und niedrig war, daß er sich nur kriechend vorwärtsbewegen konnte. Für längere Zeit drang er auf diese Weise vor, ertastete sich blind seinen Weg und spürte, wie die Klaustrophobie ihm mit ihren spinnengleichen Fingern den Nacken kraulte. Am Ende, als er um eine Ecke bog, entdeckte er einen Schacht silbernen Lichts, der das ferne Ende des Korridors erhellte und dessen Strahlen genauso scharf begrenzt erschienen wie die einer Zauberlaterne. Mondlicht. Das durch ein schmales Fenster in einen winzigen Raum fiel, der mit einem schlichten Holztisch und einem ebensolchen Stuhl möbliert war. Immer noch wachsam, schob er sich Stück für Stück vorwärts. Ihm bot sich der Blick auf einen uninteressanten Teil der vom Mond beschienen Karpaten: blasse Wolken, schwarze Berge, die von einem glitzernden Fluß durchschnitten wurden. Eine erkaltete Zigarre lag auf dem Tisch – dünn und schwarz, ein für Verbrecher typisches Accessoir. Felipe, erinnerte Beheim sich, hatte die Angewohnheit, gelegentlich eine Zigarre zu rauchen. Und es gab weitere Hinweise darauf, daß der Anführer der Valeas hier gewesen war. Asche war auf dem Fußboden verstreut. Einige Papiere, die mit einer markanten Handschrift bedeckt waren, steckten in einem Lederordner. Ein Federmesser mit einem eingravierten *V* auf der Klinge lag auf dem Tisch. Ein unlackiertes Schränkchen stand vor einer Zimmerwand. Beheim öffnete es. Auf dem unteren Fachbrett stand eine Karaffe Wasser. Zu seiner großen Überraschung standen auf dem obersten Brett drei Flaschen sowie drei winzige Parfümfläschchen mit altmodischen Silberschraubverschlüssen, alle mit einer Flüssigkeit gefüllt – blaßgelb, entschied Beheim, nachdem er eine der Flaschen gegen das Fenster gehalten hatte und ein großes Glas, das ebenfalls die gleiche Flüssigkeit enthielt, untersucht hatte. Ein Streifen Papier war unter eine der Flaschen geklemmt, und darauf stand eine ganze Liste mit Maß- und Mengenangaben ähnlich wie bei einem medizinischen Rezept.

Er setzte sich an den Tisch und ging die Papiere durch, die sich als Teile eines Reisetagebuchs entpuppten, in Französisch und Italienisch geschrieben, unzusammenhängende Notizen, was Felipe über verschiedene Familienangehörige dachte, die er beim Dekantieren nach vielen Jahren zum erstenmal gesehen hatte – er äußerte sich dabei nicht immer sehr freundlich – und so weiter. Beheim hielt inne, als er den Namen Agenors entdeckte, und las die dazugehörige Passage:

... Agenor verlangt weiterhin, daß ich mich beeile. Ich verstehe sein Drängen, denn seine Begründung, daß unsere Art vielleicht in den letzten Zuckungen liegt, erscheint mir nicht ganz unvernünftig. Dennoch muß ich mir ganz sicher sein, ehe ich mich dem Patriarchen nähere. Ich weiß, daß Agenor während des Dekantierens eine dramatische Präsentation beabsichtigt, aber ich lasse mich nicht hetzen und verlasse mich weiter auf mein eigenes Urteil. Weder wird er mich zu einer voreiligen Enthüllung nötigen, noch gestatte ich ihm – oder irgendeinem anderen –, die Angelegenheit selbst in die Hand zu nehmen. Vielleicht noch ein paar Wochen, und ich bin entsprechend vorbereitet.

Vorbereitet auf was? fragte Beheim sich. Er las weiter, doch nachdem er die restlichen Papiere überflogen hatte und obgleich sein Italienisch alles andere als perfekt war, gelangte er zu dem Ergebnis, daß die Angelegenheit der beiden Männer nicht mehr erwähnt wurde.

Er nahm eine der Flaschen aus dem Schrank und schraubte den silbernen Verschluß auf. Ein scharfer, säuerlicher Geruch stieg ihm in die Nase. Es war der gleiche, der an dem Flaschenverschluß haftete, den er auf dem Turm gefunden hatte. Er benetzte seine Zunge mit einem Tropfen der Flüssigkeit. Der Geschmack war noch schlimmer als der Geruch. Er erinnerte an gegorene Limonade. Der nur zum Teil gefüllten Karaffe und der Liste mit den Dosierungen nach zu urteilen, hatte Felipe von dem Stoff getrunken, und daher hatte Beheim keine Hemmungen, ihn ebenfalls zu versuchen – welches Gift konnte einem Vampir schon etwas anhaben? Falls er die Substanz identifizieren konnte, hatte er vielleicht am Ende einen Beweis für Felipes Beteiligung an dem Mord in Händen. Er setzte die Flasche an die Lippen und trank einen kräftigen Schluck. Trinkbar, wenngleich um einiges zu bitter. Offensichtlich irgendeine Medizin. Eine unmittelbare Wirkung konnte er nicht feststellen. Ganz gleich, worum es sich bei der Flüssigkeit handelte, der Flaschenverschluß und der Geruch bewiesen, daß jemand, der Zugang zu diesem geheimen Raum hatte, in der Nacht des Mordes auf dem Turm gewesen war. Das allein reichte schon aus, um Felipe an die Spitze der Liste der Verdächtigen zu setzen, jedoch war es kaum ein schlüssiger Beweis für den Mord. Immerhin war es ein Beweisstück, von dem man den Patriarchen in Kenntnis setzen sollte. Es könnte sich als Argument erweisen, mit dem Beheim die Vertreter der verschiedenen Familienzweige zwingen konnte, noch ein wenig länger in der Burg auszuharren, damit er eine gründliche Untersuchung durchführen konnte.

Beheim erkannte, daß er sich nicht länger auf Felipes sexuelle Leistungsfähigkeit verlassen konnte. Daher steckte er die Flasche in die Tasche und kehrte durch den Korridor zur Treppe zurück, um Giselle zu holen und zu verschwinden. Aber während er die Treppe hinaufstieg, wurde ihm klar, daß dies nicht so einfach würde. Die Geräusche im Schlafzimmer waren verstummt. Während er im stillen seine Unvorsichtigkeit verfluchte, näherte er sich leise der Tür zur Bibliothek. Er hielt den Atem an, lauschte, hörte jedoch nichts. Kein Flüstern, keinen Hinweis auf die Anwesenheit Giselles. Es ließ sich nicht feststellen, was ihr zugestoßen sein mochte. Sie waren zu weit voneinander entfernt gewesen, als daß sogar seine scharfen Ohren etwas hätten auffangen können. Vielleicht war sie längst geflüchtet, und Felipe erwartete ihn an der Tür. Oder das Liebespaar war eingeschlafen.

Das war es wohl, entschied er. Was er als kurze Pause in ihrem Liebesspiel interpretiert hatte, diese Seufzer und geflüsterten Worte, hatten wohl eher das Ende ihrer Leidenschaft angezeigt und waren Vorbereitungen für den Schlaf der Erschöpfung gewesen.

Aber als er das Wohnzimmer betrat, blieb ihm fast das Herz stehen, und eine entsetzliche Schwäche machte sich in seinen Gliedern breit, denn dort, am Eingang zum Alkoven und nur mit einer Hose bekleidet, stand Felipe Aruzzi – ein blonder, jugendlich erscheinender Mann, mehr als vier Jahrhunderte alt, die bleichen Arme und seine Brust muskelbepackt, die Augen blutunterlaufen und die Haut von ungesunder Fahlheit, das Gesicht zu einer wütenden Fratze verzerrt. In einen grünen Hausmantel gehüllt, das schwarze Haar auf ihren Schultern wie wallender Rauch, stand Lady Dolores in einem Zustand reizvoller Zerzaustheit neben ihm. Sie entblößte ihre Fangzähne und machte einen Schritt auf Beheim zu, aber Felipe hielt sie am Arm zurück.

»Willkommen, Cousin«, sagte er mit gleichmütiger, nasaler Stimme. »Überbringen Sie mir Grüße von Lord Agenor?«

Das verblüffte Beheim, aber er war zu erschrocken, um darüber nachzudenken, was es bedeuten könnte. Vor dem düsteren Hintergrund einer alten dunklen Stofftapete und eines zerschlissenen Teppichs schienen die beiden Vampire vor Lebensenergie zu leuchten und, unter einer fast greifbaren emotionalen Spannung stehend, die Laternen zu überstrahlen, die den Raum mit einem weichen, gelben Licht erfüllten.

»Mit Verlaub, Mylord«, sagte Beheim. »Wie Sie sicherlich wissen, hat der Patriarch mich beauftragt, den Mord an der Goldenen aufzuklären ...«

»Und das führt Sie natürlich hierher.«

Felipe sagte dies in spöttischem Ton, und Beheim, durch die Tatsache ermutigt, daß sie ihn nicht attackiert hatten, erwiderte: »Was sonst?«

»In der Tat, was sonst?«

Dolores schüttelte Felipes Arm ab und kreischte: »Wie kannst du diese Beleidigung dulden? Töte ihn!«

Felipe legte den Kopf schräg, als dächte er über diese Möglichkeit nach. »Nein«, entgegnete er ruhig. »Da gibt es etwas Interessanteres.«

»Lord«, sagte Beheim, »Sie mißverstehen meine Beweggründe! Ich bin nicht hergekommen, um Sie zu erniedrigen, sondern um sämtliche Zweifel hinsichtlich Ihrer möglichen Schuld auszuräumen.«

Beheim verstummte, als Felipe einen Schritt vortrat und die Arme hob wie ein Priester, der einen Gott anfleht. Dann senkte er die Arme langsam, als wollte er irgendeinen unsichtbaren Widerstand unterdrücken. Die Bögen, die seine Fingerspitzen beschrieben, wurden als schwarze Linien sichtbar, dünne Schnitte im Gewebe der Realität, und erzeugten die Umrisse eines Ovals, in dessen Mitte Felipe stand. Die schwarzen Linien weichten auf, wurden durchsichtig, breiteten sich aus und füllten das Oval aus, so daß es aussah, als öffne sich ein Durchgang ins Herz der Nacht, in eine Dunkelheit, die derart faßbar wurde, daß sie sich gegen ihre Schranken stemmmte wie eine Wolke schwarzen Gases, die von einer durchsichtigen Membrane gebändigt wurde.

»Kennen Sie die Mysterien, Cousin?« fragte Felipe und trat beiseite, damit Beheim einen ungehinderten Blick auf das Oval hatte. Es schwebte ein Stück über dem Fußboden, unmöglich, aber unleugbar, eine schreckliche Störung der Wirklichkeit, etwa anderthalb Meter hoch wie der Rachen eines riesigen körperlosen Wurms, der durch die Wand und die mit Schmutz bedeckte Tapete in den Raum eingebrochen war. »Ganz sicher kennen Sie einige, aber dies, nehme ich an, dürfte Ihnen neu sein.«

»Hören Sie, ich bitte Sie!« sagte Beheim entsetzt, wobei sein Blick magisch von dem Oval angezogen wurde. »Ich wurde von Lady Alexandra hergeschickt. Sie sprach von Beweisen, die Sie mit dem Mord in Verbindung bringen. Ich hatte keine andere Wahl, als diesem Hinweis nachzugehen.«

»Lügner!« Lady Dolores' dunkles Gesicht verfinsterte sich noch mehr und füllte sich mit Blut. Sie wandte sich an Felipe. »Wie kannst du es zulassen, daß er solches Gift versprüht?«

»Sei still!« Er ging ein paar Schritte auf Beheim zu, der sich in die Tür zur Bibliothek zurückzog. »Selbst wenn ich Ihnen glauben würde, mindert das nicht Ihre Beleidigung. Sie haben meine Wohnung unaufgefordert betreten, und Sie haben mich, wie Sie selbst zugeben, des Mordes beschuldigt. Ich habe keine Hemmungen zu töten. Ich hole mir meine Nahrung dort, wo es mir gefällt. Aber ich bin kein gewohnheitsmäßiger Mörder. Und es interessiert mich nicht, in wessen Auftrag Sie handeln. Eine derart entehrende Behandlung kann und werde ich nicht tolerieren. Ich glaube Ihnen Ihre Geschichte hinsichtlich Alexandra nicht, aber weil ich weiß, wer diesen Vertrauensbruch und diesen Verstoß gegen den allgemeinen Anstand begünstigt hat, neige ich dazu, gnädig zu reagieren.«

»Ich versichere Ihnen, Lord, ich sage die Wahrheit!«

»Nein, das tun Sie nicht. Sie sind lediglich ein Punkt in einem Streit zwischen Lord Agenor und mir. Ein ziemlich schwacher Punkt, möchte ich hinzufügen.«

»Ich habe keine Ahnung, was zwischen Ihnen und Lord Agenor stattfindet.«

»Was redest du da?« wollte Lady Dolores von Felipe wissen. »Sind du und Agenor in die Angelegenheit verwickelt?«

»Agenor glaubt, daß wir es sind«, sagte Felipe ungeduldig. »Obgleich ich ihm erklärt habe, wir wären es nicht.«

So ängstlich er war, entging Beheim dennoch nicht die Diskrepanz zwischen Felipes Worten und seinem Tagebuch.

»Weshalb bedrängt er dich denn weiterhin?« fragte Lady Dolores.

Felipe zuckte die Achseln. »Wer weiß das schon? Vielleicht hat er mich tatsächlich beim Wort genommen. Anderenfalls hätte er wahrscheinlich keinen Dieb geschickt, der mich bestehlen soll. Auf jeden Fall war er schon immer verrückt, und nun möchte er, daß ich seine Wahnvorstellungen mit meinen Chemikalien untermauere.«

Er schob Lady Dolores – die anscheinend über seine Antwort verwirrt war – zur Seite und trat fast bis auf Tuchfühlung an Beheim heran. Beheim war wie gebannt von seinen grausamen, viel zu roten Lippen und seinen geröteten Augen mit ihren schwarzen Pupillen, dem kranken Glanz seiner Haut, dem an sich attraktiven Gesicht, das nun durch Arroganz und Eigensinn zu einer rohen Fratze entstellt war.

»Ich möchte, daß Sie das Schicksal kennenlernen, das Sie erwartet, Cousin, denn es ist sowohl in seiner Art wie auch in seiner Gnade ungewöhnlich.« Felipe deutete mit einer vielsagenden Geste auf das schwarze Oval, und – da die Geste offensichtlich einen weiteren Zauber bewirkte – die Schwärze erhielt Tiefe und Gestalt, so daß es schien, als blickte Beheim in eine leere Augenhöhle, die die Sicht auf eine Ödnis gestattete, die von bleichen Phantomen belebt wurde, mit Flügeln versehene Wesen, die zu vage und zu lebhaft waren, um genauer identifiziert zu werden. Ein leises Zischen ertönte wie von einem Wind, der Sand gegen eine Fensterscheibe weht. Er fühlte sich kalt und zerbrechlich, als stünde er am Rand eines Abgrunds, in dem man für immer verschwinden konnte.

»Hermeto DiLanza, ein von meiner Tochter Alexandra Bekehrter«, sagte Felipe vergnügt, »deren Ansehen Sie beschädigen wollten, war der Kolumbus, der zuerst die Gewässer befuhr, die Sie jetzt betrachten. Während er in der Nacht seines Urteils vom einen Leben ins andere überwechselte, stieß er durch Zufall auf diese spezielle Dunkelheit und erkannte in ihr unbekanntes Terrain. Da er sich instinktiv seines Vorteils bewußt war, erzählte er niemandem von seiner Entdeckung und nahm sich vor, später ihre Möglichkeiten zu erforschen. Zum Unglück des armen Hermeto blieben seine Untersuchungen nicht unbemerkt.« Er nahm eine Porzellanfigurine eines elegant gekleideten tanzenden Lords und seiner Partnerin von einem Beistelltisch neben Beheim. »Würde ich meinen Kindern gestatten, unerlaubte Forschungen zu betreiben, würde ich zweifellos ihren Respekt verlieren.

Daher sprach ich Hermeto eines Abends an, während er gerade den Abgrund erforschte, den Sie vor sich sehen, indem ich fröhlich seine Dienerinnen hineinstieß. Ich hielt es nur für fair, daß er ihnen folgte.«

Er schleuderte die Figurine in das Oval. Als sie die Oberfläche berührte, verharrte sie für einen winzigen Moment, während die umgebende Schwärze sich verschob, um die Vertiefung herum aufspritzte, die die Figurine erzeugt hatte, so träge wie Quecksilber oder zumindest eine Flüssigkeit schwerer als Wasser. Ein paar Tropfen flogen in die Luft, schwebten dort für einen kurzen Moment wie Gucklöcher in einem ebenholzschwarzen Himmel. Dann fielen sie herunter, während die Figurine versank, sich dabei langsam und spaßig in ihrer steifen Unbeschwertheit drehte. Diese beiden bemalten Tänzer mit ihren üppigen Seidenkleidern und ihren mit Rouge geschminkten Wangen boten aber gleichzeitig auch einen traurigen und schrecklichen Anblick, als sie hinuntertauchten in das absolute Nichts, in die totale Dunkelheit. Kurz bevor die Figurine verschwand, schoß eines der bleichen geflügelten Wesen herbei. Der Tod, dachte Beheim. Noch nie hatte er diesen Ort gesehen, speziell dieses Mysterium, aber er wußte, daß es zu jener schwarzen Region gehörte, die er zur Zeit seines Urteils durchmessen hatte, und die Aussicht, sie wieder zu betreten, auch nur einen kleinen Teil des Schmerzes und der Angst zu spüren, die er damals ertragen hatte, machte ihn benommen und ließ ihn schwanken.

»Faszinierend, nicht wahr?« sagte Felipe und verfolgte den Flug der Figurine. »Ich habe das Ganze niemals richtig verstanden, jedoch nehme ich an, es handelt sich um einen Teich auf der Ebene des Todes, in dem Dinge vor dem Gericht bewahrt werden. Alles, was dieser Teich in sich aufnimmt, lebt auf irgendeine Art und Weise weiter. Wenn Sie ebenso wie ich eingestimmt wären auf die Ätherschwingungen, würden Sie auch die Lebenszeichen von Hermeto und seinen Begleitern wahrnehmen … und von den Kreaturen, die sie peinigen. Ich weiß nichts über sie, diese Kreaturen, jedoch glaube ich, daß sie ein Entwicklungsstadium des Geistes darstellen, zu dem Hermeto und seine Begleitung eines Tages aufsteigen werden.« Er grinste Beheim freundlich an. »Sie sehen, daß ich Sie nicht dem Tod überantworte. Eine neue Erscheinungsform erwartet Sie. Vielleicht entdecke ich aber auch eines Tages, wie ich zurückholen kann, was ich dorthin geschickt habe. In diesem Fall werde ich Sie aus der Tiefe befreien. Sicherlich haben Sie dann etwas Aufregendes zu erzählen. So!« Mit einer weiteren übertriebenen Geste lud er Beheim ein, in das schwarze Oval zu treten. »Nun kommen Sie schon, Cousin. Welchen Sinn hat es, damit zu warten?«

Beheim, halb verzaubert von dem unheimlichen Anblick, halb eingelullt von der sonoren Stimme Felipes, wurde sich plötzlich der drohenden Gefahr bewußt und machte einen Satz auf den Alkoven und auf Lady Dolores zu, die ihm den Weg versperrte. Er holte aus und wollte mit der Faust zuschlagen, aber sie fing seine Hand auf, drehte sie herum und brachte ihn aus dem Gleichgewicht. Dann schwenkte sie ihn an seinem eigenen Arm in einem Bogen wie ein Hammerwerfer herum und schmetterte ihn mit dem Kopf gegen die Wand. Weißes Licht zersplitterte in seinen Augen, und seine Schädeldecke glühte vor Schmerzen. Er versuchte die Wirkung des Aufpralls abzuschütteln und sich auf die Beine zu kämpfen, aber Lady Dolores kniete neben ihm, legte die Hand auf seine Brust und drückte ihn nach unten. Ihre dunkle, raubtierhafte Schönheit hatte sich in ein Tier mit tödlich schwarzen Augen verwandelt, Speichelfäden zwischen Fangzähnen und unteren Schneidezähnen. Felipe stand neben ihr und betrachtete ihre Aktivitäten ungerührt.

»Ich glaube, sie hat für Sie nicht viel übrig«, stellte er fest. »Wenn es Ihnen lieber ist, dann gestatte ich ihr, Sie zu zerreißen.«

»Nein … bitte«, sagte Beheim, lallte die Worte und hatte Mühe, etwas zu erkennen. »Ich … ich kann nicht …«

»Natürlich können Sie, Cousin.« Felipe krallte die Hand in sein Jackett und riß ihn hoch. »Da, sehen Sie? Sie haben nur gedacht, Sie könnten nicht.«

Er stieß Beheim durch den Raum, hob ihn am Kragen und am Hosensitz hoch und schwang ihn mit unwiderstehlicher Gewalt auf das Oval zu und stoppte den Schwung, als Beheims

Gesicht nur noch wenige Zentimeter von der Schwärze entfernt war. Beheim spürte einen kalten Druck auf seine Haut, ein sanftes Tasten, als ob das Oval seine Nähe spürte und ihn überprüfte, sich mit ihm vertraut machte, ähnlich wie ein Blinder das Gesicht eines anderen befühlt, um es kennenzulernen. Er bäumte sich auf, versuchte verzweifelt, sich aus Felipes Griff zu befreien. Aber Felipe stieß ihn weiter vor, so daß sein Kopf in die Schwärze eindrang. Für einen Moment konnte er weder etwas sehen noch atmen, noch konnte er in seinem Körper etwas anderes fühlen als eine eisige Taubheit, die sich wie eine Maske auf sein Gesicht gelegt hatte. Doch dann paßten sich seine Augen entweder an die Dunkelheit an, oder die Dunkelheit verwandelte sich mittels eines unerklärlichen Prozesses in Bilder, die in seinem Gehirn erschienen, und er sah ein Panorama von Falten wie die eines gigantischen Vorhangs, leuchtend und dennoch schwarz, die wie ein Negativbild des Nordlichts aussahen. Dazwischen trieben Strukturen, die ihn an Auswüchse von Quarzkristallen erinnerten und in ihrer Geometrie milchig helle Obelisken und ganze Kristallstädte bildeten. Er hörte ein verzerrtes hallendes Dröhnen, wie die Stimme eines Betrunkenen, die durch eine Wand von einem anderen Betrunkenen gehört wird. Dann schnitt vom äußersten Rand seines Gesichtsfeldes ein Hitzeblitz, der sich zu einem rasierklingendünnen Strahl grellen weißen Lichts so weit wie der Himmel konzentriert hatte, durch die Schwärze vor ihm, versetzte die Falten in Wallung, die Kristalle in Zuckungen, als sei ein Schwert durch eine Masse aus schwarzer Gaze und Wasser gefahren. Nur war es kein Schwert, gewahrte er, als es sich näherte, größer wurde und Einzelheiten erkennen ließ, sondern ein Schwarm entsetzlicher, glühender Wesen, jedes anders aussehend, andererseits aber gleichförmig häßlich erscheinend, Schweinsratten und Kakerlakenlöwen und Hundespinnen und Krabbenwürmer und andere. Sie blähten sich auf, füllten sein gesamtes Gesichtsfeld aus, Tausende und Abertausende von ihnen, eine Unendlichkeit gräßlichster Fratzen und Formen. Während sie auf ihn zukamen, schien es, als sei er zu enormer Größe angewachsen, zur Größe des Himmels, denn anstatt ihn zu umschwärmen, ihn unter einer krabbelnden Tonnenlast weißen Lichts zu begraben, schrumpften sie und bohrten sich in sein Fleisch, trieben Stachel in seine Wangen und seine Stirn, erzeugten Punkte derart grellen Schmerzes, daß es ihm so vorkam, als sei jeder dieser Punkte ein ganzes Schmerzmuster, das in ein riesiges dunkles Gesicht eintätowiert wurde. Und dann war er wieder in Felipes Zimmer, und sein Körper wand und krümmte sich, als er immer noch hilflos in der Luft hing.

»Was haben Sie gesehen, Cousin?« fragte Felipe mit einem Unterton gemäßigter Neugier in der Stimme.

Beheim brannte innerlich vor Kälte, zitterte, und seine Zähne schlugen aufeinander.

»Lassen Sie sich Zeit, mein Junge«, sagte Felipe. »Ich habe es nicht eilig.«

Immer noch zitternd versuchte Beheim seine Eindrücke zu ordnen, sie auszuschmücken, denn er war zu jeder Lüge bereit, um den Zeitpunkt hinauszuzögern, an dem er wieder in diese eisige, fremdartige Schwärze zurückgestoßen würde. Aber noch während er Anstalten machte, eine durch und durch zusammenphantasierte Geschichte von seinen Erlebnissen zum besten zu geben, schrie Lady Dolores auf, und Felipe ließ ihn auf den Fußboden fallen.

»Leg das hin«, sagte Felipe ernst. »Und komm her zu mir.«

Obgleich er nicht wußte, wer angesprochen wurde, hörte Beheim an Felipes Tonfall, daß nicht er es war. Er richtete sich mühsam auf, angetrieben von der Hoffnung, daß ihm jemand zu Hilfe gekommen war. Lord Agenor vielleicht. Aber es war Giselle, die die Wohnung betreten hatte. Ihr blutleeres Gesicht war voller Angst. Sie hielt eine brennende Fackel dicht an das Haar von Lady Dolores, die sich vor den Flammen in eine Ecke des Alkovens duckte.

»Komm her«, wiederholte Felipe.

Giselles Hand zitterte.

Lady Dolores' Blick lag auf ihr, und Beheim wußte, daß es nur noch eine Frage von Sekunden wäre, bis sie von einem der beiden überwältigt wurde. Er kam auf die Füße und, indem er sich Felipes Griff endgültig entzog, stolperte quer durch den Raum. Er riß Giselle die Fackel aus der Hand, hielt sie in sicherer Entfernung von seinem Körper, wobei sein Geist sich aus Angst vor der Nähe der zuckenden Flamme, der knisternden Blume des Todes, zusammenkrampfte, doch er war bereit, Verbrennungen zu riskieren. Die Fackel war nur wenige Zentimeter von Lady Dolores' Haar entfernt und entlockte ihr ein grauenvolles Stöhnen.

»Das schwöre ich Ihnen«, sagte Felipe zu ihm. »Ich werde Ihnen das Herz aus dem Leib reißen.«

Beheim schwenkte die Fackel vor Lady Dolores' Gesicht. Ein entsetzter Schrei erklang. »Zurück!« verlangte er von Felipe. »In die Bibliothek!«

Felipe knurrte ungehalten, wich jedoch ein paar Schritte zurück.

»Schnell!« sagte Beheim. Giselle preßte sich an ihn, umklammerte seinen Arm. »Folge ihm«, sagte er zu ihr. »Schließ ihn ein!«

»Zuerst bestiehlt Agenor mich, und jetzt schickt er mir einen Dieb«, stellte Felipe fest und setzte seinen Rückzug fort. »Sagen Sie ihm, daß ich keine Erniedrigung durch seine Hand mehr dulden werde. Um keinen Preis. Ich jage ihn durch das Feuer der Hölle, wenn es nötig sein sollte.«

»Gehen Sie in die Bibliothek!« Beheim grub seine Finger in Lady Dolores' Haar und riß ihren Kopf herum, so daß sie Felipe ansah und ihm ihre unverhüllte Angst zeigte. »Tun Sie, was ich sage! Sofort!«

Felipe wich weiter zurück. »Wissen Sie, was Sie jetzt erwartet, Sie törichter Bastard? Sie ...«

»Sie haben nur noch eine Sekunde Zeit, und dann brennt sie«, schnitt Beheim ihm das Wort ab. »Danach haben Sie alle Zeit der Welt, um mir zu drohen.«

Felipe betrat die Bibliothek. »Das Feuer der Hölle«, prophezeite er wieder, kurz bevor Giselle die Tür der Bibliothek zuwarf und den Riegel vorschob. »Bestellen Sie Agenor das. Und zwar mit genau diesen Worten. Nicht einmal im Feuer der Hölle wird er Ruhe vor mir haben!«

Lady Dolores war auf die Knie gesunken. Ihr Kopf hing herab, das Gesicht war von einer Flut schwarzen Haars verdeckt. Ihre schweren Brüste schwangen im weiten Mantel, der aufklaffte, hin und her, und ihre Finger kratzten wie besessen über den Boden. Beheim genoß es, sie in dieser unterwürfigen Haltung zu sehen.

»Warum haben Sie das getan?« fragte er sie.

Sie wollte den Kopf anheben, aber er warnte sie, ihn nicht anzusehen, sondern weiterhin auf den Boden zu starren. Dann wiederholte er seine Frage. Als sie erwiderte, sie verstünde nicht, was er meinte, fragte er, weshalb sie und Felipe die Goldene getötet hätten.

»Ich habe niemanden getötet«, sagte sie und fügte dann mit einem boshaften Unterton in der Stimme hinzu: »Zumindest nicht in jüngster Vergangenheit.«

»Dann hat Felipe es getan.«

»Nein, er war mit mir hier.« Sie schüttelte ihr Haar. »Sie sind ein Idiot, wenn Sie denken, wir hätten damit etwas zu tun. Welchen Nutzen sollten wir davon haben?«

Indem sie einen weiten Bogen um den unheimlichen schwarzen Rachen in der Mitte des Raums machte, kam Giselle zu Beheim herüber und ergriff seinen Arm.

»Vielleicht ging es gar nicht um irgendeinen Nutzen«, sagte er.

Lady Dolores schwieg, und er schwenkte drohend die Fackel.

»Verdammter Kerl!« Sie starrte ihn durch ihr zerzaustes Haar an wie eine Irre, wobei die Fahlheit ihres Gesichts die Wildheit noch verstärkte und ihm eisige Schauer über den Rücken rieseln ließ. Sie senkte den Kopf. »Sie haben überhaupt keine Ahnung, wie sehr Sie benutzt werden.«

»Und wie soll das sein?«

»Ich kann nur raten«, sagte sie. »Aber die Goldene ... Erkennen Sie es denn nicht? Sie hatte keine Bedeutung. Wer wäre denn dumm genug, eine solche Tat zu begehen, nur um ihr Blut zu kosten? Der Mord war ein Mittel zum Zweck, nicht der Zweck an sich.«

»Ich wüßte nicht, wie Sie damit von jedem Verdacht befreit sein sollen.«

»Denken Sie nach, verdammt noch mal! Welcher Schritt folgte denn auf den Mord? Wer machte den nächsten Zug?«

»Wenn Sie es wissen, dann sagen Sie es.«

»Agenor, Sie Schwachkopf!«

»Das verstehe ich nicht.«

»Er hat Sie zum Leiter der Ermittlungen bestimmt, nicht wahr? Haben Sie tatsächlich geglaubt, das hätten Sie Ihren Fähigkeiten als Ermittler zu verdanken? Sind Sie so dumm? Agenor benutzt Sie, um eine seiner Intrigen zu inszenieren.«

Beheim ließ sich das durch den Kopf gehen. »Ich begreife nicht, in welcher Weise Sie das entlasten könnte.«

»Wer ist im Augenblick Agenors Gegenspieler?« Lady Dolores klopfte sich auf die Brust. »Das bin ich! Er hat die Gelegenheit ergriffen, Sie auf mich anzusetzen. Und auf meinen Geliebten.«

Beheim erkannte, daß diese Anschuldigung durchaus zutreffen konnte, aber er wandte ein: »Mylady, wenn ich jedes Beweismittel mit der Begründung verwerfen würde, daß einer meiner Tatverdächtigen irgendwelche Feinde hat, die ihm schaden wollen, dann hätte ich überhaupt keine Verdächtigen mehr. Ich fürchte, Ihr Versuch, mein Vertrauen in Lord Agenor zu untergraben, ist im Grunde genauso fragwürdig und primitiv wie die Strategie, die er laut Ihren Aussagen verfolgen soll.«

»Sie sind wirklich ein furchtbarer Narr«, sagte sie. »Ich frage mich nur, ob Agenor ahnt, wie furchtbar.«

Er beschloß, es anders zu versuchen. »Als ich erwähnte, daß Lady Alexandra mir Informationen hat zukommen lassen, die Felipe belasten, haben Sie recht überzeugend die beleidigte Unschuld gemimt. Aber wenn ich Ihr Verhältnis zueinander betrachte, war es wohl kaum eine Überraschung. Was wollten Sie damit erreichen, indem Sie mich in dieser Richtung zu beeinflussen versuchten? Erkennen Sie denn nicht, daß ich durchaus begreife, wie sie es schaffen konnte, meine Ermittlungen für ihre Zwecke auszunutzen? Vielleicht auch für Ihre Zwecke. Es erscheint mir durchaus einleuchtend, daß dieser Plan, Felipe zum Tatverdächtigen zu stempeln, von Ihnen beiden ausgeheckt wurde.«

War das ein Laut der Belustigung, den Lady Dolores von sich gab? Er war sich nicht ganz sicher, da er ihr Gesicht in dem Moment nicht gesehen hatte. Aber die Worte, die nun folgten, waren wohl kaum ein Produkt amüsierter Empfindungen, und er war nicht in der Lage zu entscheiden, ob sie ihm etwas vormachte oder nicht.

»Das will ich nicht mehr hören!« sagte sie, und in ihrem Gesicht zuckte es. »Ich will mir Ihre Gemeinheiten gegen Alexandra nicht mehr anhören! Sie ist völlig unschuldig. Wenn Sie noch eine Lüge über sie …«

Für ein paar Sekunden wurden die Worte durch ihren Gefühlsüberschwang zu einem Fauchen und Zischen reduziert, das eher nach einer Tiersprache klang. Sie holte tief Luft, zog die Schultern hoch und machte einen Buckel. Für einen kurzen Moment kam es Beheim so vor, als dehnte sie sich aus, als wüchse sie, als verwandelte sie sich in eine Riesin. Er betrachtete Dolores' Zorn im Zusammenhang mit Alexandras Beschreibung ihres Verhältnisses. Es war nicht ganz von der Hand zu weisen, daß sie vielleicht die Wahrheit gesagt hatte. Falls Dolores sie gegen ihren Willen verführt hatte, dann kann es daran gelegen haben, daß sie von Alexandra regelrecht besessen gewesen war – und das würde erklären, weshalb Dolores sie als unschuldig bezeichnet hatte. Er wollte es glauben, wollte alles glauben, was zwischen ihnen geschehen war. Aber er nahm nicht an, daß er an seinem Glauben festhalten konnte, wenn seine Vermutung stärker wurde, daß sie ihn aus anderen Gründen in Felipes Wohnung geschickt hatte als denen, die sie ihm gegenüber genannt hatte.

»Ich lebe jetzt schon seit fast drei Jahrhunderten«, sagte Dolores heiser und vermittelte den Eindruck, als müsse sie an sich halten, um nicht laut zu schreien. »Ich habe fünftausend Männer geliebt und fünftausend Frauen. Ich habe Sibirien brennen sehen, und ich habe die geheimen Städte des Khan besucht. Und jetzt muß ich mich mit so etwas Armseligem herumschlagen wie Ihnen.« Sie seufzte gequält. »Drei Jahrhunderte. Ich glaube, das reicht.«

Sie schaute zu ihm hoch.

»Tun Sie das nicht«, warnte er sie, als er ihre Absicht erriet. Giselle meldete sich mit einem Flüstern. »Michel!« Sie griff nach seinem Arm.

Lady Dolores lachte krampfhaft, hinterhältig.

»Wenden Sie Ihre Augen ab«, verlangte Beheim von ihr.

»Meine Augen?« fragte sie. »Haben Sie nur vor meinen Augen Angst? Nicht vor meinen Händen, oder vor meinem Haar? Nicht davor?« Sie legte die Hände unter ihre Brüste, als wollte sie sie wiegen. Ihre Daumen zeichneten kleine Kreise um die schokoladenbraunen Brustwarzen. Sie lachte erneut gepreßt auf, und ihre Stimme bekam einen schnurrenden, verlockenden Klang. »Oh, Cousin, Cousin, ich bin ja so gefährlich! Mein Herz ist das reinste Gift, mein Geist ist Feuer und Poesie. Mein Fleisch ist der Tod persönlich. Käfer legen ihre Eier in die Windungen meines Gehirns. Es gibt nichts Gefährlicheres als mich, keinen wilderen und gewissenloseren Feind. Glauben Sie, mir fehlt der Mut oder der Wille, Sie in meinen Armen bis in die Hölle hinabzuziehen? Wenn ja, dann unterliegen Sie einem tödlichen Irrtum, denn ich fürchte den Tod genauso wie ich fürchte, einen Geliebten zu befriedigen, von dem ich tausend Nächte lang geträumt habe. Er ist immer bei mir, und ich habe mich immer nach ihm gesehnt. Er ist unendlich reizvoll, unendlich geduldig. Die, die ihn nicht kennen, fürchten sich vor ihm. Aber nicht ich. Obgleich er ein einziges Mysterium ist, ist er für mich kein Geheimnis, kein unbekanntes Terrain. Ich habe nächtelang seine unterweltlichen Ströme befahren, war auf den mondbeschienenen Straßen unterwegs, die von der Wüste des Verstands wegführen. Ich bin mit der Bestie umhergestreift, deren Schönheit die Sonne ist, die die wunderschönen Schatten unseres Lebens erschafft. Ich habe seine Dämonen in den Mund genommen und den Saft ihres Verfalls geschlürft. Die Homunkuli, die sich in seiner Erde vergraben, sind in mir umhergekrochen. Ich habe mich den Parasiten hingegeben, die von den Überresten seiner schrecklichen Träume leben.« Sie blickte eindringlich auf die schwarze Öffnung, die Felipe geschaffen hatte, als würde ihr diese Erscheinung erst jetzt richtig bewußt. »Tod. Sagen Sie es, Cousin. Sagen Sie es und hören Sie, wie es in der Luft schwingt! Das Wort hat einen windgleichen, ernsten Klang, nicht wahr? Wie das letzte Regen einer großen Leidenschaft oder der erste Windhauch eines Sturms.«

Sie vergrub das Gesicht in den Händen, als würde sie von ihrer Todeslust überwältigt. Aber dann, indem sie sich so schnell bewegte, wie Beheim es niemals für möglich gehalten hätte, überrumpelte sie ihn, packte sein Handgelenk und lähmte seinen Arm, der die Fackel hielt. Mit der freien Hand stieß sie Giselle beiseite und, indem sie ganz auf die Beine kam, schleuderte sie Beheim gegen die Tür. Die Fackel fiel auf den Fußboden, erzeugte einen Funkenregen und rollte davon.

»Aber wenn es unbedingt sein muß«, sagte sie belustigt, »möchte ich noch etwas länger leben.« Sie packte seine Jacke und hob ihn hoch, so daß seine Füße in der Luft hingen. »Auf jeden Fall lange genug, um Ihren letzten Weg verfolgen zu können.« Sie rief über die Schulter: »Felipe! Ich bin frei!«

Beheim schlug ihr ins Gesicht, und sie stolperte rückwärts. Dabei lockerte sich ihr Griff. Blut spritzte aus ihrer Nase, sickerte dickflüssig über ihre Lippen und ihr Kinn. Ihr Zunge schoß heraus. Sie leckte den hellroten Strom aus ihren Nasenlöchern auf und lächelte.

Felipe begann sich gegen die Tür der Bibliothek zu werfen. Das Holz bog sich unter jedem Aufprall durch.

Dann schrie Lady Dolores. Entsetzt blickte sie auf den Qualm, der sich um sie zu sammeln begann, denn indem sie nach Beheims Hieb zurückgestolpert war, war sie der Fackel nahe genug gekommen, so daß ein Funke ihren Mantel in Brand gesetzt hatte. Nun loderte das seidige Gewebe. Sie stieß einen Schrei der Qual und der Wut aus und warf sich auf ihn, aber er wich ihr aus. Er erwischte Giselle am Arm, und indem er sich rechts an Felipes magischem Schacht vorbeischob, der immer noch die Mitte des Raums einnahm, zerrte er sie aus dem Alkoven und von der brennenden Frau weg, die hinter ihnen herschwankte, schrie, die Arme ausstreckte und sich schnell in eine lebende Fackel verwandelte, die so hell war, daß man glauben konnte, der Tag sein angebrochen. Die Tür der Bibliothek splitterte und krachte. Lady Dolores' Haut warf Blasen und wurde dunkel, ihre Schreie zerrissen zu einem Knurren und Ächzen, das über dem Prasseln der Flammen, die sie verschlangen, kaum zu hören war. Die verkohlende Maske ihres Gesichts bot einen schrecklichen Anblick, und Beheim hatte keinerlei Rachegefühle, empfand keinen Triumph. Sie stürmte auf sie zu, von Flammen umlodert, aber als sie vor ihr zurückwichen, änderte sie die Richtung, machte einen unsicheren Schritt nach links, verharrte für einen kurzen Moment, als müsse sie sich orientieren, und kippte, indem sie Beheim nicht den geringsten Zweifel ließ, daß es ein ganz bewußter Akt war, in den schwarzen Rachen, der in der Luft schwebte, während Felipe in einem Regen aus Holzsplittern und begleitet vom Getöse berstender Bretter durch die Tür brach. Mit seinen entblößten Fangzähnen und seinen blutunterlaufenen Augen sah er aus wie ein lebendiger Alptraum. Entsetzt über den Anblick von Dolores, umfaßte er ihr Handgelenk. Vielleicht hielt sie ihn für Beheim, vielleicht war es aber auch nur ein Reflex, auf jeden Fall umarmte sie ihn heftig, als sie abstürzte. Für einen kurzen Moment verharrten sie schwankend in einem tödlichen Gleichgewicht, halb innerhalb, halb außerhalb jener eisigen schwarzen Leere. Die Flammen krochen an Felipes Arm hoch, leckten über sein Gesicht. Dann, als Beheim begriff, daß er nicht das Risiko eingehen durfte, daß sie vielleicht am Leben blieben, rannte er los und stieß sie vollends in den Abgrund.

Als sie in der Tiefe verschwanden, entstand eine beängstigende Stille. Es erschien unmöglich, daß so viel Leben so schnell ausgelöscht werden konnte, und Beheim reagierte mit ausgesprochenem Unbehagen auf die Plötzlichkeit und Endgültigkeit des Todes … falls sie wirklich gestorben waren. Vielleicht hatte Lady Dolores lediglich angenommen, daß die Schwärze die Flammen erstickte. Aber das war nicht der Fall. Selbst als sie schon ein großes Stück gefallen waren, konnte Beheim sie noch brennen sehen. Sie waren wie ein winziger rötlicher Stern inmitten fahler, umherschwärmender Lichter. Die Stille im Raum kam ihm vor wie ein Gefängnis, und seine Gedanken konzentrierten sich auf ihn selbst und zwangen ihn, sich mit seiner Unfähigkeit, seiner Naivität zu beschäftigen.

Wie leicht hatte er sich von ihr ablenken lassen!

Ihn überfiel die Erkenntnis, daß er damit wohl seine Unsterblichkeit verwirkt hatte. Für dieses Verbrechen würden sie ihn töten, sie würden ihn zwingen, sich der Illumination zu unterziehen, der Erleuchtung. An die Steinquader des Turms gefesselt, würde er in den Strahlen der Morgendämmerung braten, die Sonne würde seinen Geist verbrennen, ihn in die Zukunft hinausstürmen lassen, und während er starb, würde er hinausschreien, was er gesehen hatte, und dabei beten, daß seine Vision für die Familie von ausreichendem Wert wäre, so daß der Patriarch einem Diener ein Zeichen gab, mit dem Holzpflock vorzutreten und seiner Qual ein Ende zu machen. Er erinnerte sich, gehört zu haben, daß Giuseppe Cinzals Erleuchtung mehrere Stunden gedauert hatte, wie seine Visionen von der Zukunft von derartiger Klarheit und Bedeutung gewesen waren, daß der Patriarch sich geweigert hatte, den Prozeß zu verkürzen. Cinzal, so erzählte man sich, hatte sich in einen Haufen Stöcke und Kohle verwandelt, der immer noch Blut spuckte und klarsichtige Wahrheitsfragmente mit einer schrecklich krächzenden Stimme von sich gab.

Was war die Sonne, daß sie solche mystischen Edelsteine aus der Hitze und der Qual des Todes herausfiltern konnte?

Und was war die Seele, daß sie so weit hinausfliegen konnte, daß sie weit in die Zeit vordrang und dennoch mit dem Fleisch eine Verbindung aufrechterhielt?

Beheim war zutiefst verwirrt und versuchte, allem einen Sinn zu geben, was er erlebt hatte, die Teile des Ereignisses zusammenzufügen und vielleicht so etwas wie Hoffnung daraus zu gewinnen. Aber das einzige, was als sicher gelten konnte, war sein Versagen, sein Irrtum. Und Alexandras Verrat. Oh, sie hatte ihn wirklich benutzt. Und damit hatte sie ihm das Ende seiner Tage beschert. Die seltsame Pforte, durch die Lady Dolores und Felipe gestürzt waren, erschien nun wie ein schwarzer Spiegel, der seine Zukunft zeigte.

Panik tobte durch sein Gehirn. Und die Angst war ein scharfer, gelber, saurer Geschmack in seiner Kehle.

KAPITEL 8

Giselle drängte ihn zur Tür, zerrte an seinen Arm und war offenbar zu betroffen, um etwas zu sagen. Obgleich vor Angst total entmutigt, konnte Beheim immer noch Mitleid mit ihr empfinden. Sie mußte wissen, daß es kein Entkommen geben konnte, nicht mit diesen Toten. Dennoch brachte er es nicht über sich, das bißchen Hoffnung zu zerstreuen, das sie vielleicht noch empfand, und da die Flucht dem tatenlosen Abwarten auf jeden Fall vorzuziehen war, spielte er die Rituale des Überlebens durch, und sie verließen die Zugbrücke und drangen in das Labyrinth aus Durchgängen und Treppen ein, stiegen hinab in die tiefsten Gefilde der Burg und bewegten sich über Laufgänge, die so tief und verborgen angelegt waren, daß jedesmal, wenn er hochschaute, die Laternen über ihnen aussahen wie ferne Sterne, die an einem verhangenen Himmel funkelten. Jeden Moment erwartete er, Rufe hinter sich zu hören, aber kein Verfolger zeigte sich. War es möglich, daß dieses Verbrechen nicht bemerkt worden war? Er konnte sich keine andere Erklärung vorstellen. Trotzdem, früher oder später würde man Felipe und Dolores vermissen, und Alexandra würde ihn als Schuldigen bezichtigen. Sie konnte nicht davon ausgegangen sein, daß er die Liebenden töten würde, aber er war jetzt sicher, daß sie versucht hatte, ihn oder Agenor in irgendeiner Weise zu diskreditieren. Ganz sicher hielt sie längst ein Netz bereit, das sie über ihn werfen würde. Und dennoch hatte sie ihm eine durchaus lohnende Richtung angezeigt, denn der Hinweis auf eine mögliche Komplizenschaft zwischen Agenor und Felipe war faszinierend, obgleich immer noch unklar war, inwiefern der Mord an der Goldenen damit in Zusammenhang stehen könnte.

Er war versucht, sie wegen Verrats zu verurteilen, aber er hatte noch immer zu wenige echte Beweise, um sich ein abschließendes Urteil zu bilden. Er brauchte Zeit, bis das Wasser sich klärte und sich harte Fakten herauskristallisierten. Ja, das war es, was er brauchte. Zeit, und eine unglaubliche Portion Glück.

Nach mehr als zwei Stunden, die sie nur gerannt und von einem Schatten zum nächsten gehuscht waren, erreichten sie einen gähnenden Tunnel, über dessen Eingang sich ein Graffiti befand, das Nymphen zeigte, die von Satyrn vergewaltigt wurden. Sie knieten, da die Satyrn sie von hinten gepackt hatten. Ihre Münder waren weit aufgerissen, und sie hatten die Hände flehend ausgestreckt, als läge die Rettung irgendwo im Dunkel des Tunnels. Beheim, von einer Müdigkeit ergriffen, die sich weniger physisch als eher spirituell bemerkbar machte, teilte ihren innigen Wunsch nach Ruhe und Frieden. Unter der Zeichnung befanden sich hingekritzelte unflätige Kommentare auf Deutsch und Französisch und Ungarisch, die häufig Worte enthielten, die er gar nicht kannte. Er hatte den irrationalen Wunsch, diesen Ort zu seiner Bleibe zu machen, sich dort hinzustellen und jeden Satz zu übersetzen, Substantiva von Verben abzuleiten und umgekehrt, und so eine obszöne Ode zu schaffen, ein Epitaph voll moralischer Verderbtheit.

Es herrschte eine brütende Stille. Hinzu kam der feuchte Geruch von sonnenlosem Wasser und fauligen Steinen. Er konnte kaum fünf Meter weit sehen, aber als er seine Ohren anstrengte, konnte er in der Nähe das Schlagen zweier Herzen hören: Sie gehörten zwei Sterblichen, die sich in fünfzehn bis zwanzig Metern Entfernung versteckt hatten. Ihrem Geruch nach Männer, entschied er. Entweder Diener, eine Vorhut einer Verfolgertruppe vielleicht, oder – und dies erschien ihm wahrscheinlicher – Flüchtlinge, die früher einmal der Familie gedient und ihre Hoffnung auf ein ewiges Leben aufgegeben hatten. Die Vorstellung, daß er genauso wie sie war, ein sich verkriechender Ausgestoßener, erzeugte Gefühle der Scham und der Wut, und als er zu Giselle blickte, die geduldig neben ihm ausharrte und mit ihrem Haar, das sich völlig gelöst hatte, so verletzbar aussah, empfand er einen heftigen Unmut. Wie konnte er sich nur von einer solchen Kreatur beeinflussen lassen? Wenn er nicht geflohen wäre, hätte er den Patriarchen vielleicht überzeugen können, daß er das Opfer eines Betrugs geworden war. Er hätte dableiben und auf einer Gegenüberstellung mit Alexandra bestehen sollen.

Und mit Roland Agenor.

Vor allem mit Agenor.

Das Wirken des alten Gauners war in dieser Intrige überall festzustellen. Oh, er war sicherlich unschuldig. Einen Mord hatte er ganz bestimmt nicht begangen. Aber Lady Dolores hatte etwas Wichtiges festgestellt: Agenor könnte ihn ganz gut dazu benutzen, aus dem Tod der Goldenen seine Vorteile zu ziehen. Was Beheim für väterliche Sorge und ein edles Anliegen gehalten hatte, konnte nichts anderes gewesen sein, als die formale Tarnung einer raffinierten Strategie, und er schalt sich im stillen, daß dieser Altruismus, so wie Agenor ihn als Motiv vorgab, eine der Familie eigentlich fremde Tugend war. Nur wenige Gefallen, die getan wurden, waren nicht mit Hintergedanken befrachtet, keine freundliche Geste war nicht von Habgier oder irgendeiner anderen Perversion geleitet. Agenors Pose eines Alten, der in Jahrhunderten akademischer Abgeschiedenheit zu Weisheit gelangt war, kaschierte zweifellos Vorlieben, ebenso barbarisch und gewissenlos wie die der de Czeges.

Agenor und Alexandra, Alexandra und Agenor.

War diese Achse der Angelpunkt für irgendeine wichtige Tatsache, für etwas, das auf die Ermittlung irgendeinen Einfluß hatte?

Das ließ sich unmöglich sagen.

Er hatte alles verloren und nichts erfahren.

Beheims Verzweiflung steigerte sich zu Wut, und seine Wut war so intensiv, so befreiend, daß er das Gefühl hatte, er triebe hoch oben über der öden Wüste seiner Gedanken dahin, nicht länger an die rationalen Erwägungen gebunden, die sie hervorgebracht hatten. Und bei diesem wilden Flug, fernab von allen gemäßigteren Überlegungen, schien es, als hätte er endlich den Bogen seines Seins vollendet, die Grenzen einer dunklen, geflügelten Seele erfahren und sie total ausgefüllt. Er dachte, daß er tausend vitale Möglichkeiten erahnte, die er kurz vorher noch für abscheulich gehalten hatte, die jedoch jetzt faszinierend und einladend erschienen, vielversprechende Ausdrucksformen des Herrschens, neue Perspektiven, aus denen man das Problem der Ewigkeit angehen konnte. Dieses Wissen war belebend. Betäubend. Sein Herz schlug mit dem robusten Rhythmus dessen, der gerade gespeist hatte, und vor seinem geistigen Auge – oder vielleicht war es auch keine innere Vision, sondern das Ergebnis der Tatsache, daß die Mauern des Augenblicks zusammenstürzten und ihm den Blick in eine Unterwelt durch einen schartigen Spalt in den Steinen der Burg Banat gewährten – sah er, wie undeutliche Gestalten sich ringsum versammelten: schlanke, dunkel gekleidete Männer und Frauen mit bleicher Haut und funkelnden Augen. Sie trieben mit der prozessionshaften Langsamkeit von Traumwesen auf ihn zu, eingehüllt in Dunstschwaden. Erschrocken versuchte er sie mit seinem Willen von sich fernzuhalten, und als sie sich nicht zerstreuten, wurde er noch ängstlicher. Aber dann erkannte er, daß sie die Angehörigen des Agenor-Zweigs waren, sowohl die Lebenden als auch die Toten, an einem Ort vereint, da und doch nicht da, ein immaterieller Splitter von jedem, aufgerufen, dieser Zeremonie, seiner Erleuchtung, beizuwohnen. Er schien ihre Namen in seinem Blut zu hören, das verhaltene Summen des Schattens eines Songs, Musik, die ihn erfüllte und bereicherte wie Dunkelheit, die sich in einer Krypta sammelt. Er konnte die spezielle Kraft ihrer Anwesenheit spüren, ein ganzes Dickicht von Energien, so verwoben wie Farnschatten, und von all dem, eingebettet in jene spirituellen Gesetzmäßigkeiten, erhielt er eine neue Deutung seiner Geschichte.

Diese vermodernden Übeltäter mit zerrissener Brust und zugenähten Augen. Diese mannhaften jungen Bestien mit ihren eleganten Manieren und funkelnden Zähnen. Diese Frauen mit Fangzähne-fletschendem Grinsen, deren Kombination von Schönheit und unreinen Begierden ein Schlag für die Sinne war – sie alle teilten sich, wie er begriff, weitaus mehr als jenen spezifischen Stamm einer Blutinfektion, denn diese Blutinfektion war das entscheidende Element, aus dem eine große Harmonie geformt wurde. Während sie sich immer näher herandrängten und ihre Gesichter zunehmend deutlicher wurden, identifizierte er mehrere seiner Bekannten unter ihnen: Danielle Hinault, das kastanienbraue Haar hoch aufgetürmt; Monroe Seaforth, den amerikanischen Finanzier; Claude St. Cyrille, Paul Widowes und Andrew McKechnie, drei Männer, die – wie er – noch ziemlich neu in der Familie waren. Und da war der alte Agenor selbst. Seine Haarmähne, wie eine weiße Flamme, erschien Beheim – im Gegensatz zu seiner vorherigen Charakterbewertung seines Mentors – als weißer Spiegel seines Geistes. Keine richtige Tugend. Tugend war ein zu begrenzter Begriff. Es war mehr eine Reinheit der Absicht, eine absolute Klarheit des Wollens, was Agenor jedem von ihnen vermittelt hatte, eine bedeutende Qualität, die all ihren Taten anhaftete. Der Schatz seines Blutes, ihr chemisches Geburtsrecht. Beheim verstand sich zunehmend als eine Figur in einer jahrhundertealten Tradition, ihr Erbe und – um einiges angemessener – ihr Werkzeug, da seine eigentliche Aufgabe darin bestand, an der Vollendung eines Plans mitzuwirken, dessen endgültiges Ziel nicht einmal Agenor klar war, sondern der ein Ausdruck des Blutes war, ein zelluläres Labyrinth, dessen reich verzierte Muster sie mit ihren Intrigen und gewalttätigen Aktionen duplizieren mußten. Er konnte sich das Endergebnis beinahe vorstellen, und er konnte beinahe jene Mitglieder des Zweiges identifizieren – einige noch ungeboren, andere noch ohne Urteil –, die eines Tages die letzten Feinheiten vollenden würden. Vielleicht, so dachte er, würde er zu ihnen gehören, denn die Konstruktion näherte sich ihrer Vollendung. Soviel war offensichtlich, er wußte es in seinem Blut. Und es war, so begriff er, sein Blut, in dem die Weisheit enthalten war, nicht sein Geist oder seine Seele. Genauso wie der rote Saft vom Schlag eines Herzens durch seine Adern transportiert wurde, so wurde er selbst durch das Wirken irgendeiner mystischen Maschine durch die verschiedenen Stufen der Konstruktion geleitet, deren wahre Natur von der Zeit und den Forderungen einer mutanten Biologie verschleiert wurden. Dennoch konnte er es im Singen seines Blutes mitschwingen hören (oh, Lady Dolores hatte damit recht gehabt; es war ein Gesang, den er bis jetzt noch nie vernommen hatte, und nun, da er ihn hörte, erkannte er ihn sofort als das, was er war). Und er stellte sich vor, er könnte die Verkörperung der Melodie wie ein Richtfeuer am schwarzen Himmel seiner Einsamkeit leuchten sehen, eine einfache Einrichtung wie ein Kreuz oder ein Henkelkreuz, aber dabei ein Symbol für eine intensivere Leidenschaft und eine grundlegendere Wahrheit.

Als hätte ihre Funktion lediglich darin bestanden, ihn zu diesem Verständnis zu führen, begannen die Schatten des Agenor-Zweiges sich zurückzuziehen und aufzulösen, wobei sie zu tanzen begannen wie von Flammen erzeugte Schattengebilde. Ihr dumpfer Gesang stieg auf wie ein schwerer Duft und vermittelte ihm das Bewußtsein einer wichtigen Bestimmung und einer erhabenen Wahrheit und einer ewigen Zugehörigkeit. Er fühlte sich betäubt und wie in einem Delirium. Es war, als sei er, nachdem er jahrelang in einem verwunschenen Wald umhergeirrt war, plötzlich zu einer riesenhaften Größe angewachsen und nun fähig, über die Baumwipfel hinwegzublicken und sich innerhalb der geheimen metaphysischen Landschaft der Familie zu orientieren. Er verspürte den Drang zu rufen, seine Begeisterung hinauszuschreien. Aber ein Gefühl von Gelassenheit überkam ihn, eine Empfindung, die so intensiv war wie kathedralenhafte Stille. All das könnte, so dachte er, lediglich ein weiteres geheimnisvolles Symptom sein, eine Steigerung des Fiebers, das die Familie befallen hatte. Und damit könnte es ein Hinweis auf ein Nachlassen der Urteilskraft sein und nicht so sehr auf die Entwicklung eines Bewußtseins. Aber obgleich er befürchtete, daß dies der Fall war, konnte er das Gefühl nicht abschütteln, denn es stellte seine Zuversicht wieder her und gestattete ihm, die Hoffnungslosigkeit der Situation zu verdrängen und sich auf das zu konzentrieren, was er vielleicht erreichen konnte.

Giselle gab einen schwachen Laut von sich, aber Beheim war zu sehr mit seinen eigenen Belangen beschäftigt, um auf sie zu achten. Er betrat den Tunnel, stellte sich vor, daß die Schatten ihn umhüllten wie ein Mantel, und streckte die Arme in die Dunkelheit aus. Die Herzen der beiden Männer in ihrem Versteck schlugen schneller. Einen ihrer ehemaligen Meister so nahe bei sich zu sehen, rief ihnen sicherlich sämtliche unheimlichen Momente ihrer früheren Tätigkeit ins Gedächtnis zurück.

»Kommt her«, sagte er. »Euch wird nichts geschehen. Ich schwöre es.«

Die Schritte entfernten sich, aber ehe Beheim sich an die Verfolgung machen konnte, erklang eine rauhe, zitternde Stimme. »Habt Erbarmen mit mir, Lord! Ich bin wehr- und waffenlos!«

Wie ein Bild, das aus einem schwarzen Teich aufsteigt, trat eine magere, knochige Gestalt mit verfilztem eisenfarbenem Haar und einem wild wuchernden Prophetenbart zögernd aus dem Dunkel des Tunnels. Der Mann trug einen Kapuzenmantel, der zu einem undefinierbaren Grau verblichen war. Unter dem Schnurrbart war ein ausgezehrtes, hageres Gesicht zu erkennen, aber Beheim sah, daß der Mann nicht alt war, wie seine gebückte Haltung und sein faltiges Gesicht andeuteten, sondern nur verbraucht. Die kleinen, eng zusammenstehenden Augen waren eisblau und verliehen dem Gesicht eine eindrucksvolle Gerissenheit. Der Hals war jung, und die großen Hände waren voller Schwielen und sahen sehr kräftig aus. Beheim konnte das Gift der Angst in seinem Blut riechen, doch er spürte auch, daß die Angst des Mannes nicht allzu tief reichte, daß seine unterwürfige Haltung wenigstens teilweise einen Versuch darstellte, Haßgefühle zu verschleiern.

»Nenn mir deinen Namen«, sagte Beheim.

Der Mann blieb um Armeslänge entfernt stehen, wandte den Blick ab und zog die linke Schulter hoch, als erwartete er jeden Moment einen Hieb. »Vlad, Lord«, antwortete er und fuhr dann in geschwätzigem und der Situation überhaupt nicht angemessenem Tonfall fort: »Mein Name ist Vlad. Trotzdem bin ich kein Pfähler wie mein Namensvetter.« Ein falsches Lachen, das zu schrill und krächzend klang. »Nein, nein, überhaupt nicht. Ein unglücklicher Zufall, mehr nicht.«

»Da habe ich wohl Glück gehabt, was?« sagte Beheim, warf Giselle einen amüsierten Blick zu und erntete nur ein müdes Lächeln von ihr. »Wo ist dein Gefährte, Vlad?«

»Er hatte Angst, Lord. Er zitterte vor Ihrer Größe. Er konnte Ihnen nicht gegenübertreten.«

»Und du … du hast keine Angst?«

»O doch, die habe ich, Lord. Ich habe große Angst. Mein Blut« – er legte eine Hand auf seine Brust und nahm eine theatralische Haltung ein – »ist kalt wie Eis. Aber ich bin an Angst gewöhnt. Ich habe es gelernt, mit meinen Gefühlen zu leben und nicht ihr Sklave zu sein.« Sein Blick huschte zu Giselle, verharrte für einen kurzen Moment auf ihr. Dann konzentrierte er sich wieder auf die abgewetzten Steine unter seinen Füßen.

»Keine schlechte Antwort«, sagte Beheim aufgeräumt. »Ich denke, ich kann dir glauben.«

Für einen winzigen Augenblick nur schaute Vlad ihm in die Augen, und Beheim erhielt einen vagen Eindruck vom festgefügten Prinzip seines Ekels, ein Ergebnis der Jahre, die er damit verbracht hatte, durch die Dunkelheit zu schleichen und den strahlenden Erscheinungen auszuweichen, die die oberen Regionen dieses steinernen Universums beherrschten, und ständig von einer Macht zu träumen, die ihm niemals zuteil werden würde.

»Ich habe gehört«, sagte Beheim nun, »daß ihr, die ihr hier unten lebt, alle geheimen Wege von Banat kennt.«

»Nicht unbedingt alle«, sagte Vlad. »Aber einige kennen wir.«

»Ich habe auch gehört, daß ihr ungehindert jeden Teil der Burg besucht.«

Vlad deutete ein zustimmendes Nicken an.

»Sogar die Gemächer des Patriarchen?«

»Sogar die, Lord.«

»Hervorragend! Ich möchte, daß du mich sofort zum Patriarchen führst.«

Vlad zögerte. »Sie werden mir verzeihen, Lord, aber ich muß so kühn sein und Sie fragen, weshalb Sie lieber geheime Wege benutzen anstatt direkt um eine Audienz nachzusuchen?«

»Das geht dich nichts an.«

Der Mann gab ein unregelmäßiges Brummen von sich, das

klang wie das Summen einer betrunkenen Biene, und nickte heftig, als pflichte er irgendeiner inneren Stimme bei. »Es ist offensichtlich, Lord, daß Sie in Ungnade gefallen sind, sonst würden Sie mich nämlich nicht darum bitten, Sie zu führen. In diesem Fall wäre ich sehr dumm, wenn ich nicht um eine Belohnung für meine Dienste bitten würde.«

»Deine Belohnung«, sagte Beheim und hatte Mühe, nicht aufzubrausen, »wird darin bestehen, daß du diese unsere Begegnung überlebst.«

»Für viele wäre das ausreichend«, sagte Vlad und klang noch selbstsicherer trotz seiner unterwürfigen Haltung. »Aber was mich betrifft, Lord, so werde ich ständig von vielen Ängsten heimgesucht. Der Tod ist nur eine davon, und das Leben « – er lachte brüchig – »das Leben ist süß, aber seine Süße ist in letzter Zeit zunehmend unbefriedigend geworden.« Er schaute Beheim direkt an. Sein knochiges, schnurrbärtiges Gesicht, das im Glanz jener glitzernden Augen erstrahlte, erschien grausam und rattenähnlich. Die Zungenspitze schob sich heraus. »Geben Sie mir die Frau. Ihre wunderschöne Lady. Geben Sie sie mir, und ich führe Sie zum Patriarchen.«

Giselle suchte hinter Beheim Schutz, wobei sie eine Hand auf seine Schulter legte, und Beheim lachte eisig.

»Hört mich, Lord!« Vlad wich einen Schritt zurück, behielt aber seine entschlossene Haltung bei wie ein Mungo – dachte Beheim –, der sich für einen kurzen Moment aus dem Kampf zurückzieht, um den Erschöpfungsgrad einer Kobra zu testen. »Was kann es Ihnen schon schaden, dieses Versprechen zu geben? Ich weiß wohl, daß Ihr Wort, wenn Sie es gegenüber einem wie mir gegeben haben, nicht bindend sein muß. Versprechen Sie sie mir. Dann, wenn es Ihnen so gefällt, können Sie Ihr Versprechen zurückziehen. Und nachdem ich Sie zum Patriarchen geführt habe, können Sie mich für meine Unverschämtheit bestrafen.«

Die Unlogik, die in diesen Worten zu Ausdruck kam, dämpfte Beheims Zorn. »Was glaubst du denn aus einem solchen Vertrag gewinnen zu können?«

»Nun ... die Frau, Lord. Sehen Sie, sobald wir die Gemächer des Patriarchen erreicht haben, werden Sie erkannt haben, daß ich für Sie von noch viel größerem Wert sein kann als sie. Obgleich das, was ich zu bieten habe, ganz sicher weniger vergnüglich sein dürfte.« Er belohnte Giselle mit einem fleckigen Zahnlückengrinsen. »Wie heißt du, schönes Kind?«

»Schwein!« stieß sie hervor und klammerte sich an Beheim. »Er metzelt dich dafür nieder.«

»Tut er das? Mein Lord findet jederzeit ein neues Mädchen, an dem er seinen Durst löschen kann. Aber Hilfe in Notzeiten? So etwas hat die Burg Banat nicht zu bieten.« Vlad, der fast einen fröhlichen Eindruck machte, rannte trippelnd weiter in den Tunnel hinein. Er schlang eine Haarsträhne um seinen Zeigefinger und riß ruckartig daran, so daß sein Kopf hin und her wackelte wie der einer Puppe, während er Beheim musterte. »Gilt die Abmachung?«

»Na schön, aber unter folgenden Bedingungen«, sagte Beheim nach einer Pause, »du führst mich zum Patriarchen, und dann, wenn ich es für geraten halte, bestrafe ich dich.«

»Michel, du kannst doch nicht ...« begann Giselle, aber Beheim umarmte sie und sagte: »Ich würde dich niemals opfern. Das müßte dir doch eigentlich klar sein.«

Vlad kicherte.

»Er ist verrückt! Wie können wir ihm trauen?« Giselle versuchte Beheims Blick auf sich zu lenken, aber er schaute über ihren Kopf hinweg und musterte Vlad. Ein neuer Gedanke beschäftigte ihn. Wenn der Mann nun mit seiner Annahme recht hatte? Wer konnte schon voraussagen, was geschehen würde, wenn sie die Räume des Patriarchen erreichten? Unter den gegebenen Umständen könnte die Hilfe eines Kenners der Geographie der Burg den Unterschied zwischen Leben und Tod ausmachen. Erneut dachte er an Alexandras Bemerkung, daß er schon bald feststellen würde, wie wenig Giselle ihm bedeutete. Er wollte ihre Worte Lügen strafen, aber ihm kamen erste Zweifel.

»Oh, ich bin tatsächlich verrückt«, sagte Vlad. »Keine Frage. Ich bin so verrückt wie die Morgensonne. Man muß verrückt sein, um in Banat zu wohnen. Wir alle hier sind verrückt, sogar die größten unter uns. Ist es nicht so, Lord?«

Beheim zuckte kaum merklich die Achseln.

»Aber«, fuhr Vlad fort, »verrückt oder nicht, ich weiß sehr wohl, welche Rolle ich hier und jetzt spielen muß. Ich habe früher selbst dem Patriarchen gedient. Habe ich Ihnen das schon erzählt? Nun, ich habe ihm tatsächlich gedient … und das sehr gut sogar. Ich kenne die Bedürfnisse der Familie, ich weiß, was in ihren Herzen und ihren Geistern vorgeht. Was sie betrifft, so liege ich mit meinem Urteil immer richtig.«

»Paß auf«, sagte Beheim zu Giselle und legte einen Arm um ihre Taille. »Wenn er uns in die Irre führt, muß er sterben. Das ist ihm klar. Ich suche mir dann einfach einen neuen Führer. Falls er uns auf den richtigen Weg führt, dann ändert sich für dich nichts. Ich muß meinen Fall dem Patriarchen vorstellen. Und zwar bald. Das ist unsere beste Hoffnung, vielleicht sogar unsere einzige. Ich glaube, wir sollten es riskieren, aber da auch dein Schicksal davon abhängt, überlasse ich die Entscheidung dir.«

Ihre Lippen teilten sich, als wollte sie etwas sagen. Dann verdunkelte sich ihr Gesicht, aber nach ein oder zwei Sekunden senkte sie den Blick und lehnte ihre Stirn gegen sein Kinn.

»Ich kann das nicht entscheiden«, sagte sie. »Ich muß dir vertrauen. Was sollte ich sonst tun?«

»Bist du ganz sicher?«

Ein Nicken.

Beheim strich ihr über das Haar und spürte ihren Herzschlag an seiner Brust. Erneut blickte er zu Vlad, der Giselle angrinste und von einem Fuß auf den anderen trat. Mit seinem zerzausten Haar und seinem verfilzten Bart, seinen gehetzt blickenden Augen sah er aus wie ein Wesen, das im Begriff war, sich in ein Tier zu verwandeln.

»Betrüge uns«, sagte Beheim knapp, »und ich verschaffe dir die schlimmsten Höllenqualen. Hast du verstanden?«

Vlad hatte ihm anscheinend gar nicht zugehört. »Wie heißt denn die schöne Lady?« fragte er. »Ich würde gerne ihren Namen erfahren.«

Giselle barg den Kopf an Beheims Schulter. Beheim schwieg und dachte über die Möglichkeit nach, daß die zur Schau gestellte Instabilität des Mannes zu seinem Versuch gehörte, ihn zur Unvorsichtigkeit zu verleiten. Es erschien kaum wahrscheinlich, daß Vlad – abgetaucht und in ständiger Angst vor den Raubvögeln in den oberen Regionen dahinvegetierend – zu solcher Raffinesse fähig wäre, allerdings war die gesamte Burg eine Welt irreführender Erscheinungen und raffinierter Täuschungen, und in so einer Welt konnten sogar Ratten sich verstellen.

»Dann eben nicht«, sagte Vlad und drang tiefer in den Tunnel ein. »Ich gebe ihr selbst einen Namen. Etwas Klassisches vielleicht, etwas Lateinisches. Lavinia. Oder Calpurnia. Portia. Das ist es. Portia! Ein runder, reifer Name. Ein derart üppiger Name, daß einem davon die Zunge steif wird.« Er stieß ein wieherndes Kichern aus und winkte. »Kommen Sie, Mylord! Sie haben es vielleicht nicht so eilig, aber ich bin ganz wild auf meine Belohnung.«

Etwa zwanzig Minuten lang folgten sie Vlad durch ein System unbeleuchteter Gänge, durch Zonen furchtbarsten Gestanks und klebriger Feuchtigkeit. Der Mann mußte jede Biegung kennen, denn das Fehlen jeglichen Lichts schien ihm überhaupt nichts auszumachen. Er eilte voraus, während sie sich vorwärts tasteten und dabei die Hände nicht vor Augen sehen konnten. Dabei wandte er sich gelegentlich an Giselle, rief ihr verliebte Worte zu und entschuldigte sich danach überschwenglich bei Beheim, indem er erklärte, er könne absolut nichts für sein Verhalten, da die wunderschöne Lady ihm das Herz gestohlen habe. Die Zuversicht, die Beheim vor dieser Begegnung empfunden hatte, verflüchtigte sich allmählich, und er war sich der Richtigkeit seiner Entscheidung gar nicht mehr so sicher. Obgleich sie aufstiegen, geschah dies extrem behutsam – sicherlich hatten sie bisher nicht mehr als zwanzig oder fünfundzwanzig Meter Höhe gewonnen. Er hatte jegliche Orientierung in Bezug zu den oberen Regionen der Burg verloren. Und es wurde allmählich offenbar, daß Vlad entweder nicht der erfahrene Führer war, als der er sich ausgab, oder daß er irgendeine geheime Absicht verfolgte.

Er hätte auf Giselle hören sollen, sagte Beheim sich. Es war offensichtlich, daß seine eigenen Instinkte erheblich gelitten hatten. Sehr oft glaubte er, Vlad einzuschüchtern, so daß er sich seinen Forderungen beugte. Aber jedesmal wurde ihm bewußt, daß er den Reaktionen des Mannes nicht trauen konnte. Falls er verrückt war, könnte er sie in seiner Panik noch weiter in die Irre führen. Und falls er vorhatte, sie zu verwirren, wie konnte Beheim sich dann auf irgend etwas verlassen, das er sagte oder tat? Nein, am besten wäre es, den eingeschlagenen Kurs weiterzuverfolgen und wachsam zu sein. Noch eine halbe Stunde. Dann würde er sein weiteres Vorgehen noch einmal überdenken. Hoch oben in den Horsten der Burg Banat berieten vielleicht in diesem Moment Männer und Frauen, für die die Ausübung schlimmster Grausamkeiten ein so nebensächlicher Akt war wie das Verscheuchen eines lästigen Insekts, über sein Schicksal. Er konnte unmöglich darauf hoffen, daß sie noch länger abwarteten.

Schließlich standen sie vor einer Wand, die ihren Weg versperrte, aber Vlad erklärte ihnen, an ihrem Fuß befände sich eine Felsröhre. Durch diese müßten sie ein beträchtliches Stück weiterkriechen.

»Gibt es keinen anderen Weg?« fragte Beheim und verspürte Unbehagen bei der Vorstellung.

»Gibt es nicht, es sei denn wir gehen auf dem Weg zurück, den wir hergekommen sind, und fangen noch einmal von vorne an«, sagte Vlad. »Ich habe die kürzeste Route gewählt, Lord. Sie ist zwar nicht die bequemste, aber es gibt keine direktere. Keine, die vor neugierigen Blicken besser geschützt ist.«

Beheim hatte keine andere Wahl, als das so zu akzeptieren. Und so, mit Vlad als Führer und Giselle als Nachhut, ging es weiter.

Der Durchmesser der Röhre war so knapp bemessen, daß sie sich kaum hineinzwängen konnten. Dem Gestank nach Exkrementen und der klebrigen Innenwand nach zu urteilen, nahm Beheim an, daß die Röhre zum Abwassersystem der Burg gehörte. Die Luft war stickig, und das Geräusch ihres Atems ließ die Hitze noch bedrückender und die Dunkelheit noch schwärzer erscheinen. Beheim hatte das Gefühl, als verklebe schwarzer Kleister seine Nasenlöcher und Lungen. Er hielt sich dicht hinter Vlad, so dicht, daß seine Hand ab und zu die Füße des Mannes streifte, aber je weiter sie vordrangen, desto weniger wachsam achtete er auf ihren Führer. Seine Gedanken bewegten sich auf verzweifelten Bahnen. Zu so etwas herabzusinken! Wie ein lahmer Käfer durch die Eingeweide einer Welt zu kriechen, die er einst hatte regieren wollen! Haß dehnte sich in seinem Schädel mit schmerzhaftem Druck aus, daß er das Gefühl hatte, sein Körper blähe sich auf, fülle die Röhre vollständig aus, passe sich an ihre Form an und würde in ein Geschoß verwandelt, das sich mit rasender Gewalt in die Gehirne seiner Feinde bohrte. Haß wurde zu einer Art strahlender Empfindung, und er sah vor sich, wie er sich für diese Erniedrigung rächen würde. Er hatte seine Cousins mit zuviel Ehrfurcht betrachtet, war von ihrer physischen Überlegenheit zu beeindruckt gewesen, um sich gegen sie aufzulehnen. Aber er erkannte nun, daß ihre Neigung zu Spielen und Täuschungen seine speziellen Fähigkeiten herausforderte. Er hatte keine Angst mehr, sich mit ihnen zu messen. Bei dieser Art von Wettstreit könnten sie es sein, die den Kürzeren zogen. Oh, und was für einen Kampf er ihnen liefern würde! Wie raffiniert er sie in die Irre leiten würde! Natürlich müßte er zuerst den Patriarchen überzeugen und sein Vertrauen gewinnen. Er brauchte eine perfekte Lüge, etwas, das die Wahrheit enthielt – zumindest das wenige, das er von der Wahrheit wußte. Er müßte gewisse Andeutungen machen, dürfte nichts Greifbares äußern, dabei jedoch den Eindruck erwecken, er sei dem Verbrechen auf der Spur. Sobald die Lüge wirksam geworden wäre, würde er seine Feinde in das Netz locken, das so geschaffen wurde. Agenor, Alexandra, wer immer ihm Schwierigkeiten machen könnte. Sie alle waren seine Feinde. Und trotz der Erleuchtung, die über ihn gekommen war, als er das Singen seines Blutes gehört hatte, waren sogar die Angehörigen seines Zweiges verdächtig. Das, so erkannte er, war die Natur der Familie: Sie war eine Liga von Todfeinden, eine Eigenschaft, die sich manchmal ebenso als ihre größte Schwäche wie auch ihre größte Stärke erwies.

Seine Gedanken wurden von einem erstickten Laut hinter ihm, einem Rascheln, als würde jemand weggezerrt, unterbrochen. Dann ein knirschendes, dumpfes Geräusch, als glitte ein schweres Gewicht über eine Schiene.

Aufgeschreckt versuchte Beheim sich umzudrehen und stieß sich den Kopf an der Röhrenwand. Für einen kurzen Moment blendete ihn der Schmerz.

»Giselle!« keuchte er und preßte eine Hand auf die schmerzende Stelle.

»So lautet also der Name der Lady«, sagte Vlad. »Er gefällt mir.«

»Wo bist du, Giselle?«

»Außerhalb deiner Reichweite, Vampir.«

Vlad sprach in größerer Entfernung, und Beheim erkannte, daß er weitergekrochen sein mußte.

»Was hast du mit ihr getan?«

»Sie braucht dich nicht mehr zu kümmern«, sagte Vlad, wobei seinen Worten nichts mehr von seiner früheren Absonderlichkeit anzumerken war. »Ich empfehle dir, lieber an deine Seele zu denken. Falls du so etwas besitzt.«

Beheim begriff, daß Vlad ihn wohl niemals derart respektlos behandeln würde, wenn ihm nicht irgendwelche wirkungsvollen Mittel der Gegenwehr zur Verfügung stünden, daher stürmte er nicht blind vorwärts. Er näherte sich behutsam der Stimme des Mannes und brachte trotz seiner Angespanntheit ein belustigtes Lachen zustande.

»Und was ist mit deiner Seele, Vlad? Was wird aus ihr, wenn ich mit dir fertig bin?«

»Du hast keine Gewalt über mich. Du bist ein toter Mann. Ein totes Ding. In wenigen Augenblicken sind deine mörderischen Tage gezählt.«

»Hast du ›Ding‹ gesagt?« Beheim schob sich ein Stück weiter und bemühte sich, Vlad in der Dunkelheit zu erkennen. »Dabei hast du dich selbst mal danach gesehnt, ein solches ›Ding‹ zu sein, oder nicht? Vielleicht bist du immer noch voller Sehnsucht danach. Vielleicht wünschst du dir noch immer das Urteil.«

Näher, näher. Zentimeter für Zentimeter.

»Es stimmt«, sagte Vlad. »Früher wünschte ich mir Macht und ewiges Leben, aber ich bekam Angst und gab mein Amt auf. Aus der Angst habe ich jedoch eine Menge gelernt, und ganz gleich, was ich verloren habe, so habe ich doch weit mehr dadurch gewonnen, daß meine Menschlichkeit wiederhergestellt wurde.«

»Tatsächlich? Weshalb haust du dann noch immer in der Burg Banat und bist nicht in die Welt der Menschen zurückgekehrt?«

»Das Leben hier hat mich vergiftet. Ich kann niemals mehr an den Ort zurückkehren, der mich hervorgebracht hat. Aber ich kann dich töten, Vampir. Das sollte doch wohl Beweis genug sein für mein Menschsein, meinst du nicht?«

»Andere werden kommen. Sie werden euch alle auslöschen.«

»Ihr macht doch längst Jagd auf uns. Weshalb sollten wir mehr Angst vor euch empfinden, als wir es schon längst tun? Und ich glaube, daß wir unter den gegebenen Umständen keine Angst zu haben brauchen, vernichtet zu werden. Hier unten lauern Gefahren auf euch. Es ist nicht leicht, uns aufzuspüren. Es ist durchaus möglich, daß der Patriarch gar nicht will, daß wir sterben. Wir stellen für ihn keine Bedrohung dar, und er denkt vielleicht, daß unsere kleine Gemeinschaft eine Gefahr ist, mit der er seine Untertanen prüfen kann. Ich zweifle sogar kaum daran, daß er die Situation nicht schon längst geprüft und entschieden hat, den Staus quo zu erhalten. Ihm gefallen gewisse Widersprüche wie zum Beispiel unsere Existenz. Aber falls deine Cousins dich rächen wollen, hoffe ich, sie ebenfalls töten zu können. Das dürfte, wenn auch nur in geringem Maße, das Übel wettmachen, für das ich in der Zeit meines Dienens verantwortlich war.«

Dem Klang von Vlads Stimme nach zu urteilen, schätzte Beheim, daß er höchstens noch ein halbes Dutzend Schritte von ihm entfernt war. Er konzentrierte sich, bereitete sich auf den entscheidenden Sprung vor. Aber ehe er sich rühren konnte, sagte Vlad: »Denk nur noch an eins, wenn du stirbst, Vampir. Heute werde ich all das an Lust und Vergnügen auskosten, was deine schöne Lady dir geboten hat. Und noch einiges mehr.«

Ein weiteres Knirschen, ein weiterer dumpfer Laut. Beheim rutschte weiter und prallte gegen ein Hindernis. Ein Felsklotz war heruntergefallen und versperrte ihm den Weg. Er ließ sich nicht bewegen, so sehr er sich auch mit aller Kraft dagegenstemmte. Er kroch zurück und wußte dabei instinktiv, daß er dort die gleiche Barriere vorfinden würde. Dennoch hoffte er inständig das Gegenteil, während sein Herz sich in klaustrophobischem Entsetzen zusammenkrampfte und sein Geist von rasender Panik ergriffen wurde.

Wie erwartet fand er eine zweite Barriere.

Er war in einem Raum gefangen, der nicht viel größer war als ein Sarg, eingeschlossen in gigantische Felsmassen.

Für einen Moment konnte er nicht mehr atmen. Er sog die tote Luft ein und schmeckte Schwärze und Verfall. Er konnte das Trommeln seines Herzens hören, spürte den anschwellenden Druck in seiner Brust. Dann drang ein Schrei aus seiner Kehle, und er begann gegen die Mauern zu treten und mit den Fäusten auf sie einzuschlagen. Seine Angst war so tierhaft und verzweifelt, daß er noch lange so hätte weitermachen können, aber kaum eine Minute war verstrichen, als ein Stück Röhrenwand sich unter ihm wie eine Falltür öffnete und er mit den Füßen voraus in eine zweite Röhre rutschte. Er raste steil nach unten, tastete über das glitschige, feuchte Gestein, suchte nach einem Riß, einem Vorsprung, nach irgend etwas, um seinen Absturz zu bremsen, und schlug immer wieder mit dem Kopf gegen den Fels. Dann stürzte er im freien Fall, kreischte, ruderte wild mit den Armen ... aber nicht lange. Eine oder zwei Sekunden vielleicht, nicht mehr. Er landete auf dem Rücken, und der Aufprall schickte einen rasenden Schmerz durch seine Gliedmaßen und ließ ihn das Bewußtsein verlieren.

Als er schließlich die Augen aufschlug, benommen und von Schmerzen geschüttelt, kitzelte ihn etwas an der Wange, und nichts von dem, was er sah, ergab einen Sinn. Über ihm befand sich eine schlierige, grellblaue Fläche, ähnlich einer mangelhaft gestrichenen Zimmerdecke, hier und dort mit weißen und dunkelgrünen Flecken gezeichnet und außerdem mit einer gelb und purpurn leuchtenden Masse versehen, völlig diffus und von Wolken durchzogen, als betrachtete er sie durch ein mit Wasser gefülltes Gefäß. Ein seufzendes Geräusch erklang. Wind, dachte er, es klingt wie Wind. Das Ding, das seine Wange kitzelte, strich über seine Lippen. Verärgert ergriff er es und hielt es sich vor die Augen. Ein gekrümmtes Gebilde in einem bräunlichen Grün. Es fühlte sich glatt und kühl an. Unidentifizierbar. Er blinzelte, versuchte, seinen Blick zu klären. Die grünen Flecken über ihm wurden deutlicher. Tannennadeln? Unmöglich, sagte er sich. Er setzte sich mühsam und benommen auf. Er senkte den Kopf, schloß die Augen, um die Nebelfetzen in seinem Geist zu vertreiben. Seine Gedanken bewegten sich träge. Bruchstückhafte, kindliche Gedanken. Dies tut weh und jenes tut weh. Was ist das da auf meiner Hand? Schmutz? Er überlegte, was er als nächstes tun sollte. Giselle suchen? Sich zu den Gemächern des Patriarchen begeben? Er hatte keine Ahnung, wo er sich befand – ob er dort jemanden antreffen würde. Er schlug wieder die Augen auf und stellte zu seiner Erleichterung fest, daß seine Sicht sich wieder normalisiert hatte. Seine Hose war stellenweise zerrissen, und seine Knie waren zerschunden. Rundum wuchs Gras. Wintergras, welk und vertrocknet. Es ergab auch keinen Sinn, daß innerhalb der Burg Banat Gras wachsen könnte. Er wollte sich gerade eingehender mit dieser Möglichkeit befassen, als er hochschaute und direkt in die Sonne blickte.

Es war nicht die Sonne, die er aus seiner Jugend in Erinnerung hatte, nicht dieser warme, wundervoll weiß-goldene Schein. Sie war größer, viel größer. Monströs. Ein verzerrter gelber Ball mit einer purpurfarbenen Korona und einer Oberfläche, die befleckt war mit glühenden Wirbeln und Herden furchtbaren Feuers. Und so erkannte er anfangs gar nicht, was er sah, sondern er dachte, wie ähnlich diese groteske Kugel doch dem Mond war, den der Mörder nach seiner Auffassung oben auf dem Turm gesehen haben mußte. Selbst nachdem er erkannte, daß es die Sonne sein mußte, daß die grünen Flecken tatsächlich Tannenäste waren, daß die blaue Decke der Himmel war und daß er nicht von Steinmauern umringt war, sondern von Bergen und kühler Luft und Licht ... selbst da traute er seinen Sinnen noch nicht. Das Sonnenlicht würde ihn verbrennen, würde seine Knochen schwarz färben. Und dann fiel ihm ein, daß die Sonne bereits in diesem Moment ihr tödliches Werk vollbrachte und daß er keine Schmerzen verspürte. Vielleicht waren seine Sinne bereits weggebrannt worden, vielleicht konnte er gar nichts mehr fühlen.

Er begann zu zittern. Heißer Urin rann an seinem Oberschenkel entlang. Es schien, als stürzte er in die Sonne oder als würde sie immer größer. Die Fahnen ihrer zuckenden Korona streckten sich ihm entgegen, glühendes Plasma wallte und spritzte von der Oberfläche dieser ekelhaften, glühenden Suppe hoch. Er wimmerte leise und versuchte sich in der Erde zu verkriechen und grub Lehmbrocken und Grasbüschel aus. Er hämmerte seinen Kopf auf den Boden und wollte sich ins schwarze Erdreich wühlen. Als ihm das nicht gelang, wälzte er sich auf den Rücken und betrachtete entsetzt die Landschaft ringsum.

Er lag auf einem mit Grasbüscheln bewachsenen Hügel etwa drei Meter von der Burgmauer entfernt und knapp zwanzig Meter unter einem gähnenden Loch – offensichtlich die Mündung der Röhre, durch die er heruntergerutscht war. An vielen Stellen war der Mörtel zwischen den Granitblöcken weggebröckelt, so daß die gesamte Mauer von Rissen und Spalten durchzogen wurde, die den Eindruck erzeugten, als stünde die gesamte Konstruktion kurz vor dem Zusammenbruch. Rechts von ihm fiel der Berghang – mit Zwergtannen bewachsen – steil in ein Tal ab. Tannenäste überragten die Stelle, auf der er lag, und immer, wenn der Wind sie zur Seite drückte, war es, als würden vielfach verzweigte Tatzen nach ihm greifen und versuchen, ihn aufzuheben. Etwas Winziges und Schwarzes kreiste in der Tiefe des Himmels, wurde von den Windströmungen hin und her getrieben und verlieh seinem Blick eine Perspektive. Die Burgmauer ragte endlos hoch auf, fast zwei Kilometer grauer Ruine, und die Sonne, eine bösartige Eruption von der anderen Seite des Himmels, kam näher, und im Wald zischte der Wind, kündete von den verderblichen Geheimnissen des Tages, und dieses dumme geflügelte Ding zog seine sinnlosen Kreise, und klauenförmige bleiche Wolken entfalteten sich, zerfaserten zu bedeutungslosen Schriftzeichen, und die Tannen schüttelten ihre dichten Wipfel wie grüne Tiere, die soeben aus einem Fluß aufgetaucht waren, versuchten, sich selbst zu entwurzeln und zu einem Angriff vorwärtszuschreiten. Es gab zuviel Licht, zuviel Bewegung, zuviel von allem. Der Überfluß an Ansichten und Klängen verwirrte Beheim und entzündete in seinem Geist ein Feuer, das er nicht löschen konnte. Alle vertrauten Produkte seiner Gedanken und Erwartungen brannten lichterloh, zerbrachen, taumelten unter einem Funkenregen in ein Chaos von Licht. Unfähig, eine innere Ordnung mit Hilfe der Vernunft herzustellen und die Schmerzen in seinen Beinen ignorierend, sprang er auf die Füße und rannte los. Dabei bedeckte er mit den Händen den Kopf. Er rannte, ohne auf die Richtung zu achten, stürmte einfach los, hoffte, daß er in irgendein gnädiges Dunkel stolperte, in ein Loch, ein Grab, eine Höhle. Er schlängelte sich zwischen den Tannen hindurch, mied Sonnenlichtflecken, als wären es Tümpel eines gelben Gifts. Aber während er einen steilen Hang hinunterlief, der von mächtigen Felsklötzen begrenzt wurde, rutschte er auf dem Nadelteppich aus und stürzte, landete keuchend auf dem Rücken und starrte erneut direkt in die Sonne.

Die Erschöpfung gab ihm Aufschluß. Er starb nicht, verbrannte nicht. Irgendwie war ein Wunder geschehen, und er war am Leben geblieben. Es hatte keinen Sinn, weiterzurennen. Trotzdem konnte er seine Angst vor dem kochenden, dampfenden Ding über sich nicht bändigen, und ebensowenig konnte er sein Unbehagen beim Betrachten der Welt unterdrücken, die von seinem Licht enthüllt wurde. Lange Zeit lag er wie von einem Sonnenstrahl aufgespießt da und erwartete, jeden Moment in Flammen aufzugehen. Schließlich zog er die Knie an, umschlang sie mit den Armen und saß, mit dem Rücken an einen der Felsklötze gelehnt, zusammengekauert und verängstigt da, von der warmen Sonne eingeschüchtert, die über seinen Kopf und seine Schultern strich. Er forschte in sich nach einer Kraftquelle, nach etwas, das ihn ein wenig aufrichtete und ihm gestattete zu denken und zu analysieren, seine im Grunde unbegreifliche Situation zu begreifen. Was war geschehen, das diesen Zustand ausgelöst hatte? Was hatte er getan – oder was war mit ihm getan worden –, daß die Gesetze seines Daseins derart außer Kraft gesetzt worden waren? Und er fragte sich außerdem, wie er – trotz der Stunden, die er damit verbracht hatte, sich bei aller Schmerzlichkeit seiner Nostalgie an sein Leben bei Tag zu erinnern – sich jemals danach gesehnt haben konnte, die Sonne wieder zu spüren? Es mußte, so entschied er, einer gutartigen Augenkrankheit zuzuschreiben sein, daß die Menschen unbeschadet das Ding betrachten konnten. Sogar die leichteren Nebenwirkungen: Luft, die waberte und unbeständig war, die von durchscheinenden Strömungen und schwebenden matten Formen durchsetzt war; Staubkörner, die wie Pfefferkörner in einer klaren Flüssigkeit hochgeschleudert wurden; Muster von Tannennadeln auf dem Boden, die tanzten wie Tausende verzerrter Hexagramme und sich immer wieder neu anordneten. Während er all diese Bewegung betrachtete, sowohl real wie scheinbar, wurde ihm schwindelig und speiübel. Alles war zu hell, irgendwie falsch in seiner obszönen Detailliertheit. Unterschiedlich breite Rinnen in Tannenrinde, die vom häßlichen Licht enthüllt wurden, anstatt im Mondschatten rätselhaft und schlicht zu erscheinen; die fleckigen Mineraleinschlüsse in den Felsbrocken; die krankhafte Kompliziertheit von Tannenzapfen; die grau-grünen Mooswucherungen. Es war fremdartig, unnatürlich, beherrscht von jenem Höllenfeuer am Himmel, der Quelle allen Übels, und er wurde erneut an die Szene auf dem Turm erinnert, an die halluzinatorischen Eindrücke, die er vom Mörder erhalten hatte.

»Scheiße!« sagte er, als er plötzlich alles verstand, als er eine Verbindung zwischen dem, was ihm zugestoßen war, und dem Tod der Goldenen herstellte.

Der Mord konnte auch am Tag geschehen sein. Nein, er *mußte* um diese Zeit begangen worden sein! Das würde auch das Fehlen den Totenstarre erklären.

Wäre er unter normalen Umständen zu dieser Schlußfolgerung gelangt, hätte er darüber gelacht, und er hätte außerdem die Bedeutung seiner Überlegungen auf dem Turm hinsichtlich des Geisteszustandes des Mörders in Zweifel gezogen. Ganz gleich, wie zutreffend derartige Intuitionen in der Vergangenheit gewesen waren, er hätte es glatt für unmöglich gehalten, daß ein Vampir den Sonnenstrahlen widerstehen konnte. Aber er war der lebende Beweis dafür, daß ein Vampir in direktem Sonnenlicht überleben konnte. Und es war ein Vampir gewesen, der die Goldene getötet hatte, keinesfalls ein Diener, der benutzt worden war, um den Blutdurst seines Meisters zu stillen. Beheims Betrachtung des Tages als eine Abnormität von Dunkelheit untermauerte diese Tatsache und bestätigte die Eindrücke von den Empfindungen des Mörders, die er sich am Schauplatz des Verbrechens verschafft hatte.

Aber wie, so fragte er sich, hatte das geschehen können?

Er machte einen tiefen Atemzug, um sein Unbehagen zu unterdrücken, und ließ sich die Ereignisse der letzten Stunden durch den Kopf gehen. Eine Antwort – die einzige mögliche, wie es schien – ergab sich schnell. Die Flüssigkeit, die er in Felipes geheimem Arbeitszimmer getrunken hatte. Es mußte eine Droge gewesen sein, die einen in die Lage versetzte, sich am hellichten Tag frei zu bewegen. Die Liste mit den Dosierungen und Felipes Tagebucheintrag unterstützten diese Vermutung. Und da war noch etwas anderes. Die Tatsache, daß die Fenster des Arbeitszimmers keine Läden besaßen. Selbst wenn es ein Ort war, den Felipe nur bei Nacht aufsuchte, hätte kein Angehöriger der Familie das Vorhandensein eines ladenlosen Fensters lange ertragen, es sei denn, er hätte sich einer anderen Form des Schutzes sicher sein können. Anderenfalls hätte ein Unglücksfall eintreten können, der ihn zur Hilflosigkeit verurteilte und ihn der Sonne aussetzte. Beheim kam sich furchtbar dumm vor, das nicht früher erkannt zu haben.

Panik überkam ihn.

Wie lange garantierte die Droge Immunität? Er mußte in die Burg zurückkehren … und zwar schnellstens!

Dann erinnerte er sich an die Flasche, die er aus Felipes Arbeitszimmer mitgenommen hatte.

Sie war noch immer an ihrem Platz in seiner Hemdtasche.

Er hatte so viel Angst, daß er kaum atmen konnte. Aufgeregt tastete er nach der silbernen Verschlußkappe, schraubte sie auf und setzte die Flasche an die Lippen. Doch dann, als ihm bewußt wurde, daß er keine Krankheitssymptome bei sich feststellen konnte, verzichtete er darauf zu trinken.

Er würde am Leben bleiben, sagte er sich. Er brauchte nur ganz ruhig zu bleiben und sich Zeit zu lassen.

Nichts hatte sich verändert. Im Vordergrund stand immer noch, daß er in die Burg zurückkehren mußte. Natürlich befände er sich noch in der gleichen Lage wie vorher, selbst wenn er es schaffen sollte, hineinzugelangen. Aber ausgestattet mit dem Wissen um Felipes Forschungen sowie mit seinen Erfahrungen als Beweis schaffte er es vielleicht, den Patriarchen dahingehend zu beeinflussen, daß er ihm gestattete, die Ermittlungen fortzusetzen. Jetzt gab es für ihn wieder Hoffnung.

Und was war mit Giselle? Welche Hoffnung gab es für sie?

Er trottete zum Ostturm, der die Tannenspitzen überragte, und auf seinem Weg kam er zu dem Schluß, daß er die Burg am sichersten auf dem gleichen Weg betrat, auf dem er sie verlassen hatte. Vlad und sein Komplize hätten sicherlich die Barrieren aus der Röhre entfernt, da sie ihn für tot hielten. Wenn er die Mauer erklettern konnte, indem er die Risse als Halt für seine Finger und Fußspitzen benutzte, und den Weg zurückverfolgte, den er bisher zurückgelegt hatte, würde er Giselle vielleicht finden. Er konnte es sich nicht leisten, bei einer ausgedehnten Suche Zeit zu vergeuden, aber er würde sehr gerne Vlad wiederbegegnen.

Den Schatten der Tannen zu verlassen und unter dem aufgedunsenen Auge der Sonne zu stehen war nicht weniger beunruhigend als vorher, aber er bezwang seine Furcht und ging schnellen Schritts zur Burg, ohne nach oben zu schauen. Er hatte kaum Schwierigkeiten, die Mauer zu ersteigen, und während er sich der Röhrenmündung näherte, diesem Kreis schützender Dunkelheit, fühlte er sich allmählich sicher und wenn auch nicht allzu zuversichtlich, so doch wenigstens voller Tatendrang. Er schwang sich hinauf in die Röhre und wagte einen letzten Blick auf die Welt aus Licht und Wärme, die er zurückließ. Während seine Blicke über den Untergrund glitten, entdeckte er etwas, das in einer Senke zwischen zwei Hügeln lag, die keine zwanzig Meter von dem Punkt entfernt waren, wo er gelandet war. Irgend etwas, das in einen schwarzen Witwenschleier gehüllt war, etwas mit bleichen, verdrehten Stöcken, die unter einem blutigen Rock hervorragten – Beine, wie er schließlich erkannte, mehrfach gebrochene Beine.

Eine alte Frau, vielleicht.

Eine Dienerin, etwa die, die der Patriarch mit der Fürsorge für die Goldene betraut hatte?

Wer sollte es sonst sein?

Er fühlte sich noch nicht sicher genug, um noch einmal nach unten zu klettern und die Leiche zu untersuchen. Er wünschte sich Dunkelheit und stille Luft, und obgleich ihm bewußt wurde, wie nachlässig und unprofessionell er sich verhielt, konnte er den Gedanken nicht ertragen, noch eine Minute länger draußen zubleiben. Auf jeden Fall glaubte er nicht mehr, daß er dieses Spiel durch Kombinieren gewinnen konnte. Wie sollte er irgendeinem Hinweis trauen können, den die Leiche ihm möglicherweise lieferte? Wahrscheinlich gab es überhaupt keinen, aber selbst wenn er einen finden sollte, dann war dieser wahrscheinlich ganz gezielt angebracht worden. Nein, am besten wäre es wohl, die Leiche zu seinem Vorteil zu benutzen.

Und das dürfte er wohl schaffen.

Trotz der für ihn widrigen Umstände, falls er die nächsten Stunden überlebte, war er überzeugt, wieder in der Lage zu sein, eigene Schritte zu unternehmen und andere in Deckung zu scheuchen. Er brauchte sich nicht mehr an die Regeln zu halten, die Beweise oder Zeugen verlangten, die seine Theorien untermauerten. Er war im Grunde ein Kolumbus des Tageslichts, ein Reisender in fremden Gewässern. Wer würde an der Integrität seines Zeugnisses zweifeln? Wenn der Mörder seine Hinweise entfernen oder auslegen konnte, könnte er dann nicht das gleiche tun? Falls jemand versuchte, seine Beweise zu entlarven, würde sein Wissen nur zu dem Schluß führen, daß er selbst in das Verbrechen verwickelt war.

Es war wirklich ein simples Spiel. Nun, da er die Bühne verlassen und ihre Parameter kennengelernt hatte, erkannte er, wie primitiv ihre Ideen, wie unbeholfen und unerfahren ihre Darsteller waren und wie sehr sie sich auf die Angst als Taktik verließen.

Er zwang sich, das letzte Mal die Sonne zu betrachten. Dabei machte er sich noch einmal bewußt, daß dies die Welt war, die er eines Tages bewohnen würde, deren Schrecken, ganz gleich wie diese aussahen, er zu ertragen lernen müßte.

Sie schien wieder auf ihn zuzurasen, aber diesmal duckte er sich nicht, obgleich seine Genitalien einschrumpften und sein Magen sich verkrampfte. Das Ding, so sagte er sich, ähnelte der Unterseite einer gelben Qualle mit purpurfarbenen Tentakeln und schlimmen inneren Organstörungen. Sie sich auf diese Art und Weise vorzustellen, sie zu verkleinern, zu verharmlosen, erleichterte ihn ein wenig. Er fragte sich, ob noch echte Schönheit vorhanden war, die Annehmlichkeit wohliger Wärme und sommerlicher Winde und blühender Disteln, das harmonische Summen von Libellen, ein Universum, in dem kleine Kinder mit Reifen spielten und Verliebte spazierengingen. Oder war das, was er jetzt vor sich sah, die wahre Realität? War alles, was er vorher erblickt hatte, durch einen Schönheitsfluch gemildert worden? War die rauhe Wirklichkeit der Welt vor sterblichen Augen versteckt worden? Würde er es jemals schaffen, jene alten Wahrnehmungen wiederzubeleben?

Er blickte über den Hügel, das Tal und die Berge hinweg, bemühte sich, seine Angst zu überwinden und wenigstens einen winzigen Bruchteil von Schönheit in dem kränklich fahlen Himmel und seinen ungestümen Wolkenformationen und seiner unruhigen Sonne zu erkennen. Dabei sah er nur Erscheinungen, die ihm als Produkte von Wahnsinn und Alpträumen erschienen. Aber gerade, als er sich umdrehen wollte, erlebte er einen Moment – einen winzigen, flüchtigen Moment, der beinahe in den Aufwallungen von Panik und einem Schauer des Ekels unterzugehen drohte –, als er nicht die alte Kindheitswelt mit ihrer reinen goldenen Sonne und heimeligen Wärme zu erblicken schien, sondern in diesem

Ort des grellen Lichtscheins und der Unruhe eine rohe Vollkommenheit erkannte, wie sie in prähistorischen Zeiten dort geherrscht haben mochte, in einer Zeit also, als eine rote Sonne ihre tödlichen Strahlen hinunterschickte und riesige Farne sich als Silhouetten vor malven- und kupfer- und goldfarbenen Wolken abzeichneten und es im Gras von einem grenzenlosen, unendlichen Leben wimmelte. Es gab Giftfalter, so groß wie Vögel, und Käfer mit den Ausmaßen von Kanalratten, und die Schreie geflügelter Reptilien schnitten durch den Himmel, und Alpträume mit nadelspitzen Zähnen paarten sich in blutiger Raserei, und irgendwo in den Tiefen eines riesigen Waldes erhob ein neues Monster den Kopf – wie Beheim es in diesem Moment tat – und stieß einen Schrei des Schocks und der Verwirrung aus. Dieser Gefühlsausbruch war schon an sich so furchteinflößend, daß er seine Angst bannte und ihn daran erinnerte, daß er selbst es war, der unter all den Schrecken der Welt an erster Stelle stand.

KAPITEL 9

Beheim brauchte gut eine Stunde, um seinen Weg zum Tunneleingang zurückzuverfolgen, wo er und Giselle Vlad begegnet waren. Zuerst bewegte er sich sehr behutsam vorwärts, dann mit zunehmender Sicherheit – er war entschlossen, sich nicht noch einmal überrumpeln zu lassen. Wenn man das Element der Überraschung außer acht ließ, glaubte er nicht, daß das Ungeziefer, das in den tiefen Regionen von Banat hauste, eine Gefahr für ihn darstellte. Von Zeit zu Zeit hörte er in der Ferne rasendes Geschrei und Gelächter, und als er sich dem Tunneleingang näherte und auf einer Tunnelkreuzung nach rechts blickte, entdeckte er den flackernden Lichtschein von Fackeln. Er eilte auf die Lichtquelle zu und gelangte zu einem weiteren Nebenkorridor, an dessen Ende ein wabernder roter Schein zu erkennen war. Schwaches Stimmengemurmel drang zu ihm und der Geruch von Blut. Er schätzte, daß sich dort ungefähr dreißig Personen versammelt hatten. Genug, um ihm gefährlich werden zu können, wenn sie alle das gleiche Ziel verfolgten. Aber er setzte seinen Weg fort, gleichermaßen angetrieben von dem glühenden Wunsch, Vlad wiederzusehen, sowie von der Hoffnung, Giselle zu finden.

Als er die Lichtquelle erreichte – eine halboffene Tür aus massiven, mit Eisenbändern versehenen Eichenbalken –, blickte er in einen Raum, der so schmal war, daß er eher wie ein unglaublich langer Schrank erschien. Zwanzig oder mehr Meter lang mit einer hohen gewölbten Decke und von Fackeln in Eisenhaltern an den Wänden erhellt. Der Raum war aus dem Fels herausgehauen worden, auf dem die Burg stand. Die Wände bestanden aus glänzendem solidem schwarzem Gestein, das mit hellfarbenen Karikaturen knochenweißer, leichenhafter Männer und Frauen mit grausamen roten Mündern und grotesk verlängerten Gliedmaßen und übertriebenen Fangzähnen verziert war. Bösartige Zeichnungen von drohenden Gebärden, jede um die fünf Meter hoch. Die Bilder waren so plastisch, daß es schien, als könnten sie zum Leben erwachen, sich vom Fels abschälen und zweidimensionale Gewalttaten vollbringen.

In dem Raum hielten sich nicht so viele Personen auf, wie Beheim angenommen hatte. Nur ungefähr ein Dutzend, alle mit Kapuzenmänteln bekleidet, wie Vlad einen trug. Die meisten drängten sich um Giselle, die an die Wand gefesselt war, nackt und offenbar ohnmächtig, die Haut orangefarben vom Fackellicht. Frische Blutergüsse bedeckten ihre Schenkel und Arme. Vlad stand neben ihr, die Kapuze zurückgeschlagen. Er unterhielt sich mit einer rundlichen grauhaarigen Frau. Gelegentlich berührte er Giselle an der Schulter, an der Hüfte, und das tat er so beiläufig, daß Beheim den Eindruck gewann, er benutzte sie als eine Art Anschauungsmaterial während seines Gesprächs. Immer wenn er lächelte, erstrahlten seine Zähne in einem unnatürlichen Glanz, wodurch das rattenähnliche Aussehen seines bärtigen Gesichts noch verstärkt wurde. Mehrere andere Personen schlenderten umher, betrachteten die Wandmalereien und warfen ab und zu verstohlene Blicke auf Giselle, als ob sie erwarteten, daß irgend etwas geschah. Beheim fürchtete sich vor den Fackeln, aber er wußte, wenn er handelte, dann müßte es schnell geschehen, nämlich bevor sie ihre Absichten in die Tat umsetzten.

Schritte erklangen in einiger Entfernung im Korridor.

Jemand näherte sich eilig dem Raum.

Gelächter brandete in noch weiterer Entfernung auf, tief im Labyrinth der Tunnel.

Beheim drückte sich an die Wand, und als eine stämmige in einen Mantel gehüllte Gestalt an ihm vorbeihasten wollte, packte er den Mann von hinten und brach ihm das Genick mit einem schnellen Griff, wobei er seinen Schrei erstickte. Er schleifte den Körper tiefer in die Dunkelheit und in eine Nische, die früher einmal als Standort für einen Wachtposten gedient haben mochte. Dann zog er dem Toten den Mantel aus und – indem er seinen fauligen Gestank ignorierte – schlüpfte selbst hinein und stülpte sich die Kapuze über den Kopf. Während er die Kapuze zurechtzog, damit sie sein Gesicht verdeckte, näherten sich zwei Männer im Korridor. Sie unterhielten sich angeregt und betraten den Raum. Beheim lauschte angestrengt. Nachdem er einige weitere Minuten gewartet hatte, um anderen Teilnehmern an dieser Versammlung den Vortritt zu lassen, betrat auch er den Raum und tauchte ein in den Fackelschein und einen üppigen Blutgeruch.

Verschwunden war jegliches Wohlwollen für Sterbliche. Er empfand nichts als Wut und Haß. Als er sich zwischen ihnen hindurchdrängte, sah er fleckige Gesichter und stumpfe Augen und aufklaffende Münder. Mehrere Teilnehmer der Versammlung, stellte er fest, verfügten über selbst hergestellte Fangzähne: gekrümmte Röhren aus grob bearbeitetem Eisen, die sie sich über die Eckzähne gestülpt hatten. Dieses Kopieren der Familie steigerte seinen Zorn noch. Er erkannte, daß sie erregt waren. Aufgestachelt. In Erwartung eines blutigen Vergnügens. Vielleicht einer primitiven Version des Dekantierens. Und in ihrer Erregung verschwand jede List, die sie am Leben erhielt, hinter einer Fassade lustvoller Perversion. Er hatte sich Sorgen gemacht, daß sie ihn sofort erkennen würden, daß er zuschlagen müßte, ehe er sich richtig vorbereitet hatte. Aber sie hatten nicht die geringste Ahnung von seiner Anwesenheit. Schafe wären wachsamer gewesen, Hühner hätten die Gefahr viel eher gespürt.

Er suchte sich eine Position hinter zwei Männern am Ende der Gruppe, etwa sechs oder sieben Meter von Giselle entfernt. Sie war dergestalt an die Wand gekettet worden, daß ihr Kopf den Schoß einer der riesigen, bleichen Zeichnungen an der Wand verdeckte, so daß der Eindruck entstand, als wären ihr Gesicht und ihre Haare eine besonders raffinierte Form von Intimschmuck. Sie stöhnte und versuchte erfolglos, den Kopf zu heben. Wahrscheinlich stand sie unter Drogen, nahm er an. Ihre Wunden so nahe vor sich zu sehen und sich dabei vorzustellen, wie sie mißbraucht worden war ... das brachte seine Wut zum Glühen. Wie diese Dinger stanken! Ihr Blut war eine stinkende Aasflüssigkeit, ihre Knochen waren schwarze Stöcke, die eine Ansammlung von Giften und sehnigem Fleisch hielten. Sie waren stumpfsinnige Tiere, zu nicht mehr fähig als zu den primitivsten Wahrnehmungen, den elementarsten Einsichten.

Ein Wispern und Rascheln ertönte, als Vlad sich an Giselle wandte. Dann trat wieder Stille ein. Er redete leise mit ihr und versetzte ihr einen leichten Klaps. Ihre Augenlider flatterten, blieben aber geschlossen. Vlad grinste in sein Publikum und zuckte die Achseln – mit diesem Verhalten erinnerte er Beheim an den lächerlichen drittklassigen Illusionisten, der manchmal in der Pause der *Opéra Comique* aufgetreten war. Auch seine Eckzähne waren mit stählernen Fängen versehen, und in einer Demonstration gespielter Wildheit ließ er sie klickend aufeinanderschlagen und stieß ein Zischen aus. Das Publikum kicherte. Mehrere Frauen schienen vor Angst vor ihm zurückzuschrecken. Er drehte sich erneut zu Giselle um und streichelte ihre Hüften, als sei er ihr Liebhaber; dann, nach einem weiteren Seitenblick zu den Zuschauern, bohrte er seine falschen Zähne in ihren Hals. Sie versteifte sich, ihre Finger spreizten sich, trotzdem erwachte sie nicht. Ein dünner, wundervoll roter Blutfaden drang über seine Lippen, schlängelte sich an ihrem Hals hinab und auf ihre Brust.

Um sie fürchtend, aber eigentlich mit der Absicht, ein angemessenes Zeichen zu setzen, legte Beheim den beiden Männern vor ihm die Hände in die Nacken und drückte sacht zu wie in einer Liebkosung. Während sie sich zu ihm umdrehten und ihre Gesichter Verwirrung verrieten, drückte er fester. Ein knirschendes Geräusch ertönte, wie Schottersteine, die unter den Rädern eines Wagens zertrümmert werden. Die Halswirbel zerbröselten zu einem Knochenbrei. Er starrte sie eindringlich an, um ihre letzten Sekunden mit seinem Haß zu füllen. Sie zappelten wie Kaninchen in seinem Griff. Durch den Schwung der Drehung in Bewegung gehalten und befreit von jeglicher Verankerung am Skelett, vollführte der Kopf des einen fast eine vollständige Drehung, so daß – während seine Augen sich nach hinten rollten – sein letzter Blick einem Deckenwinkel weit rechts galt.

Beheim schleuderte die Körper beiseite und stand vor den anderen, die zurückgewichen waren und sich rechts und links neben Vlad und Giselle zusammendrängten. Der Raum war so schmal, kaum einen halben Meter breiter als seine Armspanne, daß sie nicht darauf hoffen konnten, ihm zu entkommen. Während sie sich aneinanderpreßten, sich aneinander festklammerten und winselnde Laute von sich gaben, erschienen sie so abstoßend und gesichtslos wie Kakerlaken. Irgendwo tief unten in seinem Denken erinnerte er sich daran, wer sie waren, und wußte er, daß sie – wenngleich bemitleidenswert – sich nicht sehr von ihm unterschieden. Aber dieses Wissen war bedeutungslos ähnlich dem Wissen von den Prinzipien des Entflammens, über das jemand verfügt, wenn er ein Streichholz anzündet mit der Absicht, ein Haus voller Schläfer in Brand zu setzen. Im wesentlichen wußte er nur, daß sie seine Feinde waren; daß er ihnen gegenüber keine Nachsicht walten lassen durfte. Er war in jeder Hinsicht über sie hinausgewachsen, vor allem im Hinblick auf die Differenziertheit und den Umfang seiner Emotionen, und es schien, als könne seine Wut nicht mehr nach den Maßstäben menschlicher Reaktion gemessen werden. Sie war eine evolutionäre

Weiterentwicklung des Zorns, eine monströse Flamme einer Gefühlsregung, die sein Gehirn ausfüllte, so wie Licht den Glaszylinder einer Öllampe füllen mochte. Es war ein derart grandioser, ein symphonischer Gefühlsüberschwang, daß er ihn kaum bändigen konnte. Er stellte sich vor, wie er für sie aussehen mußte, wobei er Lady Dolores als sein Modell aussuchte, sich ausmalte, wie sein Mund weit aufklaffte und Speichelfäden sich zwischen seinen Fangzähnen spannten, und er spreizte sich vor ihnen, atmete zischend aus und wollte, daß sie die Angst in all ihren Nuancen erlebten, daß sie voller Furcht auf den alles beherrschenden Schmerz warteten, und er wünschte sich dabei, daß sie ihn von Verzweiflung getrieben endlich angriffen.

Es war ein schwammiger, fetter Mann mit fahlem Teint, der sich schließlich gegen Beheim aufzulehnen wagte. Er riß eine Fackel aus ihrer Wandhalterung und schlug damit nach ihm und erzeugte einen dichten Funkenregen. Beheim stieß die Fackel zur Seite, packte den Mann am Hals und riß ihn zu sich heran. Seltsamerweise entspannte der Mann sich. Seine Blicke tasteten Beheims Gesicht mit einer unschuldigen, staunenden Neugier ab, wie ein Säugling es tun würde, wenn er sich anstrengte, eine vage, dunkle Gestalt zu erkennen, die sich über seine Wiege beugt. Die Seele des Mannes schien ihn zu umwabern wie ein aufkommender Nebel, naß und wirbelnd und angefüllt mit feuchtkalten Geheimnissen. Er sah völlig durchschnittlich aus, hatte faltige Wangen und ungesunde dunkle Hautsäcke unter den Augen und eine Anzahl entzündeter Punkte auf seinem Kinn und seinem Hals. Gleichzeitig jedoch war er herrlich lebendig. Er leuchtete geradezu, als würde jedes Gramm Leben durch die Anspannung des Augenblicks aus ihm herausgesaugt. Beheim war, für einen kurzen Moment, fasziniert. Dann wich die Faszination erneut einem Gefühl der Abscheu, und er schmetterte den Mann mit dem Kopf voran gegen die Mauer und zertrümmerte ihm so die Schädeldecke. Er konnte das plötzliche Abschiednehmen durch den Tod regelrecht spüren. Es war, als würde ein Tunnel durch die Luft in eine Dimension trägen Halls getrieben, woraufhin Stille wie eine eisige Flüssigkeit das Vakuum ausfüllte. Und die verstreuten Energien jener Dinge, die den Tod nicht überdauern konnten, die grellen Farben des Ego, die unwichtigen, letzterinnerten Dinge, die gesamte überflüssige Bürde des Lebens dieses Mannes, all das spürte er auf seiner Haut als ein kaum wahrnehmbares Schwirren, wie Ascheflocken im heißen Wind.

Einige Sekunden lang rührten die anderen sich nicht, uniform in ihrer entsetzten Haltung, und verfolgten, wie die Glieder ihres toten Gefährten auf dem Steinboden zuckten, während Blut aus seinem geborstenen Schädel sickerte und sich tischgleich auf dem Boden ausbreitete. Dann wichen sie vor Beheim zurück. Sie drehten sich zu den Mauern um, versuchten außer Reichweite zu klettern, benutzten dabei die Schultern ihrer Gefährten als Leitern, hangelten sich an Rissen empor, rannten durcheinander, eilten einmal hier, einmal dorthin wie Ratten auf dem Boden eines Fasses. Eine der Frauen schrie, dann eine zweite, und Beheim schrie ebenfalls, aber die Schreie entrangen sich seiner Brust fast wie aus Mitgefühl und bildeten einen natürlich Kontrapunkt zu ihrem Gesang. Ein anderer Mann, schlaksig und mit grauen Bartstoppeln auf den Wangen, hob die Fackel auf, die der stämmige Mann fallengelassen hatte. Aber ehe er irgendeine aggressive Geste ausführen konnte, schlug Beheim die Fackel zu Boden und rammte dem Mann seine Faust ins Gesicht: drei kurze, wuchtige Hiebe, die das gesamte Gesicht auslöschten und die Mäntel jener, die in der Nähe standen, mit Blut besudelten. Er hielt den Mantel des Mannes fest, ließ ihn baumeln, schlaff und leblos, so unbedeutend wie der Kadaver eines erlegten Sumpfhuhns. Beheims rechte Hand war mit Blut bedeckt, und er zeigte sie den anderen, als wäre sie ein Schwert. Sie sollten begreifen, wie scharfkantig sie war, um ihren Hieb zu ermessen. Er erschauerte vor Kampfeifer und Haß. Es wurde still in dem glänzenden schwarzen Raum. Die weißen Kreaturen der Wandgemälde schienen im unsteten Licht zu zittern. Das Prasseln der Fackeln und die schluchzenden Atemzüge waren die einzigen Laute. Einer der Männer begann zu weinen. Vlad blieb neben Giselle stehen. Seine Blicke sprangen nach links, nach rechts. Seine Lippen glänzten feucht und rot und klafften auf wie bei einem Clown.

Beheim stellte sich vor, wie er zwischen ihnen tobte, Herzen ausriß, Gliedmaßen zerfetzte, Knochen zertrümmerte. Aber er rief sich die Erfordernisse seiner großen Aufgabe ins Gedächtnis und schaffte es, sich zu mäßigen. Er trieb die Überlebenden hinüber zu einer Seitenwand und ging dann auf Giselle zu. Als er sie ansprach, schlug sie die Augen auf, aber sie schien ihn nicht zu sehen. Er riß den Bolzen, der die Ketten hielt, aus der Wand und fing sie mit einem Arm auf. Mit der anderen – der freien – Hand raffte er die Vorderseite von Vlads Mantel zusammen und hob den ganzen Mann hoch. Vlads Mund bewegte sich, und er gab unverständliche Geräusche von sich, die sich nach einer dringenden Bitte anhörten. Er unternahm einen zweiten Versuch, etwas Verständliches von sich zu geben und schaffte es, wie auch schon bei ihrer ersten Begegnung, um Gnade zu bitten.

»Gnade ist nicht immer etwas Gutes.« Beheim lächelte knapp. »Aber wenn du darauf bestehst, will ich gnädig sein.«

Er bettete Giselle vor der Mauer auf den Boden, ein gutes Stück von den anderen entfernt. Dabei ließ er Vlad keinen Moment los. Giselle war wieder in Ohnmacht gefallen. Ihr Atem ging mühsam, und ihr Puls war unregelmäßig. Als er sich von ihr abwandte, ließen einige der Überlebenden sich auf die Knie fallen und begannen ihn anzuflehen. Es war einfach, sie zu ignorieren, dennoch entschied er, daß der Anblick des Todes ihm keine Freude mehr machte, daß erste Regungen von Selbsthaß seine Gedanken beeinflußten. Nichtsdestoweniger weigerte er sich, die gesamte Schuld an dem, was geschehen war, auf sich zu nehmen. Sie hatten Giselle mißbraucht und versucht, ihn zu ermorden. Er hatte im Interesse ihres Überlebens gehandelt.

»Dies« – Beheim schüttelte Vlad und entlockte ihm ein Kreischen – »dieses Ding hat versucht, mich mit der Sonne umzubringen. Und er hat es nicht geschafft. Hat einer von euch Lust, es noch einmal mit mir zu versuchen?«

Sie blieben stumm.

»Gut«, sagte er. »Denn es würde euch nichts nützen. Ich bin

der erste meiner Art, der keine Angst vor Licht oder Feuer hat.«

»Nicht der erste, Mylord«, erklang die Stimme einer jungen Frau, die rechts neben ihm stand. Ein hübsches Ding, stellte er fest. Hübsch auf eine ländliche Art, mit einem offenen Gesicht und heller Haut und strohblondem Haar. Ein Grübchen betonte ihren Mundwinkel. Obgleich sie viel üppiger war, ihr Gesicht einen Grad gröber, hatte sie eine verblüffende Ähnlichkeit mit der Goldenen. Beheim war enttäuscht über ihren Versuch, sich bei ihm einzuschmeicheln, aber er konnte nicht umhin, ihre Findigkeit und ihren Mut zu bewundern. Er forderte sie auf, vorzutreten, und sobald sie gehorcht hatte und auf Armeslänge von ihm entfernt stehenblieb, verlangte er, sie solle berichten, was sie gesehen hatte.

»Nichts, Lord. Zumindest nicht mit meinen eigenen Augen. Aber gestern wurde ein Mann außerhalb der Burg beobachtet, während die Sonne im Zenit stand. Er war kein Diener ... jedenfalls wurde es so erzählt. Er gehörte zur Familie.«

»Woher weißt du das?«

»Daß er zur Familie gehörte? Darin irren wir uns eigentlich niemals, Lord.«

Die Augen des Mädchens strahlten und waren von einem fast künstlichen Blau. Ihr Blutgeruch, der ebenfalls an die Goldene erinnerte, war bemerkenswert komplex. Beheim stellte fest, daß sich bei ihm Hunger meldete. Und daß er mehr als nur leicht erregt war. Er erinnerte sich, daß sie nicht zu denen gehörte, die eiserne Fangzähne trugen. Das sprach für sie. Bis Giselle sich erholt hätte, brauchte er jemanden, der ihm diente, und dieses Mädchen, mit ihrem klaren Geist und ihrer Direktheit, wäre genau die richtige.

»Wie heißt du, Kind?« fragte er.

»Paulina.«

»Wer hat dir das alles erzählt, Paulina?«

Sie deutete auf die Leiche des schlaksigen Mannes. »Er war es, Lord. Und ein anderer, der nicht hier ist.«

»Sie haben dir nicht noch mehr erzählt?«

»Nur daß der Mann sehr groß war. Und daß er einen breitkrempigen Hut und eine Brille mit farbigen Gläsern trug. Er interessierte sich für die Leiche.«

»Für eine Leiche?«

»Ja, Lord. Eine alte Frau ist am Morgen vorher von der Burgmauer gestürzt.«

Morgen, dachte Beheim. Ein Begriff, der, wenn er von einem Familienangehörigen benutzt wurde, jeden Zeitpunkt nach Mitternacht bezeichnen konnte. Aber wenn ein Sterblicher ihn verwendete, bezog er sich dann nicht ausschließlich auf einen Abschnitt Tageslicht vor Mittag?

»Nach Sonnenaufgang«, sagte er. »Ist sie nach Sonnenaufgang gestürzt?«

»Ja, Lord.«

»Hat noch jemand anderer diesen Mann gesehen?«

Ein allgemeines verneinendes Gemurmel erklang.

»Mylord«, sagte Vlad. »Wenn Sie es gestatten, schicke ich meine Agenten in der Burg herum und versuche in Erfahrung zu bringen ...«

Beheim griff Vlad an den Hals und brachte ihn mit einem würgenden Druck zum Schweigen.

Eine Brille mit farbigen Gläsern. Ein breitkrempiger Hut. Anzeichen dafür, dachte Beheim, daß wer immer er war geübt hatte, sich bei Tageslicht nach draußen zu wagen, vorbereitet auf die Schrecken der Helligkeit. Felipe, vielleicht. Der die Leiche der Dienerin der Goldenen suchte, da sie einen Hinweis enthalten könnte, der seine Identität offenbarte. Und trotzdem gefiel ihm diese Erklärung nicht sehr gut. Wenn Felipe die Goldene ermordet hatte, dann hätte er damit geprahlt, während er Beheim bedrohte. Zu schweigen und ein Geheimnis für sich zu behalten, sich eine Gelegenheit zum Prahlen entgehen zu lassen, das paßte überhaupt nicht zu ihm. Nein, es war nicht Felipe gewesen.

Und noch etwas anderes – Felipe würde niemals als groß beschrieben.

Aber Alexandra, dieses geheimnisvolle Wesen, sie war groß, sie war fähig zu all dieser Irreführung und Raffiniertheit.

Ihre Motive waren ihm noch immer ein Rätsel, aber wenn

man die Gerüchte über ihren Ehrgeiz hörte oder ihre Verbindung zu Felipe und Dolores betrachtete, wenn man die Meinungsverschiedenheiten über den möglichen Umzug der Familie in den Orient verfolgte, dann gab es eine ganze Menge an Motiven. Im Licht dessen, was er jetzt wußte, war Alexandras Einmischung in seine Untersuchung und in sein Leben verdächtiger denn je, ganz gleich, ob ein Bündnis mit Agenor dafür gesorgt hatte.

Hatte sie vielleicht die Goldene getötet?

Es wäre töricht, daran zu zweifeln, entschied Beheim. Wer war in der Familie schließlich nicht fähig zu Gewalt? Nach seinen wenigen Erfahrungen mit Alexandra hätte er niemals angenommen, daß sie zu derart extremen Regungen fähig wäre, wie sie durch den verstümmelten Körper der Goldenen dokumentiert wurden. Aber was war in dieser Angelegenheit schon mit reiner Logik zu erklären? Er hatte es mit Wesen zu tun, deren Herzen wahnsinnig waren und deren Charakter von dem Bedürfnis nach ausgiebiger Brutalität und wilden Defekten des Geistes beherrscht wurde. Selbst die vernünftigsten unter ihnen waren vom Wahnsinn infiziert, und obgleich es nichts gab, dessen er sich hätte sicher sein können, neigte er zu dem Schluß, daß Alexandra diejenige war, die er suchte. Hatte sie ihm nicht mehr oder weniger offen mitgeteilt, daß ihre Einmischung aus rein egoistischen Motiven erfolgte? Rückblickend betrachtet, erkannte er, daß ihre Analyse der Art und Weise, wie er von den Familienangehörigen manipuliert wurde, fast ein Geständnis gewesen war. Und was die sonstige Beteiligung anging, wer konnte schon entscheiden, was sie zu bedeuten hatte? Vielleicht spielte sogar ein ehrliches Gefühl eine Rolle, aber im Grunde war es nur der Teil eines Spiels gewesen, eines Spiels vielleicht, das er ebenfalls hatte spielen wollen. Die Tatsache, daß er sich mit ihr zu solch einem kritischen Zeitpunkt eingelassen hatte, mochte ein Symptom für seinen eigenen Wahnsinn sein, ein Ausdruck seines unbewußten Drangs, mit dem Tod zu liebäugeln. Diese Hypothese, so erkannte er, müßte er eigentlich sofort überprüfen. Falls die Leichen von Felipe und Dolores noch nicht entdeckt worden waren – wie wahrscheinlich das war, konnte er nicht einschätzen –, wäre er vielleicht in der Lage, einen wichtigen Test über sich ergehen zu lassen. Wenn seine Theorie sich als richtig erweisen sollte, dann gab es vielleicht noch eine Rettung für ihn. Wenn sie falsch war, hätte er kaum noch Zeit, seinen Irrtum zu bereuen.

»Hört zu«, sagte er zu der kleinen Gruppe Überlebender. »Wegen der Unvorsichtigkeit dieses Mannes« – damit schüttelte er Vlad erneut – »haben viele von euch einen hohen Preis bezahlt. Wenn ihr glaubt, euch gegen mich behaupten zu können, dann nehmt die Fackeln und greift mich an. Aber wenn ihr weiterleben wollt, denn rate ich euch, in meine Dienste zu treten. Nachdem ich erledigt habe, was ich erledigen muß, gebe ich euch die Freiheit.«

Er studierte sie eine Zeitlang und beobachtete ihre Reaktionen. Sobald er sicher sein konnte, daß sie gründlich eingeschüchtert waren, wandte er Vlad wieder seine Aufmerksamkeit zu.

»Lord, ich weiß Geheimnisse!« stieß Vlad hervor und wand sich in seinem Griff. »Wertvolle Geheimnisse. Ich kann Ihnen Blut zum Trinken verschaffen, das ...«

»Die Qualen der Hölle«, unterbrach Beheim ihn. »Erinnerst du dich?«

Er nahm einen von Vlads Fangzähnen zwischen Daumen und Zeigefinger und brach ihn ab. Der Zahn und die blutige Wurzel hingen daran.

Vlad heulte auf, warf sich hin und her und bäumte sich auf. Roter Saft rann an seinem Kinn herab und verklebte seinen Bart. Beheim hielt ihn an der Kapuze seines Mantels hoch, und nach kurzer Zeit erschlaffte Vlad und stöhnte nur noch. Dann schleuderte Beheim ihn gegen die Mauer, betäubte ihn und riß seinen Kopf zurück, um seinen Hals freizulegen. Die meisten anderen verfolgten das Geschehen mit neu gewecktem Interesse. Die eine Blutmahlzeit, dachte Beheim, war von ihrem verderbten Standpunkt aus sicherlich genauso erstrebenswert wie die andere.

»Denk an deine Seele«, sagte er zu Vlad und grub seine Fangzähne in den Hals des Mannes. Das sehnige Gewebe ließ sich nur schwer teilen. Beheim mußte das Fleisch überwinden, um an die Vene zu gelangen. Sein Mund füllte sich mit bitterem Geschmack, und als das Blut herausspritzte, war es zu süß, war sein Grundgeschmack durch ein fauliges Aroma verdorben. Er richtete sich auf und spie einen Mundvoll mitten in Vlads Gesicht.

»Trink dies«, sagte er, »wenn du unbedingt die imitieren willst, die dir überlegen sind.«

Immer noch von dem Biß benommen, starrte Vlad mit leerem Blick die Mauer an. Um ihn zu wecken, brach Beheim seinen zweiten Eisenzahn ab, und während Vlad sich vor Schmerzen krümmte, wandte Beheim sich an die anderen. »Ich muß unbemerkt zu Felipe de Valeas' Wohnung gelangen. Und danach zu den Gemächern des Patriarchen. Gibt es einen sicheren Weg dorthin, den ihr mir zeigen könnt? Überlegt euch eure Antwort gut. Einen Verrat dulde ich nicht.«

Mehrere der Überlebenden versicherten ihm, daß es einen solchen Weg gebe. Paulina sah ihm in die Augen und nickte. Sie schien nun weniger Angst vor ihm zu haben, und ihre vorherige Furcht hatte einer gespannten Neugier Platz gemacht.

»Na schön, dann führt mich dorthin, und ich werde euch dafür belohnen. Anderenfalls« – er legte eine Hand auf Vlads Gesicht, so daß die Handfläche seinen Mund bedeckte und Daumen und Zeigefinger sich um den Unterkiefer legten –, »anderenfalls habt ihr keine Hoffnung mehr und werdet als Belohnung dies erhalten.«

Er begann Vlads Kopf zusammenzudrücken, wobei er den Druck nach und nach steigerte. Dabei blickte er ihm in die Augen und versuchte, bis ins Zentrum der armseligen Rattenseele dieses Mannes vorzudringen. Er hoffte, zusätzlich zu seinen Schmerzen auch noch ein Gefühl der Erniedrigung zu erzeugen. Vlad wollte sich befreien. Er trat um sich, ruderte mit den Armen. Seine Füße trommelten auf den Boden, und seine Schreie wurden von Beheims Hand erstickt. Seine Augen weiteten sich, und bald bekam das Weiße der Augäpfel rote Ränder. Der gesamte Körper vibrierte nun.

»Tut es weh?« fragte Beheim in einem Ton spöttischer Fürsorge. »Ich denke schon.«

Vlads Arme schlugen wild. Ein schrilles Jammern drang

unter Beheims Hand hervor. Mit einem Knall wie von einem Pistolenschuß brach der Kieferknochen. Die Augenlider rutschten herab, und er schien das Bewußtsein zu verlieren. Beheim drückte weiter. Zuerst blähte sich ein Augenlid auf, dann das andere. Sie wurden langsam von den hervorquellenden Augäpfeln aufgedrückt. Beheim versetzte Vlad einen leichten Klaps, um ihn aufzuwecken, und drückte dann wieder die Hand auf seinen Mund. Vlads Hals blies sich unter einem zurückgehaltenen Schrei auf. Ein Jochbogen zerbrach, seine Glieder erschauerten. Weiße Halbmonde wurden unter den Augenlidern sichtbar. Sein Gesicht fühlte sich an wie ein Sack voll zerbrochener Kacheln, und als Beheim ihn am Ende zu Boden fallen ließ, saß er da wie ein riesengroßes Baby, die Beine weit gespreizt, die Arme ausgestreckt, während sein Kopf hin und her wackelte und der Atem in seiner Kehle pfeifende, quietschende Laute erzeugte.

»So«, sagte Beheim und wischte Speichel und Blut von der Hand ab. »Ich war gnädig. Leb weiter, wenn du kannst.«

Vlad kippte auf die Seite, tastete matt auf den Steinen nach Halt. Seine Augen waren nun offen. Rotgerändert, weinten sie blutige Tränen. Sie quollen wie hartgekochte Eier aus ihren Höhlen. Die Lider spannten sich um die unteren Teile der Augäpfel. Der Art und Weise nach zu urteilen, mit der er die Kanten der Steine abtastete, glaubte Beheim, daß er blind war. Er schaute zu den anderen Überlebenden, die bis zur Mauer zurückgewichen waren und sich vor ihm duckten. Nur Paulina war stehengeblieben und hatte ihre aufrechte Haltung nicht aufgegeben.

»Nehmt die Kleider eurer Toten«, wies er sie an. »Reißt sie in Streifen und stellt Seile her. Bindet euch miteinander zusammen. Ich werde das eine Ende des Seils festhalten, und ihr geht neben mir in die Burg. Wenn ich bis zum Patriarchen gelangt bin, belohne ich euch. Ist das klar?«

Sie äußerten murmelnd ihre Zustimmung und begannen, seine Anweisungen auszuführen, während er sich um Giselle kümmerte. Sie reagierte nicht auf seine Maßnahmen, und er machte sich Sorgen, daß die Mißhandlungen, die sie erlitten hatte, und die Drogen, die man ihr verabreicht hatte, eine letztlich tödliche Wirkung auf sie ausüben könnten. Er entschied sich, noch eine Weile zu warten. Wenn sie sich dann nicht erholte, würde er tun, was er tun mußte.

»Paulina!« Er winkte dem blonden Mädchen, führte sie zur Tür und hinaus in den Tunnel. Dabei ließ er die Tür offenstehen, damit er die anderen im Auge hatte. Er ließ Paulina vor der Mauer stehenbleiben, trat einen Schritt zurück und betrachtete sie erneut eingehend. Sie hatte eine ganz besondere Ausstrahlung einer reinen Sinnlichkeit, und ihm dämmerte, daß diese es gewesen war, die ihn anfangs erregt hatte. Das und ihr Blut mit seinem berauschenden, aromatischen Bukett. Ein nicht ganz so edles Getränk, aber ganz bestimmt immer noch höchst erlesen.

»Hast du noch nie einem Angehörigen der Familie gedient?« fragte er.

»Nein, Mylord.«

»Wie kommst du denn hierher?«

»Ich wurde in der Burg geboren, Lord.«

»Hier ... an diesem düsteren Ort?«

»Ja, Lord. Ebenso wie meine Mutter und mein Vater. Und deren Eltern vor ihnen. Meine Familie lebt schon seit mehr als zwanzig Generationen in der Burg Banat.«

Diese Information weckte Beheims Neugier, aber er hatte weder die Zeit noch die Lust, ihr dazu weitere Fragen zu stellen.

»Ich möchte, daß du mir dienst, Paulina. Begreifst du, was das bedeutet?«

»Ich weiß es, Mylord.«

»Und würdest du in meine Dienste treten?«

Sie gab darauf keine Antwort. Anspannung zeigte sich in der Haltung ihrer Schultern und des Halses. Ein Teil Farbe war aus ihren Wangen gewichen.

»Hast du Angst?«

»Ich hatte Angst, Lord. Ich habe mich sogar sehr gefürchtet. Aber jetzt ...« Sie senkte den Blick. »Nun fürchte ich mich nicht mehr so sehr wie vorher.«

Er streckte die Hand aus und hob ihr Kinn an. Dabei schaute er sie eindringlich an. Die Linie ihres Mundes verlor ihre Festigkeit, und ihre Augen weiteten sich. In ihnen sah er die Reflexion des gelben Fackellichts, in dessen Mitte eine dunkle Zone stand, die, wie er nun erkannte, nur er selbst sein konnte.

»Antworte, Paulina«, sagte er. »Antworte mir jetzt. Ich kann dir keine allzu lange Bedenkzeit zugestehen.«

»Ich werde Ihnen dienen«, sagte sie mit versagender Stimme. Sie blickte zur Tür und auf Giselle, die dort lag, als schliefe sie. »Aber mein Lord hat doch bereits eine Dienerin.«

»Sicherlich sind auch zwei erlaubt«, meinte er amüsiert. Aber in seinem Herzen begriff er, was für ein pragmatischer Akt diese flüchtige Verführung war. Sollte Giselle sich nicht erholen, und sollte er sie dem Urteil unterziehen wollen, und sollte sie auch dort versagen, dann müßte er sie ersetzen. Ein weiterer Verrat. Nicht so unverblümt wie seine Vernarrtheit in Alexandra, aber dafür vielleicht weitaus intensiver, indem er Giselles Not bagatellisierte und Vorbereitungen traf, ohne sie auszukommen. Auch viel verdammungswürdiger, da es etwas über die Tiefe seiner Gefühle für sie aussagte.

Mit der Spitze eines Zeigefingers folgte er der blauen Vene in Paulinas Halsbeuge. Ihre Augenlider senkten sich herab, und sie schwankte leicht, als würde sie durch seine Berührung geschwächt.

»Antworte, Paulina«, sagte er.

Ihre Antwort, ein geflüstertes Einverständnis, schien von einem Ort tief in ihr zu kommen, einem Ort, an dem sie verwirrt und benommen war, befreit von aller Furcht und jeglicher Hemmung.

Er trat zur Tür. Die anderen schauten mit erwartungsvollen Mienen von ihrer gräßlichen Arbeit hoch. Er sagte nichts, sondern hielt sie lediglich mit seinem Blick in Schach. Schließlich zog er die Tür zu, schloß sie ein und kehrte zu Paulina zurück, die sich nicht vom Fleck gerührt hatte. Er streichelte ihre Wange, ihr Haar, dann schob er den Mantel von ihren Schultern. Ihre Brüste besaßen kindliche rosarote Aureolen. Sie erschienen unwahrscheinlich groß, auf monströse Art schön. Weiße Tiere mit weichen, nickenden eigenen Leben. Er hob eine an, prüfte ihre Festigkeit und verspürte in seinem

Schoß ein verlangendes Ziehen. Trotzdem konzentrierten seine Gedanken sich nicht ausschließlich auf Paulina. Sie füllten sich mit Erinnerungen an Alexandra, an ihre kleineren, festeren Brüste, an ihre beinahe tierhafte Intensität. Das störte ihn. Er wollte sie nicht anders denn als Verdächtige sehen, und um sie aus seinen Gedanken zu verbannen, beugte er sich zu Paulina hinab, atmete den Duft ihrer weißen Haut und die Süße des Stroms ein, der durch den dünnen blauen Kanal an ihrem Hals floß. Er liebkoste einen Fleck, benetzte ihn mit den Substanzen der Verzauberung. Seine Hände legten sich um ihre Taille. Als er seine Fangzähne in sie bohrte und das Fleisch so bereitwillig nachgab wie ein Korken einer stählernen Nadel, spannte sie sich und stieß einen tiefen Seufzer aus. Aber dann legte ihr Kopf sich zur Seite, um ihm mehr Platz zu verschaffen. Ihr Blut schoß vor, als wäre es begierig, getrunken zu werden, und er war verblüfft über die Vielschichtigkeit seines Aromas. Es war sicherlich das wunderbarste Blut, das er je gekostet hatte. Reich im Körper. Seltsame Formen erschienen vor seinem inneren Auge, Formen, die Farbe und Proportion gewannen und, zu seiner unendlichen Verblüffung, ihm einen ungewöhnlichen Eindruck von Paulinas Geschichte vermittelten. Er schien sie in einem unzureichend beleuchteten Raum aus rußgeschwärztem Gestein zusammen mit mehreren anderen blonden Kindern zu erblicken – wahrscheinlich ihre Brüder und Schwestern –, und jemand beobachtete sie, sich stets in der Dunkelheit haltend, jemand, der beobachtete und auf etwas zu warten schien. Da waren andere Bilder, eine ganze Flut davon, die allesamt viel zu schnell vorbeihuschten, um sie genau zu erkennen, Momente der Liebe und der Angst und der nachdenklichen Einsamkeit, alle belastet mit jenem bedrückenden Gefühl, beobachtet zu werden, und auf dem Grund dieser Eindrücke war ein Hinweis auf ihre Natur zu erkennen, auf ihre Seele, befleckt von der gewaltbestimmten, schändlichen Kultur der Ausgestoßenen von Banat, dabei jedoch immer noch einen Kern von Unschuld und Stärke erhaltend. Dann wurde diese seltsame Offenbarung über sie vom Geschmack des Blutes weggewischt, einer dunklen, sirupartigen Süße und einem scharfen

Nachgeschmack und einem Körper wilder, heftiger Lebendigkeit, die einen Hunger unvergleichlicher Gier entfachte.

Jedes Quentchen seiner Selbstdisziplin war nötig, damit er von ihr abließ, und als er sich zurückzog, immer noch leicht berauscht von der Üppigkeit, bot sie einen erregenden Anblick, die Augen geschlossen, das strohblonde Haar zerzaust ihr Gesicht umrahmend, so daß es in diesem unruhigen Rahmen noch feiner wirkte. Blut drang aus den Einstichen, die seine Fangzähne hinterließen, verteilte sich auf der Wölbung ihrer rechten Brust, und das erregte ihn erneut. Aber er widerstand der Versuchung, sie sauberzulecken, und konzentrierte sich statt dessen auf die verstörenden Elemente dessen, was geschehen war. Auf die halluzinatorische Wirkung des Blutes, auf die Bilder von den blonden Kindern. Er erinnerte sich daran, daß Vlad gesagt hatte: »Ich kann Ihnen Blut verschaffen, das …«

Das was bewirkte?

Einen wahnsinnig machte? Einen ebenso berauschte, betäubte wie das Blut der Goldenen?

Es fiel Beheim ein, daß er Agenor nie danach gefragt hatte, wo das Zuchtmaterial lebte, das die Goldene hervorgebracht hatte. Er hatte angenommen, daß diejenigen, die zum Zuchtprogramm gehörten, in den Dörfern der Umgebung lebten, aber nun schien es mehr und mehr, als sei der wahrscheinlichste Aufenthaltsort die Burg selbst. Und Paulina. Das Produkt von zwanzig Generationen Leben innerhalb der Burgmauern. Könnte sie nicht ein Spitzengetränk sein, das die Vollkommenheit nur knapp verfehlte, dessen Bukett nicht fein genug war, um für das Ritual des Dekantierens verwendet zu werden? War sie vielleicht die Cousine der Goldenen oder gar ihre Schwester? Er hielt das für durchaus möglich, denn er hatte noch nie zuvor solches Blut getrunken, noch nie eine solche überwältigende Reaktion erlebt. Selbst wenn, so bezweifelte er jedoch, daß es irgendeine Auswirkung auf seine Ermittlungen haben würde. Es vertiefte lediglich sein Verständnis für die Burg Banat, für ihren komplexen Lebensraum, und es erinnerte ihn daran, wie schlecht er ausgestattet war, um sich mit diesen Rätseln auseinanderzusetzen.

Er stieß die Tür auf und schaute sich in dem Raum um. Sein Blick erfaßte die verstümmelten Toten und die besudelten Lebenden; den blutigen, glotzäugigen Vlad, der in einem letzten, endgültigen Traum wimmerte und zuckte; die gräßlichen Wandgemälde, die Beheims Gefährten darstellten, und das chaotische Gemälde aus roten Streifen und Pfützen, das er auf dem Steinboden hinterlassen hatte, und schließlich auf der dem Tod geweihten Giselle, die er geliebt hatte, die er vielleicht noch immer liebte, obgleich er seinen eigenen Fähigkeiten in dieser Hinsicht nicht allzuviel Vertrauen schenkte. Trotz der Aura der Perversion und Brutalität, die auf allem lag, sah er die tragische Erhabenheit in den Elementen der Szene, und er hatte eine Ahnung, daß er, ganz gleich, was die Zukunft bereithielt, ganz gleich, wie lange die Zukunft dauern würde, immer an diesen Raum als an den Ort denken würde, wo er den letzten entscheidenden Schritt getan und sein altes Leben hinter sich gelassen hatte. Er glaubte, nun ein völlig anderer Mann als der zu sein, der er vor Betreten des Raums gewesen war. Größer und klüger. Gefährlicher. Auch anders auf eine Art und Weise, die erst noch definiert werden mußte, auf eine Art und Weise, die er nicht von dem Durcheinander seiner neuen Erfahrungen und Erkenntnisse trennen konnte. Aber irgendein großes dunkles Ding in seinem Innern, dieses Wesen, das während seines Streifzugs durch die tiefen Regionen von Burg Banat erwacht war, schien den Kopf zu heben und sich zum erstenmal umzuschauen und Informationen zu sammeln, die ihm erste Schlußfolgerungen gestatteten. Er wußte nicht, ob er über irgendwas glücklich oder enttäuscht sein sollte. Wenigstens das – seine grundlegende Verwirrung – blieb unbehelligt. Er bezweifelte jedoch, daß dieser Zustand lange anhalten würde.

KAPITEL 10

Felipes Quartier befand sich im gleichen Zustand, in dem es sich befunden hatte, als Beheim es verlassen hatte, und obgleich er seinem Glück nicht traute, obgleich er sich fragte, wo Alexandra sich aufhalten und womit sie beschäftigt sein mochte, kam er zu dem Schluß, daß die Tode von Felipe und Dolores bislang unentdeckt geblieben sein mußten. Das schwarze Portal, das sie verschlungen hatte, schwebte noch immer in der Mitte des Wohnzimmers, aber es schien zu zerfallen. Seine dunkle Masse erodierte, verlor an Festigkeit und Dichte. Wenn Felipe und Dolores noch immer in seinem Innern brannten, konnte Beheim ihr Feuer nicht von den Myriaden von Lichtern unterscheiden, die in der geheimnisvollen Tiefe umherschwärmten. Er blieb für einen Augenblick vor dem Portal stehen, nicht um der Toten zu gedenken, sondern eher als eine Art Verbeugung vor seinem Mysterium. Er berührte es mit der Handfläche, spürte erneut den kalten Druck, spürte außerdem die Umkehrung der Abscheu und den anziehenden Reiz, den es in ihm erzeugte. Es war gar nicht so beängstigend, dieser kleine Flecken Tod, wenn man sich frei entscheiden konnte, ob man sich hineinbegab oder nicht. Tatsächlich erschien die Auswahl weitaus problematischer, eine Entscheidung zwischen einer nicht endenwollenden Reise in den Wahnsinn und einer anderen Reise, deren schrecklichstes Ziel der Vorhof des ewigen Vergessens wäre.

Sobald er sicher sein konnte, daß die Wohnung leer war, ließ er die Ausgestoßenen frei. Er gestattete ihnen zuerst, alles zu plündern, was für sie von Wert war. Dann befahl er ihnen, in ihren Lebensraum zurückzukehren und nichts von seinen Absichten verlauten zu lassen. Paulina behielt er jedoch bei sich. Sie mußte Giselle beobachten, die bewußtlos am Fuß der Treppe lag, die zu Felipes geheimer Bibliothek führte. Sobald er sie in sicheren Händen wußte, ließ er sich hinter Felipes Schreibtisch nieder und vertiefte sich in seine Aufzeichnungen, um sich über die Zutaten und Dosierungen zu informieren, die nötig waren, um einen vor dem Tageslicht zu schützen. Offenbar hatte Felipe sich nicht zu den genauen Mengen und zu den jeweiligen Zeiträumen, in denen man geschützt war, geäußert – obgleich er darauf hingewiesen hatte, daß eine ständige Einnahme zu permanenter Immunität führen würde –, so daß Beheim gezwungen war, eigene Schätzungen vorzunehmen. Nachdem er die Formel kopiert und sich andere wertvolle Informationen verschafft hatte, öffnete er den Schrank, in dem Felipe die Substanz aufbewahrte, und begann seine Ration mit Wasser zu verdünnen, wobei er sich beeilte, da er jeden Moment befürchtete, ertappt zu werden. Laut den Bemerkungen Felipes über Agenors Forderung nach einem Test erschien es unwahrscheinlich, daß Alexandra oder irgend jemand anderer über einen Vorrat von der Droge verfügte. Daher müßten sie in sein Heiligtum eindringen, um sie sich zu verschaffen. Falls es dazu kommen sollte, plante Beheim eine Überraschung für sie. Die Vorstellung von einer Alexandra, die im Schein jener grotesken Sonne verbrannte, gefiel ihm nicht besonders. Aber dies war, so rief er sich in Erinnerung, ein Spiel nach ihren Regeln – zumindest hatte sie es sich so ausgesucht –, und sie hatte ihn bedrängt, daran teilzunehmen. So bedrückend der Gedanke an ihren Tod war, viel bedrückender war für ihn der Gedanke an seinen eigenen.

Als er seine Vorbereitungen beendet hatte, steckte er drei Flaschen unverdünnter Droge in eine Innentasche. Er schätzte, es wäre ein ausreichender Vorrat für Monate des Schutzes vor dem Sonnenlicht – es könnte sein, daß er gezwungen wäre zu flüchten, wenn die Dinge nicht wunschgemäß verliefen, und er wollte nicht gezwungen sein, sich nur auf die Nachtstunden zu beschränken. Er holte außerdem einen Dolch aus der Schreibtischschublade. Dann eilte er zur Treppe, lud sich Giselle auf die Arme und machte sich – wobei er Paulina vorausgehen ließ – durch dunkle und unbekannte Tunnel und Gänge auf den Weg zum Mittelpunkt der Burg. Während er wanderte, versuchte er für sich zu analysieren, wodurch er in diese Lage geraten war. Es war eine Aufgabe, die er nicht bewältigen konnte. Aber er glaubte, daß ganz gleich, welche persönlichen Launen und politischen Konstellationen eine Rolle spielten, sie alle der Debatte untergeordnet waren, die die Familie zur Zeit beschäftigte. Zum erstenmal kam ihm der Gedanke, daß er, als er mit Agenor und Dolores am Abend des Mordes in der großen Halle gestanden hatte, wie ein Papagei seinem Mentor alles nachgeplappert hatte. Nun, abgeschnitten von Agenors Einfluß, war er sich seiner Meinungen gar nicht mehr so sicher. Wer wußte denn, welche verwirrenden Eventualitäten der Orient für sie bereithielt? Vielleicht gab es dort unbekannte Gefahren, die für die Familie noch bedrohlicher waren als jene, denen sie in Europa ausgesetzt war. Vielleicht konnten sie eine Veränderung in Europa herbeiführen, konnten sie in ihren Aktionen verschwiegener und unauffälliger werden. Das alleine würde ihnen ein Überleben garantieren. Aber es konnte auch sein, daß das Untertauchen im Orient die einzige Taktik wäre, die ihnen genügend Zeit verschaffte, um sich an solch eine Veränderung anzupassen. Am Ende, so erkannte er, würde die ganze Frage höchstwahrscheinlich durch die Hilfsmittel eines Plans oder eines Spiels entschieden, das keiner von ihnen voll und ganz verstand mit Ausnahme vielleicht des erstaunlichen Wesens, das er unbedingt befragen wollte. Es könnte möglicherweise nicht mehr sein als das unausweichliche Ergebnis eines schicksalhaften Wirkens, wie das, dessen Anwesenheit er kurz vor seiner Begegnung mit Vlad gespürt hatte, als er den Gesang seines Blutes hörte, das Wallen eines unvorstellbar großen Wandteppichs kurz vor der Vollendung, einer gestickten Signatur, die sich in einer der unteren Ecken verewigte. Alexandra hatte recht gehabt: Er war lediglich eine Spielfigur. Aber das war sie trotz ihrer Tricks und Listen ebenfalls. Was sie bestenfalls erfahren könnten, war, ob sie zu einer Partei gehörten und sich mit der Chance auf einen rangmäßigen Aufstieg über das Brett bewegten, oder ob sie gegeneinander kämpften und nur in äußerst geringem Maß den Ausgang dieser Konkurrenz beeinflußten.

Der Eingang zu den Räumen des Patriarchen bestand aus einem tunnelähnlichen Gang, der zu einer versteckten Tür führte. Beheim legte Giselle am Beginn des Tunnels auf den

Boden. Er verharrte kniend neben ihr und versuchte, irgendeine Veränderung in ihrem Zustand festzustellen, die auf eine unmittelbare Besserung hinwies. Obgleich ihr Gesicht im flackernden Lichtschein von Paulinas Fackel Farbe annahm, blieb ihr Puls unregelmäßig, und ihre Mundwinkel waren nach unten verzogen, als litte sie unter furchtbaren Schmerzen.

»Was zum Teufel kann er ihr nur gegeben haben?« fragte Beheim und schlug verzweifelt mit der flachen Hand gegen die Tunnelwand.

»Laudanum, wahrscheinlich.« Paulina schüttelte sorgenvoll den Kopf. »Vlad hatte viele Drogen, viele Gifte.«

Beheim konnte sich nicht entschließen, ob er es wagen sollte, Giselle dem Urteil zu unterziehen, ohne sicher sein zu können, daß sie dieses Ritual überlebte, oder nichts zu tun und zu hoffen, daß sie sich aus eigener Kraft erholte. Wenigstens machte seine Unentschiedenheit ihm klar, daß der Zeitpunkt wohl kaum für ein Urteil geeignet war. Er würde sehen, wie die Dinge standen, wenn er von seiner Audienz beim Patriarchen zurückkehrte.

Falls er zurückkehrte.

Es hatte keinen Sinn, sich darüber den Kopf zu zerbrechen.

»Warte bei ihr«, wies er Paulina an. »Hab Geduld. Ich weiß nicht, wie lange es dauern wird.«

Sie entgegnete nichts, aber er brauchte auch keine Reaktion, um sich ihrer Treue sicher sein zu können. Er erinnerte sich, wie es gewesen war, kurz nachdem er sich Agenor unterworfen hatte. Er hatte den Blick nicht von dem Mann lösen können. Er hatte sich jedes Zucken, jede Regung des Mannes eingeprägt; wie Agenors Gelächter sich zu einem rauhen, abgehackten Kichern veränderte; wie er manchmal den Kopf in einer beinahe femininen Geste nach hinten warf, ehe er etwas sagte; wie er seinen rechten Arm über die Brust legte, wenn er sich intensiv mit irgend etwas beschäftigte, den linken Ellbogen in die rechte Hand stützte und dabei die linke Hand aufhielt, als wolle er die Masse seines Gedanken auffangen, der jeden Moment aus seiner Stirn springen mußte. Paulina war, wie Beheim selbst es früher gewesen war, völlig gefangen, verzaubert, und starrte ihn mit unverhohlener Bewunderung an.

Er zog aus dem Hosenbund einen Dolch, den er aus der Bibliothek mitgenommen hatte, und reichte ihn Paulina. »Sollte jemand von der Familie dich hier antreffen, mußt du zuerst Giselle und danach dich selbst töten. Mir ist klar, daß dies ein ziemlich harter Befehl ist, aber glaub mir, ihr werdet auf diese Art und Weise viel weniger leiden.«

Sie betrachtete ihn durch Strähnen blonden Haars mit der gleichen stummen Verehrung wie ein Hund. Er wurde durch ihre Redlichkeit irritiert, und dieses Irritiertsein bezog sich nicht darauf, wer sie war, sondern auf den Charakter der Beziehung, der gleichen Beziehung, die er mit Giselle hatte. Sie kam ihm jetzt in keiner Weise mehr herausfordernd vor und hatte jeglichen Reiz verloren. Das Vergnügen, das er einmal aus solcher Dominanz gewonnen hatte, erschien kindisch, und als er die beiden betrachtete, begriff er, daß obgleich sie ihm nützlich waren, keine der beiden, nicht einmal Giselle, ihm so sehr am Herzen lag, wie er vermutet hatte. Es war Alexandra, eine Frau, für die er gelegentlich sogar einen tiefen Haß aufbringen konnte und die er wahrscheinlich zu töten versuchen würde, die ihn herausforderte und anstachelte. Alexandra, die seine Phantasie beflügelte. Alexandra, deren geheimnisvolle und zweifellos pathologischen Obsessionen seine eigenen Obsessionen anregten. Was Giselle und Paulina betraf, hatte er einen Entwicklungsstand erreicht, von dem es kein Zurück mehr gab; seine sämtlichen Liebeserklärungen und Beteuerungen, daß er sich für sie verantwortlich fühlte, waren lediglich, wie er nun erkannte, Hilfsmittel gewesen, um am Vertrauten, Bekannten, an einem Schutz vor den Ungewißheiten seines neuen Lebens festzuhalten. Er weigerte sich, das alles vorbehaltlos anzuerkennen und redete sich ein, daß er durch diese Gedanken lediglich versuchte, sein Empfinden gegen die Wahrscheinlichkeit von Giselles Tod zu wappnen. Doch während er sich anschickte, die Räume des Patriarchen zu betreten, spürte er, daß dies ein ewiger Abschied wäre, und reagierte erschreckt auf seinen relativen Mangel an Gefühl. Es schien, als beschäftigte er sich weitaus entschlossener mit der Möglichkeit, einer gefährlichen Zukunft entgegenzugehen, als daß er sich an die Sicherheit seiner Vergangenheit klammerte.

»Sei wachsam«, sagte er zu Paulina. »Du darfst nicht einschlafen.«

Er dachte, es müßte noch etwas anderes geben, was man ihr sagen könnte, etwas das sie an seine Rückkehr glauben ließ; aber es steckte nicht in ihm. Er konnte sich auch nicht überwinden, Giselle anzusehen, durch deren Standhaftigkeit und Opfer er beschämt wurde. Er wollte sie lediglich für kurze Zeit verlassen, wollte sie wenigstens für eine Zeit aus seinem Gehirn verbannen. Er machte einen schnellen Schritt, aber während er in den Gang hineinschritt, fing Paulina seine Hand ein und küßte sie und wollte sie nicht loslassen, bis er sie ebenfalls geküßt und sie mit Lügen getröstet hatte.

Nachdem er durch die verborgene Tür getreten war, gelangte Beheim auf einen Steindamm, der sich vom Boden eines riesengroßen Raums emporwölbte – etwa hundert Meter hoch, schätzte er, und fünfzig Meter breit. Dabei bot sich ihm ein Anblick, der, als er Einzelheiten erkannte, seine Wirbelsäule zu Eis erstarren ließ und die Haare in seinem Nacken aufstellte. Es gab keine Lichtquelle, zumindest keine, die er sehen konnte. Trotzdem war es hell. Der Saal war mit einem gespenstischen, körnigen, bläulichen Glanz erfüllt. Er ähnelte der summenden Stille und der Kälte und einem scharfen Ozongestank, als sei das Licht in eine Flüssigkeit mit diesen Eigenschaften verwandelt worden. Der Glanz reichte aus, um vage Schatten zu erzeugen, dennoch war er so matt, daß es einige Minuten dauerte, ehe Beheim Details seiner Umgebung erkennen konnte: Fledermäuse, die durch die kobaltblaue Dunkelheit flatterten; pornographische Basreliefs an den Wänden, viele wie geschmolzen aussehend, stalaktitengleich, die den Eindruck erzeugten, als seien sie natürliche Produkte des Gesteins, die noch nicht ihre endgültige Form angenommen hatten; verschiedene Steindämme und Durchgänge, deren Mündungen sich hier und da über ihm befanden, einige mit massiven eisenbeschlagenen Türen versehen, andere lediglich Spalten im Gestein; weitere überall vorhandene Statuen – keine der Figuren, die er sehen konnte, verfügte über ein Gesicht. Sie hatten nichts anderes als leere Ovale, die auf menschlichen wie tierischen Oberkörpern saßen. Das seltsamste dieser Gebilde bedeckte jedoch den Boden der Halle, der sich etwa sechs bis sieben Meter unter ihm befand und in einer Weise bearbeitet worden war, so daß es aussah, als sei er mit Tausenden ausgebleichter, unterernährter Körper mit gequälten Gesichtszügen bedeckt. Die Skulptur war mit einer derartigen Bewegung erfüllt, daß Beheim sich vorstellte, die Körper würden sich vorwärtsschieben, übereinander hinwegkriechen, alle in dergleichen Richtung vordringend, alle unterwegs zum gleichen, nicht faßbaren Ziel. Und dann gewahrte er zu seinem Schrecken, daß sie sich tatsächlich in Bewegung befanden, daß sie nicht aus Stein, sondern aus Fleisch bestanden, auf irgendeine Weise von einem Ausläufer des Willen des Patriarchen belebt wurden.

Während er dort stand und im dürftigen Licht und in der feuchten Luft fröstelte und sich dabei immer unbehaglicher fühlte, erkannte Beheim, daß die Kammer selbst unter Berücksichtigung der außergewöhnlichen Möglichkeiten der Burg Banat nicht als normal und üblich bezeichnet werden konnte. Der Ort war selbst ein Mysterium. Er konnte es spüren. Es war ein Teil des Todes, Teil der unendlichen Gefilde, deren einzige Grenze der Akt des Sterbens war, und wie alle Mysterien war es ein Gefilde, in dem man sich völlig verlieren konnte, wo die Idee vom Leben nach dem Tod von einem philosophischen Konzept zu harscher Greifbarkeit verwandelt wurde, eine Region, deren unergründliche Logik innerhalb eines Augenblicks einen Zipfel schwarzen Seins zu einer Monstergestalt, zu einem Traum, zu einer endlosen Folge bedrohlicher Ereignisse und Objekte auffalten konnte. Er empfand nun die gleichen ungebändigten Schwerkräfte wie damals, als er dem Urteil unterzogen wurde, die gleiche schwächende Verzweiflung und den Verlust der Orientierung, als stürzte er unaufhaltsam, erfüllt von der Hoffnung auf ein Feuer, das sein Blut entfachte und ihm die Kraft verleihen möge, gegen die Strömungen des Todes anzuschwimmen und einem der Lichter entgegenzustreben, die in der Ferne funkelten. Irgendwie war es dem Patriarchen gelungen, die Kontinua von Leben und Tod miteinander zu verbinden, und hier hielt er sich in beiden auf, war zu Hause in Feuer und in Eis, in Fülle und Nichts, verankert in diesen beiden Gegensätzen und sich im Laufe der langen Jahrhunderte zu einem Gott härtend.

Erschrockener, als er es jemals gewesen war, wich Beheim vom Rand des Damms zurück, wobei er die Masse sich windender Körper entsetzt anstarrte. Doch dann entdeckte er etwas auf einem fast genau gegenüberliegenden Damm, etwa fünfunddreißig Meter entfernt, das ihn innehalten ließ: eine leuchtende Gestalt, ein Mann, der aus weißem Feuer bestand, der vor dem dunkelblauen Hintergrund so scharf gezeichnet erschien, daß er aussah wie in der Luft schwebend. Obgleich die Erscheinung menschliche Formen besaß, war sie gesichtslos, und ihre Wirkung entsprach eher, wie ihm später klarwerden sollte, der Signatur eines Zauberers am Ende einer mystischen Schriftrolle. Nach ein paar Herzschlägen hob die Gestalt einen Arm und deutete auf eine gezackte Öffnung gut zehn Meter über ihnen und ein wenig nach links versetzt. Beheim kam der Gedanke, daß die Gestalt einen Weg zum Patriarchen wies und ihm befahl, ihn zu benutzen. Aber die Vorstellung, hinunterzusteigen zwischen diese halb-lebendigen Erscheinungen, die sinnlos ins Nichts strebten ... Das konnte er nicht ertragen. Er wich zur Tür zurück, aber als er herumwirbelte und sich anschickte loszurennen, stand er plötzlich Auge in Auge einer weiteren leuchtenden weißen Gestalt gegenüber. (Oder war es dieselbe? Als er über die Schulter blickte, konnte er keine Spur vom Original erkennen.) Sie stand auf Armeslänge entfernt und versperrte ihm den Ausgang. Obgleich das Gesicht ohne Züge war und er in dieses weiße Oval starrte, in ein absolutes feuriges Weiß, in dem verwirrende Schattierungen aller Farben aufblitzten, hatte er einen Eindruck von einem wahnsinnigen Intellekt, von einer Seele in heftigem Aufruhr. Eine Berührung dieser brennenden Hand, dachte er, und eine alles verzehrende Energie würde sein Fleisch durchdringen, ihn in ein rasendes, anonymes Ding verzaubern, in eine Seele, gefangen in einer Rüstung aus Feuer, durch Schmerz in den Wahnsinn getrieben, nur noch fähig zu diesem Wächtergehorsam.

Beheims erster Gedanke war, daß diese Gestalt ein Mensch gewesen war wie er selbst, einer, der den Patriarchen erzürnt hatte und auf diese Art und Weise bestraft worden war. Aber dann erkannte er plötzlich, daß dies nicht jemand war wie er, sondern daß es sich dank eines unheimliches Prozesses um das Bild oder die Wirklichkeit seiner Zukunft handelte, um die brennende Erscheinung, in die er sich verwandeln würde, wenn er jetzt zu fliehen versuchte. Er konnte nicht entscheiden, ob dieser Eindruck eine Vorwarnung war oder ob der Patriarch sie in seinen Geist gepflanzt hatte ... wobei er zu letzterer Erklärung neigte. Aber ganz gleich, welcher Art die Vorahnung war, er zweifelte nicht an ihrer Richtigkeit. Zögernd näherte er sich dem Ende des Damms und stellte zu seiner Erleichterung fest, daß die Körper einen Durchgang für ihn geschaffen hatten, der sich als gewundener Weg über den Boden des Saales schlängelte. Diese Entwicklung verminderte seine Angst aber nur unbedeutend, und seine Beine waren wacklig, und er empfand eine zunehmende Hoffnungslosigkeit, während er über brüchige Steine zum Boden des Raums hinunterstieg und sich auf den Weg zur Höhlenmündung machte, auf die die brennende Gestalt gedeutet hatte.

Er bemühte sich, nicht auf die Körper zu blicken, die sich mehr als mannshoch zu beiden Seiten auftürmten, während er die Durchquerung in Angriff nahm. Aber ab und zu erregte etwas seine Aufmerksamkeit, ein kehliger Laut, ein pfeifendes Atmen, ein verzweifelter Seufzer, und er blickte reflexartig in Richtung des Lauts und sah ein starrendes Auge, einen schlaffen Mund, ein Gewirr bläulich weißer Gliedmaßen, einen bleichen Schädel, aus dem schütteres schwarzes Haar sproß, ein abgemagertes Gesäß. Alles war wahllos und ohne Ordnung arrangiert, als wäre ein wahnsinniger Künstler am Werk gewesen. Er gestattete seinen Augen keine ausgiebigen

Blicke, aber auch nur ein kurzer reichte aus, um ihm mitzuteilen, daß trotz ihrer furchtbaren Verfassung diese bemitleidenswerten Kreaturen noch über Geist und Willen verfügten. Ihre gequälten Gesichter zeigten einen flehenden Ausdruck. Ein Flehen und das, was Beheim als ängstliches Erkennen interpretierte. Ihr Fleisch war geschändet, mißhandelt, und verlieh ihren Zügen einen androgynen Effekt. Dennoch waren hier und da verschrumpelte Genitalien und schlaffe weibliche Brüste zu sehen. Die gesamte Ansammlung schien eine schwache emotionale Strahlung auszusenden. Er konnte sie beinahe hören, weniger als ein Greinen, sondern eher als ein Singen, kein Ausdruck – wie er angenommen hätte – der Qual und der Verzweiflung, sondern milderer Gefühle, des Trotzes und der Hilflosigkeit vielleicht, als wären sie nicht unbedingt unglücklich über ihr Los, sondern lediglich damit unzufrieden.

Nachdem er sich ungefähr eine halbe Minute lang zwischen ihnen bewegt hatte, gewöhnte Beheim sich halbwegs an die Umgebung. So einschüchternd es auch erschien, so stellte die Kammer jedoch eine hinreichend großzügige Konstruktion dar, um die Wirkung der grauenhaften Details ein wenig zu mildern. Wenn, so sagte er sich, man es schaffte, seine anfängliche Abscheu zu überwinden und das Ganze als eine weitere Spielart des bizarren Innenlebens der Burg zu betrachten, konnte man zu einer Perspektive gelangen, konnte man das Szenario als Teil einer fremden Welt, ja, sogar als auf seltsame Art erhaben betrachten. Aber als er um eine Kurve bog und die Öffnung sehen konnte, die er benutzen wollte, verschwamm Beheims mühsam errungene Perspektive. Dutzende von den Kreaturen hatten sich aufeinandergelegt, um eine Art Treppe zu bilden, auf der er emporsteigen mußte, um an sein Ziel zu gelangen. Er machte Anstalten, umzukehren, da er nicht bereit war, mit ihnen in einen so intimen Kontakt zu treten, mußte aber feststellen, daß die Furt sich hinter ihm geschlossen hatte und nichts anderes zu sehen war als eine Mauer aus aufgetriebenen Bäuchen und schmuddeligen Ellbogen und schwieligen Beinen. Ihm blieb nichts anderes übrig, als seinen Weg fortzusetzen.

Er kämpfte sich diese Treppe hinauf, klammerte sich an gekrümmte Knie und Gesäßfalten, trat auf Stirnen und Brustkörbe und Rücken, spürte dabei flatternde Pulsschläge und hörte erschreckte Ausrufe, als er sein Gewicht auf einen Bauch oder eine Brust verlagerte, sich auf ein Schulterpaar stützte und sich bückte und dabei dem Gesicht einer glotzenden Frau so nahe kam, daß ihr Friedhofsatem seine Wange wärmte und er unter seinen Füßen spürte, wie die Körper sich anstrengten, nicht unter ihm nachzugeben. Nicht einmal die Kriechtour hinter Vlad her durch das Abwasserrohr war eine so bedrückende Erfahrung gewesen, und als Beheim das obere Ende erreichte und in die Tunnelöffnung stolperte, fühlte er sich so beschmutzt und erschöpft, daß er bereit war, seinen Platz unter diesen verdammten und fast leeren Hüllen einzunehmen und mit ihnen hin und her zu rutschen und neue Wege und Sackgassen für neue Rekruten zu schaffen. Er lehnte sich an eine Wand und sammelte sich. Blaues Licht drang durch den Tunnel zu ihm, funkelte auf den Gesteinsflächen und verkündete die Existenz einer weiteren Kammer. Er nahm an, daß sie nicht weniger schrecklich wäre als die erste.

Mit müden Schritten drang er im Tunnel vor und blieb einmal stehen, um seine Möglichkeiten zu überdenken. Er entschied schnell, daß er keine hatte außer weiterzugehen. Ein kurzer Fußmarsch führte ihn, wie erwartet, ans obere Ende einer prächtigen Marmortreppe, die in einen zweiten Saal hinunterführte. Er war ebenso riesig, allerdings war er viel länger als hoch und entsprach in seiner Form in etwa einem Ei, das auf der Seite ruhte. Der blaß-graue Boden war glatt und leicht wellig, wie abgewetzter Kalkstein. Er dachte sofort an eine große natürliche Höhle, ein Untergrundpanorama, wie es in den Werken eines barocken Phantasten beschrieben sein könnte. Auch hier herrschte quellenloses blaues Licht; auch hier waren die Wände mit verstörenden Basreliefs verziert und war der Saalboden mit Hunderten menschlicher Gestalten bedeckt. Diese hingegen krochen nicht, sondern sie standen und wanderten herum und tanzten sogar. Von jenem ungesunden Glanz übergossen, in elegante Lumpen – Überreste von Ballkleidern und Abendgarderobe – gehüllt, die Bewegungen gemessen, wenn auch ein wenig steif, drehten bleiche Paare sich zu den unhörbaren Rhythmen eines langsamen Walzers – zumindest unhörbar für Beheims Ohren. Dabei mieden sie die zahlreichen kleinen schwarzen Tümpel, rund wie Punkte, die auf der Fläche verteilt waren, glitten durch die Schatten riesiger Statuen, Krieger, wilder Tiere und so weiter, insgesamt neun oder zehn, die in unregelmäßigen Abständen hochragten wie Schachfiguren in der Endphase eines Spiels. Es war eine Versammlung, die der ähnelte, die am Abend des Mordes im Bankettsaal stattgefunden hatte, nur daß hier keine Musik, kein Gelächter, keine Unterhaltung erklang, sondern nur eine lastende Stille herrschte, die aus den blauen Schatten am entgegengesetzten Ende der Halle herauszuwallen schien.

Trotz der morbiden Absonderlichkeit der Szene kam dieser Raum ihm weitaus gastfreundlicher vor als der erste. Aber welches Gefühl der Zufriedenheit diesen Gedanken hervorgebracht haben mochte, wurde weggewischt, als er die Frau bemerkte, die auf der Treppe zu ihm emporstieg. Als sie näher kam, sah er, daß sie sehr schön war, obgleich ihre Blässe und die Starrheit ihrer Gesichtszüge – typisch für die angesehensten Mitglieder der Familie, wie er gehört hatte – nicht zur Verbesserung dieses Eindrucks beitrugen. Das schwarze Haar war zu einem dicken Zopf geflochten, der auf eine Schulter herabhing. Die sanften Rundungen ihres Bauchs und ihrer Brüste zeichneten sich unter ihrem Kleid aus weißem Brokat ab, und ihre Gesichtszüge waren markant, fast zu markant im Vergleich mit den feinen Knochen, die sie stützten. Es war ein mediterranes Gesicht mit großen dunklen Augen und hohen Wangenknochen und vollen Lippen. Sein olivfarbener Hautton erschien wächsern, trotzdem hatte sich ein sinnlicher Reiz erhalten können. Und in der Tat, je länger er sie ansah, desto mehr schienen ihre todgleiche Gesichtsfarbe und ihr starrer Gesichtsausdruck positive Elemente ihrer Schönheit zu sein, perverse Akzente, die von einer betörenden Sexualität kündeten. Obgleich sie zu enormer Gewalt und Rachsucht fähig sein mußte, konnte er nicht anders als sie zu bewundern und sich in ihre allernächste Nähe zu wünschen, um durch eine enge Verbindung an ihrem Wissen und ihrer Macht zu partizipieren. Er fragte sich, wie lange sie schon lebte. Eintausend oder sogar noch mehr Jahre, schätzte er. Sie hatte die byzantinische Welt gekannt, die römische, hatte Darius und Caesar persönlich erlebt. Sie könnte Helena sein, Magdalena, Kleopatra, eine kretische Zauberin. Verglichen mit ihr, verglichen mit der Kraft des kalten Feuers, das von ihr ausstrahlte, seine Angst betäubte und ihn für ihre Reize zunehmend anfällig machte, waren alle Frauen der Familie, die er gekannt hatte, sogar Alexandra, wie junge, sexuell unerfahrene Mädchen.

Sie öffnete den Mund, dann schloß sie ihn wieder und seufzte, als fiele ihr das Sprechen schwer. Als sie schließlich redete, war ihre Stimme matt, schwerfällig. Zwischen den Silben einiger Worte klafften längere Pausen, die sie schweratmend überbrückte. »Du bist überaus willkommen, Michel«, sagte sie und reichte ihm die linke Hand, die mit einem Mondstein, der in einer Fassung in einem silbernen Armreif steckte, geschmückt war. »Komm, ich will dich deinen älteren Cousins vorstellen.«

Ihr Griff war trügerisch sanft. Er wußte, daß sie ihn am Arm ergreifen und nur mit geringer Kraftanstrengung quer durch den Saal schleudern konnte. Als sie ihn die Treppe hinunter und zwischen die dahinschwebenden Tänzer geleitete, dachte er jedoch nicht über die bedrohlichen Möglichkeiten nach, die ihr Griff auch noch verheißen konnte, sondern er kostete die Erregung aus, die immer dann in ihm aufloderte, wenn ihre Hüfte die seine berührte. Er nahm den einzigartigen Duft ihres Blutes wahr, betrachtete verstohlen das Vibrieren des Fleisches an ihrem Brustansatz, das durch jeden ihrer Schritte hervorgerufen wurde, sah den Lichtschein in ihren Augen, der immer dann aufblitzte, wenn sie ihn anschaute, einem silbrigen Fisch ähnlich, der in einem schwarzen Teich kurz an der Oberfläche auftaucht, kaum ein Glitzern, aber zu hell, um nur ein Reflex zu sein. Ein amüsiertes Lächeln spielte um ihre Lippen, wenn sie ihn dabei ertappte, wie er sie ansah. Er nahm ihr ganzes Wesen in sich auf, eine starke Ausstrahlung, in der er uralten Zauber und vergessene Historien, untergegangene Königreiche und brennende Städte wahrnehmen zu können glaubte. Er war von ihr so verzaubert, daß er kaum registrierte, wie sie ihn vorstellte. Das arrogante, abfällige Nicken der Männer, die heißen Blicke der Frauen, die versuchten, einen flatternden Zipfel seiner Seele aufzuspießen, die illustren Namen der Zweige, die sie repräsentierten, Vandelore, Moritella, Agenor, Pescalco, de Czege, LeMiron, Sepulveda – all das war eigentlich unwichtig. Es war *ihr* Name, den er erfahren wollte, waren *ihre* Gesten und Blicke, die er so gerne verstanden hätte. Und erst als ein tanzendes Paar ihnen zu nahe kam und ihn anrempelte, löste sich der Bann, mit dem sie ihn belegt hatte, und er konnte sich wieder daran erinnern, weshalb er hergekommen war. Und es dauerte ebenfalls bis zu diesem Augenblick, daß er endlich erkannte, wo er stand, indem er mit doppelter Intensität das Mysterium, die Desorientierung und den erlahmenden Geist spürte, die sich aus der Nähe zu den Gefilden des Todes erklärte, die sich überall erstreckten und mit dem Leben verbunden waren wie eine dunkle, tieferliegende Hautschicht und an solchen Orten wie diesen durch die dünne Decke der Welt der Lebendigen hindurchschimmerten.

Er riß sich von der Frau los und schaute sich mit wilden Blicken um. Sie hatten die Kammer zur Hälfte durchmessen und blieben etwa zehn Meter von einer der Statuen entfernt stehen: einem monolithischen eisenfarbenen Felsen, der aus dem hellen Stein des Bodens hervorbrach und auf dem ein massiver Thron aus irgendeinem mit Einschlüssen versehenen blauen Mineral ruhte. Darauf saß eine männliche Gestalt mit groben, brütenden Gesichtszügen und Klauenhänden und dunkler korrodierter Haut in fast der gleichen Farbe wie der Thron, so daß es aussah, als versinke er darin oder als tauche er daraus auf. Mehrere schwarze Tümpel umsäumten die Basis des Monolithen, und vier Paare suchten sich kreisend und schwebend und mit ausgelassenem Kopfschwung einen Weg zwischen ihnen hindurch. Das einzige Geräusch war das scharfe Scharren ihrer Tanzschuhe auf dem Stein. Während er die Statuen im Saal betrachtete – massige Gebilde, deren Untertanen über den gewellten grauen Boden wirbelten, fühlte Beheim sich winzig klein und verloren und völlig außerhalb seines Elements.

»Ich muß mit dem Patriarchen sprechen!« sagte er zu der Frau und versuchte, seiner Stimme einen herrischen Klang zu verleihen, hörte jedoch nur ein Zittern darin. »Und zwar sofort!«

Sie ließ sich nicht aus der Ruhe bringen. »Er hört dich in diesem Moment, Michel. Du brauchst nur deine Wünsche zu äußern.«

»Wo ist er?« Beheim fuhr herum und suchte nach einem Anzeichen für den unsichtbaren Lauscher. »Ich muß ihn sehen!«

»Michel!« Der gebieterische Tonfall ließ ihn verstummen. »Er sieht dich. Das ist der wichtige Punkt. Nun sag schon, was du zu sagen hast, und er antwortet dir.«

Als er begriff, daß er es nicht schaffen würde, seinen Willen durchzusetzen, wurde Beheim ganz ruhig und begann das bisherige Geschehen zu schildern. Er berichtete von seinem Plan und den Zielen, die er zu erreichen hoffte, und richtete seine Worte an die Frau. Sie behielt ihn weiterhin im Auge, jedoch lag in ihrem Blick nichts Bezwingendes mehr wie vorher. Es war so, als seien einige wichtige Aggregate in ihrem Innern abgeschaltet worden. Abgesehen vom Heben und Senken ihrer Brust stand sie reglos da, während ihr weißes Kleid im Halblicht sanft leuchtete.

Als er geendet hatte, behielt sie für eine Weile ihr Schweigen bei. Schließlich, kaum lebhafter, als sie sich beim Zuhören gezeigt hatte, sagte sie: »Natürlich wußten wir, daß Felipe und Dolores ins Mysterium übergegangen waren. Aber wir wußten nicht, wer für ihr Schicksal verantwortlich war.« Eine kurze Pause. »Sie waren sehr beliebt.«

In den letzten Worten lag der Anflug einer Anklage, und Beheim versuchte sofort, sich zu verteidigen. »Ich hatte keine andere Wahl. Ich befolgte lediglich den Befehl des Patriarchen.«

»Vielleicht. Allerdings kommt es uns so vor, als wärest du in deinem Gehorsam übereifrig gewesen. Aber wie dem auch sei, sobald diese Angelegenheit geklärt ist, werden die Valeas sich bemühen, sich mit den Agenors zu einigen. Ich denke, das dürfte dir kaum entgehen.«

Beheim nahm aus dem Augenwinkel eine Bewegung wahr, aber als er sich umwandte, sah er nur die Statue des Mannes auf dem Thron. Eisige Finger strichen über seine Wirbelsäule. Hatten die mit Klauen bewehrten Hände sich nicht auf den Armlehnen des Throns bewegt? Er war sich dessen ganz sicher. Und diese hellen Streifen unter den schweren Lidern – waren das irgendwelche Unregelmäßigkeiten im Stein oder das Weiße zweier Augäpfel? Diese Statue, dachte er, konnte durchaus der Patriarch sein. Wenn ja, dann war das Ausmaß seiner Deformationen, dieser Zustand der beinahe vollständigen Versteinerung, furchtbar. Der Preis für ein Jahrtausende währendes Leben war in der Tat enorm hoch. Er betrachtete diese verhangenen Augen, versuchte mit dem großen kalten Geist, der immer noch in seinem Kerker aus versteinertem Fleisch lebendig war, Verbindung aufzunehmen, und sagte: »Ich kann ohne Ihre Hilfe nicht weitermachen, Lord. Sollte ich das Gerücht verbreiten, daß sich ein wichtiger Hinweis im Zusammenhang mit dem Mord an der Goldenen außerhalb der Burg befindet, würde es sicher als potentielle Falle des Mörders verstanden. Wenn *Sie* jedoch etwas Derartiges verlauten lassen würden, dürfte niemand daran zweifeln. Außerdem erbitte ich eine Anzahl von Dienern, die mir helfen sollen, noch vor Tagesanbruch die Falle vorzubereiten. Nach meiner Berechnung haben wir noch sechs Nachtstunden zur Verfügung, und es wird einige Zeit dauern, um alles Nötige zufriedenstellend zu organisieren.«

Erneut ließ die Frau einige Sekunden verstreichen, ehe sie redete. »Deine Bitte wird dir erfüllt werden.«

Beheim hatte bei dem Mann auf dem Thron keinerlei Bewegung festgestellt, und er fragte sich, ob möglicherweise mentale Signale zwischen dem Mann und der Frau hin und her gingen.

»Sie verstehen, daß dies mit einiger Raffinesse geschehen muß«, sagte Beheim. »Die Verbreitung des Gerüchts, meine ich. Und Sie dürfen vor Tagesanbruch niemanden informieren. Lassen Sie verlauten, ich wolle die Leiche der alten Frau kurz nach Einbruch der Dunkelheit untersuchen und ich wünsche, daß niemand die Leiche berührt, ehe ich nicht selbst Gelegenheit hatte, einen Blick darauf zu werfen. Was das Fehlen von Felipe und Dolores angeht, müssen Sie sich irgendeine Geschichte einfallen lassen. Was Sie erzählen, überlasse ich Ihnen.«

»Alles wird erledigt, so wie du es verlangst«, sagte die Frau. Und nach einer längeren Pause: »Ich helfe dir jedoch nur unter einer Bedingung. Meine Vertreterin begleitet dich. Hast du noch einen Vorrat von der unverdünnten Substanz?«

»Den habe ich.«

»Genug für zwei?«

»Mehr als genug.«

Sie streckte eine Hand aus, und er reichte ihr widerstrebend eine seiner drei Flaschen. »Ich schicke sie dir nach Tagesanbruch.«

»Ein Schluck sollte ausreichend Schutz für den Tag geben«, sagte Beheim. »Da ist noch etwas anderes, Lord. Zwei meiner Dienerinnen warten draußen vor Ihren Räumen.«

»Ja«, sagte die Frau. »Das wissen wir. Eine bedarf dringend des Urteils.« Sie neigte den Kopf ein wenig, als versuchte sie, ihn besser zu erkennen. »Sollen wir für dich das Urteil über sie sprechen?«

Die Aussicht, sich von seiner Verantwortung zu befreien, war sehr angenehm, aber er widerstand der Versuchung. »Nein, Mylord. Aber ich bitte Sie, auf sie aufzupassen, während ich unterwegs bin.«

Sie nickte. »Das kann geschehen.«

»Eines interessiert mich aber noch, Mylord«, sagte Beheim. »Ich habe gehört, daß all dies, die Untersuchung, der Mord, Teil eines Spiels sei und daß Spiele an der Tagesordnung seien und daß ich nur ein unwichtiger Spieler bin. Das kann ich durchaus akzeptieren. Aber es gefällt mir nicht, daß ich vom Ziel dieses Spiels keine Ahnung habe. Von seinem Einsatz.«

Die Frau sagte nichts.

»Unsere gemeinsame Diskussion«, sagte Beheim. »Die Frage, ob die Familie in den Orient umziehen soll oder nicht ... ist dies vielleicht einer der Punkte, um die es geht? Das Ende unserer Diskussion?«

»Vielleicht«, sagte die Frau.

Enttäuscht schüttelte Beheim den Kopf. »Meinen Sie mit ›vielleicht‹, daß dies nur ein Punkt unter vielen ist, die auf dem Spiel stehen, oder ist es so, daß ...«

»Die Antwort auf all deine Fragen lautet ›vielleicht‹«, sagte die Frau. »Jeder Moment bringt eine neue Antwort, aber soweit es dich betrifft, lauten sie alle ›vielleicht‹, denn du verfügst nicht über die notwendigen Kenntnisse, um die Fragen in ihrem tieferen Sinn zu verstehen.«

Beheim wollte darauf etwas erwidern, aber sie bedeutete ihm mit einer Handbewegung zu schweigen.

»Diese Überlegungen zu einem möglichen Umzug«, fuhr sie fort, »sind für uns eigentlich nur von geringem Interesse. Bis zu einem gewissen Grad beeinflußt dies all unsere Vorhaben und Aktivitäten. Aber nur bis zu einem gewissen geringen Grad. Sollte uns ein Unglück zustoßen, haben einige« – sie deutete auf die Zuschauer und die tanzenden Paare – »andere Möglichkeiten sich zu schützen außer bis ans Ende der Welt zu flüchten. Andere wollen überhaupt nicht fliehen. Andere wiederum begreifen diese Idee von einer Flucht überhaupt nicht. Du siehst also, während diese Frage die Mehrzahl unserer Cousins beschäftigt, ist es im Kreis dieser überaus illustren Minderheit allenfalls eine flüchtige Überlegung wert.«

»Aber Ihnen liegt doch gewiß das Wohl aller Familienmitglieder am Herzen, und nicht nur das ihrer mächtigsten Angehörigen.«

»Wenn du in mein Herz blicken könntest«, sagte die Frau, »würden deine Augen sich bei diesem Anblick verdunkeln. Wenn du nur ein Hundertstel der Überlegungen anstellen würdest, die jede Sekunde auf mich einstürmen, würde dein Gehirn zerspringen. Spiel deine Rolle. Lerne, während du sie spielst. Das ist alles, was du tun kannst. Auf jeden Fall wirst du irgendwann deine eigenen Schlüsse ziehen, ganz gleich, was ich dir erzähle.«

Beheim war enttäuscht. Soviel ertragen zu haben, diesen

entsetzlichen Vorraum überwunden zu haben und eine derart ausweichende Antwort zu erhalten, entdeckt zu haben, daß der Patriarch nicht mehr war als eine Statue, ein grotesker Gartenschmuck, der nur mit Hilfe einer Stellvertreterin kommunizieren konnte, war weitaus schlimmer als nur enttäuschend. Er hatte eine dynamischere Erscheinung erwartet, jemanden, dessen Macht und Klarsichtigkeit all seine Zweifel vertrieb und seine Weisheit steigerte.

Die Frau gab ein amüsiertes Zischen von sich. Ihr Lächeln vertiefte sich, bis die Spitzen ihrer Fangzähne entblößt wurden, was ihrer Schönheit eine weitere unheimliche Nuance hinzufügte. Einige der Paare hatten aufgehört zu tanzen und beobachteten Beheim mit einem Ausdruck spöttischer Erwartung.

»Du möchtest dich dem Patriarchen widersetzen?« fragte die Frau mit gleichmütiger Stimme. »Du hast wirklich Mut.«

Beheim betrachtete verwirrt die Statue des Mannes auf dem Thron mit seiner korrodierten blauen Haut, seinem mürrischen Mund und den Schlitzaugen. »Ich dachte, das wäre …«

»Später vielleicht. Im Augenblick sitzt er nur seine Zeit ab.« Sie trat auf Beheim zu und ergriff seine linke Hand. »Komm mit, Michel. Wenn du unbedingt den Patriarchen sehen willst, dann bringe ich dich zu ihm.«

Sie zog ihn hinter sich her zum Rand eines der schwarzen Tümpel, und als er hinabschaute und Lichter unter der Oberfläche dahintreiben sah, die aussahen wie Fächer eines bleichen Glanzes ähnlich eines erlöschenden Nordlichts, stieß er einen Schrei aus und warf sich nach hinten. Er erkannte, daß dieser Tümpel, und sehr wahrscheinlich auch alle anderen, keine Sammelbecken für aufsteigendes Grundwasser waren, sondern Tore zum Mysterium, zu den Gefilden des Todes. Die Frau hielt ihn fest, drückte seine Hand mit solcher Kraft, daß er glaubte, die Knochen würden zerquetscht. Sie bedachte ihn mit einem vernichtenden Blick, und schnell war er vom Farbenwechsel ihrer Iris, vom Kleiner- und Größerwerden ihrer Pupillen wie gebannt. Seine Angst verminderte sich zu einer leichten Unruhe. Als sie ihm befahl, vorzutreten, vernahm er eine leise innere warnende Stimme und nicht mehr, und er tat, was sie von ihm verlangte.

Das Eintauchen in den Tümpel glich dem Durchstoßen der Kruste in einer Kanne mit sich verfestigender Butter. Die Kruste glitt fettig zwischen Beheims Beine, kroch hoch zu seiner Brust, über sein Gesicht, wie ein blindes Wesen, das nach ihm griff und sich mit seiner Gestalt vertraut machen wollte. Dann stürzten er und die Frau in ein eisiges Nichts, in einen Abgrund, der bevölkert wurde von Trauben von Sternenlicht, das hier und da aufleuchtete wie die Blüten an einem schwarzen Busch. Das Vorhandensein der Lichter schmerzte ihn. Sie erschienen unerreichbar fern und hell und hoffnungsvoll. Sie waren wie ein Schutz vor der grundlosen Dunkelheit, in die er hinabraste. Die Kälte war so intensiv, daß er die Hand der Frau nicht mehr spüren konnte, und er stellte erschrocken fest, daß sie ihren Griff nicht gelöst hatte. Sie trieb neben ihm, war ihm halb zugewandt. Die klassischen Linien ihres Gesichts wurden von einem dämonischen Lachen verzerrt. Der Gegenwind preßte den Rock gegen ihre Beine, und das Kleidungsstück schmiegte sich an ihren Bauch und ihre Oberschenkel. Ihr Haar flatterte von ihren Schultern hoch und verschmolz mit der Schwärze. Sie sah so wild aus, erschien so hitzig und verderbt, daß er erwartete, sie jeden Moment in Flammen aufgehen zu sehen. Er schaffte es, sich schnell umzudrehen und zurückzuschauen. Ein einsames blaues Licht blinkte und glitzerte – es war der Tümpel, genauer seine Oberfläche von unten betrachtet. Beheim erkannte rundum die schwarzen Mauern des Todes, die sich von diesem speziellen Licht wegbogen, als wäre es der Hals einer Flasche gewesen, in die er gestoßen worden war. Aber in jeder anderen Richtung gewahrte er eine perspektivlose Tiefe, und als er wieder zurückschaute, entdeckte er, daß der blaue Lichtschein geschrumpft war und nun eine Position am Rand einer Lichttraube innehatte, und er konnte nichts mehr von einer Eingeschlossenheit wahrnehmen.

KAPITEL 11

Anfangs hatte er überhaupt kein Gefühl für die Geschwindigkeit, mit der sie abstürzten, denn er wehrte sich nicht dagegen wie am Tag seines Urteils, sondern es reichte ihm, daß er mit den Füßen voran fiel, und er entspannte sich ein wenig und fand sich mit der Situation ab. Weshalb, so fragte er sich, sollte er sich wehren? Er tat das, was der Patriarch verlangte. Nichts würde ihm passieren. Aber als er sah, daß das Haar der Frau senkrecht über ihrem Kopf flatterte, und begriff, daß ihre Geschwindigkeit deutlich zugenommen hatte, versagte seine Einsicht. Er glaubte zu spüren, wie die Schwärze in ihn einsickerte, sich in seinen Augenwinkeln, seinen Poren festsetzte und herausspülte, was von seiner Seele noch übrig war. Sie füllte sein Gehirn mit Nullen, würgte sein Herz, vereiste seine Knochen. Er zerrte an den Fingern der Frau, versuchte die Schwärze wegzureißen, dorthin zurückzuschwimmen, woher er kam, aber da er nur eine Hand benutzen konnte, kam er nicht voran, und alles, was er mit seiner Gegenwehr erreichte, war, daß sie beide völlig unkontrolliert zu trudeln begannen. Licht waberte in dem verschwommenen Durcheinander vor seinen Augen. Die Atemluft wurde ihm aus der Brust gesogen. Jedes Quentchen Kraft und Entschlossenheit war nötig, um sie wieder abzubremsen und auszurichten. Die Frau war ihm dabei überhaupt keine Hilfe. Nichts, so schien es, konnte ihr pathologisch zufriedenes Lächeln stören.

»Verdammt!« schimpfte er und war überrascht, daß er in all der wirbelnden Leere überhaupt seine eigene Stimme hören konnte. »Laß mich los!« Er versuchte erfolglos, sich loszureißen. Ihr Lächeln vertiefte sich, und sie schüttelte spöttisch den Kopf, als wäre er ein Kind, dem sie eine Süßigkeit vorenthielt.

Er holte mit der Hand aus, sammelte seine gesamte Kraft und schlug ihr ins Gesicht. Ihr Kopf bewegte sich keinen Millimeter. Sie hätte ebensogut aus Stein sein können. Er krümmte seine Finger, wollte ihr die Augen auskratzen, aber sie stieß seine Hand beiseite und machte sein Handgelenk mit dem Hieb kurzzeitig gefühllos. Er wollte sie anflehen, sie bitten, aber das ließ sein Stolz nicht zu.

Die Strömung, die sie in den Abgrund hinauszog, war stärker als jede andere, die er bisher erlebt hatte. Selbst wenn er beide Hände freigehabt hätte, bezweifelte er, daß er sich dagegen hätte wirkungsvoll zur Wehr setzen können. Und es könnte sein, entschied er, daß überhaupt keine Notwendigkeit bestand, das zu tun, denn die Strömung – die mit jeder verstreichenden Sekunde an Tempo zunahm – schien sie den fernen Lichtern entgegenzutreiben, der Rettung, und nicht von ihnen weg, wie es während seines Urteils der Fall gewesen war. Vielleicht, so sagte er sich, herrschte in seinen Gedanken wieder einmal Panik, wurde er hysterisch, vielleicht war der Patriarch nicht zu Hause und erledigte irgend etwas, während eine schnelle Strömung den Hilfsdienst versah und jeden, der zufällig vorbeischaute, zu seinem Ausgangsort oder an irgendeinen anderen sicheren Platz brachte. Aber als sie sich dem nächsten Licht näherten – es war ein winziger gelber Punkt, der zu einer strahlenden gelben Sonne angeschwollen war –, erkannte er, daß der Mittelpunkt, auf den er hatte zusteuern wollen, um diesen endlosen Sturz um jeden Preis zu beenden, von irgend etwas versperrt wurde. Von einer Frau, wie er schließlich erkannte, als der Abstand sich weiter verringert hatte. Sehnig; olivfarbene Haut. Mit apfelrunden Brüsten und muskulösen Beinen und einer entsetzlichen Wunde im Hals, die sie beinahe enthauptet hätte. Getrocknetes Blut befleckte ihre Brüste und ihren Bauch und verklebte ihr Schamhaar. Sie kauerte inmitten des goldenen Feuers, immens, eine Riesin. Beheim wußte, daß ihre Größe nur Schein war, ein Produkt der visuellen Verzerrungen, die alles befielen, was durch das Mysterium trieb, und als er sich noch weiter genähert hatte, stellte er fest, daß das Licht ein wenig schwächer wurde und die Frau zu normalen Proportionen zusammenschrumpfte. Anfangs hatte er sie für eine Imago gehalten, eine Art Vogelscheuche, die der Patriarch zurückgelassen hatte, um unerwünschte Besucher abzuschrecken, aber während sie auf sie zu flogen, streckte sie ihnen die Arme entgegen, als wollte sie sie willkommen heißen. Sein Herz setzte für einen Schlag aus, als er sie ein wenig deutlicher erkennen konnte. Rote Zähne, die spitzgefeilt worden waren, Pupillen mit einem Flammenkern. Die Fingernägel waren ebenholzschwarz, lang, gekrümmt und messerscharf. Er versuchte, ihren Kurs zu ändern, zur Seite auszuweichen, aber die Strömung erwies sich als unwiderstehlich, und er wurde in den goldenen Schimmer und fast bis in die Reichweite der Frau getragen. Er kam ihr so nahe, daß er Streifen grauer Fäulnis unter ihrer Haut und ihre gebrochenen Augen sehen konnte, und er glaubte noch etwas anderes erkennen zu können, etwas, das sich träge in der Schwärze ihres Mundes bewegte, ein Insektengott vielleicht, der hinter der roten Barriere ihrer Zähne in Sicherheit hockte. Dann, als sie mit jenen rasiermessergleichen Fingernägeln nach ihm schlug, wirbelte die Strömung ihn davon. Hinter ihm ertönte ein schriller Schrei grenzenloser Enttäuschung.

Erneut versuchte er, sich von der Frau in Weiß zu lösen. Erneut gelang es ihm nicht.

»Luder!« schrie er und warf sich herum. Die Fingernägel der Frau bohrten sich in sein Handgelenk.

Er versuchte, sie am Arm zu sich heranzuziehen. Er schlug nach ihr, aber sie blockte seine Hand ab. Er holte mit der Faust aus, und diesmal, anstatt ihn abzublocken, ließ sie den Hieb seitlich an ihrem Kopf abgleiten und schlug ihrerseits zurück. Ihre Faust erwischte ihn an der Schläfe, betäubte ihn kurzfristig. Er hing schlaff in ihrem Griff, sah die Dunkelheit an sich vorbeifliegen und verfolgte, wie die Lichter sich zuerst in Sterne und schließlich in Dämonenkäfige verwandelten. Er erkannte nun, daß es sinnlos war, sich gegen sie wehren zu wollen, und anstatt seine Energie mit weiteren Fluchtversuchen zu verschwenden, suchte er Trost in seinen Erinnerungen und hielt Ausschau nach etwas, das seine Angst milderte. Es überraschte ihn überhaupt nicht, daß seine Gedanken bei Alexandra hängenblieben.

Obgleich er mittlerweile an allem zweifelte, was zu ihrer Verbindung gehörte, war es das einzige Mal seit seinem Urteil gewesen, daß die Realität seine Erwartungen überstiegen hatte, daß etwas Unerwartetes geschehen war, selbst wenn dieses Unerwartete reine Intensität gewesen war, ein helles Aufleuchten des Seins, das außerhalb der Zeit, befreit von den Fesseln der Ereignisse, die sie auf einen Weg des Konflikts und Mißtrauens und Verrats zwangen, zu existieren schien. Viel Hoffnung, so dachte er, konnte man aus einem solchen Moment nicht gewinnen. Es war eine Laune, ein Zeitvertreib, aus Blitzen geboren, die eingeschlagen und den Kern ihrer angeschlagenen Emotionen verklärt hatten. Jedoch war die simple Tatsache seiner Existenz an sich schon eine Verkörperung von Hoffnung, ähnlich einem Zeichen am Himmel, das irgendein wundergleiches Ereignis voraussagte, und als er diese Erinnerungen wachrief, ihren Geschmack prüfte und sich in ihren Farben und Stimmungen badete, empfand er vielleicht nicht unbedingt neue Hoffnung, aber er fühlte sich wenigstens reiner, weil er sie in sich wußte. Er schmeckte Alexandras Mund und hörte ihr Flüstern, erlebte die sachten Berührungen ihrer langen Finger, wiegte sich wieder mit ihr auf jenem riesigen Totenbett. Er gewann die sichere Überzeugung, daß irgendwo in diesem Funkeln und Wabern etwas existieren mußte, dessen Reinheit die zweifelhafte Vorgeschichte des Aktes wegwischte, ein Moment reinster Verbindungssucht, der einen Beweis darstellte und eine Verheißung enthielt, die dauerhafter war als sexuelle Lust. Ein Blickwechsel, eine friedvolle Phase, innerhalb derer sie einander die Herzen geöffnet hatten. Wenn er die Zeit hätte, sagte er sich, um diese Erinnerungen in ihrer Abfolge eingehender zu untersuchen, würde er dieses eine Absolute sicherlich isolieren können. Aber er konnte die Bilder nicht festhalten, und als er die Augen aufschlug, ertappte er die Frau in Weiß dabei, wie sie ihn betrachtete und mit ihrem giftigen Blick zu neutralisieren versuchte, was seine Erinnerungen ihm an Trost gespendet hatten.

Jedesmal, wenn sie sich einer der Lichtquellen näherten, beschleunigten sie, schossen sie in einem atemberaubenden Tempo daran vorbei, und jedes Licht war wie das erste: ein leuchtender Weg, der von der einen oder anderen schrecklichen Kreatur versperrt wurde, die allesamt nach Beheim schnappten, schlugen, ihn beißen wollten und ihn knapp verfehlten. Ihm kam der Gedanke, daß ihm gezeigt wurde, daß es keinen Weg hinaus gab, daß dies eine Nische des Todes war, die der Patriarch besetzt und zu seiner Domäne gemacht hatte. Was dies bedeutete, konnte er nicht erraten, aber er glaubte nicht, daß es etwas Gutes war. Sie rasten an einem Skorpion vorbei, der durch das Innere eines blauen Sterns streifte, an einem in rotes Feuer gehüllten Wolf, an einer weißen Sonne, in deren Mittelpunkt ein gigantischer Wurm hauste, vorbei an mehreren unterschiedlich mißgebildeten Männern und Frauen, vorbei an einer Fliege, die eine Krone trug, vorbei an schwarzen Wolken, die wie lebendige Einschlüsse in brennenden Diamanten erschienen, vorbei an einem tanzenden Puzzle aus leuchtenden silbernen Knochen, vorbei an geflügelten Ratten und Affen mit menschlichen Genitalien und aufgedunsenen Leichengesichtern mit Natternzungen, bis er am Ende jenseits der Lichttrauben einen bogensehnendünnen Streifen aus grellem Weiß wahrnahm, der die Schwärze durchschnitt und in der einförmigen Unendlichkeit die Illusion eines Horizonts schuf. Obgleich es im Vergleich mit den Schrecken, denen er bereits begegnet war, geradezu harmlos wirkte, glaubte er, daß dies entweder ein Signal oder ein Teil des schlimmsten Schreckens dieses Ortes war: des Patriarchen. Er verspürte einen unheimlichen Druck in seinem Kopf, als würde sein Gehirn von einem Überfluß an Gedanken zugedeckt. Es entwickelte sich zu einer mentalen Dissonanz, zu auflodernder Wut, zu Ekelanfällen, unterbrochen von Schüben rasender Freude, dann wieder zu nicht bremsender Raserei und lustvollen Gedanken, die wie Messer dazwischenschnitten. Es war ein ganzes Mosaik von Eindrücken, die eine Einheit ergaben, ein Ganzes darstellten. Ihm war klar, daß er, indem er durch die Oberfläche des schwarzen Tümpels getaucht war, auch die ruhige, kühle Oberfläche des Geistes des Patriarchen durchbrochen hatte und in das Chaos darunter gestürzt war, in diesen kleinen Tod, den er in all den Jahren der Festlichkeiten und Träume und Verzweiflung durchlitten hatte. Es war ein tintenschwarzes Fieber, in dem er sich endlos wälzte, da er nichts Besseres hatte, um damit die Zeit auszufüllen, keinen besseren Nutzen für sein Leben, denn er kam dem Tod immer näher, wo er doch auf Grund seiner speziellen Natur niemals sterben, sondern nur dem Tod immer ähnlicher würde. Es glich jenem Theorem, das man als Schulkind kennenlernt, jenem ersten mathematischen Eindruck von der totalen Unverständlichkeit des Universum. Es heißt, daß wenn jemand versucht, von A nach B zu gelangen, indem er zuerst die Hälfte der Distanz, dann die Hälfte der noch übrigen Entfernung, dann wieder die Hälfte davon und so weiter und so fort zurücklegt, er niemals den Punkt B erreicht, sondern seinem Bestimmungsort nur immer näher und näher kommt und daher gezwungen ist, für immer zwischen dem, was einst der Anfang und das Ende war, oder zwischen den Städten Reims und Morbay oder zwischen willkürlich gewählten Punkten zu entscheiden, Punkten, die sich nun zu zwei lächerlichen Abstraktionen entwickelt hatten. Es war, dachte Beheim, diese Fähigkeit, der ödesten und irrationalsten Umgebung zu widerstehen, sich im absolut Negativen aufzuhalten, die den Überlebenswillen der Familie ausschaltete, die sie dazu brachte, jede hoffnungsvolle Strähne des Seins zu etwas Dunklerem als der Dunkelheit ihrer Herkunft zu weben, und sie zu dem Versuch animierte, das zu zerstören, was praktisch unzerstörbar war. Und nun wurde auch er von diesen Neigungen infiziert, denn obgleich der Wahn des Patriarchen in seinem Kopf erscholl und er Hand in Hand mit einer Frau unterwegs war, die von Verdorbenheit und Lüge genährt wurde, begann er sich an das Mysterium anzupassen – und nicht nur, um zu überleben, wie er es nach der Entgegennahme von Agenors Urteil getan hatte. Er fing an, seine Qualitäten zu schätzen, daraus Kraft zu gewinnen. Es war nicht so, daß seine Angst abgenommen hatte. Er hatte sich mit seiner Angst abgefunden, anstatt sich dagegen zu wehren. Und nachdem er sich bis zu diesem Grad akklimatisiert hatte, war er fähig, seine Umgebung vorurteilsfrei zu betrachten und zu verstehen, daß sie nicht von Grund auf feindlich gesonnen war.

Plötzlich lösten die schwarze Stille und die falschen Sterne und die Kälte eine vertraute Veränderung in ihm aus, als hätte er einen alten, angenehmen Geruch wahrgenommen oder als sei ihm dieser Ort bekannt, wie es ihm vor längerer Zeit – so lange auch nicht, dachte er, nämlich kaum zwei Jahre – mit zwei Reihen Platanen hätte geschehen können, die als scharf umrissene Silhouetten vor einer milchigen Dämmerung unweit des Hauses seines Vaters in Irun standen, einem weißen Dunst, der ein Kartoffelfeld zudeckte, dem zarten grünen Schimmer eines Myrtenstrauchs, Dinge, die so tief und fest in unseren Herzen verankert sind, so daß wir sie nicht mehr bewußt wahrnehmen, die jedoch, wenn wir nach längerer Zeit auf sie gestoßen werden, ein Beben in unseren Seelen auslösen. Dinge von zu Hause. Das, so erkannte er, war die verborgene Natur dieser Dunkelheit, das, was seine Furcht milderte. Das Wissen, daß nun nicht mehr angenommen werden konnte, daß er tatsächlich in Irun geboren worden war. Nun war das Mysterium sein Geburtsort, die Erde, aus der er am Tag seines Urteils hervorgegangen war und zu der er nach allem zurückkehren würde. Diese Leere, dieser verlassene Brunnen mit seinen Dämonen und Lichtern und Qualen hatte den strengen Geruch des Wildragouts seines Großvaters überdeckt, das Schnurren einer besonders geliebten Katze, das Geklimper des Klaviers seiner Mutter mit seinem verstimmten hohen C, als ein Schumann-Walzer darauf gespielt wurde. Dies zu begreifen peinigte ihn, doch es verlieh ihm auch Kraft, lieferte ihm einen Halt, der seinen Sturz bremste und ihm letztendlich einen festen Untergrund lieferte, auf dem er stehen konnte und von dem aus er sich gegen sein Schicksal wehren konnte.

Sie näherten sich einem anderen goldenen Licht, einer Lichtquelle, in deren Zentrum ein hagerer alter Mann mit roten Augen, ungekämmtem, schulterlangem grauem Haar und Lumpen und mit Fangzähnen und knochigen, gierig zugreifenden Fingern hockte. Beheim, der das Vertrauen in die Vorstellung verloren hatte, daß die Art seiner Mission seine Sicherheit garantierte, entwickelte einen Plan. Er lenkte den Blick der Frau in Weiß auf sich, die wie ein Engel des Todes und der Sehnsucht vor dem schwarzen Hintergrund schwebte. Ihr Fleisch schimmerte glatt und weich durch die

Risse in ihrem Kleid wie die Haut einer Sukkulenten. Er winkte ihr mit der freien Hand zu und schloß sie in die Arme. »Ich habe Angst«, sagte er. »Lassen Sie mich für einen Moment ganz nahe bei Ihnen sein.« Er wußte, daß sie sich nicht vor ihm fürchten würde, weil sie sich ihrer physischen Überlegenheit sicher war, und obgleich sie seine Aktionen voller Mißtrauen beobachtete, machte sie sich einen Spaß daraus, ihn mit der Aussicht auf Hoffnung zu hänseln. Er konzentrierte sich mit aller Kraft auf die Präsentation eines Bildes der Angst und des inständigen Flehens.

Sie ließ zu, daß er sie an sich zog, lockerte jedoch nicht ihren Griff. Ihre Hüfte drückte sich deutlich an ihn. Auf diese intime Entfernung betrachtet, löste sich ihr Gesicht zu einem blassen Blau auf, das von jenen fesselnden Augen beherrscht wurde – um zu vermeiden, daß er von ihnen hypnotisiert wurde, zog er sie zu sich heran und küßte sie. Ihre Lippen schmeckten nach schalem Blut, und als sie seinen Mund mit ihrer Zunge erforschte, fühlte sie sich dick und feucht und schneckenträge wie diese sinnlosen Dinger an, die man in halb lebendigem Zustand in einer Spatenladung aufgeworfener Erde finden kann. Aber dieser unreine Kuß fesselte seine Aufmerksamkeit weitaus intensiver, als er es sich gewünscht hätte, und er mußte sich dazu zwingen, wachsam über ihre Schulter zu blicken, während sie sich dem goldenen Licht mit seinem alten Wächter näherten und er sich darüber im klaren war, daß er seine weiteren Aktionen zeitlich genau abstimmen mußte. Jenseits der Lichtquelle verknotete sich der Streifen Weiß, der sich über den Abgrund spannte, stellenweise und nahm die Züge eines zerschlagenen Gesichts an, eines gestreckten zahnbewehrten Mundes, der von Schlitzaugen mit entzündeten Rändern und eingekerbten Pupillen flankiert wurde. Beheim fühlte sich an ein Monster erinnert, das aus einer Ecke Ödland, in dem es eifrig herumwühlte, herüberschaute. Beheim lenkte seine Gedanken wieder auf die Frau in Weiß und auf den alten Mann, aber er konnte nicht aufhören, sich das weiße Ding vorzustellen, das in der Ferne Gestalt annahm.

Lichtstrahlen tasteten sie ab. Was zuerst wie ein Stern

erschienen war, entpuppte sich nun als ein goldener Tunnel mit einem Teufel auf dem Grund, und während sie auf ihn zu stürzten, sah Beheim, daß die roten Augen des Mannes überhaupt keine Augen waren, sondern leere, blutige Höhlen, und daß seine leichenblassen Wangen mit den Bartstoppeln eines Toten bedeckt waren und daß seine Zunge aufgedunsen und dunkelrot war und aussah, als wäre eine Schnecke halb aus seinem Mund gekrochen, und seine Hände öffneten und schlossen sich mit dem spasmischen Reflex eines soeben Getöteten, und was er für Luftsprünge gehalten hatte, war in Wirklichkeit ein wackeliges Zittern ähnlich dem Tanzen eines Gehenkten.

Beheim verschränkte die Hände hinter dem Rücken der Frau und intensivierte ihren Kuß. Sie preßte sich gegen ihn, offensichtlich nichtsahnend und immer noch gefesselt von ihrer eigenen Intrige. Ein paar Sekunden, bevor sie dem Zugriff jener schnappenden, grauen Finger entgingen, kamen ihm Zweifel an der Klugheit seines Plans, und ihm fielen seine möglichen Fehlschläge und Mängel auf. Aber es blieb nun keine Zeit mehr für eine Änderung, und als sie ihren nächsten Annäherungspunkt erreichten, raffte er seine ganze Kraft zusammen und wirbelte sie herum. Dabei gab er dem Zug der Frau nach anstatt sich dagegenzustemmen. Er veränderte dadurch ihren Kurs ein wenig, aber immerhin ausreichend, um sich in die Reichweite der rechten Hand des alten Mannes zu bringen. Seine Finger packten ihre Schulter und rissen sie von Beheim zurück. Der Schock ließ ihr Gesicht zu einer weißen Maske erstarren. Sie klammerte sich an Beheim, aber er wehrte sie ab, ließ sich von seinem eigenen Schwung auf ihrem veränderten Kurs vorwärtstragen und stürzte sich selbst ins Herz dieses Lichts, erblickte – während er sich aufbäumte und mit den Armen ruderte – die beiden, die ineinanderverknotet waren. Sie bissen wild um sich, entblößten ihre Zähne, welche schimmerten und überall Blut verspritzten. Und dahinter, unter Lichtwogen zu einer ungewissen Form verschwimmend, kam etwas Großes und Bleiches rasend schnell auf sie zu.

Die Angst war klar und grell in ihm. Er spürte, wie sie in

seinem Körper aufsprang, so wie eine Katze aus einem brennenden Fenster springt, und addierte ihren Schwung zu seiner Gegenwehr. Neue Zweifel bestürmten ihn. Wenn es im Mittelpunkt des Lichts kein Portal gab? Wenn dort noch ein viel schrecklicherer Wächter ihm den Weg versperren sollte? Jemand schrie hinter ihm. Ob Mann oder Frau konnte er nicht feststellen. Nur der Schmerz war zweifelsfrei zu erkennen. Er raste weiter ins Licht, kämpfte mit den unbeholfenen Zügen eines ungeübten Schwimmers gegen den Strom, der ihn sonst in den Abgrund mitgerissen hätte. Er streckte sich nach etwas, das vielleicht gar nicht existierte, nach einer Kante, einem mit Mörtel befestigten Sims, einem Felsvorsprung ...

Er schaffte es!

Seine Finger legten sich um einen Steinknauf und hielten sich fest, als ginge es um Leben und Tod.

Seine andere Hand tastete über eine glatte Fläche, danach in einen Spalt. Er schob drei Finger hinein und suchte nach einem festen Halt.

Und dann zog er sich hoch und aus einem Tümpel heraus in flackernden Fackelschein und auf kühlen rauhen Stein. Keuchend schaute er sich um, während er dalag, und stellte fest, daß er in einem Korridor lag, der in beiden Richtungen von Fackeln in eisernen Wandhaltern erhellt wurde. Er erkannte diesen Ort nicht. Er konnte sich überall in der Burg befinden. Er könnte in eine Welt des Grauens führen. Aber kein Grauen, dachte er, könnte schlimmer sein als das, dem er soeben entflohen war.

Falls er ihm wirklich entronnen war.

Der Gedanke, daß die Jagd vielleicht noch nicht vorüber sein mochte, elektrisierte ihn geradezu. Er sprang auf und beobachtete entgeistert, wie Tropfen der unheimlichen Schwärze aus den Falten seiner Kleidung herausperlten und auf den Steinboden prallten, wo sie umherrollten wie lebendige Punkte, sich dann miteinander verbanden, zuerst zu einer Pfütze, dann zu einem Rinnsal, das zurückströmte, um sich mit der Oberfläche des Tümpels zu vermischen.

Er betrat den Korridor, entschied sich wahllos für eine Richtung. Aber er hatte noch keine drei Schritte zurückgelegt, als hinter ihm ein reißendes Geräusch ertönte wie von einem festen Gewebe, das an einer Naht durchtrennt wurde. Er fuhr herum und sah, wie Kopf und Schultern der Frau aus dem Tümpel auftauchten. Ihr Haar klebte am Kopf, schwarze Tröpfchen huschten wie winzige Käfer über ihre Haut. Die Augen, schwarz und leer wie Löcher in einem Bettlaken, richteten sich auf ihn. Ihr Mund öffnete sich. Ob es geschah, um zu reden oder um nach Luft zu schnappen, konnte er nicht feststellen. Dann erschien eine Hand mit unglaublich langen Fingern, die an einem teigigen Arm hing, brach von unten durch die Tümpeloberfläche, legte sich auf ihren Kopf – und riß sie nach unten.

Beheim spurtete los, suchte verzweifelt eine Abzweigung, wollte um eine Ecke biegen und das Geschehen hinter sich lassen, aber es gab keinen Seitengang. Der Korridor schien bis in die Unendlichkeit zu reichen und stellte sich als eine ewige Reihe von Fackeln in Eisenhalterungen dar, die den schwarzen Stein, der stellenweise mit Moos bewachsen war, zum Glänzen brachten. Beheim rannte, bis er heftige Seitenstiche verspürte. Als er schließlich eine Pause einlegte, sich an die Tunnelwand lehnte und sein mühsamer Atem die Stille durchbrach, blickte er in den Korridor und sah eine weiße Gestalt – in dieser Entfernung nur ein winziger Punkt –, die in der Nähe des Ortes stand, von dem er soeben geflohen war. Er verspürte den gleichen Druck, den gleichen mentalen Aufruhr, der ihn heimgesucht hatte, als er die weiße Horizontlinie erblickte, die die Anwesenheit des Patriarchen verkündete. Seine Beine zitterten, seine Lungen brannten. Er wußte, daß er nicht viel weiter rennen konnte. Zorn regte sich in ihm, und er rief: »Was wollen Sie von mir? Ich tue doch, was Sie verlangen!«

Der Patriarch verriet durch kein Zeichen, daß er ihn gehört hatte.

Beheim stolperte ein paar Schritte weiter. »Was wollen Sie von mir?« rief er wieder, und diesmal erhielt er eine Antwort, wenngleich in einer Weise, wie er sie nicht erwartet hatte.

Der Korridor schien abwärts zu kippen – es war, als blickte er in ein Kaleidoskop, einen Wirbel feuerroter Tränen und grauer Steinklötze, auf dessen Grund sich die Gestalt des Patriarchen befand, eher ein weißes Symbol als ein lebendiges Wesen. Schwindel erfaßte Beheim. Er klammerte sich an die feuchten Steine der Tunnelwand und schloß die Augen.

Nach einer Weile schlug er sie vorsichtig wieder auf.

Er hätte am liebsten einen Schrei ausgestoßen, um den Druck zu lösen, der sich in seiner Brust aufbaute. Aber der Anblick vor ihm schien sein eigenes erdrückendes Gewicht zu besitzen, eine Wucht, die ihm den Atem raubte und es ihm unmöglich machte, einen Laut hervorzubringen. Das Gesicht des Patriarchen füllte sein gesamtes Gesichtsfeld aus – er sah aus wie ein Riese, der am Ende eines Tunnels hereinschaute und nur wenige Schritte von dem Punkt entfernt war, an dem Beheim sich an die Innenwand preßte. Es war ein Gesicht mit einer überraschend feinen Knochenstruktur, und es erinnerte an eine Fledermaus, an ein Wiesel, an irgendein kleines Nagetier: Die Nase bestand aus einer winzigen Erhebung mit Schlitzen; aus einem lippenlosen Mund ragten übergroße Fangzähne; die Haut war teigig und mit dünnen blauen Adern durchwoben, deren Muster einer Tätowierung glich; die Augen waren unverhältnismäßig groß, besaßen eingekerbte Pupillen inmitten der Iris, deren dunkle Substanz einen Strudel zu bilden schien. Sie schienen sich in ständiger Bewegung zu befinden, sandten ab und zu einen phosphoreszierenden Lichteffekt aus, der kurz aufblühte und gleich wieder erlosch.

Der Mund öffnete sich und enthüllte eine Ansammlung nadelspitzer, blutbefleckter Zähne. Ein Schwall nach Aas stinkender Atemluft folgte.

Beheim besudelte sich. Er sank kraftlos zu Boden, starrte mit leerem Blick auf die Gangwand und erwartete sein Ende.

Aber es geschah nichts dergleichen.

Statt dessen hörte er eine kultivierte männliche Stimme, die zu ihm sagte: »Komm her, mein Kind. Setz dich, und wir unterhalten uns ein wenig.«

KAPITEL 12

Der Mann, der gesprochen hatte, war schlank und jung, wie es schien sogar mehrere Jahre jünger als Beheim, mit einem offenen byronhaften Gesicht, das von dunklen Locken umrahmt wurde. Er trug ein weitgeschnittenes Hemd aus weißer Seide und eine bequeme graue Hose. Am Ringfinger seiner rechten Hand steckte ein massiver goldener Siegelring. Er saß auf einem schmiedeeisernen Sessel in der Mitte eines mondbeschienenen Innenhofs, der von krenelierten, drei Stockwerke hohen Mauern umgeben war – sie mußten sich, wie Beheim sich ausrechnete, ganz oben auf der Burg befinden – und mit Grünpflanzen und Blumen in Töpfen dekoriert war. Der Fußboden war ein Mosaik aus Steinplatten und war durch mit Weinranken bewachsene Trennwände in mehrere Nischen unterteilt. Der Mond stand fast senkrecht über dem Hof und erzeugte im westlichen Teil des Hofs einen scharf umgrenzten Schlagschatten. Dort führte eine kurze Treppe zu einem Raum mit abgedunkelten Fenstern. Mit einer geckenhaften Geste deutete der Mann auf einen zweiten schmiedeeisernen Sessel neben einem Tisch im gleichen Stil und forderte Beheim erneut auf, sich zu setzen.

Obgleich er noch immer Angst hatte, da er wußte, daß der Mann eine etwas präsentablere Inkarnation der leichenhaften Erscheinung im Korridor war, wollte er glauben, daß eine Übereinkunft erzielt worden war, daß ein Test stattgefunden hatte und daß es jetzt mit etwas mehr Tempo und Gründlichkeit vorangehen würde. Genährt wurde seine Hoffnung durch die Tatsache, daß seine verschmutzte Kleidung verschwunden war und daß er statt dessen ein Hemd und eine Hose trug, die den Sachen, die der Patriarch trug, sehr ähnlich waren. Er ging mit unsicheren Schritten zum Sessel. Das Lächeln des Patriarchen war charmant, harmlos; er kommentierte jede Aktion Beheims mit einem strahlenden Lächeln.

»Möchtest du eine Erfrischung?« fragte er, während Beheim sich niederließ. »Ein Glas Wein vielleicht. Oder soll es etwas Stärkeres sein? Gewöhnlich habe ich alles Notwendige zur Verfügung, aber ich war nicht auf deinen Besuch vorbereitet. Es ist immer am besten, wenn man sich vorher ansagt. Dann« – mit einem vielsagenden Zwinkern gab er Beheim einen Klaps aufs Knie – »gibt es wenigstens keine unliebsamen Überraschungen.«

Beheim erahnte den Wahnsinn, der hinter der freundlichen Fassade lauerte. Er erschauerte unwillkürlich. Das kunstvolle eiserne Muster der Sitzfläche des Sessels schien ihm kalte Arabesken einzubrennen.

»Einen Whiskey würde ich nicht ablehnen«, erwiderte er.

»Dann einen Whiskey!« Der Patriarch rief nach einer Karaffe und Gläsern.

Er streckte die Beine aus und faltete die Hände auf dem Bauch. »Du hast deine Sache gut gemacht, mein Junge. Besser als ich erwartet habe. Du hast ungewöhnlichen Mut und erhebliche Cleverneß bewiesen. Mit ein wenig Glück können wir diese unangenehme Angelegenheit morgen abend abschließen.«

»Das hoffe ich auch, Mylord«, sagte Beheim und versuchte, einen Eindruck selbstsicherer Kompetenz zu erzeugen. »Aber es gibt keine Garantie für einen Erfolg. Die Falle ist ziemlich simpel und allzu offensichtlich. Vielleicht zu offensichtlich, um darin einen so raffinierten Zeitgenossen wie unseren Mörder zu fangen.«

»Weshalb raffiniert?« fragte der Patriarch und lehnte sich in seinem Sessel vor; seine Stimme wurde schneidend. »Was ist raffiniert an einer Bluttat, wie er sie begangen hat? Sicher, deine Cousins verfügen über erhebliche Raffinesse, aber sie werden vorwiegend von Furcht getrieben, von allen möglichen irrationalen Sorgen und Bedenken. Daß die Falle so einfach konstruiert ist, muß nicht unbedingt ein Nachteil sein. Die simple Logik, die ihr zugrunde liegt, könnte eine große Versuchung sein. Vielleicht glaubt der Mörder, ich hätte irgend etwas vergessen, etwas übersehen. Und was ihre Offensichtlichkeit betrifft, nun, besonders raffinierte Wesen sehen sehr oft im Offensichtlichen die verlockendsten Möglichkeiten. Ich bin ziemlich sicher, daß du morgen ein Kaninchen in deiner Schlinge finden wirst.« Er klopfte sich gegen die Stirn. »Ich fühle solche Dinge.« Er blickte zur Treppe. »Aha! Da kommt dein Whiskey.«

Die Frau in Weiß kam die Treppe herunter. Sie trug ein Tablett, auf dem eine Karaffe und ein Kristallglas standen. Als sie aus dem Schatten trat, sah Beheim, daß obgleich ihr Körper immer noch üppig war und eine glatte Haut besaß, in ihrem Gesicht der Verfall eingesetzt hatte. Die Sehnen hatten sich abgelöst, das Fleisch hing in Fetzen, die Lippen waren teilweise weggefressen, so daß faules Zahnfleisch und graue Zähne und ein Teil des Schädels bloß lagen. Ihre Augen waren leere Höhlen, aus denen eine zähflüssige Substanz heraussickerte. Beheim wäre am liebsten aufgesprungen und geflüchtet, als sie ihm das Glas reichte.

»Du kannst die Karaffe stehenlassen, Christina«, sagte der Patriarch, und sie setzte das Tablett auf dem Tisch neben Beheim ab. Ihr Atem war als feuchtes Pfeifen zu hören, und als sie sich bückte, hörte er ein leises Knirschen und stellte sich vor, dies wäre das Geräusch, das entsteht, wenn Fleisch vom Knochen abreißt.

Er leerte das Glas in einem Zug, spürte, wie die Wärme ihm Kraft verlieh, und schenkte sich ein zweites Glas ein.

»So ein hübsches Ding«, sagte der Patriarch, während Christina in den verdunkelten Raum zurückkehrte. »Zumindest unter normalen Umständen.« Er hob die Stimme. »Aber jetzt bist du gar nicht mehr so hübsch, nicht wahr, meine Liebe?«

Christina schien ihn nicht zu hören.

»Sie ist unglaublich eitel«, fuhr der Patriarch fort. »Wir können nur hoffen, daß ihr dies eine Lehre ist.«

»Weshalb wird sie bestraft?« fragte Beheim.

Der Patriarch sah ihn mit einem spitzbübischen Grinsen an. »Weil sie in meine Privatsphäre eingedrungen ist, natürlich. Und weil sie infolgedessen dein Leben gefährdet hat.«

»Sie hat also mein Leben gefährdet«, sagte Beheim nachdenklich und überlegte, wie er die nächste Frage formulieren sollte, um keine ungehaltene Reaktion auszulösen.

»Das ist richtig. Ich hätte dich töten können.«

»Aber« – Beheim zögerte – »Sie wußten doch, wer ich war, oder etwa nicht?«

»Ah!« Der Patriarch reckte einen Zeigefinger in die Luft, als wolle er eine wichtige Enthüllung ankündigen. »Natürlich! Du fragst dich verwirrt, weshalb ich dich verfolge, obgleich ich weiß, daß du für mich tätig bist. Nun, die Frage läßt sich leicht beantworten.« Erneut lehnte er sich vor, aber diesmal schien er überhaupt nicht amüsiert zu sein. »Es gib Regeln«, sagte er in einem düsteren Tonfall, »Regeln, die nicht gebrochen werden dürfen.« Er nickte, als habe er soeben eine bedeutende Weisheit von sich gegeben. »Regeln, die Gehorsam verlangen. Es kann keine Ausnahme geben, die ihre Verletzung rechtfertigen könnte.«

»Ich verstehe«, sagte Beheim.

»Nein, Kind.« Der Patriarch lehnte sich zurück und schlug die Beine übereinander. »Du verstehst nicht. Noch nicht. Und vielleicht wirst du es auch nie verstehen. Nicht jedem ist es gegeben, diese Dinge zu erkennen.«

Zerfranste Wolken zogen vor dem Mond vorbei und warfen unregelmäßige Schatten auf die Bodenfliesen, und Beheim erhielt einen Eindruck von der Unbeständigkeit des Ortes, von dem unbeständigen Geist, der ihn geschaffen hatte. Alles könnte in einem einzigen Augenblick weggewischt werden, dachte er. Die Grünpflanzen. Es war wie ein Schleier, ein falscher Schein. Selbst wenn es real gewesen wäre, hätte es sich niemals gegen die Macht des Mannes vor ihm durchsetzen können, eines Mannes, für den Jahrhunderte wie Jahre waren. Faszinierend, wenn man sich vorstellte, was er alles gesehen und getan hatte. Aber Beheim gelüstete es gar nicht nach der Erfahrung des Patriarchen oder seiner Macht, und er hatte auch nicht den Wunsch, sie zu verstehen. Er wollte die Burg Banat hinter sich lassen, wollte alles vergessen, was irgendwie mit ihr zu tun hatte, und er beschloß, den Mund zu halten, und hoffte dabei, daß sein Schweigen das Gesprächsende beschleunigte.

»Weißt du«, sagte der Patriarch und rutschte in seinem Sessel hin und her, »ich weiß nicht genau, weshalb es für uns so wichtig ist. Diese Angelegenheit mit der Goldenen. Natürlich ist es eine Ungehörigkeit. Sogar eine krasse Ungehörigkeit. Wir können solche Dinge wirklich nicht durchgehen lassen. Aber es geht noch um viel mehr als nur darum. Um irgend etwas von größerer Bedeutung. Ich kann nur nicht genau sagen, was es ist.« Er studierte seine linke Hand, als hätte er an seinen Fingern irgendeinen Fehler entdeckt. Dann schaute er wieder hoch. »Vielleicht habe ich in diesem Punkt dem Diktat der Vernunft gehorcht, denn ich bin fest davon überzeugt, daß deine Beteiligung an all dem der Schlüssel zur Beantwortung einer viel wesentlicheren Frage ist. Nicht nur deine Beteiligung. Etwas, das damit zusammenhängt, etwas ...« Er gab einen frustrierten Laut von sich. »Ich habe es praktisch auf der Zunge, kann es fast nennen. Aber auch nur fast! Nun ja, es ist offensichtlich, daß ich dich brauche. Ich glaube, ich muß damit zufrieden sein, daß ich das weiß. Es ist schon seltsam, jemanden zu brauchen, vor allem jemanden, der so unerfahren ist.«

Beheim sagte nichts, und ein krampfhaftes Lächeln erschien im Gesicht des Patriarchen.

»Ich frage mich, ob Agenor deine Rolle in all dem wirklich richtig einschätzt«, sagte er. »Ich glaube es nicht. Er hat die Situation keinesfalls so klar erfaßt, wie er glaubt. Es ist alles ziemlich verwickelt. Roland. Felipe und Dolores. Die Valeas. Alexandra.« Er kicherte verhalten. »Alexandra! Die ist für dich sicherlich ein harter Brocken!« Er beobachtete Beheim, wartete auf eine Reaktion, aber Beheim schwieg eisern.

Eine einzelne Falte furchte die glatte Stirn des Patriarchen. Sie war ein perfektes Symbol seiner Stimmung, genau die Linie, mit der ein Künstler heftiges Mißfallen ausdrücken würde.

»Nun gut«, sagte er ungeduldig. »Wie soll ich dich für diesen unschätzbaren Dienst belohnen? Mit einem Schatz, vielleicht. Mit Geheimnissen. Es muß etwas Wertvolles sein. Aber was?«

Die dunkle Luft über seinem Kopf war in Bewegung geraten und plötzlich mit einem verstohlenen Aufblitzen erfüllt, einem physikalischen Hinweis auf seinen inneren Widerstreit zwischen Vernunft und rasender Gier. Er glaubte nicht, daß er es riskieren konnte, den Patriarchen noch mehr zu verärgern, und dennoch wollte er nicht um eine Belohnung bitten, aus Angst, daß er entweder zu wenig oder zuviel verlangte, und weil er befürchtete, den Patriarchen damit wieder aufzuregen. Schließlich sagte er: »Ich bin glücklich, Ihnen dienlich sein zu dürfen, Mylord. Ich kann mir keine wertvollere Belohnung vorstellen, als Ihre immerwährende Fürsorge zu erringen. Ich frage mich jedoch, ob wir über etwas reden können, das mich schon länger beschäftigt und, wie ich glaube, mögliche Auswirkungen auf meine Untersuchung hat.«

Das schien dem Patriarchen zu gefallen. Seine Stirn glättete sich, er entspannte sich in seinem Sessel und forderte Beheim auf fortzufahren.

»Vorhin in Ihrem Zimmer«, sagte Beheim, »sprachen wir kurz über diese Angelegenheit, und obwohl ich weiß, daß es für Sie kaum von großem Interesse sein dürfte, glaube ich trotzdem, daß Sie sich jetzt damit befassen sollten.«

Der Patriarch seufzte gequält. »Du hast doch nicht etwa vor, mich schon wieder mit Gerede vom Orient zu langweilen?«

»Ich hoffe, ich schaffe es ...«

»Ich habe zu diesem Thema alles gesagt, was ich dazu sagen wollte.«

Beheim ließ einige Sekunden verstreichen, ehe er etwas erwiderte. »Sie haben mich in eine unangenehme Lage gebracht, Mylord. Ich möchte Sie nicht verletzen, aber ich würde Ihnen keinen guten Dienst erweisen, wenn ich nicht auf diese Angelegenheit zu sprechen käme. Ich habe den Eindruck und hatte ihn schon von Anfang an, daß der Mord und die Möglichkeit eines Umzugs irgendwie miteinander in Verbindung stehen. Sie selbst haben verlauten lassen, daß die Untersuchung mehr ist als die Auflösung des Verbrechens; daß Sie meinen, es ginge auch noch um andere Dinge. Ich nehme an, daß diese Frage des Umzugs der Punkt ist, den Sie meinten.«

»Und wenn es sich so verhält?« sagte der Patriarch.

Darüber ein wenig verwirrt, sagte Beheim: »Wenn dies der Fall ist, dann nehme ich an, daß Sie das verfügbare Material studieren wollen, um ...«

»Es gibt nichts zu studieren. Entweder gehen einige meiner Kinder in den Osten, oder sie gehen nicht. Die Entscheidung überlasse ich ihnen. Solche Entscheidungen zu treffen trägt zu ihrer geistigen Entwicklung bei, und eines Tages werden sie vielleicht in der Lage sein, bedeutendere Angelegenheiten zu entscheiden. Angelegenheiten, wie ich sie entscheiden muß. Angelegenheiten« – er hob die Stimme und verhinderte, daß Beheim ihn unterbrach –, »die sich deinem Verständnis völlig entziehen.«

»Aber, Lord«, sagte Beheim, »wenn es sich so verhält, weshalb benutzen Sie dann Begriffe wie ›wichtig‹ und ›bedeutsam‹, wenn Sie darüber sprechen?«

»Zuerst einmal«, erwiderte der Patriarch kühl, »ist es überhaupt nicht klar, daß ich mich in unserem Gespräch auf die Frage des Umzugs bezogen habe. Das muß hier einmal klargestellt werden. Falls ich mich jedoch darauf bezogen haben sollte, dann war dieses Thema für mich zu diesem Zeitpunkt vielleicht von Bedeutung gewesen. Nun jedoch kann ich dir versichern, daß es überhaupt keine Auswirkungen hat.«

Die Irrationalität dieser Feststellung verwirrte Beheim zutiefst. Trotzdem fragte er sich, ob dieses wechselnde Interesse auf Seiten des Patriarchen nicht der Beweis für seinen Irrsinn war, sondern ein wichtiger Hinweis auf den ursprünglichen Charakter, der sich so seltsam entwickelt hatte. Und konnte irgendein Unterschied zwischen den beiden Zuständen von jemandem festgestellt werden, der keinen von beiden selbst erlebt hatte?

»Was ist mit Ihrem Wohlergehen, Mylord?« fragte er. »Und was mit der Familie? Wenn sich die Welt verändert, wie Agenor glaubt, gewinnt diese Frage dann nicht für uns alle an Bedeutung?«

»Sollte sich die Notwendigkeit ergeben, dann gibt es Orte jenseits dieser Welt, die ich und mein Hofstaat aufsuchen werden. Die anderen müssen, wie ich schon bemerkt habe, ihre eigenen Entscheidungen treffen. Und nun genug davon!« Der Kopf des Patriarchen fiel zurück, seine Augenlider sanken herab. Es sah aus, als dächte er über irgendeinen verrückten philosophischen Gedankensprung nach. »Diese Unterhaltung hat mir keinen besonderen Spaß gemacht, aber ich möchte dich trotzdem belohnen. In diesem Moment halte ich es für gerechtfertigt, wenn die Belohnung eine bestimmte Instruktion ist.«

Der Mond hellte sich auf, als sei ein Belag von ihm abgewaschen worden. Er stand über dem Innenhof und dabei so niedrig, daß davor eine schlanke Gestalt als Silhouette auf den Zinnen zu sehen war. Ein Junge, dachte Beheim, der mit einem Morgenmantel bekleidet war. Er konnte ihn nicht genau erkennen.

»Heute hast du sehr viel über das Mysterium erfahren«, sagte der Patriarch. »Ich möchte behaupten, mehr, als du im Augenblick begreifen kannst. Sogar mehr, als dir bewußt ist. Es kann durchaus Jahrzehnte dauern, bis du die entsprechenden Erfahrungen machst, um dein Wissen einzuordnen und zu bewerten. Weil ich dich liebe – und ich liebe dich wirklich, mein Junge – will ich versuchen, dir zu erklären, was du erfahren hast, und dir auf diese Art jahrelange fruchtlose Bemühungen ersparen. Ich fürchte jedoch, daß der erste Teil dieser Erklärungen ein wenig bitter ausfallen wird.«

Er vollführte eine gnädige Geste, die für den Jungen auf der Zinne bestimmt war, und der Junge machte einen Schritt ins Leere. Beheim sprang aus seinem Sessel auf, da er einen Sturz, einen schrecklichen Aufprall befürchtete, doch der Junge stürzte nicht ab. Er verharrte in der Luft. Der Wind fing sich in seinem Mantel, blähte ihn auf und preßte ihn dann gegen den Körper und enthüllte, daß in dem Mantel kein Junge steckte, sondern eine junge Frau mit vollen Brüsten und ausladenden Hüften. Sie trieb auf sie zu, hatte dabei die Arme an die Seite gelegt und wurde zu einem Schatten, als sie unter dem Dachrand hindurchglitt und das Mondlicht hinter sich ließ. Als sie die Höhe des zweiten Stockwerks erreichte, war sie wieder vollständig zu sehen. Ihr kastanienbraunes Haar war zu einem unordentlichen Knoten zusammengesteckt. Ihre Augen waren sehr groß, und ihr Mund hatte einen schmollenden Ausdruck. Die Unterlippe war besonders stark ausgeprägt.

Es war Giselle.

Das Wiedersehen erzeugte in Beheims Brust eine eisige Leere. Er wandte sich, rasend vor Zorn, zu dem Patriarchen um, doch der Patriarch betrachtete Giselle und lächelte anscheinend wohlwollend, freundlich.

Sie kam näher, senkte sich herab, bis ihre Füße wenige Zentimeter vom Steinboden entfernt waren. Dort schwebte sie, nicht mehr als fünf Meter entfernt, während die Finger ihrer rechten Hand mit einem Schwertfarn spielten und der Saum ihres Mantels in einem Luftzug flatterte. Ihre Augen wirkten blind, und ihr Blick war auf einen Punkt außerhalb der Welt gerichtet.

Beheim machte einen Schritt auf sie zu.

»Halt!« befahl der Patriarch. »Laß sie in Ruhe!«

Beheim hielt mitten in der Bewegung inne, als seien die Schnüre, die ihn steuerten abrupt durchgeschnitten worden. Der Patriarch nickte zufrieden wie jemand, dessen Entscheidung sich gegen alles, was dagegensprach, als richtig erwiesen hatte.

»Sie könnte die erste deiner Linie gewesen sein«, sagte er. »Vielleicht die Mutter eines neuen Zweigs. Der Beheims. Die Möglichkeit steckte in euch beiden. Nun« – er zuckte die Achseln – »nun wird sie lediglich eine meiner Huren sein. Eine privilegierte Stellung, natürlich. Aber nicht unbedingt von historischer Bedeutung.« Er stieß einen traurigen Seufzer aus, der viel zu übertrieben klang, um echt zu sein. »Ich denke, das wird dich lehren, in Zukunft zu handeln, wenn Handeln gefordert ist, also die Gelegenheit zu nutzen. Es hätte offensichtlich sein müssen, daß sie schon lange reif war für das Urteil und daß sie hervorragende Chancen zum Überleben hatte. Aber ich nehme an, daß Alexandra dein Interesse voll und ganz gefesselt hat.«

Immer noch wie vom Donner gerührt über Giselles Wiedererscheinen, drehte Beheim sich erneut zu ihr um. Seine Gedanken an Alexandra waren bitter, rachsüchtig.

»Sie wäre gestorben, wenn ich sie nicht dem Urteil unterzogen hätte«, sagte der Patriarch. »Sonst hätte ich auch nicht in deine Rechte eingegriffen.«

Ein plötzliches Aufwallen von Zorn ließ Beheim erneut zur ihr herumfahren.

»Ich sagte halt!« rief der Patriarch, so daß Beheim zusammenzuckte. Er war aus seinem Sessel aufgesprungen und hatte die Hände zu Fäusten geballt. »Sie gehört nicht länger dir. Sondern sie ist jetzt mein! Fasse sie an, und du verwirkst alles.« Dann fügte er in einem weniger herrischen Tonfall hinzu: »Ich habe dir das blonde Mädchen überlassen. Die Kleine mit dem süßen Blut. Die Burghure, für die du dieses wunderschöne Wesen fallengelassen hast. Trotzdem ist das immer noch mehr, als du verdient hast.«

Bei der Erwähnung Paulinas verspürte Beheim noch nicht mal das träge Aufflackern einer Emotion. Er konnte sie sich kaum in Erinnerung rufen, so sehr wurde er von Schuld und Reue gepeinigt. »Was geschieht mit ihr?«

»Sie ist natürlich im Mysterium. Und kämpft um ihr Leben. Keine Angst. Sie kehrt bald wieder zu uns zurück.«

»Wie kann das sein? Sie ist doch hier.«

»Ah, das gehört zum zweiten Teil deiner Erklärung.« Der Patriarch nahm wieder in seinem Sessel Platz. »Wie du siehst, mein Sohn, lassen die Mysterien sich nicht so einfach analysieren. Es ist durchaus richtig zu sagen, daß sie den Tod darstellen, den Ort, zu dem der Tod uns schickt, den Ort, wo wir-wenn wir entsprechend vorbereitet sind – die Art unserer Wiedergeburt auswählen dürfen. Für diejenigen, die zur Familie gehören wollen, ist die Wahl einfach. Entweder finden sie ihren Weg zu uns, einige wenige Glückliche nur, oder sie irren auf ewig durch die Dunkelheit, wo sie Qualen erdulden, die bei weitem jene übertreffen, die in populären Darstellungen von der Hölle zu sehen sind.« Er schnaubte abfällig. »Hölle! Was für eine reizvolle Idee! Daß das Böse eine so simple Geographie und Bevölkerung haben soll! Rote Kobolde mit gespaltenen Schwänzen und Ziegenhörnern. Oder daß das Böse andererseits so einfach und allgemein definiert werden kann, als wäre es ein auf Flaschen gezogener schwarzer Saft, den man beim örtlichen Apotheker erstehen kann. Diese Christen und ihr Gott!« Er schnaubte erneut abfällig. »Ich habe in Zeiten gelebt, in denen sechs Götter auf einen Penny gingen. Tatsächlich habe ich mich mit einigen unterhalten, und glaube mir, sie sind kein gutes Geschäft. Nimm zum Beispiel mal diesen Jesus. Den berühmten Messias. Eines meiner Kinder hätte es um Haaresbreite geschafft« – er hielt Daumen und Zeigefinger hoch und deutete damit die winzige Distanz an –, »ihm einen Kuß zu geben. Und sie hätte es auch getan, wenn das Schicksal sich nicht eingemischt hätte. Offenbar hat der Mann – oder soll ich lieber der Gott sagen? – geradezu darum gebettelt.«

Beheim, der sich immer noch wegen Giselle Vorwürfe machte, hatte dennoch Zeit, sich über die schwankenden Stimmungen des Patriarchen zu wundern, wie schnell er von bösartig über lächerlich bis hin zum senilen Gebrabbel wechseln konnte.

»Aber ich will fortfahren«, sagte der Patriarch. »Das Mysterium hat mehr als nur eine flüchtige Ähnlichkeit mit dem Bardos, wie es im *Tibetanischen Buch der Toten* beschrieben wird. Man könnte daraus ableiten, daß einige Tibeter das Mysterium erlebt haben. Wenn ja, dann haben sie diese Erfahrung jedoch fehlgedeutet, denn das Mysterium ist weitaus vieldeutiger und komplexer und viel weniger streng definiert als das Bardos. Viel genauer würde man das Mysterium beschreiben, indem man sagt, daß es eine kosmische Essenz ist, die eine Art von metaphysischer Geographie verkörpert, die von Irregeleiteten des Geistes bevölkert wird. Von verlorenen Seelen, wenn du willst. Aber noch nicht einmal diese Erklärung trifft ganz genau zu. Um das Mysterium zu verstehen, wirklich voll und ganz zu begreifen, muß man darin wohnen, so wie ich. Aber für unsere Unterhaltung ist es eigentlich für dich nur wichtig zu wissen, daß ein Aufenthalt darin die gleichzeitige Präsenz des Betreffenden an einem anderen Ort nicht ausschließt.« Er deutete auf Giselle. »Voilà!«

Bei dieser Geste schmolzen die Wand hinter Giselle und ein Teil des angrenzenden Steinfußbodens einfach weg und wurden von dem schwarzen, sternenübersäten Feld des Mysteriums ersetzt, ein Anblick, an den Beheim sich mehr und mehr gewöhnte. Die Dunkelheit wölbte sich ihnen entgegen, als würde sie von einem Meniskus zurückgehalten. Es schien, als sei Giselle teilweise in das Feld eingebettet, während ihre Füße am Rand eines Abgrunds standen.

»Paß auf«, sagte der Patriarch. »Paß auf, wie sie fliegt.«

Eine zweite, durchsichtige Giselle erschien, legte sich auf die erste und war in allen Punkten bis auf zwei mit ihr identisch: Zum einen trug sie keinen Mantel, und zum anderen schien sie sich aufzubäumen, gegen die Dunkelheit zu kämpfen, sich zu winden und den Kopf hin und her zu werfen, als wäre die Dunkelheit ein behinderndes Tuch, in das sie eingewickelt war. Nach und nach gewann das zweite Bild an Festigkeit und Farbe, während das erste so unscharf und geisterhaft wurde, wie das zweite anfangs gewesen war. Die Vollkommenheit und Verletzbarkeit ihres nackten Körpers versetzte Beheim einen heftigen Stich ins Herz. Dann teilten ihre Lippen sich unmerklich, und ein Rinnsal Schwärze schlängelte sich hervor, ergoß sich auf ihr Kinn und wirkte wie ein scharf umgrenzter Riß in der bleichen Haut.

»So bist auch du einmal geflogen«, sagte der Patriarch in einem wehmütigen Tonfall. »Wir alle haben es getan. Wir sind in unseren Tod wie in eine Flüssigkeit eingetaucht und wurden davon durchdrungen.«

Scham regte sich in Beheim. Scham, die sich nur entfernt auf Giselles Schicksal bezog und sich im wesentlichen darauf bezog, daß das, was er am meisten bedauerte, seine falsche Beurteilung ihrer Person gewesen war, das Wissen, daß für immer seine Chance vertan war, sie zu kontrollieren. Das wäre stets der Charakter ihrer Beziehung gewesen, erkannte er. Dominant und unterwürfig. Von allen Mitgliedern der Familie hatte er nur mit Alexandra etwas erreicht, das an eine Gleichrangigkeit heranreichte. Dennoch linderte keine dieser Erkenntnisse sein Gefühl der Zerknirschung. »Hol sie zurück«, sagte er.

Der Patriarch lachte. »Das kann ich nicht. Und selbst wenn ich es könnte, würde ich es höchstens schaffen, das Unvermeidbare ein wenig hinauszuzögern.«

»Hol sie zurück, verdammt noch mal!« rief Beheim.

»Bist du verrückt?« Der Patriarch sprang auf. »Mäßige dich. So etwas ziemt sich nicht. Aber überhaupt nicht.«

Aber Beheim war außer Kontrolle. Er machte einen Satz vorwärts und glaubte – gegen jede Vernunft –, daß er Giselle vor dem Abgrund zurückreißen konnte. Aber ehe er sie erreichen konnte, traf ihn ein Schlag auf den Hinterkopf, der ihn auf alle viere fallen ließ und vor seinen Augen ein Blitzfeuerwerk entfachte.

»Es ist klar«, sagte der Patriarch, »daß du von dieser Unterhaltung viel mehr profitieren wirst, wenn alles ausgeschaltet wurde, was dich ablenken könnte.

Beheim hob den Kopf gerade noch rechtzeitig, um mit ansehen zu müssen, wie Giselle ins Nichts davonschoß und schnell zu einem winzigen weißen Punkt zusammenschrumpfte. Und als wäre die Schwärze ein Schild gewesen, der hinter ihr hochgehalten worden war, und indem sie sich entfernte, zog sie das Material um sich herum zusammen, so wie eine Hand, die sich in ein schwarzes Tuch wühlt, dieses Tuch über sich zieht wie einen Handschuh, so daß das Nichts, der Abgrund, ebenfalls zu schrumpfen schien, zu einem Flecken nicht größer als ein Fenster reduziert wurde, dann zum unregelmäßigen Kreis eines Abflußgitters, schließlich zu einem winzigen Fleck, und am Ende war es verschwunden und ließ nicht mehr zurück als die Steinplatten und die mit grauem Mörtel befestigten Mauern des Innenhofs.

Der Patriarch packte Beheim am Kragen und riß ihn so leicht hoch, wie er es mit einem Kätzchen getan hätte. »Der einzige Grund, weshalb du sie willst, ist der, daß dir ein Spielzeug, ein Schoßtier versagt wurde, und daß du jetzt schmollst.« Er hob Beheim noch höher, so daß seine Füße in der Luft baumelten, und zwang seinen Kopf hoch, so daß ihre Blicke sich trafen. »Du liebst sie nicht. Wenn du es tun würdest, wärest du begeistert, außer dir vor Freude, daß sie schon bald eine von uns ist. Unsterblich und lebendiger, als sie in ihren wildesten Träumen erwartet hätte. Vielleicht, wenn einiges anders verlaufen wäre, hättet ihr eine Art liebevolle Beziehung entwickeln können, sobald sie das Urteil überstanden hätte. Aber was du geglaubt hast, für sie zum empfinden, das ist rein und simpel. Glaubst du, daß du ein Sterblicher bist? Ein Wesen mit schwachem Mitgefühl und kindlicher Moral? Schlag dir das aus dem Kopf. *Dies hier* ist, was du bist.«

Das offene, bleiche, attraktive Gesicht begann sich zu strecken, seine Linien lösten sich auf, und die Augen, dunkel und ausdrucksvoll und eine intellektuelle Ruhe aussendend, erhielten Kerne aus rotem Feuer, und das lockige schwarze Haar sah aus wie ein Brombeerdickicht, das zwar einen häßlichen Marmorkopf umwucherte, ihn aber noch nicht bedeckte. Selbst nachdem die Auflösung nachgelassen hatte und das Gesicht wieder seinen byronhaften Ausdruck angenommen hatte, konnte Beheim noch immer den Verfall darunter sehen. Er erinnerte sich, wie er einmal gedacht hatte, er wolle den Patriarchen anlügen, ihn zwingen, ihn zu unterstützen. Was für ein Narr er doch gewesen war! Derart eingenommen von der Neuigkeit seiner eigenen Kraft und Erkenntnis, daß er sich überhaupt keine größere Macht vorstellen konnte.

»Ein eintöniges Schwarz ist die Farbe deiner Natur«, sagte der Patriarch und ließ Beheim auf die Steinplatten fallen. »Die Farbe des Todes, in dem du wiedergeboren wurdest. Die Farbe von Friedhofserde und Alpträumen. Du weißt, daß es zutrifft, du fühlst die Wahrheit dieser Feststellung, aber du wehrst dich dagegen und kannst deshalb nicht verstehen, was es mit einschließt. Du betrachtest es als das Böse, aber du verstehst dieses Wort überhaupt nicht. Du betrachtest diese Idee als ebenso falsch wie die Christen. Als einen furchtbaren, gewissenlosen Gewaltakt gegen die Ordnung aller Dinge. Und so ist es. Aber du erkennst nicht den vollen Umfang dieser Definition, die Logik, die schlichte urwüchsige Empfindung des Bösen. Hör mir deshalb zu, und ich werde dir zur Weisheit verhelfen.«

Er entfernte sich ein paar Schritte weit. Er nahm eine theatralische Haltung ein, wandte Beheim den Rücken zu, verschränkte die Hände im Nacken und blickte zum nächtlichen Himmel empor.

»Ordnung, mein Junge, ist eine Illusion. Zumindest in der allgemein gebräuchlichen Bedeutung des Wortes. Die Philosophien sowohl des Guten wie des Bösen stellen das fest, wenngleich auf unterschiedliche Art und Weise. Diejenigen, die sich dem Guten verschrieben haben, halten sich selbst und alle anderen, die ihnen ähnlich sind, für grundsätzlich unvollkommen. Sie versuchen, ihr Leben einer Ordnung zu unterwerfen, natürliche Bedürfnisse zu verringern und die Ordnung durch Verzicht und sinnlose Rituale zu erlangen. Und wie sieht das Ergebnis ihrer Bemühungen aus? Krieg. Hunger. Folter. Vergewaltigung. Das Hinschlachten und die Einkerkerung von Millionen.«

Für einen Augenblick schmolzen die Steinplatten weg, zerflossen zu einer eintönigen grauen Fläche wie das Meer an einem wolkenbedeckten Morgen. Die Farnpflanzen wurden dürr und skelettartig und farblos, und die Mauern des Innenhofs verloren ihre Konturen. Dann wurde schlagartig alles wieder normal. Es war als ob, dachte Beheim, dem Patriarchen, ein wenig angegriffen durch seine intensive Beschäftigung mit dem Guten, einige Zweifel hinsichtlich der Stichhaltigkeit seiner Weltsicht gekommen wären.

»Wir, die wir das Böse schätzen«, sagte der Patriarch, »betrachten uns als natürliche Lebewesen und streben nur danach, unsere Naturen auszudrücken. Wir essen, wenn wir Hunger haben, wir frönen der Wut und der Lust, der vollen Bandbreite unserer Emotionen, und wir tun es ohne Selbstvorwürfe, ohne die unnatürliche Zügelung unserer Grundbedürfnisse. Wir versagen uns nichts, und wir stellen uns der Wahrheit in Bezug darauf, wer und was wir sind. Und was ergibt sich daraus? Einige sterben von unseren Händen, ein paar anderen wird das ewige Leben gewährt. Einige unangenehme physische und mentale Krankheitsbilder entstehen, aber sind sie nur einen Deut schlimmer oder schlechter als der Krebs, die Senilität und die Verwirrung, wie sie die Sterblichen einholt? Gelegentlich übertreiben wir, aber niemals so enorm und unvermittelt wie die Christen. Wir führen keinen Krieg gegen sie. Wir ernähren uns davon, ja. Aber das ist eine natürliche Sache, dieses gelegentliche Dezimieren der Herde. Sie sind es, die Krieg gegen uns führen, sie, die den Völkermord versuchen. Das ist ihre Art. Sie haben keine Ahnung von Mäßigung.«

Er blickte Beheim über die Schulter an. »Beide Philosophien streben nach Frieden, haben die gleiche Vision von einer perfekten Gelassenheit. Einerseits wird dieser Zustand als fleckenloses weißes Strahlen betrachtet, andererseits als grenzenlose Finsternis. Aber es gibt ein paar entscheidende Unterschiede zwischen diesen beiden klaren Positionen. Tatsächlich liegt ihr einziger Unterschied in der Methode, den Frieden zu erlangen. Unsere Methode, die böse genannt wird, die Ausübung von Handlungsfreiheit und Macht auf einer individuellen Basis, eine stabile Art von Anarchie mit nur den harmlosesten Einschränkungen, das ist die humanste Form, die Art, die den geringsten Schmerz erzeugt. Es wurde geäußert, daß es nur daran liegt, daß es von uns hier so viele gibt, die sich dem Guten verschrieben haben. Meine Antwort darauf war schon immer die gleiche, nämlich: Unter keinen Umständen wird es von uns jemals so viele Vertreter geben, wie es zur Zeit Verfechter des Guten gibt, denn wir werden unsere Anzahl niedrig halten, wir werden die Schwachen sammeln und Gesetze gegen diejenigen erlassen, die die Macht mißbrauchen. Also welche Seite ist die wahrhaft gute?

Das frage ich dich. Und welche ist die böse? Die grelle, boshafte, maßlose Art des geringsten Schmerzes? Oder die fromme, Psalmen singende, selbstlose Art von Krieg und Verzweiflung?« Er kam zu Beheim zurück. »Das Geheimnis unserer Tugend ist dies, Junge: sich nicht darum zu kümmern. Nicht du, nicht Alexandra, nicht Agenor und ganz gewiß nicht irgendein anderes Mitglied der Familie. Oh, es kann vorkommen, daß eine Art von Fürsorge entsteht, wenn zwei oder mehrere von uns plötzlich von ihrem Gegenüber fasziniert sind, und zugegebenermaßen ist dies sehr schön und höchst erfreulich. Aber es ist nicht die Sorge, wie sie von den Christen definiert wird. Es ist ein spielerischer Wahn, ein Kostüm, in das wir unsere Lust, unsere egoistischen Bedürfnisse hüllen. Und dieser grundsätzliche Mangel an Fürsorge für andere, unsere beinahe vollständige Egozentrik ist es, die uns weniger gefährlich und letztendlich mitfühlender sein läßt als unsere Feinde. Sie wurden vergiftet, wurden von dem Streben nach jenen überheblichen Idealen wie Großzügigkeit und Nächstenliebe fast in den Wahnsinn getrieben. Im Gegensatz zu ihrer Neigung zur Massengewalt im Namen der Erlösung, ist unsere eigene Verrücktheit eine freundliche Spinnerei.«

Erneut schien der gesamte Innenhof im Unwirklichen zu versinken. Für einen kurzen Moment wurde er zu einer flüchtigen Skizze seiner selbst und verschwand beinahe in einem eintönigen Grau. Der Patriarch raffte Beheims Hemdbrust zusammen und zog ihn aus dem Sessel hoch, so daß sie sich Auge in Auge gegenüberstanden.

»Das Böse«, sagte er und weckte den tiefen Sinn des Wortes durch seine drohende Aussprache. »Es ist kein satanisches Gepränge, es hat keine unterirdische Stadt als Metropole. Das Böse ist ganz einfach das, was du bist, Michel, der Stoff deines Lebens. Es ist der Geschmack des Blutes, es ist das schlaffe, müde Gefühl einer verzehrten Mahlzeit, die schwer in deinen Armen liegt, und, wenn du den Kopf hebst, der Anblick des gefleckten Mondes, der wie ein toter Gott zwischen den gegabelten Ästen eines Galgenbaums in der Dunkelheit hängt. Für kurze Zeit kannst du leugnen, was du bist, aber am Ende wird deine eigene Natur dich besiegen. Wie es in dieser Nacht bereits geschehen ist. Und wenn du weiterhin leugnest, dich weiterhin widersetzt« – er näherte sein Gesicht dem Gesicht Beheims so weit, daß ihre Nasen sich beinahe berührten, und senkte die Stimme zu einem drohenden Flüstern herab – »verärgerst du mich! Und das, mein Kind, ist bei weitem das Schlimmste, was dir passieren kann. Das ist etwas, das ich an deiner Stelle vermeiden würde.« Er hielt Beheim auf Armeslänge von sich. »Und nun geh! Beende die Aufgabe, die ich dir gestellt habe. Und wenn du fertig bist, dann laß dir alles, was ich dir heute nacht gesagt habe, noch einmal durch den Kopf gehen.«

Er stieß Beheim von sich, und Beheim, der kaum den Wunsch hatte, seinen Zorn noch mehr zu erregen, ging eilig zur Treppe, die in die unteren Regionen der Burg hinunterführte. Hinter ihm erklang Gelächter, ein Lachen, so perlend und wohlklingend, daß er nicht glaubte, daß es aus einer menschlichen Kehle hervordrang. Daher zögerte er nicht, als die Stufen – während er sie betrat – und die Steinmauern zu einem stumpfen, einförmigen Grau zu verblassen begannen, sondern setzte seinen Weg fort, wobei er sich weniger vor der Unbeständigkeit des Ortes fürchtete als vielmehr vor dem, was er vielleicht zu sehen bekäme, wenn er sich umdrehte. Der Boden blieb unter seinen Füßen fest und solide, und die Luft, obgleich kälter als im Gemach des Patriarchen, war süß und angenehm zu atmen. Während die letzten Reste greifbarer Form verblaßten und er nun in einem konturlosen Grau eingeschlossen war, verspürte er einen Anflug klaustrophobischer Panik, aber er setzte seinen Weg fort und schöpfte aus der Tatsache Mut, daß das Gelächter und alles andere verstummt und vergangen war. Nachdem er jedoch mehrere Minuten lang weitergewandert war und das Grau kein Ende nahm, fragte er sich, ob Panik nicht angemessener wäre als Selbstkontrolle. Das Böse, dachte er, konnte wirklich keinen besseren Ausdruck finden als dieses Nichts. Vielleicht war es nur eine weitere Idee des Patriarchen, eine Art Lektion. Aber das war ein gewagter Gedankensprung. Wahrscheinlicher war, daß der Patriarch durch irgend etwas abgelenkt wurde und vergessen hatte, was er mit Beheim getan hatte, daß er ihn möglicherweise sogar vollständig vergessen hatte. Daß er ihn nun auf ewig herumwandern ließ, damit er ein Gespenst dieser totalen Leere wurde. Das war durchaus möglich, entschied er, denn das Bild, das er von dem Patriarchen gewonnen hatte, zeigte sprunghaften, grellen Verfall. Doch dann erkannte er, daß er, indem er das Wesen des Patriarchen beschwor, lediglich jene letzte, eher umgängliche Erscheinungsform im Sinn hatte und es versäumte, auch den teuflischen Dämon zu berücksichtigen, als welcher der Mann anfangs erschienen war, als der allmächtige Bewohner des Mysteriums. Dieses Wesen würde ganz sicher nichts vergessen. Es könnte höchstens so tun, als hätte es vergessen, um die Angst seines Opfers zu steigern. Aber das Wesen würde an allen Aspekten der Qual so viel Gefallen finden, daß nichts seinem geistigen Verständnis entgehen würde, obgleich er tausend Seelen über dem Feuer seines majestätischen Unmuts braten ließ.

Beheim verscheuchte diese morbiden Überlegungen aus seinem Schädel und trottete weiter, wobei er in seinem Geist nach und nach genauso grau und unbestimmt wurde wie seine Umgebung. Falls in seinem Gehirn ein Gedanke existierte, dann bestand er aus einem trostlosen, primitiven Gesang, einem wortlosen Rhythmus aus Versagen und Sinnlosigkeit, der mit seinen Schritten den Takt hielt. Er fühlte sich schwer in Fleisch und Herz, litt unter physischer wie spiritueller Erschöpfung, und als das Grau sich schließlich aufzuhellen begann und er die dunklen Formen von Tannenbäumen und einem Berg, anderen Bergen erblickte und erkannte, daß er die unbegreifliche, magische Substanz der Mauern der Burg Banat überwunden hatte, im wahrsten Sinne des Wortes durchschritten hatte – in seiner Wirkung, wenn nicht gar tatsächlich ein Gespenst – und den Ort erreicht hatte, wohin seine Pflicht ihn geschickt hatte, empfand er keinerlei Erleichterung, sondern erkannte nur niedergeschlagen, daß er am Beginn einer weiteren Station seines Leidensweges stand.

KAPITEL 13

Die Diener des Patriarchen, die Beheims Instruktionen ausführten, gruben im Wald unweit der Burg mehrere Erdlöcher von jeweils vier Metern Tiefe. Diese legten sie mit schwerer Zeltleinwand aus, um sie abzudichten, und füllten sie zu drei Vierteln mit Wasser, nicht unbedingt genug, um ein Mitglied der Familie zu fangen, jedoch ausreichend, um es für ein paar Sekunden zur Hilflosigkeit zu verdammen, so daß Eisenplatten – Läden, die von den Fenstern des Schlosses abmontiert worden waren – auf die Gruben gelegt und auf diese Art und Weise der Mörder gefangen werden konnte. Angesichts des Wasserstands und der morastigen Beschaffenheit des Erdreichs hielt Beheim es für zweifelhaft, daß die – oder der –

Gefangene genügend Auftrieb bekam, um hochzuklettern und den Eisendeckel wegzuschieben. Sobald die Gruben fertig ausgehoben und die Läden bereitgelegt worden waren, ließ er alles mit Baumästen und Erde tarnen und schickte dann die Diener zurück in die Burg. Kurz vor Anbruch der Dämmerung bezog er Posten hinter einem kleinen Hügel, ungefähr zwanzig Meter von der Vertiefung entfernt, in der die Leiche der Gefährtin der Goldenen lag, deren Verwesungsgeruch mit dem Nachtwind zu ihm drang.

Schon bald verschwand die schmale Sichel karneolfarbenen Lichts zwischen dem Horizont und dem Himmel. Beheim, leicht benommen und mit den Ereignissen des Abends geistig zu sehr beschäftigt, um seiner gefährlichen Position mehr als nur flüchtige Aufmerksamkeit zu schenken, beobachtete, wie das Licht sich ausbreitete, die wellige, dunkelblaue Geographie, die engen Täler mit ihren Lichterketten und die Städte überzog, in denen die ersten frühen Lichter brannten wie auf dem Boden verstreute Glutfunken. Er konnte das feuchte Gras riechen, den betäubenden Duft der Tannennadeln, den bitteren Qualm von einem Feuer in der Ferne. Aus diesen Gerüchen, diesen Panoramen, schienen die Gesichter und Gestalten der Vergangenheit aufzusteigen, schien ein wenig immer noch lebendige Essenz jedes Wesens in die Luft entlassen zu werden, wo sie in Verbindung mit dem Stickstoff und den Ozonbestandteilen der Jahreszeit noch lebendiger wurde und sich vor ihm aufbaute wie die phantastischen Visionen, die einem Sterbenden erscheinen, der nicht mehr die furchtbaren Qualen spürt, die Wunden oder Krankheit seinem Körper zugefügt haben, sondern nur noch in einem friedvollen Nirgendwo zwischen Mysterium und dem Ende der Zeit dahintreibt.

Die Dinge, die ihm erschienen, waren nicht die Dinge, von denen er angenommen hatte, daß er sich an sie erinnern würde, nicht die denkwürdigen Augenblicke, die Geburtstage, die Beförderungen, die Erfolge, sondern es waren bescheidenere, hellere und heiterere Lebensfragmente. Zum Beispiel wie er auf einem Dock in Marseilles saß und Fischsuppe aus einer Konservendose aß und sich dabei recht deftig mit den Fischern unterhielt. Oder wie er eine Nacht in einer Höhle in den von der Sonne verbrannten und von Göttern bevölkerten Bergen oberhalb von Korinth verbracht hatte. Oder wie er zusammen mit seinen ebenfalls betrunkenen Kommilitonen frühmorgens von einer Brücke in die Seine sprang, um einem Mädchen zu imponieren. Oder er erinnerte sich an ein anderes Mädchen, mit dem er einen Sommer lang zusammengelebt hatte – sie war eine Tänzerin in einem der kleinen Familienzirkus-Betriebe, die mit ihren grellbunten Wohnwagen kreuz und quer durch Europa zogen. Oder er dachte an den kleinen Jungen in Reims, der ihm eine goldene Uhr ohne Uhrwerk verkauft hatte; oder an die Lady, die ihn in ihr Haus bat, als er in der Nähe von Straßburg eine Wanderung unternahm, die ihm dann eine Mahlzeit zubereitet und fast eine Stunde mit ihm gebetet hatte und ihm dann – als sei er dadurch ausreichend von allen Sünden reingewaschen worden – seine Unschuld raubte; oder an den alten Soldaten, der nun als Koch in einem Landgasthaus in der Nähe von Avignon arbeitete, der frische Forellen mit Champignons zubereitet und haarsträubende Geschichten aus den Napoleonischen Kriegen erzählt hatte. Oder er dachte an die Begegnung mit einer Frau, die soeben aus einem Irrenhaus in Quercy entlassen worden war und behauptete, sie sei unterwegs, um sich mit ihrem verstorbenen Mann in einem Bistro unweit der Markthallen in Paris zu treffen. Oder er entsann sich einer Gruppe von Kindern, allesamt Albinos, deren Eltern sie zu übersinnlichen Medien ausbildeten. Dann dachte er an seine Begegnung mit einem Priester, der Gott haßte, mit einer Zigeunerin, die sich weigerte, ihm die Karten zu legen; an einen betrunkenen Hundelehrer, dessen dressierte Tiere ihm gestohlen worden waren. Er erinnerte sich an den Ringkampf gegen einen Riesen auf der Kirmes von Irun, wobei er sich den Arm gebrochen hatte. Er dachte an die Hahnenkämpfe in Salamanca, an eine Nacht unter Olivenbäumen im Licht zahlreicher Fackeln und an den Gewinn von tausend Peseten, nachdem er auf einen schwarzen Hahn gesetzt hatte, dessen Eingeweide ihm am Ende aus dem Bauch heraushingen wie die Fransen von den Epauletten eines Generals. An den Dom zu Köln, wo er zum erstenmal *Der Messias* gehört hatte. An eine Kantina in San Sebastián, wo rätselhafte Zeichen auf die Türen gemalt wurden, um das Böse abzuwehren, als sei das Böse ein unfähiger Bengel, der sich durch den Anblick von ein paar Farbklecksen und einigen falsch geschriebenen lateinischen Worten in die Flucht jagen ließ. An einen Flußdampfer, der einer jungen Witwe gehörte und dessen Fenster aus buntem Glas bestanden und dessen Seitenwände von naiven Heiligenbildern verziert wurden. An eine Hafenbar in Calais, wo er eines Abends, als er seinen ersten Verdauungscalvados trank, ein vierzehnjähriges Mädchen dabei beobachtete, wie es sich Stahlnadeln durch die Wangen stach und sich dafür mit ein paar Geldmünzen bezahlen ließ, die der Wirt ihm vor die Füße warf.

Es lief alles aus ihm heraus, stellte er fest, wie violettes Wasser durch eine Regenrinne. All diese funkelnde Vielfalt des Lebens und der Geschichte strömte davon, als wäre er nicht mehr das dafür geeignete Gefäß. Und sie wurde ersetzt durch … tja, durch was? Er konnte es nicht so einfach benennen, aber es schien, als stünde ein neuer Steuermann am Ruder seiner Seele. Jemand von düsterer, kühler Kompetenz, in dem jedoch eine derart wilde Lust loderte, daß sie kaum von rasender Wut zu unterscheiden war, so mächtig, daß sie sogar seine Angst vor dem heraufziehenden Tag überstrahlte. Dieses Wesen war es, das nun durch seine Augen in die sich erhellende Welt blickte, das die Pflanzen ringsum, Schafgarbe und Wicke, Minze und Sauerampfer, mit steinernem Mißbehagen betrachtete, gestört durch den üppigen Modergeruch des Herbstwaldes, und das ungerührt verfolgte, wie die Sonne unter riesigen Wolkenschiffen Scharlachrot und Orange und Purpur ausgoß und die bewaldeten Kuppen der Berge in scharf umrissene Reliefs verwandelte. Dennoch schloß er sich nicht der Definition des Patriarchen von einer nachsichtigen und egoistischen Mentalität an, denn in ihm war mehr als nur ein Splitter von Gewissen, von moralischer Bewertung, von seinen alten Zwängen erhalten geblieben, und er glaubte einfach nicht, daß dies lediglich Rückstände waren. Er hatte sich verändert, sicher, aber er war noch immer auf eine gewisse Weise er selbst, immer noch Beheim, der Mann, und während diese Erkenntnis ihm nicht mehr so gut gefiel wie früher vielleicht, war er dennoch zufrieden, daß die Veränderung ihn nicht total überwältigt hatte. Die Weisheit des Patriarchen hatte offenbar ihre Grenzen, und dies zu erkennen, war ebenfalls Anlaß für ein Gefühl innerer Befriedigung.

Schon bald füllte die Welt sich mit der großen Vibration der Sonne. Beheim lag flach auf dem Erdboden, weigerte sich, hinaufzublicken, spürte Wogen tödlicher Hitze auf seinem Nacken und seinen Schultern. Er hatte den Blick auf die Burg gerichtet, die fast die Hälfte des Himmels verdeckte und so still und stumm erschien wie der Kadaver eines riesigen steinfarbenen Tiers. Der blaßblaue Himmel beunruhigte ihn, desgleichen die vom Wind durchwehten Pflanzen und das schwankende Gras und das ständige Spiel von Licht und Schatten. Dennoch empfand er keine Panik und heftige Desorientierung wie vorher. Er glaubte nicht, daß er das Licht jemals lieben würde, aber wenn er es ertragen mußte, dann würde er es ertragen. Ein schwarzer Käfer mit Scheren, die beinahe doppelt so lang waren wie sein ganzer Körper, kletterte an einem Sauerampferhalm vor ihm empor und strebte blind in die Luft. Er empfand eine seltsame Verwandtschaft mit dem Ding, doch als der Käfer das Ende des Halms erreichte und dort hin und her schwankte, seine Antennen hierhin und dorthin richtete, ärgerte er sich darüber und über die Analogie, die er zwischen dessen Aufwärtsstreben und seinem eigenen hergestellt hatte, und schnippte ihn mit dem Finger weg.

Nicht lange nach Sonnenaufgang tauchte jemand aus der Burg auf. Eine sehr große, sehr schlanke Person, die mit einem grauen Rock und einer dunkelblauen Stola bekleidet war, die ihren Kopf und ihre Schultern bedeckte und ihr Gesicht überschattete. Alexandra. Beheim hatte keine Zweifel, daß sie es war, war aber über ihr Zögern verblüfft, mit dem sie sich der Leiche näherte, stehenblieb und erschrak, einen schnellen Blick zum Himmel schickte und überhaupt nichts von einer berechnenden Haltung an den Tag legte, wie er es eigentlich erwartet hätte. Und als sie anstatt zur Leiche zu gehen, einen weiten Bogen um sie schlug, sie überhaupt nicht beachtete und durch das hohe Gras stapfte, ab und zu verharrte, um in den Tannenwald zu blicken und seinen Namen zu rufen, hatte er keine Ahnung, wie er dieses Verhalten einordnen sollte.

»Michel!« rief sie. »Wo bist du?«

Sie schickte einen schnellen Blick zur Burg.

»Verdammt noch mal, Michel!« rief sie erneut. »Zeig dich endlich! Wahrscheinlich haben wir nicht viel Zeit!«

Sie stolperte, stürzte und verschwand in einer mit Gras bewachsenen Vertiefung. Dann kam sie schwankend auf die Füße. Die Stola war von ihren Schultern gerutscht und enthüllte eine Flut ihres braunen Haars, und in dem winzigen Moment, ehe sie die Stola wieder über den Kopf zog, sah Beheim auf ihrem Gesicht einen Ausdruck namenlosen Schreckens. Sie stand da, ohne sich zu rühren, und er kam auf den Gedanken, daß sie sich um Kontrolle bemühte – und auch dies war nicht das Verhalten, daß er von einem Mörder erwartet hätte, dachte er, der sich in dieser Umgebung hätte auskennen müssen. Sie reagierte genauso wie er reagiert hatte, als er sich zum erstenmal ins Tageslicht hinausgewagt hatte. Dennoch, als sie zu seinem Versteck schaute, wußte er, daß sie ein Zeichen von ihm entdeckt hatte, seinen Herzschlag vielleicht, und er erhob sich auf die Knie und machte sich bereit, um zu flüchten. Und als sie auf ihn zukam, sprang er auf und wich zurück.

»Bleib unten, du Idiot!« sagte sie. »Du bist zu sehen!«

Sie stolperte und stürzte erneut, und anstatt wieder aufzustehen, kroch sie nun durch das hohe Gras zu ihm hin. Angst drückte sich in ihren zusammengepreßten Lippen und ihren großen Augen aus. Trotzdem setzte er seinen Rückzug fort.

»Was zur Hölle stimmt nicht mit dir?« sagte sie. »Duck dich gefälligst!«

Sie versank bis zu den Knien im Gras und schaute haßerfüllt zu ihm hoch. Doch dann entspannte sich ihre Miene, und sie streckte die Hand aus, um ihn zu streicheln. Er ließ es nicht zu, wich noch weiter zurück, und sie betrachtete ihn mit offensichtlicher Verwirrung.

»Was ist los?« fragte sie. »Weshalb benimmst du dich so?«

»Welches Verhalten erwartest du denn von mir? Soll ich um dich herumschwänzeln, Männchen machen? Um ein Küßchen betteln?«

»Es würde ausreichen, wenn du ein wenig Zuneigung zeigen würdest«, sagte sie steif. »Trotz allem haben wir ...«

»Haben wir was? Ich würde gerne deine Interpretation der Episode hören.«

»Wir haben uns geliebt«, sagte sie nach einer kurzen Pause mit leiser Stimme. »Jedenfalls ist es mir so vorgekommen.«

Er fand nichts Unehrliches in ihren Worten oder in ihrer äußeren Reaktion, und er wollte ihr glauben. Aber er konnte es nicht.

»Und wie würdest du die Angelegenheit interpretieren?« sagte sie.

»Was ich denke und dachte, spielt keine Rolle«, erwiderte er. »Ich habe getan, was du von mir verlangt hast. Das sollte dir reichen.«

»Michel ...« setzte sie an; dann brach sie ab und blickte niedergeschlagen zur Burg. »Setz dich. Man kann dich sehen.«

Er machte keine Anstalten zu gehorchen.

»Bist du taub?« sagte sie. »Wenn du da stehenbleibst wie ein verdammtes Denkmal, wirst du am Ende entdeckt!«

Verwirrt, immer noch nicht sicher, was er von ihr halten sollte, allerdings ein wenig unsicher werdend, was ihre Schuld anging, ging Beheim in die Hocke, blieb aber zu ihr auf Distanz.

Alexandra drapierte den Schal wieder um ihr Gesicht und seufzte. »Wie kannst du das aushalten?« fragte sie mutlos. »Es ist furchtbar!« Ihr Kopf zuckte, als hätte sie die Absicht gehabt, zur Sonne emporzuschauen, jedoch den Impuls rechtzeitig unterdrückt.

»Es wird von Mal zu Mal einfacher«, erwiderte Beheim. »Was hast du hier zu suchen?«

»Ich mache einen Sonntagsspaziergang!« Sie schenkte ihm einen mitleidheischenden Blick. »Glaubst du, ich würde diese ... Halluzination aus freien Stücken über mich ergehen lassen? Der Patriarch hat mich hergeschickt, damit ich deinen

Triumph miterlebe.« Sie sprach das Wort Triumph mit deutlichem Sarkasmus aus.

Er schwieg, studierte sie und war noch nicht ganz überzeugt. Er hatte erwartet, daß Christina im Auftrag des Patriarchen erschienen wäre. Alexandra beobachtete ihn abwartend und brach in schallendes Gelächter aus.

»Du glaubst, ich hätte den Mord begangen, nicht wahr?« sagte sie. »Ist das der Grund, weshalb du dich mir gegenüber so kühl verhältst?« Sie schüttelte ungläubig den Kopf. »Das ist gut! Ich bin also diejenige, welche! Ich bin die Verrückte, die die Goldene zerfleischt hat, nur um ihr Blut zu kosten. Und natürlich, da ich die Schuldige bin, bringe ich dich auch gleich auf die richtige Spur.«

»Das hast du vielleicht gar nicht beabsichtigt«, entgegnete Beheim zornig. »Selbst wenn du unschuldig wärst, hättest du das wahrscheinlich nicht gewollt. Du hattest keine Ahnung von Felipes Forschungen. Was sollte eigentlich wirklich passieren?«

»Ich habe es dir gesagt. Ehe wir uns liebten, habe ich dir alles erzählt! Du wußtest, daß du ein Risiko eingingst. Du wußtest, daß es zu einer Katastrophe kommen konnte.«

»Vielleicht hast du mir einen Teil verraten, aber bestimmt nicht die ganze Wahrheit. Sollte Felipe mich umbringen, um Agenor zu kompromittieren?«

Beim Klang von Felipes Namen wurde sie ernst. »Ich wollte nicht, daß er dich tötet. Das konnte ich wohl kaum erwarten. Aber ich habe auch nicht das Gegenteil erhofft. Ich habe dir bereits alles genau erklärt, aber offensichtlich hast du alles als Teil eines hinterlistigen Plans betrachtet, mit dem ich dich hinters Licht führen wollte.«

Er entschied sich, auf die letzte Bemerkung nicht einzugehen. »Ich hatte keine andere Wahl, als ihn zu töten. Felipe und Dolores hatten es auf mein Leben abgesehen.«

»Es ist nicht wichtig, weshalb du es getan hast«, sagte sie mit spröder Stimme. »Genaugenommen hast du mir wahrscheinlich sogar einen großen Dienst erwiesen, du hast meinen Aufstieg gefördert. Aber das dürfte bei anderen Angehörigen meines Zweigs recht wenig zählen.«

»Ich bin mal gespannt, wie sie auf die Neuigkeit reagieren werden, daß du es warst, die mich zu Felipes Wohnung geschickt hat.«

»Ziemlich übel, schätze ich«, sagte sie, plötzlich giftig werdend. »Du kannst sehr gut beweisen, daß ich verhindert habe, daß die Geschichte verbreitet wird. Und da du der einzige bist, der sie wahrheitsgemäß erzählen kann …«

»Dennoch mußt du dich gegenüber dem Patriarchen äußern. Was wirst du ihm sagen? Daß du eine persönliche Rechnung beglichen hast, anstatt seinen Befehl auszuführen? Du hast in dieser Sache genausowenig eine Wahl wie ich.«

Ihr Zorn verrauchte genauso schnell, wie er aufgelodert war. Sie betrachtete ihn einige Sekunden lang düster, dann blickte sie ins Gras. Sie zupfte einen Grashalm aus und zerrieb ihn zwischen den Fingern.

»Was denkst du?« fragte er.

»Ich erinnere mich, daß ich dir vor nicht allzulanger Zeit die gleiche Frage gestellt habe. Du hattest einige Schwierigkeiten, sie zu beantworten.«

»Und ich erinnere mich, daß du meintest, die Frage wäre von allen am einfachsten zu beantworten, es sei denn, man hätte etwas zu verbergen.«

»Ich habe nichts zu verbergen.« Sie spielte weiterhin mit dem Grashalm, hatte den Kopf gesenkt, so daß ihr Haar teilweise das Gesicht verhüllte. »Ich hatte Hoffnungen, Michel. Das war es, was ich gerade dachte. Ich dachte an diese Hoffnungen, wie wertvoll sie waren und wie wertvoll die Momente, die diese Hoffnungen weckten. Kommt dir das töricht vor?«

»Nein, nicht wenn es diese Hoffnungen und Momente tatsächlich gab.«

»Wie kannst du daran zweifeln?«

»Deinen Rat zu befolgen hat mich beinahe das Leben gekostet. Ist das nicht …«

»Ich habe dir keinen Rat gegeben. Es war weitaus mehr als das.«

»Egal, was es war, ich habe jedenfalls beinahe den Tod dabei gefunden. Grund genug, um einige Zweifel anzumelden, was die Absicht deiner Ratschläge angeht, meinst du nicht?«

Sie blickte Beheim an, und erneut fiel ihm der exotische Charakter ihres Gesichts auf, diese grünen Augen, der außergewöhnlich breite Mund und die scharfkantigen, ausgeprägten Jochbögen.

»Agenor meinte, du könntest ziemlich eigensinnig sein«, sagte sie. »Er meinte aber auch, daß du durch Logik stets überzeugt werden könntest. Offenbar ist auch er nicht von Irrtümern frei.«

»In welcher Beziehung stehst du zu Agenor?«

»Weshalb sollte ich dir irgend etwas erklären? Damit du mich wieder als Lügnerin oder gar Schlimmeres beschimpfst? Du warst zu lange Polizist. Du stehst sogar allem Guten, das dir widerfährt, mißtrauisch gegenüber.«

»Ich will gar nicht leugnen, daß ich von Natur aus mißtrauisch bin«, gestand er. »Ob mein Mißtrauen begründet ist oder nicht, steht auf einem anderen Blatt.«

Sie rupfte eine Handvoll Gras aus, ließ es vom Wind davonwehen,und nur ein paar Halme blieben auf ihrer Hand liegen und bildeten ein Muster, das ihn an ein Kryptogramm erinnerte. Mehr als alles andere, das sie bisher getan und gesagt hatte, die Art, wie sie mit einem Ausdruck des Staunens zusah, wie das Gras davongeweht wurde, diese Konzentration wie bei einem Kind, das etwas besonders Simples und Schönes zum ersten Mal sieht, überzeugte ihn, daß sie schon seit sehr langer Zeit nicht mehr dem Tageslicht ausgesetzt gewesen war, daß sie auf keinen Fall den Mord begangen haben konnte.

»Das brauchst du mir nicht zu sagen«, wehrte er ab. »Wahrscheinlich ist es gar nicht so wichtig. Ich weiß auch nicht mehr so genau, warum ich diese Dinge erfahren will. Aus Gewohnheit, nehme ich an.«

»Ich glaube auch nicht, daß es so wichtig ist«, sagte sie. »Agenor ist im Augenblick nicht mehr ganz bei sich. Er faselt dummes Zeug, vergißt schon mal, worüber er spricht. Es wäre dumm, den Dingen, die er tut, allzuviel Gewicht beizumessen.« Sie wischte ein Stäubchen von ihrem Rock. »Ich habe keine Ahnung, wie er unsere Beziehung darstellen würde. Wir teilen einige politische Ansichten, haben aber sonst nicht viel gemeinsam. Nach dem Mord kam er zutiefst beunruhigt zu mir, schlimmer, als ich ihn je zuvor erlebt hatte. Er fragte, ob ich irgend etwas wüßte, was dir bei der Untersuchung weiterhelfen könnte. Er hatte Angst, dich in eine gefährliche Situation gebracht zu haben. Ich meinte, ich könnte vielleicht helfen. Natürlich hatte ich meine eigenen Interessen im Sinn. Wie ich dir sagte, hoffte ich, daß du irgend etwas findest, das Felipe in Mißkredit bringen könnte. Der Flaschenverschluß war ein glücklicher Zufall. Dennoch glaube ich einfach nicht, daß er irgend etwas mit dem Mord zu tun hatte. So etwas paßt nicht zu ihm. Hätte er Appetit auf ein bestimmtes Blut gehabt, dann hätte er seine eigene Goldene gezüchtet. Tatsächlich wußte ich, daß er genau das vorgehabt hatte. Sieh mal.«

Aus einer geräumigen Tasche in ihrem Rock holte sie einen Schnellhefter aus Leder, in dem Beheim Felipes Tagebuch erkannte. Er ärgerte sich, aber nicht, weil sie es gestohlen hatte, sondern weil er nicht daran gedacht hatte, es selbst mitzunehmen.

Sie begann, die losen Zettel und Papierbögen darin durchzublättern, aber er meinte: »Du brauchst es mir nicht zu zeigen. Ich glaube dir auch so.«

Es ergab alles einen Sinn, wenn auch auf eine ziemlich verdrehte Art und Weise. Er konnte nicht verstehen, weshalb Agenor einen Verbündeten gesucht hatte. Aus Instinkt vielleicht. Oder hatte er über Felipes Forschungen Bescheid gewußt? Hatte er möglicherweise von vornherein den Verdacht gehabt, daß der Mord bei Tageslicht begangen worden war? Wenn ja, weshalb hatte er das Beheim gegenüber nicht erwähnt?

Es fruchtete nichts, so entschied er, sich weiterhin darüber den Kopf zu zerbrechen. Er würde abwarten und sehen müssen, ob sein Plan funktionierte. Es war offensichtlich, daß er die meisten Hinweise und sämtliche Begleitumstände dieses Falles falsch gedeutet hatte.

Er ließ sich neben Alexandra nieder, immer noch mißtrauisch, sie aber einstweilen wenn schon nicht als Geliebte betrachtend, so jedoch als neutrale Beobachterin, vielleicht sogar als Verbündete. Er hatte keine Ahnung, ob er sich in einer schwierigen Situation auf sie verlassen konnte.

»Was erwartest du eigentlich von dieser Affäre?« wollte sie von ihm wissen.

Er lachte bitter. »Ich bin wohl kaum in der Position, um irgend etwas zu erwarten. Ich versuche nur, am Leben zu bleiben.«

Sie schien darauf zu warten, daß er fortfuhr, daß er sich erklärte, aber er war nicht in der Stimmung, noch einmal seine Erlebnisse der vergangenen vierundzwanzig Stunden zu rekapitulieren.

»Nun«, sagte sie schließlich, »was würdest du denn wünschen, wenn Wünsche dein Motiv wären?«

»Ich möchte in Erfahrung bringen, was wir vielleicht gemeinsam haben. Vielleicht werden wir wieder Freunde.«

»Freunde? Waren wir das denn?«

»Vorerst dürfte das ausreichen.«

»Ich glaube nicht, daß ich jemals den Begriff ›Freund‹ gehört habe, seit ich Mitglied der Familie wurde.«

»Er hatte, wie ich zugeben muß, für die meisten von uns eine etwas andere Bedeutung. Aber Freundschaft und Zugehörigkeit zur Familie müssen sich nicht gegenseitig ausschließen.«

Mit dem Schal, der ihr Gesicht überschattete, sah sie wirklich sehr schön aus, viel weicher und verletzlicher, als die Frauen der Familie sonst aussahen. Aber Beheim hatte gelernt, Schönheit mit Mißtrauen zu begegnen. Er schaute zu den Brustwehren der Burg, die düster in den bleichen Himmel ragten. Ein paar graue Wolkenfetzen sammelten sich über dem Tal, verdeckten einen Teil des blauen Himmels, und weiter nach Westen zu stieg ein Schwarm Amseln aus einem Wäldchen auf. Aus dieser Entfernung schien es, als ob eine unsichtbare Hand die Asche eines Riesen über das Land streute.

»Ich bin mir nicht ganz sicher«, sagte er. »Ich glaube nicht, daß ich schon genug weiß, um zu diesem Zeitpunkt vernünftige Wünsche äußern zu können. Aber in einer Hinsicht ist mir längst alles klar, nämlich daß ich wohl mehr will, als mir zu wünschen möglich ist, wie man mir erklärt hat. Ich möchte etwas, das für die meisten unserer Cousinen und Vettern völlig aus der Art schlagen dürfte. Wenn ich es jetzt aussprechen würde, erschiene ich höchstwahrscheinlich als kompletter Idiot. Dabei ist das, was ich will, gar nicht mal so töricht. Auch darin bin ich mir völlig im klaren.«

Sie schwieg einige Sekunden lang, dann meinte sie: »Keine schlechte Antwort. Ich habe in etwa schon das gleiche gedacht.«

»Tatsächlich?« stieß er hervor. »Ich denke, es ist lediglich eine vorübergehende Phase, in der ich mich gerade befinde.«

»Sei kein Esel, Michel! Ich versuche nur, dir eine Freundin zu sein, dir zu helfen.«

»Zuerst hast du dir selbst helfen wollen.«

»Sicher. Aber unsere Interessen decken sich im Augenblick. Das haben sie schon von Anfang an. Wir könnten einander helfen. Wir wären dumm, wenn wir es nicht tun würden. Ganz gleich, wie isoliert unser Zusammensein vor zwei Nächten betrachtet werden muß, es hatte irgendeine spezielle Bedeutung. Zumindest war es der Ausdruck eines instinktiven Vertrauens.«

»Vertrauen«, sagte er nachdenklich und blickte über die freie Fläche hinüber zur Burg, die in ihrer grauen Baufälligkeit und riesigen Masse wie ein Gott wirkte.

»Ja, was ist damit?«

»Ich dachte gerade darüber nach, ob ich es für die geringste aller Bindungen halten sollte oder nicht, die uns aneinanderfesseln könnte.«

Sie gab darauf keine Antwort, und er betrachtete sie von der Seite. Sie betrachtete voller Ekel einen Käfer – vielleicht sogar denselben, den er weggeschnippt hatte –, der über den Saum ihres Rockes krabbelte. Er nahm an, daß ihre Abscheu Teil ihrer Abneigung gegen die gesamte Tageslichtwelt war. Aber in ihrer Reaktion steckte auch etwas wundervoll Normales, etwas so Weibliches, daß er sich vor Lachen kaum halten konnte. Aber als sie ihn fragte, weshalb er über sie lachte, empfand er so viel Erleichterung, Hoffnung und Andeutungen noch intensiverer Gefühle, daß er sich schon wieder nicht sicher war, ob er die Antwort wußte.

KAPITEL 14

Die Sonne, ein riesiger, goldener, brennender Sack Licht, stieg höher in den Himmel; weitere graue Wolken sammelten sich über dem Tal. Sie unterhielten sich ab und zu. Es war vorwiegend beiläufige Konversation, wobei Alexandra ihre Abneigung gegen alles kundtat, was mit dem Tag und dem Tageslicht zu tun hatte, und Beheim sie beruhigte, indem er ihr seine früheren Experimente schilderte. Sie scheuten sich, das anzusprechen, was in dem weißen Zimmer passiert war, auf dem großen mit Schnitzereien verzierten Bett, aber es stand zwischen ihnen, beinahe greifbar, eine dritte Präsenz, an der sie beide Anteil hatten, die neben ihnen saß und ihrer Unterhaltung Wärme verlieh. Es dauerte nicht lange, und sie hörten, wie eine Kirchenglocke die Mittagsstunde schlug, und während der letzte Ton verhallte, bog ein ganz in Schwarz gekleideter Mann um die Burgecke, blieb im Schatten der Mauer stehen und blickte zu dem Punkt, wo die Leiche der Gefährtin der Goldenen lag. Er trug Hose, Jackett, einen breitkrempigen Hut und eine Brille mit dunklen Gläsern. Höchstwahrscheinlich, dachte Beheim, versuchte er durch sein Warten einen möglichen Beobachter dazu zu bringen, sich zu zeigen, weil er vermutlich annahm, er könnte sich in die Burg zurückziehen, ehe seine Identität aufgedeckt wurde. Schließlich gab er sich einen Ruck und trat hinaus ins Licht. Es kam Beheim so vor, als sei ihm sein Schritt vertraut, die Art und Weise, wie er den linken Arm weiter schwingen ließ als den rechten und wie er den Kopf leicht nach rechts legte, als sollte er ein Gegengewicht zu dem Schwung des linken Arms bilden. Mit jedem Schritt erschien ihm der Mann vertrauter. Beheim atmete nicht, strengte die Augen an, während er zwischen den Grashalmen hindurchspähte. Die Spannung war so groß, daß er sich vorkam wie in einen Schraubstock gezwängt. Und als er schließlich den Mann erkannte, als er das weiße Haar unter dem Hut hervorquellen sah, als die faltige Würde der Gesichtszüge offensichtlich wurde, weigerte er sich zu glauben, was seine Sinne ihm mitteilten.

»Agenor!« hauchte Alexandra. »Es ist Agenor!«

»Nein«, sagte er in entschiedenem Ton. »Nein, das kann nicht sein!«

Sie ergriff seine Hand. »Er ist es! Sieh doch! Er ist es!«

Agenor war etwa fünf Meter von der Leiche entfernt stehengeblieben. Er drehte langsam den Kopf und suchte den Wald nach einer verräterischen Bewegung ab. Er holte einen Schal aus der Tasche. Nach einem weiteren Blick in die Runde, band er sich den Schal vor Mund und Nase und trat näher an die Leiche heran.

»Was willst du tun?« flüsterte Alexandra.

»Nichts«, antwortete Beheim, immer noch erschüttert. »Ich werde dem Patriarchen berichten, was ich gesehen habe. Oder du kannst es ihm auch erzählen. Du bist schließlich seine Vertreterin.«

»Das reicht nicht. Du mußt ihn dazu bringen, daß er den Mord gesteht. Wenn du das nicht tust, denkt er sich vielleicht eine Ausrede aus, weshalb er hergekommen ist.«

»Was für eine Ausrede könnte das sein?« Aber noch während er die Frage aussprach, stellte Beheim fest, daß er selbst ebenfalls überzeugt war, daß Agenor für sein Erscheinen eine plausible Erklärung liefern würde. Kein Szenario, in dem er den Mörder spielte, war halbwegs überzeugend. Es war absurd, dachte Beheim. Er wollte ihn nicht verurteilen, ohne ihn vorher angehört zu haben. Andererseits, falls Agenor wirklich der Mörder war – und er mußte diese Möglichkeit einräumen –, würde er sich selbst, wenn er ihn befragte, in größte Gefahr begeben. Er war auf eine solche Situation vorbereitet gewesen, als er Alexandra für die Schuldige gehalten hatte, aber Agenor war ein weitaus gefährlicherer Gegner, und sämtliche Vorbereitungen Beheims, seine Fallgruben, die verdünnte Lösung der Droge, erschienen jetzt unzureichend. Was wäre, wenn Agenor über einen eigenen Drogenvorrat verfügte?

Alexandra beobachtete ihn erwartungsvoll. Diese strahlenden grünen Augen studierten ihn, wollten ihm jedoch nicht ihren Willen aufzwingen.

»Na schön«, sagte er. »Aber halte dich von ihm fern. Falls er es schaffen sollte, mich zu überwältigen, kannst nur du darüber berichten. Wenn er mich angreift, mußt du annehmen, daß er schuldig ist, und sofort in die Burg zurückkehren. Hast du verstanden?«

Sie nickte, berührte seine Hand – um ihm Glück zu wünschen, dachte er, ihm Mut zu machen. Beinahe vertraute er ihr schon.

Als er sich aus dem Gras erhob, in dem er sich versteckt hatte, kam es Beheim so vor, als sei er unendlich gewachsen, als überragte er das Tal, die Wälder und Flüsse, als habe er sich sogar über den Mord und seine Begleitumstände erhoben und als wäre nur noch das unermeßliche Gewicht der Burg Banat größer als er. Der Anblick Agenors – er hatte mittlerweile die Brille abgenommen –, der sich über die Leiche beugte und an ihrer Kleidung herumzupfte, unterschied sich für ihn nicht vom Anblick jedes anderen Täters, den er je in einem solchen Augenblick der Wahrheit verhaftet hatte. Der alte Mann wirkte verletzlich, klein, ahnte nicht, daß das Schicksal im Begriff war, ihn zu ereilen, und es war diese Perspektive, dieses Bewußtsein, aus dem Beheim ihn ansprach und sagte, während er auf ihn zuging: »Schöner Tag für einen Spaziergang, nicht wahr?«

Agenor stieß einen erschreckten Schrei aus, ließ die dunkle Brille fallen und sprang auf. Er starrte Beheim sekundenlang an, aber dann entspannte sich sein Gesicht und glättete sich zu einem Ausdruck der Ruhe und Gelassenheit.

Schuldig, dachte Beheim und blieb in einigen Schritten Entfernung stehen. Schuldig wie der Teufel persönlich.

»Michel!« sagte Agenor. »Ich bin überrascht, dich hier zu sehen. Ich dachte, du seist noch immer mit deinen Verhören beschäftigt. Ein Diener hat mir hiervon berichtet.« Er deutete auf die Leiche. »Also wollte ich es mir selbst einmal ansehen. Mich umschauen. Ich glaube« – seine Stirn furchte sich, als dächte er angestrengt nach –, »daß dies die Leiche der Dienerin der Goldenen ist.«

»Das reicht nicht, Mylord«, sagte Beheim. »Das reicht ganz und gar nicht.«

Agenors Gesicht zeigte eine ganze Folge unterschiedlicher Emotionen: Trotz, Wut, Traurigkeit. »Nein«, sagte er schließlich mit kaum hörbarer Stimme. »Nein, ich kann mir nicht vorstellen, daß es ausreicht.«

Der Wind legte ein Muster schwankender Linien auf das freie Feld und kämmte die langen Grashalme. Ein leises Zischen entstand.

Mit einem wehmütigen Lächeln blickte Agenor zur Sonne auf und winkte ihr. »Nun«, sagte er aufgeräumt, »verrat mir deine Meinung, Michel. Können wir dies täglich ertragen? Lohnt sich dafür die ganze Mühe?«

Beheim konnte ihm darauf keine Antwort geben.

Agenors Adamsapfel hüpfte krampfhaft. »Es scheint, als hätte ich bekommen, was ich wollte. Ganz gleich, ob ich es wirklich wollte oder nicht.«

Beheim begriff den Sinn dieser Bemerkung nicht, aber er hatte auch nicht den Wunsch, auf diesen Punkt näher einzugehen. Eine Vielzahl von Empfindungen stürmte auf ihn ein, alte Empfindungen der Ergebenheit und Verbundenheit, neue Empfindungen von Wut und Abscheu über Agenors Verrat. »Kommen Sie mit mir zurück in die Burg, Mylord?«

»Die Burg.« Agenor riß sich den Hut vom Kopf und fuhr mit der Hand durch sein volles weißes Haar. »Ja, sicher. Ich fürchte, das kann ich nicht. Ich würde gerne. Ich hatte es sogar vor. Aber es geht einfach nicht.« Er schaute zu Beheim hoch. »Ich hatte mich schon gefragt, ob dies eine Falle ist. Ich glaube, es war ziemlich idiotisch von mir, sie nicht als solche erkannt zu haben.«

»Mylord, wenn Sie jetzt nicht mit mir zurückkehren, werden Sie ganz bestimmt sterben.«

»Durch deine Hände?« Hochmütig. »Das glaube ich nicht.«

»Ich habe Felipes Droge verdünnt, Mylord. Ich kann nicht mit Sicherheit sagen, daß Sie länger als nur ein paar Minuten am Leben bleiben.«

Sämtliche Strenge und Fassung wich aus Agenors Gesicht, und es schien, als lösten seine Züge sich auf, als würden sie zerfließen wie heißes Wachs und von den Knochen herabrinnen und sich zu einer Pfütze sammeln. Dann faßte er sich wieder. »Das ist eine Lüge.«

»Mit Verlaub, Mylord, aber welchen Wert hätte eine solche Lüge? Ich kannte die Identität des Mörders nicht. Ich wollte mich nur selbst schützen. Das Verdünnen der Droge war meine einzige Möglichkeit des Schutzes angesichts derart mächtiger Gegner.« Beheim machte einen Schritt vorwärts, da er plötzlich – trotz allem – den alten Mann retten wollte. »Die Zeit verrinnt, Mylord. Ich möchte Sie nicht in derartiger Schande sterben sehen.«

»Ach, aber es ist genau die Todesart, die ich gesucht habe! Und so schändlich ist sie doch gar nicht!« Agenor erschien zu Beheims Verwunderung geradezu fröhlich und trunken über die Aussicht, zum Opfer zu werden. Erneut blickte er zur Sonne auf. »Falls du tatsächlich die Wahrheit sprichst und falls du, in diesem Fall, genau wußtest, was du tatest, als du die Droge verdünnt hast, was ich bezweifle, dann glaube ich noch immer nicht, daß du jemals die Ironie dieses Augenblicks begreifen wirst.«

»Dann erklären Sie sie mir, Lord, wenn es Ihnen solche Freude bereitet. Aber ich rate Ihnen, sich zu beeilen.«

»Ja, vielleicht sollte ich es wirklich erklären. Und wenn auch nur aus dem Grund, daß du in der Lage bist, meine Torheit zu erkennen.« Agenor näherte sich Beheim einen weiteren Schritt. Es war eine Geste, die ihn wachsam werden ließ. »Weißt du, mein Freund, seit kurzem leide ich – wie soll ich es ausdrücken? – an verschiedenen Beschwerden. An mentalen Störungen. Ich neige zur Sprunghaftigkeit, habe Bewußtseinstrübungen. Ich erkannte darin Symptome für die Veränderungen, die den Übergang von einem Stadium dieser seltsamen Ewigkeit ins nächste begleiten, und ich muß gestehen, daß sie mir gar nicht gefallen haben. Sie erschienen mir wie eine Krankheit, wie die Folgen eines Fluchs. Daher, nicht gewillt, mich diesen Veränderungen zu unterwerfen und von einer tiefen Depression heimgesucht, beschloß ich, meinem Leben ein Ende zu setzen.«

Agenor rückte näher, und Beheim bereitete sich darauf vor, wegzulaufen. Er kam sich vor wie von dieser Welt entrückt, leicht benommen, aber das bereitete ihm keine Sorge. Er war fasziniert von Agenors Arroganz, seinem standhaften Leugnen eines Umstandes, der ihn in tödliche Gefahr gebracht hatte. Allerdings überraschte ihn das nicht so sehr. Es paßte eigentlich zur Neigung der Familie zur Selbstvernichtung.

»Es war keine einfache Entscheidung«, sagte Agenor. »Aber diese Entscheidung in die Tat umzusetzen, das war eine völlig andere Sache. Ich wollte nicht, daß mein Tod lediglich der Verlust eines Lebens war, und ich muß außerdem eine gewisse Feigheit gestehen. Dann, eines Morgens – ich hatte mit Felipes Droge experimentiert und kam soeben von einem Spaziergang außerhalb der Burgmauern zurück – ging ich am Gemach der Goldenen vorbei, und mir kam der Gedanke, daß sie als Ursache für meinen Tod dienen könnte. Ich hielt dies für einen genialen Geistesblitz. Ich hatte immer schon gehofft, an einem Ritual des Dekantierens teilzunehmen, und nun konnte ich mir diesen Wunsch erfüllen. Ich wußte, daß der Patriarch einen solchen Traditionsbruch niemals ungestraft durchgehen lassen würde. Er würde mich zu einer Illumination verurteilen. Und darin, so erkannte ich, läge der Wert meines Todes. Mir würden Fragen gestellt, die das erlöschende Licht meines Geistes auf speziell den Teil der Zukunft richten würden, der mich während der letzten Jahre beschäftigt hat: die Frage, ob die Familie ihren Lebensraum im Westen verlassen und zu ihrer eigenen Sicherheit nach Osten ziehen sollte.«

Beheim versuchte, einen Schritt zurückzuweichen, aber er hatte das Gefühl, als könnte er sich nicht vom Fleck rühren. Agenors schwarze Gestalt waberte wie etwas, das man durch einen Flammenvorhang betrachtet, und seine Stimme hallte wie eine große Glocke. Die Schwingungen betäubten Beheim, machten ihn träge und sorglos.

»Ich nahm mir vor, einen Schluck zu trinken, nicht mehr. Nur einen einzigen Schluck. Aber sobald ich den Goldenen gekostet hatte, konnte ich nicht mehr aufhören. Oh, Michel, wie dieses Blut schmeckte! Und es war nicht der Geschmack alleine, der mich beherrschte. Da waren auch noch Visionen. Es war, als hätte ich mich in die Goldene verwandelt, als triebe ich durch das Trinken auf dem Fluß ihres Lebens und als wüßte ich … Nein, nicht wissen. Fühlen! Ich fühlte all ihre weiblichen Geheimnisse, die heiße Lust, die durch den ersten Kuß geweckt wurde, ihre monatlichen Schmerzen, ihre brennenden jungfräulichen Sehnsüchte. Ich erniedrigte mich, indem ich sie mißbrauchte. Und mit einem einzigen Akt der Gewalt verwarf ich Jahrhunderte eines gemäßigten Lebens und weiser Ideale. Als ich sah, was ich getan hatte, wurde meine Todessehnsucht noch stärker, und ich setzte einen raffinierten Plan in Gang, der mich bestrafen und dich gleichzeitig erheben würde. Siehst du, ich glaube, daß du trotz deiner Unerfahrenheit der einzige warst, der meinen Platz einnehmen sollte, daß du in unserer Familie die Stimme der Vernunft und der Mäßigung sein solltest. Ich hatte die Absicht, dich allmählich auf meine Spur zu lenken, auf meine Schuld. Es sollte so aussehen, als hätte deine Intelligenz den Sieg davongetragen. Aber nun scheint es, als wäre meine Entscheidung zu sterben nicht sehr fest gewesen.«

Er legte den Kopf auf die Seite, als hörte er eine innere Stimme, und erzeugte ein kratzendes Geräusch in seiner Kehle, als ob das, was er hörte, für ihn eine kleine Überraschung wäre. Als er fortfuhr, war seine Rede stockender und vager.

»Sie war nie richtig fest. Niemals. Ich … ich erkenne das jetzt. Mein Todeswunsch war, wenn man will, lediglich ein weiteres Symptom für die mentale Unberechenbarkeit, die mich so sehr deprimierte, eine Art morbider Verspieltheit. Spiele. Ich spielte Spiele. Mit mir selbst, glaube ich. Mit jedem und allem. Und mein Versuch, den Tod mittels deiner Untersuchung zu erlangen – auch das war ein Symptom. Ein Spiel. Ich wollte sterben und wollte es doch wieder nicht, weißt du. Beides erschien mir reizvoll. Daher entwickelte ich dieses

Szenario, um meine Ambivalenz auszuleben. Sogar in diesem Moment liebäugle ich mit der Vorstellung von einem Tod und einem edlen Opfer. Aber« – ein krächzendes Lachen – »ich liebäugle lediglich damit.«

Dann flog pfeifend etwas heran und traf Agenor seitlich am Kopf, etwas, das mit einem dumpfen Klatschen aufschlug. Er schrie auf und stolperte zurück. Blut tränkte sein weißes Haar, rann sprudelnd an seiner Wange und seinem Kinn herab, und Alexandra, das Haar zerzaust und selbst halb wahnsinnig vor Angst, ließ den dicken abgestorbenen Ast fallen, mit dem sie ihn getroffen hatte, ergriff Beheims Hand und zerrte ihn hinter sich her in Richtung Wald. Immer noch benommen, wehrte er sich gegen sie. Sie rief etwas, schlug ihm ins Gesicht und weckte ihn vollends. Er ließ sich mitziehen, rannte unbeholfen über das unwegsame Gelände, wich seitlich aus, wenn vor ihm eine Vertiefung erschien, und ruderte mit den Armen, um nicht das Gleichgewicht zu verlieren. Hinter ihm ertönte ein Brüllen, welches klang, als käme es aus dem Rachen eines verwundeten Raubtiers.

Sie brachen durch einen Vorhang aus Schlingpflanzen und gelangten zwischen grüne Tannen, Sonnenlichtflecken, Farnbüschel, Felsbrocken, die sich aus einem Teppich verdorrter Tannennadeln herausschoben, und weiter auf einen steilen Abhang. Alexandra lief einfach bergab und zog Beheim mit sich, aber während sie den Abhang überwanden, erinnerte er sich an die tiefen Fallgruben und sagte: »Nein, dort entlang!«, und er drehte sie um und verfolgte nun einen Kurs, der parallel zum Waldrand verlief. Das Sonnenlicht verwirrte ihn. Alles sah mehr oder weniger gleich aus, nasses dunkles Grün und Tannenstämme, die im grellen Licht kupferrot schimmerten. Dabei waren sie so schnell unterwegs, schlugen Haken nach rechts und links, daß er nicht mehr genau wußte, wo sich die Fallgruben befanden. Er war sicher, daß sie nicht mehr sehr weit entfernt waren, aber er konnte ihre genaue Lage nicht mehr bestimmen. Nicht weit hinter sich hörte er Agenor durch die Büsche brechen, und erneut ging ihm durch den Kopf, wie ungenügend seine Vorbereitung ausgefallen war. Die Fallgruben wären, selbst wenn er sie finden sollte, wahrscheinlich nutzlos. Und wer wußte, wie lange Felipes Droge, auch wenn sie verdünnt war, Agenor schützen würde?

Nach ungefähr einer Minute wurde klar, daß Agenor schnell aufholte, und Beheim änderte seine Taktik. Anstatt zu versuchen, Agenor in eine der Fallgruben zu locken, entschied er, daß es wohl am besten wäre, wenn er so lange wie möglich vor ihm flüchtete und die Sonne ihr Werk verrichten ließ. Und da er allmählich außer Atem kam, dachte er, daß sie sich lieber verstecken sollten als weiterzurennen. Nicht allzu weit vor ihnen entdeckte er ein verfilztes Dickicht, einen kleinen Urwald, der sich um zwei umgestürzte Bäume entwickelt hatte. Die Wurzeln der Bäume waren mit Erde verklebt und sahen dunkel und geheimnisvoll aus, wie seltsame Opferräder, die soeben aus einer Ruine zutage gefördert worden waren. Die Wurzelfäden und Klumpen feuchter Erde hatten eine unheimliche Ähnlichkeit mit jenen Tausenden von Göttern, die man auf indischen Mandalas finden konnte. Die abgestorbenen Stämme lagen übereinander und waren eingehüllt in ein Dickicht aus Schneeball, Geißbart und Holunderbeere, zusammengehalten von Efeu und dorniger Igel-Aralie sowie von einem Gewirr toter Äste und Zweige. Nachdem er sich vergewissert hatte, daß Agenor nicht zu sehen war, sprang Beheim auf einen der Stämme, zog Alexandra ebenfalls hoch, und sie balancierten zu der Stelle, wo die Baumstämme sich kreuzten. Dort ließen sie sich vorsichtig in die üppige Vegetation hinunter, gruben sich durch mehrere Schichten feuchter Tannennadeln und ineinander verknoteter Äste und kräftiger Schlingpflanzen bis in eine Höhle darunter, eine Höhle, die, wie Beheim dankbar feststellte, in eine moosbewachsene Senke überging, die ihnen gestattete, unter dem Dickicht weiterzukriechen, falls es sich als notwendig erweisen sollte. Sie ließen sich auf dem feuchten Untergrund nieder. Beheims Hose sog sich augenblicklich mit Feuchtigkeit voll, aber er fühlte sich sicher. Das Pflanzengeflecht über ihm war so dicht, daß nur ein paar nadeldünne goldene Sonnenstrahlen sich bis in ihr Versteck verirrten. Er beobachtete, wie ein Strahl über Alexandras weiße Wange glitt und auf einem wundervollen grünen Auge liegenblieb. Die Pupille verkleinerte sich zu Stecknadelkopfgröße, die perfekt geschwungene Augenbraue stieg fragend hoch. Er drückte ihre Hand, atmete tief ein und ließ die Luft langsam wieder ausströmen. Dabei spürte er, wie seine Muskeln sich entspannten.

Sekunden später stampfte Agenor vorbei. Sein Atem ging heftig und rasselnd wie der eines wilden Ebers. Beheim hörte Äste im Dickicht ringsum brechen, hörte, wie die Schritte sich entfernten, dann herrschte wieder Stille. Irgendwo zwitscherte ein Vogel. Wind fuhr durch die Blätter und Nadeln über ihnen und ließ einen Lichtschauer durchdringen. Beheims umherirrende Gedanken beruhigten sich, und dabei erinnerte er sich an die Lage der Fallgruben im Verhältnis zu den abgestorbenen Bäumen. Die eine Grube befand sich in nächster Nähe, kaum dreißig Meter entfernt und fast genau über ihnen auf dem Abhang. Ein wenig spät, dachte er, aber er war froh, nun seinen Aufenthaltsort zu kennen. Er fühlte sich einfach sicherer.

Er drückte Alexandras Hand erneut, gab ihr jedoch mit der anderen Hand ein Zeichen, sie solle weiterhin schweigen. Ihre Blicke trafen sich wieder. Ihr Blick war weicher geworden, stellte er fest, ein neuer Ausdruck lag in ihren Augen, ein weiterer goldener Fleck, der in ihrer Iris funkelte. Seine Finger strichen über ihr Handgelenk. Er spürte ihren kräftigen Puls, den Rhythmus ihres jahrhundertelangen Lebens, so stark und beständig wie der Klang einer afrikanischen Trommel. Ihre Hand lag hingebungsvoll in seiner. Empfangsbereit. Er wollte diesmal vorsichtig sein, was die Interpretation dieser Empfangsbereitschaft betraf, aber er fühlte sich verleitet, sie für eine echte Verheißung zu halten. Liebe? Er war nicht sicher, ob ihre unsicheren Charaktere für eine solche empfindliche Leidenschaft geschaffen waren, obgleich Lust sehr wohl einen treffenden Ausdruck in dieser Verheißung finden würde. Aber was er vor allem suchte, war etwas, das noch wertvoller, noch seltener war als Liebe. Vertrauen. Hingabe. Ehre. Möglicherweise hatte sie rein egoistisch gehandelt, als sie Agenor niedergestreckt hatte – sie hatte vielleicht befürchtet, von ihm entdeckt zu werden, und erkannt, daß ihre Überlebenschancen sich mit einem Verbündeten erheblich verbessern würden. Aber sie hatte nicht aus diesen Gründen alleine gehandelt, dessen war er sich sicher. Die kindliche Erkenntnis, die sie zu einem Liebespaar gemacht hatte, mußte ebenfalls wirksam gewesen sein. Die Intuition, daß er jemand war, mit dem zusammen sie sich ihren Herzenswunsch erfüllen könnte, jemand, dessen Einfluß ihr Verständnis dieses ersehnten Objekts verfeinern und präzisieren würde. Es war etwas, das er auch bei ihr empfand, und obgleich er noch nicht bereit war, sich diesem Gefühl bereitwillig hinzugeben, kam es ihm so vor, als würde die Dunkelheit in diesem feuchten kleinen Bauch unter den abgestorbenen Bäumen ihrer Gemeinschaft ein Siegel aufdrücken, sie auf eine endgültige und überaus wirksame Art und Weise miteinander vermählen.

Ein Krachen wie von einem behutsamen Schritt auf unsicherem Grund ertönte in nächster Nähe.

Beheim verhielt sich vollkommen still und strengte die Ohren an.

Wind pfiff durch die Tannenäste; hinzu kam das ferne Geschnatter eines Eichelhähers.

Der satte Geruch von Erde ringsum schien plötzlich durchdringender zu werden.

Aber es erklang kein Knacken mehr.

Er wollte Alexandra gerade etwas Aufmunterndes zuflüstern, als jemand die Schichten Laub über ihnen aufzureißen begann, indem er Schlingpflanzen und trockene Äste beiseite räumte.

Agenor.

Beheim sah ihn durch die Lücken im Dickicht auf dem Baumstamm stehen. Seine Züge waren vor Wut zu einer Fratze verzerrt, und sein halbes Gesicht war mit trocknendem Blut beschmiert.

Er schob eine Schulter vor, und seine Hand stieß hinunter in die Höhle und tastete nach ihnen. Er rammte seine Faust in den Stamm, und als ob seine Faust eine Axt wäre, spaltete sie das tote Holz und erzeugte einen Splitterregen.

Alexandra kreischte. Beheim packte sie um die Taille und zog sie tiefer in die Höhle hinein. Er kippte rückwärts auf den kalten, nassen Untergrund, und als er sich wieder hochkämpfte, schrammte sein Kopf an dem Stamm entlang, auf dem Agenor stand. »Hilf mir!« sagte er, kauerte sich zusammen und stemmte die Schulter gegen den Stamm. »Hilf mir, ihn hochzuheben! Schnell!«

Agenor knurrte, fluchte, riß und zerrte an der Barriere aus Laub und Ästen, am Holz selbst und schuf mit Schlägen seiner kräftigen rechten Faust eine größere Öffnung. Immer wenn seine Finger auf Holz trafen, rissen sie tiefe Kerben hinein. Die Schwingungen seiner Schläge schienen die Welt zu erschüttern. Beheims Herz brannte und drohte ihm die Brust zu sprengen.

»Jetzt!« befahl er, während Alexandra sich neben ihn zwängte und ihre Schulter unter den Baumstamm schob.

Zusammen richteten sie sich auf, verschoben anfangs den Baumstamm nur ein wenig, doch dann – als sie ihre gesamte Kraft einsetzten – stießen sie ihn hoch, rissen dabei lose Ranken und Äste ab. Warmes, goldenes Licht ergoß sich in die Höhle, blendete sie, und Beheim hörte einen schrillen Schrei, als Agenor das Gleichgewicht verlor und abstürzte.

Mit einer letzten Anstrengung schoben sie den Baumstamm beiseite neben die Höhlenöffnung und kletterten nach oben auf ebenen Grund.

Agenor war gefangen in einem Gewirr entwurzelter Sträucher, nur ein Arm und sein weißes Haar waren von ihm zu sehen. Der Baumstamm hatte sich auf seine Beine gelegt. Doch während sie auf die Füße kamen und ihre Augen vor dem grellen Licht abschirmten, sahen sie, wie er sich aufsetzte. Er war mit Ranken bedeckt, und Blätter umkränzten seinen Kopf, so daß er an einen alten Waldkönig erinnerte, der soeben aus tiefem Schlaf erwacht war. Er befreite ein Bein und trat damit gegen den Baumstamm und rollte ihn mit geradezu spielerischer Leichtigkeit zur Seite. Dann kam er ebenfalls auf die Füße. Er war behängt mit Pflanzenresten, Moos hing in seinen Haaren, das völlig zerzaust war, stellenweise hochstand oder ihm in verfilzten Strähnen ins Gesicht fiel. Laub und Tannennadeln rieselten an ihm herab. Seine Augen funkelten auf diese Entfernung tiefschwarz wie Käfer, die in den

Augenhöhlen gefangen waren. Er starrte sie mit einem tödlich kalten Blick an, ein Bild der Wildheit und des Wahnsinns. Mit einer lässigen Handbewegung brach er den Stamm einer jungen Esche. Dann bewegte er sich auf sie zu, offenbar ohne Eile, da er sich seines Triumphs sicher war.

Beheim und Alexandra zogen sich hangabwärts von ihm zurück, und Beheim, der sich an die Fallgruben erinnerte, steuerte Alexandra auf den entsprechenden Kurs. Als Agenor sein Tempo steigerte, stieß er sie vor sich her, und sie rannten los, schlängelten sich zwischen den Tannen hindurch und erreichten eine kreisrunde Lichtung, in deren Mitte ein mächtiger Steinklotz aufragte, der den Platz mit den Fallgruben markierte. Beheim stellte sich daneben auf, trat in einen Flecken Sonnenlicht, so daß die Fallgrube sich zwischen ihm und Agenor befand. Dieser kam entschlossen auf sie zu, grinste und dachte zweifellos, daß sie jeden Gedanken an Flucht aufgegeben hatten. Alexandra machte Anstalten, wegzurennen, aber Beheim hielt sie zurück.

»Bleib hier«, murmelte er halblaut. »Wir können ihm nicht entkommen. Unsere einzige Chance liegt hier. Glaub mir!«

Zweifel schlichen sich in ihre kontrollierte Miene, aber nachdem sie nur kurz gezögert hatte, nickte sie und drehte sich zu Agenor um.

Der alte Mann hatte sich wieder gesammelt. Obgleich er immer noch mit Pflanzenteilen und ein paar Blättern bedeckt war, erschien er lediglich als ein etwas unordentlicher Gentleman, der vielleicht soeben vom Pferd gestürzt war.

»Das ist besser«, sagte er, während er näherkam. »Um einiges besser. Es geht ganz schnell. Das verspreche ich euch.«

Beheim bemühte sich, die Matte aus Ästen und Blättern und Nadeln, die die Fallgrube tarnte, keines Blickes zu würdigen. War etwa Wasser durch das Flechtwerk zu erkennen, das in der Sonne funkelte? Um Agenors Aufmerksamkeit davon abzulenken, sagte er: »Niemand braucht daran zu sterben, Lord, was Sie getan haben, war lediglich die Folge eines Irrtums, ein kleiner Fehler. Das ist mir klar. Ich habe nicht die Absicht, Sie zu bestrafen.«

»Du vielleicht nicht, mein junger Freund«, sagte Agenor

und kam stetig näher. »Aber andere werden es. Der Patriarch wird von meiner Schuld erfahren. Wenn nicht von dir, dann auf irgendeinem anderen Weg. Ich kann niemals in die Burg Banat zurückkehren, und wenn ich fliehen will, muß ich dafür sorgen, daß ich einen ausreichenden Vorsprung habe. Ich wünschte, ich könnte dich verschonen, aber« – er zuckte die Achseln – »das kann ich nicht.«

Nur noch ein Dutzend Schritte, dachte Beheim und lockte Agenor allein mit seinem Wunsch weiter, der so intensiv war wie ein verzweifeltes Gebet.

»Ich bin es, vor dem Sie sich fürchten müssen«, sagte Alexandra zu Beheims Schrecken. »Denn ich gehöre nicht zu Ihrem Zweig. Töten Sie mich, wenn Sie meinen, Sie müßten es, aber Sie haben keinen Grund, Michel das Leben zu nehmen. Sie sind sein Meister und können ihn steuern.«

»Kann ich das?« sagte Agenor. »Da bin ich aber gespannt. Mir kommt es so vor, als hätte er sich in dieser kurzen Zeit erheblich verändert. Hätte er das nicht, dann bezweifle ich, daß er dich als Verbündete hätte gewinnen können.«

Beheim ließ seinen Blick zur Seite gleiten, vergewisserte sich von der Position des Eisenladens, der unter Erde und Tannennadeln vergraben war.

Fünf Schritte noch, vielleicht sogar sechs.

Er war wie berauscht von einer Mischung aus Angst und Erschöpfung. Das brennende Ding am Himmel schien seine Strahlung verstärkt zu haben und übergoß die Lichtung mit einem Schein, der so greifbar golden war, daß er sich um sie herum zu verfestigen schien und drohte, die Tannen und den Felsklotz und die drei Menschen einzuschließen wie Insekten in einen Bernsteintropfen.

Dann hielt Agenor inne, und Beheims Herzschlag beschleunigte sich.

»Komm her, mein Freund«, sagte Agenor und streckte ihm die Arme entgegen. »Laß dich umarmen.«

In seinem Ton lag kein sardonischer oder siegesbewußter Ton. Im Gegenteil, er wirkte eher wehmütig, als er dastand, den Kopf zur Seite geneigt, die Stirn gerunzelt, die Mundwinkel nach unten gezogen.

»Ich kann nicht, Lord«, sagte Beheim. »So leicht nehme ich diesen Moment nicht.«

»Ich auch nicht«, sagte Agenor traurig. »Aber es hat keinen Sinn, die Angelegenheit zu verlängern, oder?«

Er machte mehrere Schritte in ihre Richtung und blieb am Rand der Grube stehen. Beheim konnte kaum an sich halten. Am liebsten hätte er einen weiten Satz gemacht und ihn hineingestoßen.

»Seltsam«, sagte Agenor sinnend, »wie sich alles entwickelt.«

»Denken Sie nach, Agenor«, sagte Alexandra. »Überlegen Sie es sich gut. Sie und ich könnten uns zu einer phantastischen Gemeinschaft verbinden. Sicherlich gibt es auch noch andere Möglichkeiten, wie wir uns der Hilfe der Valeas versichern können, die ich jetzt repräsentiere.«

»Ein Bündnis?« sagte Agenor. »Sicher, wenn es eine Allianz wäre, auf die ich mich verlassen könnte, wäre sie sehr hilfreich. Aber wo sind meine Garantien?«

»Eine Garantie ist leicht zu erreichen«, sagte Alexandra. »Wenn ich Ihren Mann töten und berichten würde, daß ich es getan hätte, weil ich herausfand, daß er es war, der die Goldene ermordet hatte, würde meine Komplizenschaft nicht zwangsläufig zu einem Bündnis führen?«

Beheim musterte Alexandra verblüfft, aber sie beachtete ihn gar nicht, sondern konzentrierte sich ausschließlich auf Agenor, wobei ihr hübsches Gesicht einen starren Ausdruck zeigte.

»Interessant«, sagte Agenor.

»Jeder war Zeuge, wie er sich am Abend des Balls gegenüber der Goldenen verhalten hat«, sagte Alexandra. »Seine Schuld würde niemanden überraschen. Entsprechende Beweise ließen sich in seiner Wohnung verstecken. Sie könnten behaupten, Sie hätten ihn von Anfang an im Verdacht gehabt. Indem Sie ihn mit der Aufklärung des Verbrechens betrauten, schufen Sie ihm eine Möglichkeit, sich selbst zu überführen.«

Agenor lachte knapp und wandte sich an Beheim: »Ist sie nicht ein höchst erstaunliches Wesen?«

Beheim war sprachlos. Er hatte alle Angst vergessen und

befand sich statt dessen in einem Zustand der Verwirrung, der so intensiv war, daß es ihm vorkam wie eine ganz neue Art von Schmerz.

»Aber allein die Art, die sie so erstaunlich erscheinen läßt«, fuhr Agenor fort, »die wundervolle spirituelle Beweglichkeit, die sie befähigt, sich erst dem einen hinzugeben und dann dem anderen ...« Er schüttelte staunend den Kopf. »Ich fürchte, das wäre mir zu verwirrend, daher verzichte ich auf die Freuden eines Bündnisses, liebe Lady, und verfolge lieber meine ursprünglichen Absichten. Aber vorher« – er blickte auf den Boden, dann lächelte er sie an – »muß ich überlegen, wie ich diese lächerliche Falle umgehen kann, die du vorbereitet hast. Mal sehen. Soll ich sie einfach überspringen, oder soll ich sie umgehen? Was meinst du?«

Beheims Bewußtsein der Niederlage mußte sich in seinem Gesicht gezeigt haben, denn Agenor – der ihn betrachtet hatte – lachte herzlich und meinte dann: »Sieh mal an, Michel. Deine Hoffnungen auf die Wirkung dieser armseligen Einrichtung waren nicht besonders groß.«

»Nein, nicht sehr.« Beheim starrte auf seine Hände. Er fand sie in diesem Moment vor ihrer Auslöschung seltsam in der extremen, kleinen fleischigen Griffigkeit, die so schnell und listig zupacken konnte – es erschien ihm unmöglich, daß sie schon bald nicht mehr existierten. Dann brandete wieder Zorn in ihm auf. »Erzählen Sie mal, Lord«, sagte er. »All Ihre Ideale, all diese hoffnungsvollen Intrigen und edlen Ideen, mit denen Sie mich eingelullt haben, waren sie nur Teil eines Spiels? Waren sie nur eine Laune, eine Kostprobe der Rolle, die Sie übernehmen wollten?«

Agenor antwortete nicht sofort, sondern blickte in den tiefen Wald, dann den Abhang hinunter zu einem Rinnsal hellen Wassers, das an einen Lamettafaden erinnerte, der in den Ästen eines alten Weihnachtsbaums hängengeblieben war. Das Blut in seinem Gesicht war nun total eingetrocknet. Vieles war abgewischt worden, und mit seinem weißen Haar und der wüsten Schönheit seines Gesichts stellte er einen alten Schauspieler dar, der seine Maske mit einem Übermaß an Rouge völlig verdorben hatte.

»Ich glaube nicht«, sagte er, und in seiner Stimme lag echter Schmerz. »Ich glaube, was ich getan habe, ist, daß ich vom Pfad meines Geistes abgeirrt bin, anstatt dorthin zurückzukehren. Ich glaube, ein wesentlicher Teil ist der Philosophie zuzuschreiben, die zu entwickeln ich mitgeholfen habe. Daß wir hier in diesem schrecklichen Licht stehen, ist an sich ein Beweis. Aber wie kann ich sicher sein, daß sogar diese Dinge nicht die Nebenprodukte von Eigensinn und Torheit sind?« Er schaute Beheim an, wobei sein Mund zuckte. »Glaubst du, ich liebe dich, Michel? In meinem Herzen scheint es so, als liebte ich dich, und ganz gleich, wie dieser Tag endet, daran ändert sich nichts. Aber glaubst du es?«

»Weshalb ist so wichtig, was ich glaube?« fragte Beheim und versuchte, Agenor nicht anzublicken, denn es schien, als geschähe irgend etwas mit seinem Gesicht, als begänne seine Haut sich aufzurauhen, zu röten.

»In den nächsten Jahrhunderten werde ich dich vielleicht vergessen, mein junger Freund«, sagte Agenor und nahm wieder seine vertraute schulmeisterliche Haltung an. »Vielleicht aber auch nicht. Die Frage deiner Bedeutung muß erst noch entschieden werden. Weshalb diese Frage so wichtig ist, ist jedoch ein anderes Thema. Mich interessiert deine Meinung über meinen Geisteszustand. Mir ist klar, daß ich um sehr viel bitte, wenn man die Umstände betrachtet. Aber nichtsdestoweniger möchte ich …«

»Ja, es ist ziemlich viel, nicht wahr?« schnappte Beheim. »Aber das macht nichts, ich stehe gerne zu Diensten. Wissen Sie, diese Frage ist unglaublich leicht zu beantworten. Man braucht nicht einmal darüber nachzudenken. Sehen Sie sich nur an. Innerhalb weniger Sekunden sind Sie von rührseligem Bedauern zu albernem Geschwätz eines alten Homos gesprungen, und Sie haben nicht im geringsten bemerkt, was mit Ihnen geschieht. Sie sind verrückt! Und nicht nur ein wenig. Sie sind genauso verrückt wie das ekelhafte Etwas, das sich als unser Patriarch bezeichnet!«

Er war wie berauscht – irgend etwas geschah tatsächlich mit Agenor. Seine Haut wurde stellenweise dunkel, sie rötete sich, und die Falten vertieften sich. Die Wirkung von Felipes

Droge ließ nach. Endlich! Beheim wunderte sich, daß Agenor noch keinen Schmerz verspürte.

»Und was die Frage angeht, ob Sie jemals normal waren, nun, ich gebe zu, daß alles, was Sie über die Notwendigkeit meinten, daß wir uns verändern müssen ...« Er gab einen abfälligen Laut von sich. »Sie sind dafür der lebende Beweis! Aber es ist gleichgültig, ob Sie jemals normal waren, denn das werden Sie nie wieder sein. Sie sind als vernunftbegabtes Wesen erledigt. Sie können sich ebensogut zu den Fledermäusen in den nächsten Baum hängen!«

Agenor lauschte diesem Ausbruch mit einem Ausdruck hochmütiger Amüsiertheit, ähnlich einem Erwachsenen, der ein ungezogenes Kind erträgt, und als Beheim verstummte, stieß er einen Seufzer aus, in dem Jahre des Staubs und der Geduld enthalten schienen, und öffnete den Mund, um, wie Beheim erwartete, ein bombastisches Dementi oder eine schwülstige Demonstration von Überlegenheit von sich zu geben. Aber in diesem Moment trübten sich seine Augen, er berührte seine Wange mit einer zitternden Hand, als wolle er sich von ihrer Festigkeit überzeugen, und was aus seinem Mund drang, war kein herablassendes Geschwätz, sondern ein rauher, krächzender Schrei, der an Lautstärke und Tonhöhe zunahm, bis er so durchdringend klang wie der Schrei einer zu Tode erschrockenen Frau.

So oder ähnlich, dachte Beheim zufrieden, mußte die Goldene an dem Morgen auf dem Ostturm geschrien haben, als Agenor sie zerfleischte.

KAPITEL 15

Der alte Mann schlug die Hände vors Gesicht. Kleine Rauchfäden drangen zwischen seinen Fingern hervor, und auf den Fingern selbst entstanden Blasen. Er stieß einen würgenden

Laut aus und enthüllte, indem er die Hände ausstreckte, die versengte Oberfläche seines Gesichts, die verkohlte Stirn, die Blasen auf den Wangen, die platzten und eine klare Flüssigkeit abgaben. Auch sein Haar brannte. Die blassen, von der Sonne entfachten Flammen loderten fröhlich. Er ging in die Hocke, hüpfte herum wie ein grotesk verkleideter Zwerg, versuchte sich die Jacke über den Kopf zu ziehen und stieß dabei ständig zitternde Schreie aus. Seine Handrücken verkrusteten, die geschwärzte Haut riß und entblößte darunter ein zorniges Rot, und Beheim, der nicht weiter über seine Reaktion nachdachte, setzte über die Fallgrube hinweg und stieß ihn hinein.

Während Agenors Körper durch die Matte aus Ästen brach und mit einem lauten Klatschen ins Wasser stürzte, wallte eine dichte Dampfwolke hoch. Als er, immer noch brennend, auftauchte, angelte er mit wilden, unkontrollierten Bewegungen nach den Ästen, die mit ihm ins Loch gerutscht waren, und versuchte sie wie ein Dach über seinem Kopf anzuordnen. Beheim suchte im Erdreich die eiserne Kante des getarnten Fensterladens, packte sie und schleifte die Eisenplatte Stück für Stück zur Fallgrube.

»Was tust du da?« kreischte Alexandra und warf sich ihm in die Arme. »Laß ihn brennen! Er hätte uns getötet! Er soll sterben!«

Aber er befreite sich von ihr und schob den Fensterladen weiter, bis er das Wasser und den gepeinigten Gefangenen zudeckte.

Alexandra packte den Laden, versuchte ihn von der Fallgrube zu entfernen, aber Beheim stieß sie weg. Sie schrie, raste vor Wut, attackierte ihn und hackte mit zu Klauen gekrümmten Fingern nach seinem Gesicht. Erneut stieß er sie weg. Er entdeckte einen Tannenast, der neben der Grube lag. Das Ende, wo er abgebrochen war, hatte eine lange, gefährlich aussehende Spitze. Er hob ihn auf, und als Alexandra ein zweites Mal auf ihn eindrang, schlug er sie und drückte sie gegen den Felsklotz. Ehe sie sich wieder aufraffen konnte, warf er sich auf sie, bog sie über den Stein nach hinten. Er riß die Vorderfront ihres Kleides auf, zerfetzte ihren Spitzenunterrock und preßte die Spitze des Tannenastes gegen die Innenseite ihrer linken Brust und drückte darauf, bis ein heller Blutstropfen auf der mit Sommersprossen übersäten weißen Haut zu sehen war. Sie erstarrte und brach ihren Kampf sofort ab. Ihre Augen waren Räder reflektierten Lichts und erschienen wie gefrorene Katarakte in einem grünen Fluß. Er wandte den Kopf nicht ab, sondern erwiderte ihren irrisierenden Blick mit dem Feuer seines lodernden Zorns.

»Ich sollte dich töten«, sagte er. »Ich weiß nicht, weshalb ich es nicht sofort tue.«

»Du bist genauso verrückt wie Agenor! Ich habe nichts getan, womit ich es verdient hätte ...«

»Du warst im Begriff, mich zu verraten!«

»Und vorher habe ich versucht, mein Leben gegen deines einzutauschen. Ergibt es einen Sinn, daß ich zuerst dies tun wollte und dich danach verraten? Es ergibt überhaupt keinen Sinn. Es sei denn, natürlich, ich hätte in beiden Fällen versucht, Agenor abzulenken, um seinen Angriff hinauszuzögern.«

Er musterte sie zweifelnd. »Du warst sehr überzeugend.«

»Ich bin in allem, was ich tue, sehr überzeugend. Vor allem bei den Dingen, die ich aus Überzeugung tue.«

»Auch dies ... jetzt?«

Sie erzeugte mit ihrer Zunge und ihren Zähnen ein schnalzendes Geräusch. »Weshalb hörst du nicht endlich damit auf? Du wirst mich nicht töten.«

»Nein? Wirklich nicht?«

»Nein.«

»Und weshalb sollte ich Gnade walten lassen?«

»Weil du mich willst.«

Zuerst glaubte er, sie machte sich über ihn lustig, obgleich ihre Stimme überhaupt nicht spöttisch geklungen hatte. Ihr Blick war frei und offen, und er gewann den Eindruck, daß sie ihn zu Intimitäten animieren wollte. Er versuchte zu lachen, aber es klang sogar in seinen eigenen Ohren irgendwie falsch und verkrampft. »Wenn ich dich loslasse«, sagte er, »mußt du dir Agenor aus dem Kopf schlagen. Über sein Schicksal soll der Patriarch entscheiden.«

»Dieses ›abscheuliche Ding‹, meinst du?«

Beheim ignorierte diese ironische Frage. »Schwörst du mir, dich nicht an ihm zu vergreifen?«

»Ich will ihm jetzt gar nichts tun. Ich war einfach zu erregt. Was sein Schicksal betrifft, so wurde darüber bereits entschieden. Er soll brennen. Ob hier oder auf den Zinnen der Burg macht für den Patriarchen keinen Unterschied.«

»Schwöre.«

»Wie du willst.« Ein Achselzucken. »Ich schwöre, daß er vor mir sicher ist.«

Er verringerte den Druck auf den Ast und schleuderte ihn beiseite. Dann befreite er sie von seinem Gewicht.

»Du hast etwas vergessen«, sagte sie, wobei sie in ihrer zurückgelehnten Haltung auf dem Felsklotz verharrte.

»Habe ich das?«

»Dies.« Sie deutete auf den Blutstropfen, der aus der Seite ihrer Brust hervorquoll wie ein lebendiger Rubin. »Du hast mich zum Bluten gebracht. Jetzt mußt du trinken, oder du brichst die Tradition.«

Beheim verfolgte, wie der Tropfen an ihrem Brustkorb bis auf ihren Bauch herabglitt und eine feuchte Spur hinterließ. Ein zweiter Tropfen entstand an der winzigen Wunde. Der Anblick war ungemein erregend.

»Ich glaube«, sagte er verlegen, »das gehört nicht zur Tradition, so wie sie definiert ist.«

»Egal«, entgegnete sie. »*Ich* will, daß du trinkst.«

Sie hob die Arme und ließ sie hinter ihren Kopf zurücksinken. Sie lächelte dabei. Ihr zerzaustes Haar, im Licht der Sonne fast tiefrot, bildete zu ihrem Gesicht einen perfekten Rahmen. Er konnte seinen Blick nicht von ihren wunderschönen Brüsten lösen. Sein Gesicht wurde warm.

»Das ist doch lächerlich«, sagte er. »Jetzt ist wohl kaum der richtige Zeitpunkt dafür.«

»Lust und Vergnügen sind niemals lächerlich. Sie sind eine ernste Angelegenheit. Und dies hier ist besonders ernst.«

»Ich verstehe nicht.«

Sie sagte längere Zeit nichts. Etwas brach in der Nähe durchs Unterholz und erzeugte ein eiliges Rascheln im Laub.

Das Licht verblaßte, dann wurde es wieder hell. Die Stille schien an Gewicht zugenommen zu haben, als ob, so dachte Beheim, ein Gott sie plötzlich beobachtete. Dieses Gewicht verlieh ihm Kraft und Energie. Beinahe machte er seinen Frieden mit all den Problemen und Schwierigkeiten des Tages. Die Tannen waren seltsame, riesengroße Fußsoldaten in zottigen, dunkelgrünen Mänteln, und das Licht war in diesem Moment so weich und süß wie Honig, und das Rascheln im Wald waren Geister, und der Felsklotz war ein Altarstein.

»Trink«, sagte Alexandra, und ihre Stimme klang so sanft und leise, daß sie kaum vom Rauschen des Windes zu unterscheiden war, der durch die Äste fuhr. »Tu mir den Gefallen. Tu dir selbst einen Gefallen. Trink endlich.«

Ihre Brüste schmeckten nach Schweiß und Parfüm, und ihr Blut hatte einen kräftigen Geschmack, nicht unbedingt komplex, wie er angenommen hatte, sondern simpel und direkt. Es wärmte ihn, es erneuerte seine Kraft, aber es berauschte ihn nicht mehr, als Blut es gewöhnlich tat. Nachdem er den neuen Tropfen von ihrer Brust aufgenommen und das Fleisch saubergeleckt hatte, ließ er den Kopf dort liegen, wo er getrunken hatte. Ihre Finger spielten mit seinem Haar. Auch dieses Gefühl war simpel und direkt und drang ihm bis ins Herz. Er wünschte sich mehr davon.

»Einen Kuß«, sagte sie mit träger Stimme, zog an ihm und versuchte sein Gesicht dem ihren näherzubringen. »Gib mir einen Kuß. Nur einen einzigen.«

Ihre Lippen teilten sich, um seiner Zunge Platz zu machen, ihre Hände zeichneten feine, aufreizende Muster auf seine Brust. Ihre Beine spreizten sich, ließen sein Glied zu der nachgiebigen, heißen Stelle zwischen ihnen vordringen. Er konnte spüren, wie es wieder mit ihr sein würde. Als tauchte er in heißes Harz ein, als stürzte er durch die Sonne in den Wind und in Stille, als segelte er für eine Weile durch einen weißen Palast des Geistes, der von einem Meer von Fieberträumen durchströmt wurde, und dann, nach einer zeitlosen Zeit, nach einer Zeit, die sich ansammelte wie eine Schar Gaffer um einen Verkehrsunfall, ein Spannungszentrum, das darauf wartet, verteilt zu werden, tauchte er daraus auf, wie er aus diesem einen

Kuß aufgetaucht war, elektrisiert, einen dieser sensationellen Momente erlebend, wenn man die wogenden Schleier eines Pariser Nebels hinter sich läßt und in eine funkelnde Wirklichkeit von Licht und Musik und wildem Gelächter tritt, wenn man aus einem Alptraum hochschreckt, der jahrzehntelang dafür gesorgt hatte, daß man sich in seinem Bett hin und her wirft, wenn man von einem Schreibtisch hochblickt, der überladen ist mit den Meldungen von einem Dutzend grausamer, unaufgeklärter Morde, oder von einem Schachspiel, das zu verlieren man im Begriff ist, oder von dem immer noch atmenden Körper einer jungen Frau, der man soeben mehrere unerträgliche süße Mundfüllungen dringend benötigten Blutes abgezapft hat, und da ist es, die gesamte geborene Welt, zusammengefaßt in einem einzigen Blick, glänzend und klar, eine blitzähnliche Klarheit, eine perfektere Darstellung dessen, was ist, als irgendein Gemälde im Louvre es je sein könnte, alles so frisch und fremd aussehend in seiner Helligkeit, daß man sich vorkommt wie ein Besucher, der soeben von Atlantis oder Mu oder irgendeiner anderen mythischen Welt eingetroffen ist, und man versteht ein für allemal, daß die Wahrheit, die man sein ganzes Leben lang gesucht hat, kein Mysterium ist, daß sie wie jede andere Wahrheit eine schlichte Helligkeit ist, die keiner Interpretation, keiner Analyse bedarf, die nur sie selbst ist, und sie könnte einem in der Verkleidung eines hübschen Mädchens in einer karierten Schürze begegnen, die vor dem Café Japonais am Bois de Bologne die Tische deckt, oder sie enthüllt sich einem in einem Arrangement von Birnen und Käse auf einem Teller in einem Hotel in Cannes; sie könnte einem aus den selbst zugefügten Wunden eines toten Jungen entgegensteigen, der sich azurblaue Schwingen um die Augen gemalt hat und jeden Morgen damit verbracht hat, nackt vor einem Spiegel zu posieren und sich vorzustellen, er sei eine berühmte Kurtisane; sie könnte sich im Geschmack eines altbackenen Sandwiches mitteilen, das man am späten Abend noch verzehrt; sie könnte einen mitten in einem Regenschauer zum Frösteln bringen; sie könnte einen in Gestalt einer Ratte erschrecken, die direkt vor einem aus einer Seitengasse heraushuscht; sie könnte wie Dampf aus einem leidenschaftlichen

Geständnis einer rundlichen, weinerlichen Hausfrau hochwallen, die mit einem auf einem Bahnhof hängengeblieben ist und einem die Anstecknadel mit dem silbernen Engel zeigt, die sie als Abschiedsgeschenk von ihrem Geliebten erhalten hat, einem Ferien machenden Schullehrer, der sich für keine Frau entscheiden konnte auf Grund der geheimen Not, die er mit sich herumtrug, und die jeden glücklichen Moment mit Schuld erfüllte; sie könnte alles, überall sein, aber im Augenblick entstand sie aus dem Vorgang eines Kusses, und wenn man diesmal hochsah, dann erblickte man das Gesicht der geküßten Frau, immer noch verzaubert vom Druck der Lippen, mit Splittern grüner Iris, die sich unter ihren Lidern zeigte, wie wunderschöne schmuckähnliche grüne Münzen, die auf ihre Augen gelegt wurden, die roten Lippen immer noch leicht geöffnet, benommen und unter der Wahrheit ihres eigenen privaten Moments sterbend, und die Tannen bogen sich alle unter einem heftigen Windstoß zu einer Seite, schüttelten ihre zottigen Pelze, dann richteten sie sich wieder auf mit einer langsamen, schwerfälligen Bewegung wie eine Truppe Tanzbären, und das Sonnenlicht wogte und wallte im Rhythmus ihrer Bewegung, und die Trillionen brauner Nadeln bildeten in ihrem Verfall unendlich viele Hexagramme, und schließlich, die Hauptsache, das häßliche Mittelstück all dieser einzigartigen Klarheit und Ruhe, ein schartiger Eisenladen, halb mit Erde bedeckt, und darunter, bis zum Hals im Wasser, in der feuchten, staubdurchsetzten Luft, ein lebendiges Wesen mit einem geschwärzten Kopf wie eine bizarre Saat, aus der die Dunkelheit seines Gefängnisses heraussickert, dessen Atem pfeift, dessen Geist nichts anderes enthält als Schmerz, der wartet, nicht länger hofft, nur wartet, daß sein Augenblick zu Ende geht, daß er sich daran erinnert, was geschehen ist, und sagt, wie Beheim damals gesagt hatte: »Ich weiß nicht, was ich mit ihm tun soll.«

Alexandra richtete sich auf. Sie begann die zerrissenen Streifen und Fetzen ihrer Bluse zusammenzuraffen, so daß der Stoff wieder ihre Brüste bedeckte. Ihr langes Haar fiel wie ein Schleier über ihr Gesicht. »Soweit es den Patriarchen betrifft«, sagte sie, »kannst du bis zum Einbruch der Dunkelheit warten und ihn in die Burg zurückbringen, wenn du willst. Oder du machst seinem Leben hier und jetzt ein Ende. Du hast die Wahl.«

»Die Wahl.« Beheim ließ die Worte verwehen, ohne sich zu entscheiden. Er wünschte sich, daß jemand ihm diese Angelegenheit abnahm, er hatte sich nicht danach gedrängt, ein Henker zu sein. Dann, als ihm eine Unstimmigkeit auffiel, blickte er zu Alexandra, die ihre notdürftigen Ausbesserungen unzufrieden betrachtete. »Woher weißt du überhaupt, was der Patriarch verlangt?«

»Er hat mich von seinen Forderungen informiert.«

»Aber die Tatsache, daß Agenor ein Mörder ist … Das kann er gar nicht gewußt haben. Er könnte vielleicht daran denken, sein Urteil abzumildern.«

»Nein, das will er nicht.« Sie hob eine Hand, um einer weiteren Frage zuvorzukommen. »Auf irgendeine Art und Weise ist er bei mir. Wie das geschieht, das weiß ich nicht. Aber er ist bei mir. Er hört, was ich höre, er teilt mir seine Wünsche eindeutig mit.«

»Redet er mit dir?« fragte Beheim, dessen Neugier geweckt war. »Hörst du im Geist seine Stimme?«

»So ist es nicht. Ich kenne ganz einfach seinen Willen.« Sie spreizte die Finger in einer Geste der Hilflosigkeit. »Ich kann dir keine genauere Erklärung liefern.«

Etwas anderes fiel Beheim ein. »War der Patriarch vorhin bei dir?«

»Das ist schwierig zu sagen. Vielleicht. Ich nehme es an.«

»Dann sollte ich vielleicht davon ausgehen, daß es auch sein Wunsch gewesen war. Was du getan hast.«

»Was wir getan haben«, korrigierte sie ihn, und eine steile Falte erschien auf ihrer Stirn. »Nein, es war mein Wunsch. Unser Wunsch.«

Die Tannen, die die Lichtung umgaben, erschauerten. Der Lichtkreis in ihrer Mitte flackerte an den Rändern und erinnerte Beheim an eine seltsam leuchtende, aufgeregte Kreatur, die er einmal an der Sorbonne durch ein Mikroskop gesehen hatte.

»Du darfst nicht an allem zweifeln«, sagte Alexandra.

Eine hohle, gedämpfte Stimme erklang unter dem Fensterladen. Sie beschwerte sich.

Beheim achtete nur flüchtig darauf. Er wandte sich zur Burg, deren dunkelgraues Mauerwerk stellenweise durch die Äste zu sehen war. »Oh?«

Sie trat von hinten an ihn heran, berührte seine Taille. »Du solltest einige Dinge so nehmen, wie du sie siehst. Wenn ich deine Feindin wäre, hättest du unseren Kuß nicht überlebt.«

Wieder erklang Agenors Stimme, lauter, unverständlich.

»Wenn ich mich recht erinnere«, sagte Beheim, »war ich es, der die Oberhand hatte.«

»Für jemanden, der so neu ist, bist du stark«, stellte sie fest. »Und du bist bei allem, was geschehen ist, noch stärker geworden. Stärke ist bis zu einem gewissen Grad eine Frage des Willens, und dein Wille ist während des vergangenen Tages und der Nacht erheblich herangereift. Aber ich bin stärker als du.« Eine Pause trat ein. »Soll ich es dir beweisen?«

»Nein.«

Schläge gegen den Eisenladen erklangen, und die Sonne verdunkelte sich ein wenig.

»Weshalb ...« begann er und meinte dann: »Vergiß es.«

»Weshalb ich dich mag? Wolltest du das wissen?« Sie rückte von ihm weg, trat hinaus auf die Lichtung. Als sie weiterredete, hatte ihre Stimme einen scharfen Unterton. »Ich glaube, daß Agenor mit seinen Bemerkungen über dich recht hatte. Irgendwann wirst du eine einflußreiche Persönlichkeit sein. Und das reizt mich.«

»Reine Politik also, hm? Ist das alles?«

»Du bist es, der die schwierigen Fragen stellt. Erwarte bitte keine süßlichen Antworten. Die habe ich dir schon gegeben. Wenn du zu taub bist, um sie zu verstehen, zu blind, um zu erkennen, was ich anbiete, dann bringt es mir keinen Vorteil, wenn ich versuche, dir noch mehr auf die Sprünge zu helfen.«

Sie musterten einander trotzig, während Agenors Trommeln gegen den Deckel der Fallgrube lauter und stetiger wurde.

Wenn er ihr nicht trauen konnte, dachte, wenn er nicht einmal sich selbst trauen konnte, welchen Sinn hatte es dann überhaupt, weiterzumachen? Früher oder später würde er sich auf jemand anderen verlassen müssen, alles riskieren müssen, und sie war die einzige, der er je vertraut hatte, wenn auch nur für einen kurzen Moment. Vor Agenor hatte er sich gefürchtet, ihn hatte er verehrt, imitiert. Aber er hatte ihm nie sein Vertrauen geschenkt. Er trat auf sie zu, wollte wieder von vorne anfangen, aber sie wich zurück.

»Nicht so schnell«, sagte sie knapp. »Ich brauche noch eine Weile.«

»Sieh mal, es tut mir leid, daß ich ...«

»Keine Entschuldigungen«, unterbrach sie ihn. Dabei strich sie sich die Haare nach hinten. »Ich brauche keine Entschuldigung. Ich weiß, wie es mit dir ist. Keine Sorge. Alles wird gut werden. Ich brauche nur eine Weile, um mich innerlich darauf einzustellen.«

Sie wandte sich von ihm ab und blickte in den Wald.

Sich nur halb zurückgewiesen zu fühlen, stellte Beheim fest, war nicht angenehmer als eine endgültige Ablehnung. Das Trommeln gegen den Fensterladen begann ihm auf die Nerven zu gehen, und schließlich sagte er: »Oh, zum Teufel! Was wollen Sie?« Dabei hievte er die Eisenplatte ein Stück hoch, so daß ein Stück der Wasserfläche darunter zu sehen war. Er hörte ein heftiges Plätschern – es war Agenor, der sich in den hintersten Winkel der Fallgrube zurückzog – und schämte sich, daß er in Zorn geraten war.

»Was ist los?« fragte er und konnte die Verärgerung nicht aus seiner Stimme verdrängen.

Ein mattes Plätschern, ein heiserer Atemzug.

»Haben Sie Schmerzen?« fragte Beheim und ließ sich auf die Knie sinken.

»Ja«, erwiderte Agenor. »Aber die Dunkelheit heilt.«

Die Stille, die nun einsetzte, schien aus der Schwärze der Grube aufzusteigen, schien aus der dunklen Zone hinter dem sichtbaren Wasserstreifen hervorzuwallen.

Beheim fühlte sich in diesem Moment ratlos. »Was soll ich tun?« erkundigte er sich. »Ich sehe für Sie am Ende nichts anderes als den Tod.«

Eine lange Pause, dann ein Rauschen, als ruderte Agenor mit den Armen im Wasser herum.

»Soll ich Sie in die Burg zurückbringen?« fragte Beheim. »Nach Einbruch der Dunkelheit, meine ich.«

»Wenn es dunkel ist?«

Schwang da etwa ein Anflug von Hoffnung in Agenors Stimme mit?

»In diesem Fall würde ich natürlich aus der Burg eine Begleitung herbeirufen«, sagte Beheim.

»Natürlich.« Eine weitere Pause. »Gibt es noch eine andere Möglichkeit?«

»Falls eine Rückkehr in die Burg Ihnen nicht recht wäre, dann würden wir ... die Angelegenheit hier beenden. Lady Alexandra fungiert als Repräsentantin des Patriarchen. Sie würde als Zeugin alles mithören, was Sie uns zu sagen hätten.«

»Ich verstehe.« Bewegung und Wasserrauschen.

Beheim stellte sich vor, wie Agenor in der Dunkelheit im Wasser kleine Wellen erzeugte und angestrengt nachdachte.

»Michel«, sagte Agenor, »komm zu mir herunter. Ich möchte dich noch einmal sehen, ehe« – er gab ein krampfhaftes Kichern von sich – »wir ein Ende machen.«

»Nein, Lord. Das tue ich nicht.«

»Ich verstehe, mein Junge. Ich verstehe vollkommen.«

»Es tut mir leid.«

»Nicht nötig. Es war eine törichte Bitte.«

Wieder trat Stille ein. Dann, zu Beheims Erstaunen, erklang Gelächter in der Grube – ein träges, verschmitztes, sehr persönliches Lachen, wie man es vielleicht bei jemandem in seinem Arbeitszimmer hören konnte, wenn er sich über einen versteckten Scherz amüsierte. Es beunruhigte ihn.

»Was ist, wenn ich mich geirrt habe?« sagte Agenor, und lachte erneut. »Wenn ich danebenlag?«

»Lord?«

»Du wirst mir diese Frage stellen, Michel, nicht wahr?«

»Wenn Sie wollen.«

»Ich bin sicher, daß du weißt, welche Fragen du stellen mußt.«

»Das tue ich.«

»Dann, so denke ich, gibt es keinen Grund, die Sache noch länger hinauszuzögern«, sagte Agenor, und nach einigen Sekunden fügte er hinzu: »Mir wird allmählich kalt.«

Beheim fand keine Worte des Trostes. Er verspürte einen schmerzhaften Druck in der Brust, wie man ihn fühlt, ehe die Tränen kommen, aber seine Augen waren trocken. Und er glaubte nicht, daß er wegen Agenor viele Tränen vergießen würde. Er war sich nicht mehr so sicher in der Beurteilung des Mannes. Alles, was er über ihn zu wissen geglaubt hatte, war am Ende falsch und verlogen gewesen.

Dann war da noch die Goldene.

Trotz der sexuellen Freizügigkeit und der Gewalt seines neuen Lebens, war er noch immer Manns genug – auf jeden Fall Polizist –, um von diesem speziellen Verbrechen abgestoßen zu werden, um moralische Abscheu vor der unglaublichen Demonstration von Zügellosigkeit zu empfinden.

Dennoch war er nicht ohne Mitgefühl für Agenor. Einige seiner Erinnerungen an den alten Mann widersprachen allem, was geschehen war. Er konnte nicht glauben, daß die Momente, die sie repräsentierten, allesamt leer, wertlos, bar jeglicher positiven Inhalte waren, die sie seinerzeit zu verkörpern schienen.

Alexandras Hand fiel auf seine Schulter und ließ ihn erschreckt zusammenzucken. Das Gewicht tröstete ihn, und er legte seine Hand auf ihre.

»Wißt ihr«, sagte Agenor mit einem Anflug seiner altbekannten professoralen Launigkeit, »daß ihr beiden die ersten Mitglieder unserer Familie sein werdet, die jemals einer Illumination beigewohnt haben? Vorher mußten diejenigen, die das Ritual überwachten, an einem dunklen Ort stehen, wo sie die Antworten auf ihre Fragen hören konnten. Aber ihr … ihr werdet alles sehen. Es ist ziemlich spektakulär. Zumindest habe ich das von den Dienern gehört, die bereits Zeuge eines solchen Vorgangs waren.«

Ein Zittern in seiner Stimme strafte seine lässig hingeworfenen Worte Lügen.

»Eine tolle Gelegenheit«, murmelte Agenor. »Ihr müßt auf

jeden Fall darauf achten ...« Der Satz endete mit einem erschöpften Seufzer. Offenbar hatte er keine Energie mehr, um sich selbst etwas vorzumachen.

»Laß dir das eine Lehre sein, mein Freund«, sagte er. Darauf folgte ein scharfes Geräusch – ob ein Lachen oder ein Schluchzen, konnte Beheim nicht entscheiden. Dann in festerem Tonfall, als wäre ihm eingefallen, daß er vor einem größeren Publikum sprach. »Eine Lehre für euch alle. Wir brauchen keine großen Feinde, keine verdammten Menschen mit Holzpflöcken und Fackeln, so lange wir uns selbst haben. So lange wir die Kraft haben, uns gegenseitig die eigenen Herzen herauszureißen.«

Er bewegte sich mehrere Sekunden lang. Das Wasser an Beheims Ende der Grube geriet in Wallung und schlug gegen das Ufer aus schwarzer Erde.

»Du mußt die Fragen laut stellen«, sagte Agenor. »Brüll sie, wenn nötig. Ich werde große Schmerzen haben, und du mußt dich mit Nachdruck bemerkbar machen. Sobald ich die erste Frage gehört und verstanden habe, konzentriere ich mich auf die weiteren, als wären sie Seile, die mich vielleicht aus dem Feuer ziehen. So soll es angeblich ablaufen. Felipe war der Auffassung, daß die Befragung irgendeinen mentalen Prozeß auslöst, wahrscheinlich eine Reaktion ähnlich der gelegentlich bei indischen Yogis beobachteten, die bewirkt, daß der Schmerz leichter zu ertragen ist. Möglicherweise findet eine Veränderung der Gehirnchemie statt. Und ich hoffe, daß diese Erklärung zutrifft.«

Beheim, von einem Gefühl des Unbehagens geschüttelt, eine Folge seiner – wie er annahm – widerstreitenden Empfindungen, hätte am liebsten die Eisenplatte zur Seite gewuchtet und die ganze Affäre als erledigt betrachtet.

»In Augenblicken wie diesen beneidet man die Christen«, sagte Agenor. »Sich mit dem letzten ersterbenden Atemzug nach dem Himmel zu sehnen, auf einen Blick auf das absolute Weiß zu hoffen, auf die wohlriechende Phantasiegestalt eines liebenden Gottes. Ignoranz ist ein höchst wirkungsvoller Trost. Kein Trost ist es hingegen, wenn man weiß, daß ein endloser Sturz bevorsteht. Nun gut.« Er plätscherte ein wenig herum und murmelte etwas, das Beheim nicht verstand. »Michel, ich kann dich nicht bitten, wohlwollend an mich zu denken, aber ich hoffe, daß du dich in deinem zukünftigen Leben an die Dinge erinnerst, die ich dir beibringen wollte und die du dir zu Herzen nehmen solltest. Sie kamen vielleicht aus dem Mund eines Narren, aber in den Worten liegt nichtsdestotrotz ein gewisser Wert.«

»Ich werde daran denken«, sagte Beheim ernst.

»Dann« – ein weiterer Seufzer, eher ein Freiräuspern, wie es schien, der Lungen, eine Vorbereitung auf das bevorstehende qualvolle Ritual, als ein Ausdruck der Verzweiflung –, »dann bin ich bereit.«

Beheim ging in die Hocke, packte den Fensterladen an einem Ende. Seine Muskeln spannten sich, aber er konnte sich nicht dazu durchringen zu handeln.

Alexandra bückte sich und flüsterte ihm ins Ohr: »Du bist grausam, nicht gnädig. Laß ihn nicht warten.«

Er nickte. Er schloß die Augen und packte fester zu.

Ihre Lippen streiften seine Schläfe. »Tu es jetzt.«

Mit einem Schrei, der eine verzehrende Hitze freizusetzen schien, die sich in ihm aufgestaut hatte, schleuderte Beheim die Eisenplatte neben die Grube und kam dabei vollends auf die Füße. Er gewahrte Agenor in einer Ecke der Fallgrube, sah seinen verbrannten Schädel, die Finger, die sich in den Rand der Grube krallten. Er hatte die Füße in die Erde dicht über der Wasseroberfläche gebohrt, hatte die Beine angezogen und sich selbst gekrümmt wie jemand kurz vor einem Verzweiflungssprung.

Und er sprang tatsächlich.

Kreischend warf er sich auf Beheim, erwischte ihn mit der Schulter in Kniehöhe und stieß ihn um. Beheim drehte sich halb, während er stürzte, und landete schwer auf der Seite. Er versuchte sich wegzurollen, aber Agenor hatte sich schon auf ihn gestürzt, schlug mit brennenden Händen auf seinen Kopf. Dann schaffte er es, sich rittlings auf ihn zu setzen, ihn am Hals zu packen und zu würgen. Umrahmt von blauem Himmel und grünen Tannenästen, war das rissige und geschwärzte Oval seines Gesichts ein Alptraum: Die Lippen waren mit verkohltem Gewebe verkrustet, hier und da war ein blutiger Riß zu sehen wie in einer überreifen Frucht, aus der gegorener Saft hervorquillt. Die Nase bestand nur noch aus Fetzen versengten Knorpelgewebes, das mit jedem Atemzug auf schreckliche Art flatterte. Die Stirn war derart in Mitleidenschaft gezogen, daß durch die verbrannte, brüchige Haut Teile der weißen Schädelknochen zu sehen waren. Auch die Zähne waren weiß und wurden von einer Grimasse oder einem Lächeln entblößt, doch das Zahnfleisch war versengt und blutig. Nur die Augen erschienen klar, und sie waren die Augen eines Irren, quollen hervor und starrten wild um sich und hatten rote Ränder, so daß es schien, als würde ein Gesunder, Normaler durch eine Maske furchtbarer Entstellung in die Welt blicken. Beheim konnte vor dem hellen Himmel die Flammen nicht sehen, die Agenor verzehrten, doch die Luft um ihn herum flimmerte vor Hitze, und er spürte, wie die Haut seines Halses unter den Händen des alten Mannes Blasen warf. Er wälzte sich herum, versuchte ihn abzuwerfen, aber Agenors Kraft war unüberwindlich. Das Leben wurde aus ihm herausgepreßt. Sein Gesichtsfeld rötete sich, schwarze Schwingen flatterten an den Rändern, undurchsichtige Flecken trieben vorbei, verschwanden, und die Luft wurde an diesen Stellen dunkel, als würde auch sie versengt.

Dann sah er aus dem Augenwinkel Alexandra vorstürzen und mit einem Knüppel auf Agenor einschlagen. Mit dem Tannenast mit dem spitzen Ende, mit dem er, Beheim, sie vorher bedroht hatte. Sie rammte ihn seitlich in Agenors Hals, und er durchbohrte Haut, Muskeln und Knorpelgewebe, drang mit einem knirschenden Geräusch tief ein und blieb stecken wie ein primitiv gefiederter Pfeil. Für den Bruchteil einer Sekunde glaubte Beheim nicht, daß diese Attacke irgendeine Wirkung hatte, doch dann kippte Agenor ohne einen Laut außer Sicht. Sein Gewicht verschwand von Beheims Brust, und die Hände gaben den Hals frei. Keuchend, hustend kroch Beheim ein kleines Stück weg. Alexandra ergriff seinen Arm, half ihm aufzustehen. Er wirbelte herum, sah Agenor schwankend auf die Beine kommen. Er benutzte den Felsklotz als Stütze und zerrte an dem Tannenast in seinem Hals. Dabei waren seine Bewegungen unsicher und langsam wie die eines kranken Tiers. Beheim verspürte nun kein Mitleid mehr mit ihm, sondern nur Wut und den Wunsch, ihm Schmerzen zuzufügen. Er schaute sich auf der Lichtung um. Nicht weit entfernt und rechts von ihm stand eine Tanne, deren unterster Ast zweieinhalb bis drei Meter lang war und sich am Ende gabelte. Er ging hin, verließ sich auf die aus seiner Wut geborene Kraft, brach ihn und riß ihn los. Indem er ihn wie einen Speer bereithielt, ging er über die Lichtung auf Agenor zu. Und während der alte Mann sich umdrehte, immer noch an dem spitzen Stock zerrend, rammte Beheim das gegabelte Ende des Astes gegen seinen Hals und drückte ihn zurück auf den Felsklotz, wie man eine Schlange festklemmt. Agenor stieß einen schrillen Schrei aus und versuchte sich freizukämpfen, aber Alexandra eilte Beheim zu Hilfe, unterstützte ihn dabei, den Ast festzuhalten, und obgleich Agenors Gegenwehr immer heftiger wurde, konnte er sich nicht befreien. Die Tannennadeln in der Nähe seines Gesichts brannten. Seine Kleider brannten, sein Fleisch, alles war in ein blasses, loderndes Flammenmeer eingehüllt, aber der Prozeß der Verbrennung lief langsamer ab als bei normalem Fleisch. Das Ablösen des Fleisches und der Sehnen vom Knochen erfolgte in kleineren Schritten, und daher, so vermutete Beheim, waren die Schmerzen quälender und intensiver. Agenors Schreie schienen dafür ein Beweis zu sein. Sie stiegen höher und höher, bis nichts Menschliches mehr an ihnen war und sie an die Rufe eines Vogels oder das Quieken einer Ratte erinnerten. Stücke verkohlter Substanz platzten von seinen Wangen, von der durchbohrten Seite seines Halses ab. Ein großes Stück von seiner Unterlippe war weggefressen worden, das Zahnfleisch schimmerte glühend hindurch, und der Knochen darunter färbte sich bereits braun. Das Schuhleder hatte sich in seine Füße eingebrannt, so daß es aussah, als trüge er ganz spezielles Schuhwerk mit separaten Zehenhüllen und mit Schnürsenkeln, die in glasierte dunkelrote Haut eingebettet waren.

»Ich habe eine Frage an Sie, Lord Agenor!« rief Beheim und stieß das gegabelte Astende noch fester gegen die Kehle des alten Mannes. »Hören Sie mich?«

Die Gegenwehr des alten Mannes schien für einen kurzen Moment nachzulassen.

»Hören Sie zu! Denn die Familie braucht Ihren Rat! Unsere Feinde bedrängen uns! Wir stehen unter erheblichem Druck! Was sollen wir tun? Sollen wir in unseren alten Festungen bleiben, oder sollen wir gen Osten ziehen und uns dort ein neues Zuhause suchen?«

Agenors Bemühungen, sich zu befreien, brachen ab. Das Feuer, das ihn verzehrte, ließ ihn erzittern. Sein Gesicht war nun eine geschwärzte Ruine, die aus zerrissenen Strukturen und größeren Flächen verkohlten Gewebes bestand. Einige Stellen glänzten wie frisch herausgebrochenes Anthrazit, andere wiesen farbige Spuren auf von der einen oder anderen versengten und eingetrockneten Flüssigkeit, von einer Ader oder irgendeiner Sehne. Seine Augen waren verschwunden, waren unter verhärteten schwarzen Halbmonden regelrecht zerkocht. Der Ast, der seinen Hals durchbohrte stand ebenfalls in Flammen, desgleichen der gegabelte Ast, der ihn an den Felsklotz nagelte. Und trotzdem redete er.

Die ersten Worte waren hoffnungslos verzerrt. Beheim, zutiefst verblüfft, forderte ihn auf, sie zu wiederholen.

»So … ooo«, sagte Agenor und knurrte die Silben. Er wiederholte sie mehrmals, dann gelang es ihm, ein vollständiges Wort auszusprechen, indem er jede Silbe einzeln intonierte. »Su … ma … rin … da. Eine Stadt … an einem Fluß … dem Maha …« Das Ende des Wortes, ein Name, wurde von seiner zerfetzten Kehle zu einem gutturalen Fauchen entstellt. Aber nach einer kurzen Pause sagte er: »Mahakam. Ihr müßt … flußaufwärts. Sechs Tage.« Rauch kräuselte sich aus seinem Mund. Ein dunkler Klumpen Blut quoll heraus und verharrte zischend auf seiner Wange. Danach redete er weniger mühsam und verzerrt weiter. »Sechs Tage … per Schiff. Dann drei Tage zu Fuß. Geht nach Südosten. Zu einem Berg. Einem hohen … Berg. Mahagonibäume. Eine Gruppe Mahagoni zwischen kleineren Bäumen. Gegenüber einem Berg … einem Bergsattel. Jenseits eines Tals.«

»Wo ist dieser Ort?« fragte Alexandra, aber so leise, daß Beheim die Frage wiederholen mußte.

»Borneo«, lautete die Antwort.

»Was dann?« rief Beheim. »Was geschieht dann?«

»Baut dort«, krächzte Agenor. »Baut tief in die Erde. Dann herrscht tausend Jahre Frieden.«

Ein weiterer Blutklumpen, zähflüssig, drang aus seinem Mund und wurde augenblicklich in Rauch und in einen klebrigen Rückstand verwandelt.

»Was meinen Sie mit ›baut tief‹?«

»Ein Haus … Fluchttunnel darunter. Zimmer. Waffenkammern. Vorrats … häuser. Wenn es Schwierigkeiten gibt … dann braucht ihr diese … Einrichtungen.«

»Und Europa? Was ist mit der Familie in Europa?«

Aus Agenors gepeinigter Kehle drang ein heiseres, abfallendes Heulen, das für Beheim als Antwort auszureichen schien. »Hundert Jahre. Banat verfallen.« Er sagte noch mehr, ein stockender Schwall von Silben, aber es war unverständlich.

»Frag ihn, ob wir …« begann Alexandra, doch Beheim unterbrach sie und meinte: »Laß ihn sterben.«

»Er ist schon tot«, sagte sie. »Benutze ihn. Stell ihm die Fragen, die du fragen mußt, so daß wir, wenn wir diesen Ort verlassen, es im Hinblick auf unsere Zukunft, der wir uns stellen müssen, mit sicheren Herzen tun.«

Ihr Gesichtsausdruck war angespannt und besorgt. Ihre Haarspitzen begannen leicht zu flattern und sich von ihren Schultern abzuheben. Reflektierter Feuerschein tanzte in ihren Augen.

Er nickte. »Wie du willst.« Er wandte sich an Agenor, nunmehr kaum noch eine verkohlte Mumie, die von einer geschwärzten zweifingrigen Hand festgehalten wurde. »Was wird aus Alexandra und mir? Was hält die Zukunft für uns bereit? Was sollen wir tun?«

»Su … marin … da.«

»Meinst du damit, daß wir auch dorthin gehen sollen?«

»Eure einzige Hoffnung«, sagte Agenor. »Überall ist Gefahr. Bleibt nicht in der Burg. Geht nach Osten. Nach Sumarinda.«

»Jetzt?« fragte Beheim ungläubig.

»Jetzt«, sagte Agenor und intonierte das Wort als geflüstertes Heulen. »Ihr bekommt euren Triumph. Euren Sieg. Zögert ... nicht. Geht jetzt.«

Beheim warf den gegabelten Ast ins Unterholz und trat zurück, wobei er Alexandra mit sich zog. Agenor rutschte ab und kippte auf die Seite und blieb am Rand der Fallgrube liegen. Eines seiner Beine, völlig verkohlt, war gebrochen, und er krallte sich in die Erde, versuchte sich weiterzuziehen und hatte kaum Erfolg damit. Rauch stieg aus den Rissen in seiner Haut auf. Die Nadeln, auf denen er lag, entflammten sich.

»Es gibt noch weitere Fragen!« sagte Alexandra und klammerte sich an Beheim, während er sich von der Fallgrube zurückzog und Ausschau nach einem Holzpflock hielt, um Agenor zu erlösen.

»Was ist?« fragte er. »Wie lange wir leben? Werden wir uns lieben? Ich bezweifle, daß er uns das sagen kann. Er bietet nur Möglichkeiten an. Töten wir ihn endlich und suchen wir uns unsere eigenen Antworten. Es scheint, als hätten wir eine Menge zu bereden.«

Ein Plätschern ertönte. Sie drehten sich um und stellten fest, daß Agenor in die Grube gefallen war. Eine Dampfwolke wallte vom Wasser hoch und verbarg die Bäume dahinter. Agenor trieb im Wasser, war halb untergegangen und hatte sich in eine fast vollständig schwarze Erscheinung verwandelt. Seine Haut wirkte knuspertrocken und blasig und zerbrochen, seine Arme ruderten wirkungslos herum. Eine häßliche, schwarze, einbeinige Puppe, die nahezu menschengroß war. Dünne Qualmfäden umtanzten ihn, da sein Fleisch im Innern noch brannte. Blubbernde Laute drangen aus dem lippenlosen Loch seines Mundes.

»Verdammt!« sagte Beheim und erkannte, daß er wohl ins Wasser hinuntersteigen mußte, um seinem Leben ein Ende zu machen. Er war sich nicht sicher, ob er das wirklich tun wollte.

Agenor drehte sich langsam, als würde er von einer leichten Strömung erfaßt, und das verwirrte Beheim, da es physikalischen Gesetzen zu widersprechen schien.

Dann geschah etwas, das noch krasser den Erwartungen widersprach.

Das Wasser, das Agenor umgab, begann zu leuchten – als wäre aus ihm irgendeine silberne Flüssigkeit ausgetreten – und bildete eine Kontur um seinen Körper, und aus den Rissen in seiner Haut trat ein heller Lichtschein, ein blasser silberner Glanz, der heller und heller wurde. Die einzelnen Lichtstrahlen wurden im Dunkel der Grube immer ausgeprägter, bis es schien, als wäre ein höllischer Kern in dieser verkohlten Schale freigelegt worden. Das Wasser brandete mit zunehmender Heftigkeit gegen die Wände der Grube, wallte höher und höher und riß Erdbrocken heraus. Das Licht nahm an strahlendem Glanz zu. Es sah aus, als würden in dem toten Fleisch Sterne geboren, und schon bald blätterte das Fleisch ab, löste sich in Flecken und Scheiben, als würde Agenor von einem unsichtbaren Messer filetiert. Kurz darauf wurden die Organe und Eingeweide sichtbar, in Licht getaucht und ordentlich in ihren Höhlen liegend, alles in allem der intime Horror eines normalen Lebens. Das Licht setzte eine Art exzellenten Verfall in Gang. Sie verloren ihre Form, wurden zu Brei und flossen schließlich als grüner Matsch ab, der sich mit dem Wasser vermischte, und zuletzt blieb das Skelett übrig, das von einem dunklen Schatten wie der Schatten eines Sarges umschlossen wurde. Kein vertrautes Knochengerüst – sondern ein Konstrukt aus silbernen Drähten, die durch neun Punkte funkelnden Glanzes markiert wurden. Sie stellten den Plan eines Sternbilds dar, das man in einem Himmelsführer finden mochte, allerdings war der Himmelsquadrant, in dem sich dieses Sternbild befand, Beheim völlig unbekannt.

Das Wasser schäumte und brandete, und die Knochen des Skeletts begannen sich voneinander zu lösen, als ob die letzten Reste Knorpel sich auflösten und die Gelenke ihren Halt verloren. Es entstand ein silbernes Puzzle aus Sternen und Knochen, das im schäumenden Wasser umherwirbelte, sich nach einem eigenen Rhythmus, seiner eigenen Turbulenz bewegte, und dann erfuhren sogar diese Fragmente einen Prozeß der Auflösung. Die silbrige Substanz, aus der sie bestanden, verblaßte und vermischte sich mit der weniger hellen Flüssigkeit des Wassers, bis zum Schluß nur noch ein zinnfarbener Tümpel in der Grube schwappte, wie von einem Ministurm aufgepeitscht.

Beheim glaubte, nun sei es vorbei, doch in diesem Moment drang ein tiefes Brummen aus der Grube und ließ den Boden unter ihren Füßen erzittern. Erschrocken riß er Alexandra vom Grubenrand zurück, und sie stiegen ängstlich den Hang bis in den Schutz der Tannen hinauf. Das Summen wurde lauter, sein tiefer Ton schien die Sonne zu verdunkeln, neue Schatten von den Ästen zu erzeugen, die in die Lichtung ragten. Und mit dem explosiven Ungestüm eines Vulkanausbruchs, dessen Wucht Beheim und Alexandra auf den Rücken warf, stieg das, was in der Grube noch übrig war, in einem Strahl leuchtender Substanz nach oben. Es war nicht flüssig, nicht fest, sondern wies beide Qualitäten auf, ein breiter Strom von Agenors Essenz, die dem Himmel entgegenstrebte und im Licht blasser und blasser wurde und, während das Summen erstarb, in den oberen Regionen des Himmels eine seltsame Form bildete, eine undeutliche schattenhafte Figur, eine Art Emblem – zumindest hielt Beheim es dafür – ein Sigel, ein Symbol von rätselhafter Bedeutung, zu verworren, um es anders denn als Symbol in Erinnerung zu behalten; dem Symbol sehr ähnlich, das er vor seinem geistigen Auge erblickt hatte, während er dem Gesang seines Blutes gelauscht hatte, und er fragte sich, ob der erhabene Plan, der dieser speziellen Form zugrunde lag, nur die Verheißung dieses schrecklichen Todes gewesen war. Es verharrte für einige Sekunden reglos in der Luft, behielt seine aus Rauch bestehende Form trotz dem Zerren des Windes, und dann, ohne weitere Effekte, löste es sich völlig auf.

KAPITEL 16

Sie hatten erwartet, nichts mehr in der Grube vorzufinden, doch als sie nachschauten, entdeckten sie, daß die Erdwände mit Geweberesten, Knochensplittern, klebrigen Klumpen geronnenen Blutes bedeckt waren. Dies brachte sie mehr als alles andere dazu, daran zu zweifeln, was sie gerade erlebt hatten, allerdings bis zu welchem Grad daran zu zweifeln war, erwies sich als zusätzliches Problem. Es brachte sie außerdem dazu, zueinander auf Distanz zu gehen – erlebt zu haben, was soeben geschehen war, machte ihnen ihre Natur schmerzhaft bewußt, und die Vorstellung, daß ein solcher Tod in ihnen steckte, daß sie über ein derartiges pyrotechnisches Potential verfügten, ermutigte sie nicht gerade zu Intimitäten. Vor allem Beheim wurde durch das Erlebte beunruhigt. Er starrte auf seine Hände und erwartete, silberne Knochen und phosphoreszierende Sterne zu sehen, und er fragte sich, was er sonst noch über das unergründliche Leben in ihm erfahren würde, und als er seinen Blick auf Alexandra richtete, dachte er, als er in ihrer Schönheit keinen Trost fand, daran, was Agenor gesehen haben mußte, sein Geist in Flammen, durch das Fleisch seiner Peiniger in eine verschlungene Zukunft von Urwaldflüssen und kleinen braunhäutigen Männern und dampfenden tropischen Städten blickend, und was er empfunden haben mußte, als ihm klar war, daß seine Vision, vielleicht der Schlüssel zu ihrer Ewigkeit, der treibende Motor seines Sturzes ins Vergessen war.

Sie gingen einige Zeit ziellos umher, redeten ein paar Worte, und als die Sonne hinter den Tannenspitzen versank – es war etwa vier Uhr oder ein wenig später, schätzte Beheim –, nahmen sie unter einer hohen Tanne am Waldrand ein paar hundert Meter von der Burgmauer entfernt einander gegenüber Platz. Der Wind versetzte die Äste in Schwingung, und dieser Wind war das einzige Geräusch, ein seidiges Rauschen, das seine erregten Gedanken mit ein wenig Ruhe erfüllte.

»Es gibt keinen Grund, weshalb wir überhaupt zurückkehren müssen«, sagte Alexandra. »Wir haben genug von der Droge, um damit eine ganze Weile auszukommen. Ich habe außerdem Felipes Tagebuch. Es dürfte also nicht schwierig sein, die Droge selbst herzustellen und für Nachschub zu sorgen.«

»Und was ist mit dem Patriarchen?« fragte er.

»Nicht er ist es, vor dem wir uns fürchten müssen. Durchaus möglich, daß er uns längst vergessen hat. Einstweilen zumindest. Es sind die Agenors und die Valeas. Rolands Freunde. Und Felipes. Sie werden nicht sofort reagieren. Die Möglichkeit besteht, daß sie erst herausfinden, was passiert ist, wenn alle nach Hause zurückgekehrt sind. Früher oder später werden sie auf jeden Fall etwas unternehmen.«

»Dann hast du recht«, gab er zu. »Wir sollten wirklich nicht zurückgehen.«

Sie gab einen leisen Laut von sich, was er als Ausdruck der Unschlüssigkeit deutete.

»Stimmt etwas nicht?«

»Nichts«, sagte sie. »Alles. Ich weiß es nicht.« Sie hob eine Tannennadel auf, drückte damit auf ihren Handrücken, bis sie zerbrach. »Ich weiß nicht, was ich von all dem halten soll.«

»Meinst du mich?«

»Dich, ja. Und mich. Und alles andere.«

»Zweifelst du an der Glaubwürdigkeit von Agenors Illumination?«

»Ich würde alles geben, um seine Glaubwürdigkeit leugnen zu können. Aber wie kann ich das? Tatsache ist, daß ich alles nur zu gut verstehe.«

»Was meinst du?«

Alexandra veränderte ihre Haltung, schlug die Beine übereinander und strich den Rock auf ihren Beinen glatt. »Wir sollen um die halbe Welt zu diesem Ort reisen … Wie heißt er noch?«

»Sumarinda.«

»Ja. Sumarinda. Und wir sollen in den Urwald eindringen, uns dort niederlassen, uns dort auf unser weiteres Leben einrichten. Geschützt. Weit weg von allem.«

»So sieht es wohl aus.«

»Kannst du dir vorstellen, daß jemand anderer aus der Familie alles zusammenpackt und nach Borneo geht? Selbst wenn es auf Grund von Erkenntnissen geschähe, die während einer Illumination gewonnen wurden, Erkenntnissen, die sie retten würden?«

Er überlegte. »Eine Handvoll, vielleicht.«

»Aber wir *müssen* gehen«, sagte sie. »Und wir werden alleine sein. Irgendwann kommen möglicherweise noch andere. Und wieder andere werden Jagd auf uns machen. Aber wir werden sehr lange alleine sein. Die meisten Mitglieder der Familie werden niemals ihre alte Bleibe verlassen. Sie würden lieber sterben ... und das werden sie auch.«

»Hast du Angst, völlig isoliert zu sein?«

»Du denn nicht?«

»Für mich ist es ein wenig anders. Ich habe mich innerhalb der Familie niemals sicher gefühlt. Ich hatte auch dort stets das Gefühl, isoliert zu sein.«

Einige Sekunden lang konzentrierte sie sich darauf, mit dem Finger ein Muster in die Erde zu zeichnen. Dann verwischte sie es. »Weißt du«, sagte sie, »selbst wenn er alles vorher geplant hätte, könnte Agenor kein besseres Ergebnis erzielt haben. Das ist das Beste, was er erreichen konnte – die Gründung einer neuen Kolonie.«

»Vielleicht hat er genau das getan.«

»Kannst du das nach dem, was wir soeben erlebt haben, wirklich glauben?«

»Der alte Bastard hat Glück gehabt, glaube ich. Aber das wird man nie erfahren. Vielleicht ist er am Ende nur schwach geworden. Es ist möglich, daß dieser Plan zu sehr nach eigenen Regeln ablief, als daß ein persönliches Versagen ihn hätte gefährden können. Auf jeden Fall hast du recht. Er hat alles erreicht, was er vielleicht jemals gewollt hat. Er wurde zum Märtyrer, und sein Traum wurde wahr.«

»Er könnte wahr werden«, sagte sie. »Oder auch nicht.«

Sie senkte den Kopf, und ein Sonnenstrahl fiel auf ihr Haar und hob seinen roten Schimmer hervor. Er studierte den langen weißen Bogen ihres Halses, wie er in ihr Kinn überging und aus der Wölbung ihrer Brüste aufstieg. Er dachte, daß diese Linie kein Ende hatte. Es steckte durch und durch in ihr, ein einziger Schwung, eine elegante Haltung. Es wäre einfach, alles andere bis auf diese Linie zu vergessen. Und das, so erkannte er, war alles, was er an diesem Tag entscheiden konnte. Er erhob sich und klopfte seine Hose ab.

»Sollen wir ein Stück gehen?«

Sie schaute hoch. Ihre Augen waren müde. »Wohin?«

»Den Makaham hinauf.« Er reichte ihr eine Hand. »Zuerst einmal ins Dorf unten im Tal. Ich wüßte keinen Grund, um zurückzukehren. Du vielleicht?«

Sie senkte wieder den Kopf. »Es ist zu gefährlich.«

»Welchen Sinn hat es dann, noch länger hier zu warten? Soweit ich mich erinnere, kommt die Abendkutsche kurz vor Mitternacht ins Dorf. Wir können ein Gasthaus aufsuchen und uns frisch machen. Wir schlafen in der Kutsche. Hast du schon etwas gegessen?«

Sie nickte.

»Gut«, sagte er. »Ich möchte nämlich im Dorf lieber kein Risiko eingehen. Und jetzt komm.«

Er half ihr hoch, und nachdem Alexandra ihre Stola geholt und sie umgelegt hatte, um ihre zerrissene Bluse zu bedecken, machten sie sich auf den Weg den Abhang hinunter, wobei sie dem Fluß folgten, der am Fuß des Berges vorbeiströmte. Als sie eine Scharte zwischen zwei Bergen erreichten, verließen sie den Fluß und benutzten die staubige Poststraße, die sich durch einen Birkenwald wand. Die Dämmerung brach herein, und die weißen Stämme leuchteten bleich wie Gespenster in der zunehmenden Dunkelheit. Gelegentlich kamen sie an einer Hütte mit weißgestrichenen Mauern und mit Reet gedecktem Dach und einer heimelig leuchtenden Laterne im Fenster vorüber. Beheim kam sich vor, als stünde er außerhalb dieser Welt. Wie ein Monster, das durch die Straßen einer schlafenden Stadt streift. Nun, da er wußte, wer er war, empfand er es als seltsam, sich unter Menschen zu bewegen. Es schien, als wäre er sehr lange von ihnen weg gewesen. Aber er spürte auch, daß seine Trennung unwichtig war, irrelevant, und daß andere, radikalere Erkenntnisse dieses Gefühl verdrängen würden.

»Hast du irgendwelches Geld?« erkundigte Alexandra sich, als sie sich dem Dorfrand näherten. Ein Kirchturm ragte über den Bäumen auf. Der Glockenturm berührte beinahe den Abendstern, wie eine Segnung des Friedens und der Geborgenheit dieses Ortes.

»Fürs erste genug«, sagte er. »Geld wird kein Problem sein. Wir können uns immer Geld beschaffen.«

»Ich weiß«, sagte sie. »Ich wollte nur wissen, ob wir jetzt welches besorgen müssen.«

Sie blieb stehen und blickte zum Dorf. Musikfetzen wurden mit dem Wind herangetragen, und dann hörten sie das Knarren und Getrappel eines Pferdewagens.

»Was ist das?« fragte er.

»Ein Geheimnis«, antwortete sie.

Er schaute zu den idyllischen Häusern, die unter den Bäumen standen, zu den einladenden Lichtern und den Schatten, zu den kurzen, unsicheren Leben, und er hatte plötzlich den wilden Wunsch, sie zu plündern. Doch dieses Gefühl blieb nicht lange bestehen, nährte ihn nicht, und als es verflogen war, erschien der Anblick der Stadt für einen Moment so ungeheuerlich und unmöglich zu erklären wie der letzte Moment von Agenors Existenz, die vor einem leeren Himmel verweht war.

Der Wagen kam näher. Beheim erkannte die gebeugte schwarze Silhouette des Fahrers über dem schwankenden Leib eines dunklen Pferdes.

»Ich weiß nicht, wie es sein wird«, sagte Alexandra. »Ich kann mir nicht vorstellen, weshalb es anders sein sollte, aber ich ...« Während sie sich zu Beheim umdrehte, streifte ein Funkeln reflektierten Lichts ihr linkes Auge wie ein Meteor, der einen winzigen Himmel überquert. »Ich weiß, daß es anders sein wird.«

Der Lenker des Wagens gab seinem Pferd einen geknurrten Befehl und hielt neben ihnen an. Es war ein alter Mann, älter als Agenor und weitaus gebrechlicher, mit einem Lappen um den Kopf, der seine Ohren bedeckte, und fingerlosen Handschuhen und einem fadenscheinigen Wollmantel. »Kann ich euch in die Stadt mitnehmen?« fragte er. »Es ist noch ein ziemlich langer Weg. Für eine Lady nicht so angenehm.«

Beheim hörte den matten Herzschlag des Mannes, empfand einen Anflug von Ekel und verspürte den spontanen Wunsch, auf den Wagen zu springen und sein armseliges kleines Leben zu beenden. Doch er meinte nur: »Vielen Dank, nein.« Damit er nicht in einer Geschichte über einen unfreundlichen Fremden und seine hochgewachsene, stumme Frau auftauchte, die später im Dorfgasthof die Runde machen würde, fügte er mit einem erzwungenen Lächeln hinzu: »Wir haben noch einen viel weiteren Weg, deshalb ist es wahrscheinlich ganz gut, wenn wir uns daran gewöhnen, zu Fuß zu gehen.«

Der Kutscher schnalzte und spuckte aus. »Das müssen wir alle«, sagte er ein wenig vorwurfsvoll. »Das heißt doch noch lange nicht, daß Sie sich nicht als Gentleman zeigen und der Lady ein wenig Ruhe gönnen können.« Er ruckte an den Zügeln, und das Pferd nahm seinen schwerfälligen Trab wieder auf.

Alexandra lachte. »Das kommt davon, wenn man versucht, sich als einfacher Mann vom Land auszugeben.«

»Ich hoffe, du bist darin besser als ich«, sagte er. »Denn in ein paar Minuten sitzen wir mit ihnen an einem Tisch, um zu speisen.«

»Oh, ich werde wohl in meinem Element sein.« Sie machte ein paar fröhliche Tanzschritte auf der Straße. »Ich zeige ihnen ein paar hübsche Schritte, ich flüstere ihnen etwas ins Ohr, und schon drängen sie sich danach, mir zu Füßen zu liegen.«

Er lachte ebenfalls und folgte ihr. »Ich denke, sie haben es nicht nur auf deine Füße abgesehen als Belohnung.«

Sie tat so, als wollte sie ihm einen Klaps geben. »Für einen Gentleman hast du aber eine ziemlich schmutzige Phantasie.«

Er ergriff ihren Arm, zog sie an sich, und für ein paar Sekunden tanzten sie über die Straße, neckten sich und waren einfach glücklich. Doch sobald sie sich wieder voneinander trennten, verdüsterte sich ihre Stimmung.

»Es ist schon jetzt ganz anders«, sagte sie, während sie Arm in Arm stehenblieben. »Es ist, als ob ich ...« Sie schien nach den richtigen Worten zu suchen. »Als ob ich eine Haut abgestreift hätte. Ja, das ist es. Es ist alles so frisch. Die Gerüche, die Farben. Alles. Es ist, als hätte ich eine alte Haut abgestreift und als sei die neue Haut viel empfindlicher, aber nicht so stark. Spürst du es nicht auch? Du mußt es spüren.«

Er nickte, ja, er empfand genau das gleiche. Aber das war eine Lüge, um sie zu beruhigen. Alles, was er tatsächlich empfand, war die Befreiung von einer drückenden Last, die Freiheit, nach zwei Jahren halluzinatorischer Dienerschaft wieder sein eigener Herr zu sein. In diesem Zustand der Veränderung, der neuen Existenz, war doch die Welt, die er vor sich sah, die bekannte Welt, das Vertraute, eine Welt, die er weder fürchtete noch verabscheute, sondern eine Welt, die er nun mit einer fast kindhaften Begeisterung und Neugier betrachtete.

Der Wind frischte auf, wirbelte das Birkenlaub durcheinander, erzeugte ein leises Rascheln, das sich zu einem lauten Atem steigerte, zu einem Rauschen, das sich über die lange, gewundene Poststraße bewegte; durch das flatternde Laub wurden die von Laternen erhellten Fenster des Dorfs zu einem feurigen orangenfarbenen Glitzern zerlegt, das wie die Facetten einer diamantenen Sonne in der Nacht erschien. Die weißen Stämme von jungen Schößlingen schwankten im Wald wie betrunkene Tänzer. Und von irgendwoher in der Nähe, nur vom Wind übertönt, erklang das Bimmeln einer Glocke, einer kristallenen Stimme, die Beheim Silben aus Eis zurief und ihm von etwas Mystischem und Verlorenem berichtete, das er erfahren könnte und das ihm neue Kraft spenden würde, wenn er jetzt seinen Weg fortsetzte. Dann drang die gesamte, wilde Substanz dieses Augenblicks mit der Plötzlichkeit einer Offenbarung in ihn ein, und er hätte am liebsten den Kopf zurückgeworfen und geheult und dem erhabenen Wogen von Zeit und Schicksal das windgleiche Sausen und Pfeifen seiner Seele hinzugefügt, das ihn davontrug in die Hitze und den Verfall der Einsamkeit.

Alexandra murmelte etwas. Er verstand nur die Worte »Ich wünsche ...«, erkannte jedoch an der Angespanntheit ihrer

Taille, am Hämmern ihres Pulsschlags, daß sie immer noch Angst hatte.

Er nahm ihr Gesicht in die Hände, küßte sie auf die Stirn, strich mit der Hand über die kühle, weiche Fülle ihres Haars. Sie entspannte sich und ließ sich gegen ihn sinken. Über ihre Schulter hinweg beobachtete er, wie ein Eichhörnchen auf die Straße hüpfte, wo sein graues Fell mit dem grauen Staub beinahe verschmolz. Es stand auf den Hinterbeinen, sog witternd die Luft ein, kam dann näher und verharrte wieder. Es zeigte keinerlei Furcht, wurde offenbar nicht durch ihren unnatürlichen Geruch gewarnt, und Beheim fragte sich, ob Alexandras Vorstellung zutraf, ob sie tatsächlich irgendein trockenes, schuppiges Gewand abgeworfen hatten, irgendeine hinderliche Körperlichkeit, die sie davor bewahrt hatte, mit den tristen Farben des Gewöhnlichen zu verschmelzen.

»Liebe«, sagte er und benutzte das Wort wie einen Namen und nicht wie einen Schwur.

Sie wich erschrocken vor ihm zurück.

»Es wird Zeit zu gehen«, sagte er. »Vielleicht fragen sie sich im Dorf bereits, weshalb wir keine Angst haben, durch die Dunkelheit zu spazieren.«

Er küßte sie auf den Mund, vertiefte den Kuß, spielte mit ihrer Zunge, und als sie auseinanderwichen, hielt sie seinen Kopf fest, schaute ihm in die Augen, nicht suchend, wollte ihm nicht ihren Willen aufzwingen, sondern – wie es schien –, um sich ihm zu öffnen, ihm zu gestatten, mit seinem eigenen Willen in sie einzudringen, ihr Zuversicht zu vermitteln. Etwas zeigte sich in ihrem Gesicht, das er noch nie zuvor gesehen hatte, eine Art reiner Erwartung, die nicht mit Wollen oder Not zu tun hatte.

»Nun«, sagte sie schließlich und ergriff seine Hand, »bin ich bereit.«

Die Nacht senkte sich auf das Tal herab, Sterne erschienen funkelnd über der Burg Banat, und während sie mit gesenktem Kopf weitergingen, rasten ihre Herzen, wälzten sie Gedanken an die Zukunft, dachten sie daran, wie sie den Abend im Dorf ihrer schwachen und zahlreichen Feinde verbringen würden und dann auf der Straße des eigenwilligen Blutes weiterzogen, hin zum Ende der alten romantischen Dunkelheit und der geheimen Pracht der Toten, zum Licht des Ostens und den Mahagonibergen, hin zu den Verbrechen und den heiligen Momenten eines neuen Mysteriums und dem Beginn einer seltsamen grünen Zeit.

ENDE

Band 13 782

Leslie L. Lawrence

Das Auge von Sindsche

Deutsche Erstveröffentlichung

Weltbekannte Forscher treffen in Katmandu ein, um an einer Expedition in unbekannte Regionen des Himalaja teilzu-nehmen. Leslie L. Lawrence ahnt, daß nicht alles mit rechten Dingen zugeht, denn vor nicht allzu langer Zeit ist eine ähnliche Expedition spurlos verschollen. Auf dem Weg zum Kloster Khanga geschieht auch bald der erste Mord, und über dem Bergpaß erscheint das Auge von Sindsche, dem Gott der Unterwelt. . .

BASTEI LÜBBE

Sie erhalten diesen Band im Buchhandel, bei Ihrem Zeitschriftenhändler sowie im Bahnhofsbuchhandel.